闇の牢獄

ダヴィド・ラーゲルクランツ 著
吉井智津 訳

OBSCURITAS
David Lagercrantz

KADOKAWA

闇の牢獄

主要登場人物

ミカエラ・バルガス	ソルナ警察署の警官
カール・フランソン	主任警部
ヨーナス・ベイエル	警部補
ラッセ・サンドベリ	警部補
マッティン・ファルケグレン	警視監
ルーカス・バルガス	ミカエラの一番上の兄
シモン・バルガス	ミカエラの二番目の兄
ヴァネッサ	ミカエラの友人
ハンス・レッケ	心理学者
ロヴィーサ・レッケ	ハンスの妻
ユーリア・レッケ	ハンスとロヴィーサの娘
マグヌス・レッケ	ハンスの兄
マッツ・クレーベリエル	外務大臣
シグリッド・ハンソン夫人	ハンスの世話人
ジャマル・カビール	殺害されたサッカー審判員
ジュゼッペ（ベッペ）・コスタ	カビール殺害の容疑者
マリオ・コスタ	ジュゼッペの息子、サッカー選手
トーヴェ・レーマン	テレビリポーター

チャールズ・ブルックナー　CIA局員
エマ・グルワル　クラリネット奏者
ヴィクトル・マリコフ　モスクワ在住の音楽家
サーシャ・ベリンスキー　指揮者、ヴァイオリンの指導者
ラティーファ・サルワニ　ヴァイオリニスト
ダルマン・ディラーニ　ケルン在住のヴァイオリニスト
エレナ・ドルゴフ　音楽学校の経営者
ムッラー・ザカリア　タリバンの幹部

1

あの警視監はどうかしてる。

よくもこんなくだらないことばかり思いついたものだ。

フランソン主任警部がさっきからぼやいている。ミカエラ・バルガスはおとなしく聴いていたが、そろそろ我慢の限界だ。車のなかはとても暑いし、外はもうユシュホルムの瀟洒《しょうしゃ》な住宅街だ。

「行き過ぎたんじゃないですか？」と言ってみる。

「いや、だいじょうぶだ。所轄の管内とはちょっと勝手がちがうがな」フランソンは手をぱたぱた振って自分に風を送っている。

車は海へ向かってしばらく走り、背の高い門の前で止まった。防犯カメラがついている。インターホン越しにフランソンが到着を告げると、門が開いた。広い前庭に入り、噴水を通り過ぎる。目の前の建物は黄褐色の石造りで、大きくとられた窓は海に面し、正面には柱廊が配されている。

緊張が増してきた。ミカエラは地域のパトロール警官だが、この夏はとくべつに、殺人事件の捜査に加わっている。容疑者のジュゼッペ・コスタの周辺事情に多少通じているからだ。とは言うものの、与えられる仕事のほとんどはチームの使い走りと基本的な確認作業ばかりだった。だが今日は、ここレッケ教授の自宅訪問に同行を許されてやってきた。教授が捜査の手助けをしてくれる、と警視監に言われてのことだ。

白い石段上のテラスに女の人の姿が見える。白いコットン・パンツと青いブラウスが風にはためいている。

「あれが奥方だな」フランソンが言った。

まるで映画のワンシーンだ。ミカエラは汗と居心地の悪さを感じながら車を降りると、掃き整えられた砂利の上をつっきっていった。

2

ふだんは早出の多いミカエラだが、レッケ邸訪問四日前のこの日は、めずらしくキッチンでゆっくり朝食をとっていた。九時を過ぎたころ、電話が鳴った。ヨーナス・ベイエルからだった。

「警視監がお呼びだそうだ。執務室に集合だと」

理由は言わないが、警視監が呼んでいるなら仕方ない。玄関の鏡のそばへ行き、スウェットシャツに袖《そで》を通す。エクストラ・ラージ・サイズが体をふわりとゆるく包む。兄のルーカスが見たら〝姿を隠したがってるみたいな服だ〟とでも言いそうだが、自分ではこれが似合っていると思っている。髪をとかし、前髪を目が全部隠れそうなほどに下ろして、家を出た。

二〇〇三年七月十五日、ミカエラは二十六歳になったばかりだ。地下鉄は空《す》いていた。ほぼ貸し切り状態の座席にすわり、考えに耽《ふけ》った。

事件が上層部の関心を引いたのは驚くに値しない。酔っ払いの暴力が殺人に発展するケースはめずらしくないが、この事件には、捜査への注目度を高める別の要素があった。被害者のジャマル・カビールはサッカーの審判員で、タリバン支配下のアフガニスタンからの難民でもあった。その男が、グリムスタ・スタジアムでおこなわれたサッカーU-17の試合の後に、石で殴られて死んだのだ。ファルケグレン警視監が一枚噛《か》みたがるのも無理はない。

ソルナ・セントルム駅で地下鉄を降り、ミカエラはまっすぐにスンドビュベリ通りの警察署へ向かった。今日こそはきっぱりとした態度で、捜査への疑問を伝えるつもりだ。

＊

マッティン・ファルケグレンは国内最年少の警視監だ。つねに前向きで新しいものに目がなく、次々と思いつく自分のアイデアを勲章のように胸に飾っている、と周囲からは言われている。それを褒め言葉だとは本人も思っていないが、新しい理論や意見を柔軟に受けいれる自分の考え方を誇りにはしている。それに今回は、いや今回もだが、これまでとは異なるアプローチを試しているのだ。現場の刑事たちは怒るかもしれない。だが妻にも話したとおり、先日聴いたレッケ教授の講演は最高に素晴らしいものだった。絶対に試す価値はある。

ファルケグレンは、追加の椅子を並べ、ミネラルウォーターの〈ラムローサ〉と、秘書がフィンランドへのミニクルーズの土産に買ってきたボウル二杯分のリコリスを用意して待っていた。そろそろ誰かやってこないかと耳を澄ますが、まだ足音は聞こえない。一瞬、カール・フランソンの姿が目に浮かぶ。大柄で頑強そうな体格に、なにかと文句を言いたげな視線。とはいえ、彼が悪いわけではない。上司が捜査に口出しするのをうれしがる捜査責任者はいないのだから。

だが今回は事情がちがう。容疑者のあの男、いかれたナルシシストのイタリア人が、捜査官たちを愚弄《ぐろう》して捜査を頓挫《とんざ》させようとしている。そんなことがあっては警察の面目が立たない――

あっては困るのだ。

「失礼します。ほかのかたたちはまだですか？」

最初に現れたのは、若いチリ人警官だった。ファルケグレンは名前を思いだせないが、フランソンがチームから外したいと言っていたのは憶《おぼ》えている——反抗的なのだとか。

「いやあ、よく来てくれました。会うのは初めてだったね」ファルケグレンは手をさしだした。

ミカエラがその手を固く握り返す。ファルケグレンは彼女の頭から足へ視線を走らせた。背が低くて、ずんぐりとした体つき。豊かな髪にはウェーブがかかり、長くのばした前髪で額を隠している。大きな瞳《ひとみ》は絶えず揺れ動き、輝きの奥に暗い激しさを湛《たた》えている。人を強く惹《ひ》きつける何かをもっているが、同時に人を寄せつけない。しばらく手を握っていたい誘惑に駆られるが、彼女の表情がそれを許さず、ファルケグレンはただこう言った。

「コスタとは知り合いなんだって？」

「どんな人かくらいは知っています。同じヒュスビーの出身なので」

「どんなやつなのかな？」

「ちょっとしたエンターテイナーです。団地の住人たちの前でよくラップを披露したりして。酔って揉《も》めごとを起こすことはありますが」

「なるほど、見た目どおりだな。しかしどうして正面切ってわれわれに嘘をつくんだろうか？」

「嘘をついているかどうかは、わたしにはわかりません」ミカエラの答えは、ファルケグレンの好みではなかった。

彼の脳内世界に、誤認逮捕の可能性など存在しない。状況証拠はそろっているし、起訴の準備も進めている。あとは自白さえあれば完璧《かんぺき》だ。だがそれを伝える暇はなかった。廊下から足音が聞こえてきたので、ファルケグレンは立ち上がり、称賛の言葉で捜査班の面々を迎えいれた。

「いやあ、よくやってくれているねえ。さすがうちの刑事たちだ」ミカエラがいる場でこの言い方は正しくないが、ファルケグレンは訂正しない。

めいっぱい愛想よさをふりまいたが反応がないので、彼はこう続けた。

「しかしまあ、なんとも筋の通らない話だよ。審判がペナルティをとらなかったというだけでこんなことになるなんて」

ファルケグレンとしては、会話のとっかかりにちょっと気の利いたことを言ったつもりだった。ところが、ここぞとばかりにフランソンが突っこんだ。

事態はあなたが思っているよりずっと複雑なのだ。あなたやわたしにとっては筋が通らないように見えても、息子のサッカー選手としての活躍だけが生き甲斐《がい》の、アルコール依存で衝動を抑えられない父親にとっては、明確な動機になることもあるのだ、と。

「そうだ、もちろん、きみの言うとおりだ」ファルケグレンは言った。「しかし……試合の録画を見たんだよ。コスタは完全に正気を失くしていた。それにたいして審判のほうは……えっと、名前は何ていったかな？」

「ジャマル・カビール」

「……ジャマル・カビールのほうは絵に描いたように冷静だった。道徳基準の高さが見てとれる」

「そう言われています」

「それにあの手の振り方も優雅じゃないか。まるで試合全体を自在に操っているかのようだったよ」

「あまり見ないスタイルですが、たしかに」フランソンがそう答えたところで、マッティン・ファルケグレンは彼から目をそらした。そろそろ話の主導権を取りもどさねばならない。

彼らを呼んだのは、世間話をするためではないのだ。

＊

ミカエラの心はざわついていた。場の空気は和やかとは言いがたい。ファルケグレンは現場の仲間に入りたいのだろうが、がんばったところで最初から望みはない。彼はみんなとはちがう。いつも笑顔を浮かべているからというだけではない。彼の着ているスーツは見るからに高級品で、ローファーにはタッセルがついているのだ。

「で、われわれの証拠については何か見えてきたのかな、カール？　いましがた彼女とちょっと話をしてたんだが……」

言いながら、ファルケグレンはミカエラのほうに目をやった。しかしまだ名前を思いだせないのか、あるいは思考がどこかへ飛んだのか、言葉を宙に浮かせたままで止まっている。それを受けて、フランソンが証拠について話しはじめた。いつもながら、彼の話には説得力がある。あとは裁判所の最終判断を待つだけだとでも言いだしそうな口ぶりだからか、警視監のほうは気もそぞろで、聴くのもそこそこに小声で言った。

「いや、まさしく。それに〈Ｐ７〉の所見も、証拠から読み取れることの裏付けになっている」

「たしかに、そのとおりです」フランソンが言ったのを聞いて、ミカエラはメモ帳から目をあげた。〈Ｐ７（訳注：パラグラフ７調査の略。刑事訴訟等における特別な人物調査に関する法律の第７条に基づく調査の意）〉。あのいまいましい〈Ｐ７〉。彼女は十日ほどまえにそれを受け取ったが、どういうものなのかはよくわかっていなかった。どうやら本鑑定に先立っておこなわれた、司法精神科医による予備的な精神鑑定の報告書のようだった。気になって読みはじめたが、すぐにこれはダメだと気がついた。反社会性パーソナリティ障害。それが結論とされていた。反社会性パーソナリティ障害の疑いがある。つまりは、ある種のサイコパスだというのだ。いくらなんでもそれはない。

「そうだろうとも」警視監の声に、さっきまでとはちがう熱がこもっている。「あの男の人格を知るカギは、まさにそこにあるのだよ」

「ええ、まあ、そうかもしれません」フランソンはいらだっている。

「だが、大事なのは自白させることだ」

「もちろんです」

「それで、自白に近づいてはいるのかな？」

「ええ、いくらかは」

「そうすると、そこに至るまでのドラマにはわたしの出番もあったわけだね？」ファルケグレンの発言にはしばらく誰も反応しなかった。もちろん彼の言いたいことはみんな充分に理解している。だから、さらにこうつけ加えても、誰も驚きはしなかった。

「新しい尋問テクニックを試してほしいと伝えただろう」

「ええ、あれは、そう、いいアドバイスをいただきました」感謝は伝えるべきだが、感銘を受けたと思われては困るのだ。

〈P7〉が届いたあと、ファルケグレンは、取調べでジュゼッペ・コスタを無理に追いこむのはやめて、心理面のアドバイスを求める体《てい》で話をするよう勧めてきた。少し奇妙に聞こえたが、

「あの男の自己像《セルフイメージ》には誇大妄想が入っている。それにサッカーのことならなんでもわかっているつもりでいるんだ」と言って引かないので、ならば一度試してみようということになったのだ。

そしてある日、コスタがいつも以上に大げさな自慢話を始めたところで、フランソンが切り出した。

「そうか、それだけの経験があるなら、審判員を殴り殺すなどという無分別な行動に走る人間が何を思うものなのかも、きっとよくわかるんだろうな」と。するとコスタは姿勢を正して話しはじめたのだが、他人の心理を説明しているはずが、その心理への共感の示し方が尋常でなく、間接的な自白のような印象を与えたのだ。それはたしかに取調べ中の興味深い出来事ではあった。しかしマッティン・ファルケグレンがこんなに得意満面で話すようなことだったのか、とミカエラは驚いた。

「よく知られた手法でね。有名な例がある」ファルケグレンが言った。

「そうなんですか？」フランソンが答える。

「フロリダの刑務所で、テッド・バンディにインタビューをした若いジャーナリストがいたんだ」

「え、いま誰と？」

「テッド・バンディだよ。そのインタビューで使われたのがこの手法だったのだよ。バンディは心理学を学んだことがあって、専門家としての力を発揮する場を与えられた。そして初めて口を割ったんだ」このとき怪訝《けげん》な顔になったのは、ミカエラだけではなかった。

テッド・バンディを引き合いに出すとは。

ハンニバル・レクター博士の名前を出すようなものだ。

「いや、誤解しないでほしいんだが」ファルケグレンが続ける。「なにも比べようっていうんじゃないんだよ。ただ、この分野の研究はずいぶん進んでいて、新しい尋問法が生まれてきている。そして警察にいるわれわれは……」

ファルケグレンが口ごもる。

「われわれは？」

「……知識に隔たりがある。未熟すぎると言ってもいいと思うくらいだ」

「ほう、そうでしょうか？」フランソンが言う。

「そうだとも。たとえば、サイコパスという用語ひとつをとっても、長いあいだ、人に無用な烙《らく》印《いん》を押す時代遅れな用語だと考えられていた。しかし、さいわいと言ってはなんだが、いまはそうではない。つい先日、ある講演を聴きにいったんだが、その素晴らしかったこと……」

「想像できます」

「そうだろう。あれは興奮したよ。客席にいたわれわれは全員、椅子に糊《のり》づけされたみたいに動けなくなった。いやいや、きみたちもあの場にいたらよかったのにな。ハンス・レッケが講師でね」

「誰ですか、それは？」

男たちは顔を見合わせた。明らかに、誰ひとりその名前を聞いたことがなく、知りたいとも思っていない。

「心理学の教授だよ。スタンフォード大学で教えている――ひじょうに栄誉あるポジションだ」

「それはすごい」フランソンが言葉に皮肉の色をにじませる。

「いやじつに」皮肉を解さないファルケグレンは続ける。「彼の論文はあらゆる有力な学術誌に引用されているんだ」

「それは素晴らしい」今度はストレームが言った。これもまた皮肉として。

「だが現実を知らないだろうなどと思っていてはいけない――そうではないんだ。彼は尋問テクニックの専門家で、サンフランシスコ市警に協力している。恐ろしく頭が切れて、知識も豊富だ」

これだけの言葉を並べても、まったく響いていない。それどころか、むしろ〝われわれと彼ら〟のちがいが強調されていた。講演会に出席して光を見たのはファルケグレン――つまり上層部の人間であり、出世コースに乗っている者だ。一方、フランソンと部下たちは、身を粉にして現場で働く、分別をわきまえた刑事たちで、目新しいものが出てくるたびに飛びついたりはしない。

「レッケ教授とはすぐに意気投合したよ――通じ合うものがあったんだねえ」自分もとびきり知的だと言いたいのだろう。「コスタのことを彼に話したよ」

フランソンが片方の眉《まゆ》を上げた。「ほう？」

「あの男の誇大妄想と自己愛的な傾向と、それからわれわれが陥っている少々厄介な状況について話をしたんだ。法医学的な証拠が欠けているわけだからね」

「そうですか」

「そのときだ、テッド・バンディのインタビューに使われた手法のことを彼が話してくれたのは。われわれも試してみてはどうかと」

「なるほど、そういうことでしたか」フランソンはそろそろ会話を切り上げようとしている。

「あとから思ったんだが、ほら、この手法がうまくいったときだ。いや、本当にコスタが心を開いたというじゃないか。これはすごいことだと。レッケ教授が離れた場所にいてこれだけのことができるなら、事件の詳細を知ればどれだけのことができるのだろう、とね」

「ふむ、まあ、たしかに」フランソンが表情を曇らせる。

「そうだろう」ファルケグレンが続ける。「それでまあ、ちょっと訊《き》いてまわったわけだ……いろいろと知り合いはいるのでね。すると、これがまたいい噂ばかりで。すこぶる評判が良いのだよ。そこでだ、わたしの判断で捜査資料を送らせてもらったよ」

「え、何をしたですって？」

「捜査資料をレッケ教授に送ったのだよ」ファルケグレンがそう言っても、みんないまひとつぴんときていないようだった。

次の瞬間、フランソンが急に立ち上がった。

「なんてことを。捜査中の守秘義務違反ではないですか！」

「まあ、まあ、落ち着いて」ファルケグレンが言った。「ちがうんだ。レッケ教授はうちのチームの一員になるのと変わらない。どっちにしろ、彼にも心理学者としての守秘義務がある。正直に言ってしまえば、われわれには彼が必要だと思っている」

「馬鹿馬鹿しい！」

「さっきも言ったとおり、きみたちがよくやっているのは間違いない。しかし完璧な証拠をつかんでいるわけではない。ここはなんとしても自白がほしいところだろう。その点で、レッケ教授ならきっと助けになってくれる。ほかの誰よりも的確に、証人陳述書の矛盾や相違点を見つけ出してくれるはずだ」

「そうすると、われわれがすべきことは何だと？」フランソンが訊いた。「その教授に捜査を引き継いでもらえとでも？」

「いや、そうではなくてだな。ただきみたちも彼に会って話を聴いてみるべきだと言っているだけなんだ。彼が新しいやり方、新しいアイデアを提供してくれるかどうかをたしかめてきてほしい。じつはこの土曜の二時に、ユシュホルムの自宅にきみたちが行くと伝えてある。そのときまでに、送ったファイルに目を通しておいてくれるそうだ」

「もうこれ以上、しょうもない用事のために土曜日を潰《つぶ》す気はないんですがね」そう言ったのは、アクセル・ストレームだ。チームの最年長で、定年も近い。

「それもそうだな。しかし何人かは行けるだろう。たとえばだが、きみはどうかね？」ファルケグレンがミカエラを指差す。「じつをいうと、レッケ教授がきみのことを訊いてきた」

「わたしのことをですか？」

ミカエラはどうしていいかわからずに周囲を見まわした。きっと冗談だ。

「そうだ、きみが担当したコスタの取調べのなかに、興味深いものがあったらしい」

「ちょっと想像しにくいのですが――」ミカエラが言いかけた。

「バルガスひとりでは無理です」フランソンがさえぎり、ファルケグレンのほうに向き直る。

「彼女はまだ経験が浅い、いや、ないと言っていい。それに、話の内容はもっともだとしてもだ、マッティン、前もって言ってもらわないと困るんですよ。こっそり進めるのはよくない」

「たしかに、きみの言うとおりだ。その点は申しわけなかった」

「まあ、こうなってしまった以上は仕方ない。わたしがついていきましょう」

「そうか」

「ただし、その教授の話を聴いて、気に入らなければしたがうつもりはありませんよ。この捜査の責任者はわたしだ――ほかの誰でもない」

「もちろんそうしてくれていい。だが、どうか柔軟に受け止めてほしいんだ」

「いつだってそうしています。柔軟な対応は仕事の一部ですから」フランソンが言うのを聞いて、ミカエラは思わず鼻先で笑ってやるか、ちくりと一言言ってやるかしたくなった。

だが結局は、いつもと同じように言葉をのみこみ、神妙な面持ちでうなずいただけだった。

「おれも行くよ」ラッセ・サンドベリが言った。

「ぼくも」ヨーナス・ベイエルも。話はこれでまとまった。

こうして同じ週の土曜日、警察署の外に集合したバルガス、フランソン、サンドベリ、ベイエルの四人は、ユシュホルムのレッケ邸を目指した。

3

事件を知ったときのことを、ミカエラはもちろん憶えている。あれは容疑者逮捕の日の出来事だった。午後八時半、ミカエラはトロンヘイム通りに住む母のもとへ向かっていた。六月の初旬にしては寒い晩で、空気は十月くらいの冷たさだった。団地の建物の外に人が大勢あつまっているのが見えた。そばを通ろうとしたとき、動揺した人々がいっせいに彼女のほうを向いた。そして数分後には新聞が報じた事件の顛末《てんまつ》をひととおり聞かされていた。

ジュゼッペ・コスタ——通称ベッペ——が、サッカーの審判員を殺したというのだ。いわく、息子のマリオが所属するＩＦブロマポイカルナ・アカデミーのＵ-17チームが試合をしていた。試合終了までのこりわずかとなったころ、酩酊《めいてい》状態のベッペがピッチへ駆け下りた。罵声《ばせい》を飛ばして騒ぐベッペを、五、六人がかりで芝生の上に押さえこんだ。その後、もうだいじょうぶだろうと誰もが思ったころに、ベッペは目に狂気の色を浮かべて審判員のあとを追っていった、ということらしかった。

「まったくどうかしてる」ミカエラは、自宅前の外廊下から人々を見下ろしていた母のところへ上がっていった。

ミカエラの母は白くなった長い髪を下ろして、素足にスリッパ履きで外に出ていた。新しいブラウスはヒッピーふうの花柄だ。強い風に吹かれながら、不安そうにしている。息子のルーカスかシモンに何かあったのではと心配しているのだ。

「何の話をしてるんだい？」

「ベッペがサッカーの審判員を殺したって」ミカエラが答えると、シモンがまた何か馬鹿なことや命にかかわることをしたわけではないとわかって、母はほっとしていた。夕食のころにはもう少し状況が理解できたようで、こんなことを言った。

「いつかこうなると思ってたよ」

そのときは、あまり深く考えていなかった。こういう言葉は人がうっかり言ってしまう決まり文句のようなものだと、ミカエラは思っていた。だがあとになって、母の言葉が彼女を悩ませた。ベッペによる審判員殺害が急に、起こるべくして起こった事件のような気がしてきたのだ。ヒュスビーじゅうで人々が口にする彼の噂と昔話は、どれもあの重大事件につながっていくかのように語られていた。だからだろう、ミカエラはあえて、みんなとちがうたぐいの昔話をするようにした。とくに思い出深い出来事がひとつあった。

ミカエラがまだ十一歳か十二歳だったころ、ベッペの噂はすでによく耳にしていた。喧嘩《けんか》をしたとか、ヒュスビーのバーで騒ぎを起こしたとか、部屋でやかましくしたり叫んだりしたとかいう噂だ。

シモンはミカエラの二番目の兄で、当時ヒップホップにはまりこんでいた――ヒップホップがなければ彼は終わっていたのかもしれない――そして、ほかのみんなと同じくベッペを恐れていた。広場でラジカセを鳴らしてエミネムを聴いている若者たちは、いつもベッペに叱られて蹴散《けち》らされていた。だが、シモンが人に認められたがっているのをベッペは感じとったのだろう、ある日シモンに近づいていって、ラップをさせ、ふたりで練習した。団地のバーベキューエリアへやってきて、口笛を吹き、いまから一曲やるぞと言ったのはその晩のことだ。

「いまはやめてくれ。みんなそんな気分じゃないんだ」その場にいた人々が大声で返した。

「おまえらは黙ってろ。スペシャルなやつを聴かせてやるからよ」そう言うと、ベッペはシモンに近くへ来いと合図を送った。

シモンは、最初は気乗りしない様子で手を振るばかりで、いつもと変わらず自信なさそうで戸惑っているみたいに見えた。だがそのとき、ミカエラが初めて目にするダンスの振りを二つ、三つ見せたのだ。そしてベッペとふたりでラップを始めた――〝おれの人生、ゲットー、放蕩《ほうとう》、強盗……〟。それはシモンが書いた曲だった。団地の中庭であれほどの大歓声が沸き起こるのを、ミカエラは後にも先にも聞いた覚えがない。

べつに驚くべき話でもなんでもないし、どんな殺人者も悪いことしかしないわけではないだろう。それでもなぜか頭から離れず、解けない謎のように感じられて、ミカエラは事件後、何度か人にこの話をした。するとヨーナス・ベイエル警部補から連絡が来て、ベッペがミカエラと話したがっていると伝えられた。

「コスタとのあいだに利益相反が生じるような関係はある？」ベイエルが訊いた。

「さあ、どうでしょう」

彼女のためらいを気にとめる様子もなく、ベイエルはこう続けた。「話しやすい雰囲気にもっていってほしいんだ。それで自供を引き出せるか様子を見よう」もちろん見込みは薄かった。それまで何をやってもうまくいかなかったのだ。話を聴こうにも、コスタはいつも話をはぐらかすし、試合の記録映像を見れば誰の目にも明らかなことすら認めないのだから。

ミカエラはいつもと同様、入念に準備を整えた。そして迎えた六月十日の朝、コスタに会いにいった。取調室ではコスタがひとり、すわって煙草を吸っていた。身だしなみが乱れて、大きな体が縮こまって見えた。顔にはたよりない微笑みが浮かんでいる。

「おれのことといいやつだって言ってくれたんだってな」コスタが言った。

「悪いこともたくさん言ったわ」

「あんたの親父さん、いい人だったな。おれたちメモでやりとりしてたんだ」

「父はみんなとメモでやりとりしてた」

「とにかく親父さんは立派な人だったよ」そんなふうに言うベッペは深く悔いているようで、見るからに不幸せそうで、どうしても気の毒に思ってしまう。

まるで世界を全部敵にまわしてしまったかのような顔だった。ミカエラが彼を厳しく問い詰めたのはそのせいかもしれない——同情心を隠そうとするあまり、逆に厳しくなったのだ。結果的に、新情報をいくつも引き出したのだと、ミカエラはあとから聞かされた。ヨーナス・ベイエルによくやったと言われて、「彼はまだ何か隠してる」と応じたときには自分でも驚いたが、それも好印象を与えた。

ミカエラ自身も手ごたえを感じていた。何かのテストに合格したような気がした。捜査チームに迎えいれられたのはその翌日だ。

「内部事情をよく知っている人材が必要だったんだ」とベイエルから言われた。全員に歓迎されているわけではないとすぐに気がついたけれど、それでも胸がいっぱいだった。

大きな一歩だった。地域のパトロール警官から、みんなが話題にしている殺人事件の捜査官にいきなり抜擢《ばってき》されたのだから。このままいけば将来は主任警部、いや警視正だって夢ではないのかも。チームに加わって最初の数週間、まだ何の疑問も抱いていなかったこのころのミカエラは、言葉にできないほどの誇らしさと目的意識をもっていた。

レッケ教授の自宅訪問当日の土曜日、新聞には事件の記事はひとつも出ていなかった——サッカー界での暴力や、審判員への嫌がらせ、あるいは子どもたちへのそうした問題に触れた社説やコラムすらなかった。何ひとつ。

4

そんなわけで、ミカエラはかつて父がしていたように、外国のニュースばかりを探して読んだ。イラク関連のニュースはほぼなにもない。戦争は、公式にはもう終わったのだ。たとえ現実には何も終わっていなくても。現地では毎日のように自爆テロ事件が起こっている。瓦礫《がれき》のなかから欧米型の民主主義が立ち上がるまでの道のりは長そうだ。

シスタ広場に焼けつくような陽が射している。キッチンのテーブルから立ち上がり、ワードローブのほうへ行こうとしたとき、電話が鳴った。親友のヴァネッサだ。土曜の朝だから、きっとまたゆうべのパーティーの報告だろう。今回聞かされたのは、帰りのバスのなかでどうしてもやらせてくれとしつこく言い寄ってきた〝めっちゃ粘着質のスウェーデン男〟についての、あちこち脱線する長大な物語だった。

「うそ、冗談でしょ」

「ほんとだってば」電話を切ると、それほどおもしろくもなかったのに——だって何百回も聞いた話のたんなる新バージョンなのだ——自然と口元がほころんだ。

ワードローブをあけて、引っぱりだしたワンピースやスカートをベッドの上に並べた。ヴァネッサに電話して相談したい気持ちをこらえて服を選ぶ。少し改まった感じで、かといってドレッシーすぎないものを――黒いスカートに赤いTシャツ、デニムのジャケットはややタイトで胸のあたりがぴちっと体に沿うのだが、お気に入りだからこれでいい。足元には白いスニーカーを合わせた。

地下鉄では自分でも驚くほどにわくわくしていた。なにしろこれは普通の任務ではないのだ。それに教授もとくに自分を気にとめてくれている。少なくともそう聞いた。すごいことだ。システを出て、ハロンベリエン、ネックローセンと駅を通過していく地下鉄に揺られながら、ミカエラは同僚たちに言うつもりの言葉を何度もつぶやいた。ソルナ・セントルムで降りたときには、体の内側から泡がぶくぶく湧きあがっているような、なんとも軽やかな気分を味わっていた。だが駐車場に着いたとたん、そんな気分は消え去った。一目見ればもう充分だった――ラッセ・サンドベリが目をすがめてこちらを見ているその表情。いつもと同様、じろじろと彼女の体を腰のあたりまで眺め下ろしている。

「おやおや……バルガスがセクシーにきめてきたぞ。教授に会いにいくんだもんなあ」サンドベリが言った。

「そういうわけでは――」

「ゆうべの試合がアウェーだったのかもしれんぞ」フランソンがつけ加えた。

「ゲームの合間に着替える暇もないってか」サンドベリが言ったのを聞いて、これにわざわざ言い返す価値はないとミカエラは思った。

フランソンのボルボ745の後部座席に乗りこむと、先に乗っていたヨーナス・ベイエルが、同情の笑みを投げてよこした。ミカエラは両手の指先に視線を落とした。ネイルまで気を遣って馬鹿みたいだ。ふたたび顔を上げると、まぶしい日射しに目が眩《くら》んだ。

暑い日で、空には雲ひとつなく、車のなかも涼しくはなかった。エアコンが故障しているらしく、男たちはじきに汗をかきはじめてうるさくなった。フランソンが、午前中ハーガルンドの射撃場で撃ったあとで手が痛かったと語っている。

「いやほんとに手が燃えているかと思ったよ」

いつものことだが、フランソンが会話を独り占めしている。ミカエラはほかにできることもなく、ベイエルとサンドベリが調子を合わせてすぐに声のトーンを変えるのを観察していた。フランソンがめそめそした声を出せば、彼らもめそめそした声を出し、フランソンが笑い声を立てればいっしょになって笑う。そしてファルケグレン警視監を笑い種《ぐさ》に一致団結するときほどおかしそうに笑うことはなかった。あれは信じがたい間抜けだ。タッセルか何か知らないが、馬鹿みたいなものを靴につけて……

ミカエラは、もういいかげんうんざりしていた。何でもいいから、初めて聞くような、新鮮な話を聴かせてはもらえないものか。しかしそうこうしているうちに車はユシュホルムに入り、次々に現れる豪勢な住宅のそばを通り過ぎていくあいだに、ミカエラは別の思いに引きこまれていった。

ユシュホルムは地下鉄の路線図で見ると、ヒュスビーのちょうど反対側に位置する。ここに住む人々は当たりくじを引いて生まれてくるようなものだ。それにたいしてヒュスビーの住人は爆弾の金属片——遠くの爆発現場から飛んできた小さなかけら。そんな考えを彼女に教えこんだのは兄のシモンだった。

「世界で何が起きてるかを知るのに、新聞なんか読まなくていい。近所のやつらを見てればわかるからな」彼がそう言ったのは、たぶん新聞やその手のものを読んだことがないからだろうが、たしかに一理あった。

世界のどこかで戦争や革命が起きると、影響を被った人々がヒュスビーへやってくる。難民は戦争の小さなかけらを身に着けたまま到着する。そのあとに続く現実に対処する方法を、ミカエラもシモンも子どものころに学ばされた。


テラスの女性は赤毛でそばかすがあり、年齢は三十五か四十くらいだろうか。細身でしなやかな体の輪郭が、陽の光を浴びていっそうか細く見え、そのせいで近寄っていく自分たちの体がどっしりと重いものに感じられる。だが最悪なのは彼女の美貌《びぼう》だった。あまりの美しさにみんな萎《い》縮《しゅく》してしまい、それは彼女がこのうえなく親切な態度で出迎えてくれたからといって、和らぐものではなかった。

ミカエラは緊張を隠せずスカートをきゅっとつかんで、フランソンの後ろに隠れていた。そのフランソンさえも、ふだんから礼儀など気にするタイプではないのに、すっかり戸惑っている――とくに家のなかに足を踏みいれたときには……。さて、こんなときは何と言えばよいのか？

ファルケグレンのスーツと靴のタッセルとは次元がちがう。壁には大きな美しい絵画が掛けられ、天井は高く、室内に置かれた家具から花瓶まで、あらゆるものから気品と格式の高さが滲《にじ》み出ている。隣の部屋から聞こえてくるのは繊細で優美なヴァイオリンの調べだ。言葉も出ない。女性の――ロヴィーサ・レッケと名乗っていた――顔にいらだちの表情が浮かんだ。

「いやだわ、やめるように言っておきましたのに」彼女は申しわけなさそうにそう言うと、大きな声を出した。「ユーリア、おやめなさい！」ヴァイオリンの音が止み、左側のドアから十七、八歳の娘が入ってきた。母親に引けをとらないきれいな娘――こんなことがあっていいのかと思うほど美しい。巻き毛も、青い眼も。

「ごめんなさい、ママ。すっかり忘れちゃってて」限界だ。もうこれ以上は耐えられない。

どこまでも可憐《かれん》な少女が、素晴らしい演奏をしたことを謝っている。一行はすっかり面食らい、呆然《ぼうぜん》としていた。「いや驚きました、素晴らしい演奏でしたよ」などと言う者はおらず、全員ただ驚きを隠せないままぎこちなくその場に立ちつくしているだけだ。先手をとったのはユーリア・レッケのほうだった。彼女は手をさしだした。「お目にかかれて光栄です」

階層間の格差に傷つけられることはあるが、これほどわかりやすい例はとても思いうかばない。十代の娘が、堂々とした態度で目の前の大人たちを迷える子羊の群れに変えてしまった。ミカエラは花瓶を壊すか絵画を引き裂くかでもしてやりたい衝動に駆られたが、ふと別のことが頭に浮かんだ。レッケの学術論文だ。今週、目を通してみたのだが、ファルケグレンが言うような警察への協力を示すものは見当たらず、暴力行為に関心があるとすらも思えなかったのだ。

むしろ、レッケが論じているのは、先入観や間違った思いこみのせいで起きる思考の誤りというテーマだ。フランソンも言っていたとおり、ほとんどは知的な器用さを見せつけるためだけの、細かすぎる内容だったかもしれない。それでもなお、何か語りかけてくるものがたしかにあった──明瞭《めいりょう》さだ、とミカエラは思った。彼女自身に欠けている鋭さが感じられたのだ。

「で、教授はどちらに？」フランソンがいらだちを隠さずに尋ねる。

「もう下りてくると思いますが」ロヴィーサ・レッケが言った。「きっと何かに没頭しているのだと思いますけれど」

「われわれも無限に時間が使えるわけではないのですが」

「もちろんそうですよね、ごめんなさい。いま呼んでまいります。どうぞかけてお待ちになって」ひざを曲げてお辞儀をする少女のブロンズ像のそばに置かれた白いソファを彼女が指したので、一同はすわって待つことになった。

実際にはそれほど長くはなかったのかもしれないが、永遠のように感じられる時間が過ぎたころ、ようやく女主人が階段を下りてきて、もう一度謝った。そしてふたたび彼らだけがのこされた。この待ち時間と家そのものが、明らかにそこにいる全員の気持ちに変化をもたらした。

みんなこのあとの展開が気になり、そわそわしている。フランソンでさえ何も感じずにはいられないようで、落ち着かない手つきで腕時計をいじっている。兄からもらったという、本人によればまったく分不相応な〈ＩＷＣシャフハウゼン〉の腕時計だ。

「教授の話はやはり聴いておくべきなのだろうな」と彼が言ったそのとき、足音とともに、階段のカーブを駆け下りてくるハンス・レッケの姿が見えた。

5

あの日の時点で、実際のところ事件の何がわかっていたのだろうと、あとになってミカエラは思う。当然ながら、わかっていたことは当時思っていたよりもずっと少なかった。だが、あのときはまだ、残虐性こそあれひじょうに単純な事件だと思っていた。洗練された要素は見当たらず、衝動的な犯罪以外の何かを示唆する痕跡《こんせき》もなかった。よくある怒りの爆発だと考えられていたのだ。しかし一方で、サッカーの試合の後に起こった事件であり、被害者の経歴の特殊さからも、世間の注目があつまっていた。

被害者のジャマル・カビールは、殺害当時三十六歳だった。端整な顔立ちと引き締まった体つきの男で、姿勢がよく、カブールで受けた拷問のせいで顎《あご》がずれていた。彼が放つ悲しみについて話す人は多く、さまざまな噂があるのも無理はないことだったかもしれない。だが捜査中、悪い評判はひとつも聞かれず、また熟練の審判員兼コーチとしても彼はよく知られていた。

カビールはタリバン支配下のカブールで、少年たちがサッカーをする権利を守るために闘っていた。本人が移民局に伝えたところによれば、それは簡単なことではなかった。タリバン政権は、次々と新しい規則をつくっては、ユニフォームの袖の長さやズボンの丈や、選手たちがどの程度までゴールを祝ってよいかなどに制約を課していった。だが、カビールはサッカーのために闘った。生きるために必要なものだからだ、というのが彼の弁だった。ほかの娯楽はすべて禁じられていた。音楽は禁止され、映画や演劇の鑑賞も許されていなかった。本は焼かれ、女性は家に閉じこめられているか、ブルカの下に姿を隠していなければならなかった。市内にあるガージ・スタジアムでは定期的に公開処刑がおこなわれ、まるで殺人や手足の切断が人気の娯楽としてサッカーにとって代わったかのようだった。

そういう現実とは別の何かを人々に届けることが、カビールにとっては自身の存在にかかわる問題となったのだろう。彼はサッカー少年たちのために試合やトーナメントが開催できるよう奔走した。そうした努力が彼の人気を押し上げた、と本人は説明している。人々が彼のもとにやってきては礼を言った。だが、しだいに当局との衝突も増えていった。そしてとうとう逮捕され、拷問が待っていた。彼の来歴には疑問ののこる点もあり、逮捕の話を鵜呑《うの》みにはできないと、ミカエラは思った。しかし移民局は、実際にタリバンが彼に何をしたかを示す医学的証拠を確認したとしていた。彼がひどい暴行を受けたのは間違いなかった。

検死報告書によれば、被害者の肋骨《ろっこつ》と顎に、今回の事件に起因しない骨折の痕《あと》があったという。

両手首には鎖か何かによってついた傷痕がうっすらとのこり、胸部には凍傷の痕があった。ひどい経験をしたのは間違いないが、困難に打ち勝つ気持ちに支えられていたのだろう。二〇〇二年の八月にスウェーデンに渡ってくると、すぐにカブールで携わっていた活動を自分なりのやり方で再開した。スポンガの難民受入れ施設にいたときから、地元のサッカー場を探しては、少年チームの練習にかかわっている人々との関係を築いていったのだ。

「わたしにとってはこれが生き延びる術《すべ》になったのです」と彼は言ったという。

ボールを拾い、カラーコーンを立てながら、助言を与え、選手を褒めた。やがてジュニア・チームの試合で審判を務める機会が与えられ、すぐに誰の目にも明らかになった――この人にならば審判を任せても問題ない。人々は彼に注目した。とりわけ独特の身振りでピッチを動きまわる姿が目を引き、少しずつ責任の大きな役割も任せられるようになった。そしてついに国内トップを争うユース・サッカーの大会審判員に任命されたのだ。事件の三週間前の五月には、テレビのスポーツ番組〈スポーツスペーゲルン〉の取材を受けている。事件当日の六月二日、彼がグリムスタ・スタジアムの芝に足を踏みいれたとき、この男には見覚えがあると思った者が観客のなかにもいたのはそのためだ。目撃者のひとりで選手の母親のルート・エーデルフェルトは彼を戦争の英雄のように見ていたし、彼のしぐさには哀愁が感じられると大げさに言う者もいた。

カビールがストックホルム郊外のアカラ地区にあるトルネオ通りの集合住宅に用意された部屋に住み、カブール時代と同じバイク修理工として長時間働いて暮らしていたことは、捜査チームも把握していた。脅迫を受けていたとか、おびえている様子だったとかいう情報は受け取っていない。一時をまわる直前、試合開始のホイッスルを吹く姿は自信たっぷりに見えた。試合の記録映像は二つあった。両チーム――ユールゴーデンとブロマポイカルナのU-17チーム――がどちらもビデオカメラを回していて、映像を見ればカビールがただひたすら試合に集中していたのは明らかだった。たまに空を仰ぐことはあったにしても。

　嵐が近づいていた。夏にしては並外れて気温が低く、客席にいる人々はコートや長袖のトレーニングウェアを着こんでいた——ただひとり、ショートパンツと胸に〈Buitoni《ブイトーニ》〉のロゴが入ったナポリ・チームの水色のユニフォームシャツを着ている人物がいた。着ている本人にとっては大きな意味のある大切なユニフォームだ。ミカエラは誰よりもそのことをよく知っていた。ベッペは昔、八〇年代のナポリ全盛期の話ばかりしていた。件《くだん》のユニフォームシャツは、マラドーナのナポリがセリエAを制覇したときの記念すべきユニフォームのレプリカだ。

　最初、ユニフォームシャツには少しも汚れがなく——アイロンさえかかっていたかもしれない——、ベッペ自身も上機嫌だった。それもそのはず、彼はこの試合のいちばんのスター選手、マリオ・コスタの父親なのだ。しばらくは〈ゲータレード〉の緑色のボトルから、おそらく水ではない何かを飲みながら歩きまわり、息子自慢をしていた。だが、いつものことながら、そのあと気分が変わった。その日の天候のせいでもあっただろう——後半の途中で激しい雨が降りだしたのだ。しかし何よりも、試合そのものが問題だった。ユールゴーデンが同点に追い上げたところで、ベッペが叫びはじめた——おもにカビールに向けて。

「見えてないのか？　この野郎！　笛を吹きやがれ！」大声で叫んでいたが、かなり長いあいだ誰も気にかけてはいなかった。集中すべきことがほかにあったからだ。2-2になり、試合は興奮度を増してしだいに熱を帯びていった。その興奮が最高潮に達したのは試合終了間際、アディショナルタイムに入ったときだった。マリオがペナルティエリアすぐ外でボールを奪い、二、三人とパスを続けて、シュートを決めようとしたとき、その場で転倒させられたのだ。

「ペナルティだろ！　なんだよ、とれよ、そこはペナルティだろうよ！」ベッペは叫んだ。そしてこのときばかりは、おそらくベッペが正しかった。

記録映像を見れば火を見るよりも明らかで、そのときのカビールはホイッスルを吹こうと構えたようには見えた。けれど、吹かなかった。ペナルティは与えられず、怪我をしたマリオはペナルティエリアで倒れたまま叫び声をあげていた。ベッペがピッチへ駆け下りて、そこで怒りが大爆発した。ベッペは完全に逆上していた。ジャマル・カビールの態度に威厳が感じられたと多くの人が言ったのは、おそらくはそのためだ——少なくとも、ミカエラはそう思った。

カビールの落ち着きはらった態度は怒り心頭のベッペとは対照的で、生前の姿が写った最後の映像では、この場は完全に自分が仕切っているという空気を漂わせていた。まるで〝わたしを揺り動かすことはできない〟と体で伝えているかのようだった。だが、そのとき何かが起こった。とつぜん誰かがカメラにぶつかり、映像はそこで途切れた。コーチや保護者たちがベッペをカビールから引き離し、なんとかその場を落ち着かせると、ベッペはスタンドに戻って座席にすわった。そこで今度は水筒の飲み物を飲みはじめたが、やはり明らかに水ではなかった。カビールが立ち去ったのはそのときだ。同時にほかの人々も去っていき、マリオさえも怪我の痛みを抱えつつ、父親を待たずに行ってしまった。アリーナはすっかり空になり、のこっているのはベッペと管理人だけになった。

だがカビールは遠くへ行ってはいなかった。競技場を出てすぐのグルドラガル小路で立ち止まり、雨のなか携帯電話を取りだして画面を見ていたが、通話やメールの送受信はしていない。ある目撃者の証言によると、何かに迷っているか、心配しているような、あるいは、少なくとも警戒しているように見えたという。そして、目の前の木立のなかへ消えていった。

ミカエラにはそこが理解できなかった。どこへ行く近道でもないし、下生えに覆われたのぼり坂だ。だが彼は入ってゆき、生きて戻ることはなかった。ほぼ同じ時刻にベッペが席を立ち、カビールについて口汚い罵《ののし》り言葉を吐きながら、同じ方向へ消えていったという事実は注目に値する。決定的な数分間に何が起こったのか、たしかなことは誰にも言えない――ただ言えるのは、とつぜんの暴力がカビールを襲ったこと、どんな見方をしたところで状況証拠はベッペに不利だということだ。

ベッペは自分が深刻な暴力事件を起こす可能性を行動で示していた。そしてカビールのあとを追うようにグルドラガル小路のほうへ千鳥足で向かっていったときには、手に石を握っていた。カビールが頭蓋骨《ずがいこつ》を砕かれて死んでいた森から、ベッペは血まみれになって出てきた。地下鉄の監視カメラの映像には、黒っぽい染みだらけのTシャツを着て、ショック状態で呆然とすわっている彼の姿が写っている。

ベッペには、殺人を犯すだけの動機も、機会も、性格もそろっているように思われた。

6

ジーンズに青いリネンのシャツを腕まくりして現れたハンス・レッケは、カーブした階段を駆け下りてくるなり、ソファで待っていたミカエラたちのそばに腰を下ろした。薄いプラスチックのフォルダーを片手に、急に止められたランナーのように左脚を震わせている。

「申しわけない」レッケが言った。

申しわけなさが伝わってこない。妻や娘とちがって、彼はこちらの目をいっさい見ない。握手すらしない。ただ戸惑ったように視線を床に向けたまま、もっていたフォルダーをコーヒーテーブルに置いた。中距離走者を思わせるアスリートのような体型が、ミカエラには意外な驚きだった。長身で、全身が引き締まり、腕の筋肉が張っている。だが何よりも彼女の目を引いたのは彼の手だった。骨格からしてほっそりとしていて上品だ。彼女は思わずうつむいて、自分の手を見た。労働者の手だ。居心地の悪さを感じて、窓の外に広がる海に目をやった。そして視線を戻したとき、彼女を見つめるレッケと目が合った。気まずい。それに目を合わせる相手が完全に間違っている。

このチームでミカエラは何者でもない——インターンみたいなものだ。見るならフランソンのほうだろう。なのにこっちを見ている。彼女はすぐに顔をそらしたが、その一瞬でレッケの顔はじゅうぶん目に入った。妻や娘のように美しいわけではない——むしろ鷹《たか》を思わせる顔だが、彫りが深く、人を惹きつける強い個性を放っている。淡いブルーの瞳は心の内側までも見透かしてしまいそうだ。

「では、始めましょうか」フランソンが言った。またいらいらしはじめている。

「ああ、そうですね、もちろん」レッケはみんなの顔を見まわしたが、ミカエラを見つめていたときのような強い視線ではなかった。

「マッティン・ファルケグレン警視監が、われわれの捜査資料を送ったと聞きましたが」フランソンが切り出した。

「ああそう……たしかに……そうでしたね」

何かに気をとられているのか、レッケの答えがはっきりしない。

「で……?」フランソンがうながす。

「で?」

「コスタについてどう思われますか?」

「コスタ?」

レッケは彼らが車を停めた砂利敷きの庭を見ている。別の考えごとをしているみたいだ。

「もちろん、資料はお読みいただいていますよね? でなければ、われわれは今日なんのためにここへ来たのかわかりません」

「ええ、読みましたよ」

「そうですか、それはよかった」フランソンが腕時計に手をやった。まだ緊張しているように見える。「われわれは容疑者に自白させる方法を探していまして」

「それは承知しています」

「なら、話は早い。というのも、すでにいくらかは助けていただいていますから。間接的に、と言いますか。われわれが使った手法が、あなたがお話しされたものだったと聞きました。われわれの理解が正しければ、以前、テッド・バンディのインタビューでジャーナリストが使った手法だとか」

レッケはまた目をそらし、外の噴水のほうを見た。そわそわと落ち着きがない。

「あれはちょっと、僕がどうかしていてね。いい話でも何でもないんですよ」

「と言いますと?」

「スティーヴン・ミショーは——そのジャーナリストだが——たいした情報を引き出してはいないんです。それに、そもそもどうしてその話をしたのだったか。おだての効果を信じているとでも言いたかったのだとは思うのだが。ほら、昔から言いませんか? 受け取る称賛の大きさはその人の真価に反比例すると」

カール・フランソンはその言葉の意味を考えてみたが、よく理解できないようだった。身を乗りだして、変な動きで右手を前に出した。

「そう……そうかもしれませんが……しかし本件はそれで本当に——」

フランソンが言い終わらないうちに、レッケが口をはさんだ。「おや、今朝は射撃場に行かれたのですね」

「はあ、そうですが……なんでそれを？」フランソンは驚いて彼の顔を見ながら右手をひっこめ、腕組みをした。

「いや、ただのあてずっぽうですよ。何でもありません。さえぎって申しわけない」

「お話ししたとおりですが」フランソンは続けるが、確信はさらにゆらいでいる。「われわれは容疑者の男に口を割らせる方法を知りたいのです。とりわけ、あの男の人格面の障害を考慮したうえで」

「それは、ペール・ヴェルネルによる〈P7〉の結果のことですね？」

「それもありますが、取調べ中の彼のふるまいや大げさな自慢話の多さには、われわれも気がついていました」

「誇大妄想があると？」

「そうです。誇大妄想。それと衝動性。平たく言えば、サイコパス。あるいは、別の意見をおもちでしょうか……専門家としていかがでしょう？」

「専門家として申しあげると、多くの人間が彼をサイコパスに仕立てたがっている、というのが僕の意見ですね」

「と言いますと？」

「何と言ったらいいのか。その語には活力剤のようなところがあるでしょう？　コーヒーに垂らす少量のブランデー、あるいは日常生活の退屈を埋め合わせてくれる食前酒のような」

「おっしゃっていることがよくわからないのですが」

「いや、申しわけない。悪い癖でついたわごとを」

レッケが急に黙りこんだ。瞳がどんよりとして、深く集中した状態から出たり入ったりしているみたいに見える。

「いい腕時計だ――スタイリッシュで、かつクラシックな趣がある」レッケが言った。

フランソンが腕時計に目を落とす。

「え……ああ、それはどうも」

「しかし、竜頭《クラウン》が傷んでいるようだ。見てもらったほうがいい。でないとはずれてしまいます」

「べつに傷んでなんかいないんだがな」フランソンは不機嫌そうにぶつぶつ言いながら、シャツの袖を引っぱって腕時計を隠した。

「ところで、もっと大事な話ですが、その〈P7〉に煽《あお》られて動くのは本当に賢明なことでしょうか？」

フランソンが驚いて問い返した。

「それはどういう意味でしょう？」

「たとえば、〝munvig（口巧者《くちごうしゃ》な）〟という語がある」レッケが説明を始めた。「これは最近よく使われている言葉だろうか？」

「えっと……いえ、そうでもないと思いますが」

フランソンが、〝ほらな、話の通じるやつじゃないだろ〟とでも言わんばかりにみんなの顔を見た。

「あなたはどう思う？」レッケがミカエラのほうを見る。「あなたの住む界隈《かいわい》ではそんな言い方をしますか？　あれは昨日会った口巧者な男だ、とかいうふうな？」

「いえ、そういう言い方はしません」ミカエラは答えた。

「しかし資料では三回も使われている。なぜそんなことが起こるんだろうか？」

「知りませんよ」フランソンが言った。

「では、説明いたしましょう」レッケが言った。「〝munvig（口巧者な）〟というのは英語の〝glib《グリブ》（口達者な）〟からの拙《まず》い翻訳だったんです」

「グリブ？」

「さよう。辞書を引けば、〝おしゃべりな〟、〝饒舌《じょうぜつ》な〟、〝表面的な〟などいくつかの語を使って語義が説明されている。しかし、ミア・イェルリングがロバート・D・ヘアの著書『診断名サイコパス――身近にひそむ異常人格者たち』をスウェーデン語に翻訳したとき、数ある訳語の候補のなかから、よりによって〝munvig（口巧者な）〟を選んで充てた。それが定着した、というのも、ヘアのサイコパス診断チェックリストのいちばん上の項目にその語が使われていたからなんだ。〝口巧者で魅力的な〟というふうにスウェーデン語版では訳されているのですよ」

「おっしゃっている意味がよくわからないのですが」フランソンが言った。

「その語が定着して、もっと一般向けの本でも使われるようになった。言い換えれば、もっと気軽に読める本。たとえば『サイコパスの見つけ方』のようなね」

「なるほど」フランソンは見るからにおもしろくなさそうだ。

「そう。そしてその本をあなたとサンドベリ警部補はお読みになった。そうですね?」

「だったらどうだと言うんです?」

「こうしてあなたがたは色眼鏡をかけた」レッケは静かに言った。

「われわれがでっち上げたとおっしゃるのですか?」

「いやいや、そうは言っていない。たんにあなたがたのものの見方がほんの少し変わったというだけで。誰しもあることです。とくに、人の心を魅了する本を読んだあとには。だが今回のケースで厄介なのは、異議を唱える声がなかったことだ。悪魔の代弁者《アドウオカートウス・ディアボリ》がいない。否定道《ウイア・ネガティーウア》がない」

「何がないですって?」

「あなたがたは全員――いや、ほぼ全員――同じひとつのことを目指してきた」

「そしてそれは……」

「ペール・ヴェルネルの〈P7〉の結論を裏付けること。じつに残念なことです、なにもペールが馬鹿だからというだけではなく」

「馬鹿なのですか?」

「ああ、総合的に見て馬鹿ですよ。だがそれ以上に、悪循環が生まれて、取調べにおける〝確証バイアス〟あるいは〝集団極性化〟と心理学者が呼びならわしている傾向が強化されてしまった」

「何ですって?」

「警察では〝視野狭窄《きょうさく》〟という用語を使っているのではないですか?」

レッケのその言葉は電気ショックのようにチームを貫いた。だが、チームの男たちは何を言われたのかすぐには理解できていないのを、ミカエラは見てとった。フランソンはぽかんと口をあけていた。そして怒りと混乱の混じったわめき声で言った。

「いったい何が言いたいんだ？」

レッケはほんの一、二秒、彼と視線を合わせ、それからミカエラのほうを向いた。

「強力なリーダーのいる均質なグループでは、よくあることです。あなたがたには強力なリーダーがいますか？　どうですか、ミカエラ？」ミカエラはどきっとした。それはレッケが名前を憶えていたからだけではなかった。彼女の心に隠れていた何かに火がついたのだ――復讐《ふくしゅう》心のかすかな火花が生まれたとすら言っていいかもしれない。

「いいかげんにしてくれ」フランソンが語気を強めて言った。レッケはもうここから立ち去りたそうに見える。

レッケが左脚を震わせはじめた。さっきここに現れたときと同じだ。だが今度は、ゆっくりとまばたきをして、背筋をぴんとのばした。これからステージにでも上がるかのように。目はフランソンの頭の上の一点を見据えている。

「では、一人目の目撃者の証言から見ていくことにしましょう」とレッケが言った。

「一人目？」

「グリムスタ・スタジアムの管理人、ヴィクトル・ベンクトソン。彼は、ピッチの端でコスタがしゃがんで何かを拾いあげるのを、陸上競技用トラックから見ています。何を拾ったか、彼は知らなかった。しかしあなたがたが、段階を追ってコスタの手に石を握らせたようです。〝それが石だった可能性は？〟とアクセル・ストレーム警部補が調書の一三八頁で質問し、ベンクトソンが〝はい、そうかもしれません〟と答えている。そのあと急に、コスタが手に石を握っていたというのが事実になっている。ちょっと変だとは思いませんか？」

「われわれは事実としてとらえてはいません」

「それから口汚い罵り言葉だ。ベンクトソンはコスタが審判員を罵ったのを聞いている。だが、コスタは〝あのろくでなし、殺してやる〟と本当に言ったのか？　当初、言及されていたのは、ごくふつうの罵り言葉についてだけだった。〝彼なら人を殺してもおかしくないように見えた〟と、ベンクトソンが言ったと。ところが、どういうわけかその部分の記載が、コスタの口からさっきの言葉が出てきたことに変わっている。ベンクトソンの記憶が改良されたわけだ」

「それはちがう。われわれはつねに、証人の言うことを批判的に検証しながら質問をしている」

「形のうえではそうかもしれません。だが実際のところそうなっていない。いずれにしても、ベンクトソンの証言はかなりましなほうです。フィリップ・グルンストレムという若い目撃者の証言はもっとひどい」

「何がひどいというんだ」

「感受性の強い若者です。ちがいますか？　相手の望みを読みとってしまう。気持ちはわかります。あの年頃では誰しも、ほんの十五秒でもスポットライトを浴びるためなら何でもするものでしょう。コスタが汚れたナポリのユニフォームを着ているのを、フィリップが見たのは明白だ。しかし、どこで見たのかははっきりしなかった——少なくともはじめは。それが徐々にはっきりしてきて、あら不思議、コスタがグルドラガル小路のそばの森からおぼつかない足取りで出てきたことになっているではないですか。同じ瞬間、彼のシャツについた赤い泥が血になった。おもしろくありませんか？　いかにひとつの思いこみが別の思いこみを補強し、それが今度は別の目撃者への話のもっていき方に影響するかというのは」

「暴論だ」フランソンは立ち上がりかけたが、自分の体重に引っぱられて、どさっとまたソファに沈んだ。

「そうかもしれない……」レッケは言った。「だが、あなたがたは関心を向ける情報を選《え》り分けてどんどん絞りこんでいる。それにじつのところ、なぜそこまであなたがたがコスタを疑っているのかがわからない。たしかに彼の説明は筋が通らない。それは認めましょう。だがおもしろいことに、真実とはえてしてそういうものなんだ。型にはまらないことが多い。調書にあるように、彼が道沿いの溝のなかを歩いた可能性は本当になかったと言いきれるだろうか？　彼はすでに雨に濡《ぬ》れて怒っていた。だからもっとびしょ濡れになって、怒りをさらにつのらせていたとしてもおかしくはないだろうし、たまたま転んで、肘《ひじ》を怪我して、溝のへりに緑色のハンガーが落ちているのを見た可能性も、なかったとは言いきれないのでは？　緑色のハンガーですよ？」

「それがどうしたっていうんだ」

「いや、べつにどうもしません。ただ妙に細かな説明が目を引いたものでね。もし嘘をついているなら、なぜわざわざそんなことを言ったのかがわからないのです。ハンガーはいいとしても、なぜ緑色なのか。緑色のハンガーなんて、一生のうちに何度見るものだろうか？」

「知りませんよ」

「僕も知らない。だがとにかく、ここにひとつある」

レッケはプラスチックのフォルダーから一枚のポラロイド写真を出した。それを見てミカエラは驚いた——これは！　溝に落ちた緑色のハンガーが写っているではないか。

「思ったより遠いところにあってね」レッケは言った。「だいぶ捜しましたよ」

「では、現地へ行かれたのですか？」ヨーナス・ベイエルが、とつぜん目が覚めたみたいに口を開いた。

「ええ、ハンガーを捜しに行ったわけではないですが。泥と水に興味がありましてね」

「なぜ？」フランソンがなんとか一言吐きだした。

「あのあたりの湖や沼は腐植栄養性で酸を多く含んでいる。石灰質が少ないんだ。そのため、泥は赤茶けた色味になり、溝の水は血が流れてきたみたいに見える。ちょっとした実験をしてみたんです」

「どんな実験ですか？」ヨーナス・ベイエルが尋ねる。

「なにも科学的なものじゃありません。たんなる比較実験です。これは白黒で――目の粗い白黒ですが」レッケはそう言いながら、フォルダーから別の写真を二枚取りだした。

一枚は彼らも見慣れたものだった。地下鉄の座席にすわっているジュゼッペ・コスタの全身をとらえた写真。髪が乱れて、汚れたナポリのユニフォームを着ている。もう一枚は細身で長身の人物で、写っているのを意識して、防犯カメラに向かって笑っている。

写っているのはレッケ本人だ。彼もまた、汚れたTシャツを着ている。

「やってみてわかることもあろうかと思いましてね」彼は言った。

「あなたも溝に入ったというんですか？」フランソンが訊いた。

「Tシャツを泥水に漬けてこするだけにしておきましたよ。それを着てヴェリンビーの地下鉄駅まで歩いたんです。しかし、これはおもしろかった。すごいことではありませんか？　二枚のシャツがこんなにそっくりに見えるとは」たしかにそっくりに見える。ミカエラは恥ずかしさを感じずにはいられなかった。

防犯カメラの映像に、ここまでの説得力があると思ったことがあっただろうか。

「そうすると、コスタのシャツに血はついていなかったということですか？」

ヨーナス・ベイエルがまた質問した。頭のなかを整理しようとしているようだ。

「いかにも。僕はそう考えています」

「じゃあ、コスタはなぜそのシャツをすぐに処分したんだ？」フランソンが突っこむ。

「さあ、それはわからない」

「わからないんですか？」

「ああ、わからない」レッケは続けた。「だが、彼の言い分はそのまま受けとめるべきなのかもしれない。ユニフォームシャツは汚れてぼろぼろになって、二カ所が裂けていた。本当にもう洗う気が起こらなかったのではないだろうか。あなたがたはなぜそのシャツが彼の大事なものだったと決めこんでいるのか？」

「では、容疑をかける理由はないとお考えで？」

「もちろん、シャツが見つかればそれに越したことはなかったのでしょうが。だが、もっと気がかりな問題はほかにいくつもある——そうは思いませんか？」

レッケがミカエラのほうを見る。

「え……いえ、わたしは知りません」彼女は言った。

「そうですか？　彼女はちがうタイプの質問をしている。ほかのかたがたとは目のつけどころがちがった。だから変化が起きたのでしょう、彼女は……」

レッケは鋭い眼差《まなざ》しでミカエラをじっと見た。いまにも真実を声に出して言ってしまいそうな面持ちで、そしてそれを聞きたくない彼女の気持ちに彼はおそらく気づいてもいる。ミカエラは気まずさを感じ、落ち着かなくなった。レッケは言葉を切って少し間をおき、調書に書かれていたコスタの過去の暴力事件に話題を移した。

「これらの事件の際立った特徴は何だろうか？」レッケが問いかけた。

たいに答える。

「暴力的な攻撃性です」ヨーナス・ベイエルは、すでに鞍替《くらが》えしてレッケの弟子にでもなったみ
「そのとおり。だが、ほかにもあるだろう？」

「何でしょうか？」

「ひどくやかましい騒音だ。暴力事件を起こしたとき、コスタは毎回、叫んだり怒鳴ったりしている。しかし、どうだろう、ジャマル・カビールが殺されたときは？」

「われわれにはわかりません」

でも静かだったはずだ、とミカエラは思った。

「そう、われわれにはわからない」レッケは言った。「しかし、わかることもいくつかはある。ジャマル・カビールは振り返らなかった。側方あるいは前方から殴打は加えられていない。犯人は後頭部だけをねらって殴っている。怒鳴り声や罵り言葉がそのまえに発せられたとは考えにくい。しかし、何よりも――」

「何だ？」フランソンが荒々しい声で返す。

「何度も上から殴打されている。尋常でない力で頭蓋骨が砕かれているようだ。骨にいくつも入ったひび割れの向きは、いわば外傷の向きだ。だが、一発だけ異なるものがある。その一撃によって瞬時に頭蓋が拡張したんだ――Y字形に形成された亀裂《きれつ》の突出した部分からそれはわかる。そしてこれが示すことは何か？」

「その一撃は下から加えられた」言葉がミカエラの口をついて出た。

問われるまえからそう思っていたのだ。

「そのとおり。では、何度も加えられた殴打のうちのどれだったのだろうか？　もし、カビール

が前向きに倒れたのなら？」

「一発目です」

「まさに。そして、コスタの身長は？」

「一八七センチです」

「カビールは？」

「一七三センチ」

「したがって、ここまでの情報をもとに考えれば、犯人は被害者よりも背が低い、もしくは高くない。しかし何よりも、この手の冷静で整然とした怒りとコスタの性格とを結びつけて考えることがどうしてもできない。なぜなら、彼は――これが最初の質問の答えになるのだが――コスタはサイコパスではないからだ。彼はあまりに感情的だし、不安に支配されやすい」

「では、彼は何なのですか？」

「アルコール依存で外向的。自尊心が強くて辛辣《しんらつ》でもある。暴力に訴えがちなのも間違いない。しかし、審判員を殺したのは彼ではない。あなたがたは間違っている」レッケの声には勝ち誇ったようなところや優越感は感じられず、ただ申しわけなさが滲んでいる。

にもかかわらず、レッケの言葉は平手打ちのように響いた。この大きな家のなかにいて、レッケがひどく洗練されて見えたから、余計にそう感じられた。長身の細い体の、どの部分をとっても優れて見えたのだ。

フランソンが立ち上がったことにも、ミカエラは少しも驚かなかった。

「もうそこまでで結構です」フランソンは口早に言った。

「本当に？」

「あなたが警察の仕事をご存じないのはよくわかった」フランソンが吐き捨てるように言った。レッケも立ち上がって、さっきと同じ物憂げな微笑みを浮かべて主任警部を見ていた。

「それはそうかもしれません」とレッケは言った。「だが、それでもあるパターンは見えている。それとカビールのビデオを、最後のホイッスルのすぐあとのところを、もう一度見ることをお勧めします」

「何を言っているんですか。それならもう一千回も見ましたよ」

「もちろんそうでしょう。でも変ではありませんか？　カビールがあれほど冷静なのに、一方でコスタが叫んだり、わめき散らしたりしているのは？　カビールのほうはまるで達観しているかのようだ。なんだ、また変なやつが来たよ、とね。しかし、そのあとだ。カメラに何かがぶち当たる直前、急に何が起こったか？　彼の視線は右斜め前に向けられ、別の何かを見ていた。そしてその何かに彼は恐怖を感じた」

「視線が揺れているだけです」

「本当に？　じつは僕の考えでは――」

「あなたの考えに興味はありません。たわごとばかり、もう充分だ」

「それは申しわけない」

「では。今日はありがとうございました」フランソンが玄関のほうへ去っていく。ほかの三人はしばらくどうしていいかわからなくなった。ベイエルとサンドベリは急な方向転換についていけず、フランソンのあとを追うか、レッケのもとにとどまるかを決めかねていたが、結局は上司につく気持ちが勝ったようで、ブロンズ像のそばには深く集中したままのミカエラだけがのこされた。

「教授はどうお考えなのですか？」

「何を……」レッケは質問の意味がのみこめていない。

「タッチラインのところに、もうひとり誰かいたとお考えなのではないですか？　まだわたしたちが突きとめていない誰かです」

レッケが彼女を見た。まえとはちがう見方だ。前は彼女も調査対象であるかのように、純粋に知的な興味をもって見ていたが、いまやその興味を失ったかのような見方だった。

「おそらくそうだろう」レッケはためらいながら答えた。自分も立ち去ったほうがいいのではないかと、ミカエラは思った。だがそのとき、カビールのこと、彼がピッチで見せた重苦しい表情が頭に浮かんだ。

「ジャマル・カビールについてはどうですか？　彼をどう思いますか？」ミカエラは尋ねた。

レッケが、はっとわれに返ったように見えた。困惑の表情で彼女を見ている。

「僕はあの男が信用できなくてね」レッケが言った。「経歴に空白があるからだけではない。古い傷のことも気になる。気がついたんだが、あの傷痕が示すのは……」声に熱が戻っている。

だが言い終わらないうちに、廊下のほうから興奮した人の声がして、彼の言葉はさえぎられてしまった。声とともに小さな足音も聞こえてきた。邪魔をしないよう気遣うようなその足音の主はレッケの妻だった。キッチンから出てきて、ふたりを訝《いぶか》しげに見ている。いらだっていたかもしれない。そのとき、玄関のドアが大きな音を立てて閉まった。三人ともそちらへ向かい、娘のユーリアが、目の前を通りすぎる彼らを、興味津々の表情で食らいつくように見ている。ミカエラのそばでレッケがささやいた。

「彼女はうちの小さなスパイなんだ」

「え？」

「秘密を知られないように気をつけて」

レッケの言い方はいたずらっぽく、ドアの閉まる音などすっかり忘れてしまったみたいに聞こえたが、ミカエラにはかまっている余裕もなかった。

外は日射しが強く、足が重く感じられた。ミカエラは足元の砂利を見下ろした。フランソンとサンドベリが車から早く来いと手招きしながら呼んでいる。ミカエラは考えごとに浸ったまま、誰にともなく毒づいた。ふと気配を感じ、はっと振り向いた。さっきと同じ鋭い視線でじっと見られている気がしたのだ。でも気のせいだった。

向こうに見えるテラスの脇では、レッケが妻の腰にさっと手をまわして大きな家のなかに消えていった。その足取りは軽く、何かを気にしているふうでもない。今日の訪問だって、彼にとっては論文の脚注のひとつみたいなものなのだろう。もっと重要な何かにいたる途中の通過点のひとつにすぎないのだ。ミカエラは押し寄せる怒りと屈辱を感じていた。

何かを決めこんだような表情で、彼女は車に乗りこんだ。車内の熱い空気に息がつまった。

7

フランソンの巨体が凍りついた。

まるで全身がつったみたいだった。この一週間、彼はいつになく上機嫌だった。それはたぶんレッケ邸訪問のことを誰も口にしなくなったからだろう。あの日以来、レッケ教授との一幕は幻だったかのように印象が薄れていった――手品のトリックみたいなもので、あの場では彼らも惑わされたが、いったん厳しい現実に戻ってみれば何の意味ももたなくなったのだ。七月のあいだずっと、フランソンと部下たちは以前と同じ仮定のもとに捜査を進めていた。心理学的手法に頼らずとも、ジュゼッペ・コスタがもう少しで口を割りそうないま、疑いをさしはさむ余地はどこにもなかった。

ほら吹きのろくでなしの男は、すっかり精神が参ってしまい、あきらめと混乱のなかに沈んでいた。〝おまえがやったのか〟の問いにたいする彼の答えはいまや「わからない」の一点張りで、彼が記憶を失っているあいだに犯罪が起きたと言われれば、もうそれでいいと言ってしまいそうにも思われた。総じて、明らかにコスタがやったという見方は以前と変わらず、モルテン・オデルスタム検事長は殺人、あるいは少なくとも故殺の罪で彼を起訴する準備を進めていた。別の言い方をすれば、捜査チームの日常に大した変化は起きていなかった。フランソンはフライフィッシングをしに北のオーヴィク山地へ行きたくて仕方なかった。早くすべてが終わってほしい。新聞にあれこれ書かれては苦しみ、ろくでもない警視監からの電話に心乱される日々が早く終わってほしいと、彼は願うばかりだった。だが自分が望むほどに人生がうまくいくときなんて、そうそうあるものだろうか？

この日、八月四日の朝、ミカエラ・バルガスは迷いのない足取りでオープンプランのオフィスに足を踏みいれた。いつもの彼女とはどこかちがうと、周囲もすぐに気がついた。スカートとヒールで来たからだけではない。……笑顔だ。それはレッケ邸を訪ねて、すっかり興奮して彼の言うことを全部のみこんでいたあのとき以来、ずっと浮かない顔をしていた彼女が見せた初めての笑顔だった。次の瞬間、フランソンは彼女に手を見られていることに気がついた。おれの手がどうしたっていうんだ？　彼女は何かを握っているようだ。小さな、ピカピカした、ピンのようなもの。まさか……？　彼の〈シャフハウゼン〉のクラウンだ。最初はよく理解できていなかった。

あるいは、何食わぬ顔して時計の元の位置に差しこめばいいくらいに思っていたかもしれない。だがはっと気がついた。二十万クローナのこの腕時計は壊れている。

「いったい、何だって言うんだよ」彼は大声で言い、わめき声とともに立ち上がった。それを渋い顔で見ていたのはミカエラだけでなく、チームのほかの面々も同じだった。

フランソンはNKデパートの時計売り場へもっていかなければというようなことをつぶやいた——すぐに修理してもらわなければ、と。それなのに体が動かなくなってしまった。とつぜん不安に襲われて、おそらくはそのせいで、彼はその場に立ったままミカエラを見ていた。すべての始まりは彼女なのだ。彼女はもう席に着いて、さっきの笑顔から不気味なくらいに決然とした表情に変わっていた。両肩と背中を緊張させて携帯電話を握りしめている。そして彼女が電話をかけている相手がレッケ教授だと気づき、フランソンはぎょっとした。

＊

まったくレッケという人は。

あの訪問からしばらくのあいだ、ミカエラはレッケの言ったことが間違いであってほしいと思っていた。あの大邸宅のなかにいるだけでもかなわないというのに、妻と娘があんなにきれいで、おまけに何でもよくわきまえているなんて、なかなか消化しきれるものではなかった。だが彼の言葉は、考えるのをやめようとすればするほど頭から離れなくなり、ついには、胸のつかえでしかなかったものが、かなり明確に理解できるようになったのだった。つまり、自分たちは方針を誤っているのだと。とはいえ、誰も彼女の言うことに耳を貸さなかった。ぼんくらの刑事たちは、ベッペが危機的な精神状態に陥って、もはや否定することも大げさな話をすることもできないという事実にすっかり興奮し、ほかの話が耳に入らなくなっていた。

みんなと異なる意見を口にしたとき、彼女に向けられたのは困惑した視線と守る気もない約束ばかりで、結局は――ユシュホルム訪問から一週間後に――やっぱりレッケに連絡してみようと決めたのだった。不本意ではあった。自分がめずらしい小さな鳥になって上から観察されているみたいな気持ちになるのは嫌だったし、従順にお辞儀をするブロンズの少女像になったみたいに感じるのはもっと嫌だったのだ。それでもなんとか勇気を奮い起こした。これは個人的なことではない。殺人事件の捜査なのだ。だからある晩、シスタの自宅でビールを二、三本空けて、ヴァネッサと電話で一時間ほどしゃべったあとで、ミカエラはレッケの自宅に電話をかけた。キッチンで、窓の外に見えるシスタ教会のほうを眺めながら。電話に出たのは女性だった。ロヴィーサ・レッケだ。ミカエラはカチコチに緊張しながらややもってまわった言い方で、自分が誰であるかを伝えた。

「まあ、このまえいらっしゃったかたね」ロヴィーサは、いかにもミカエラからの電話がうれしいみたいに答えた。

「レッケ教授はご在宅でしょうか」肩書で呼んでよかったのかどうか気にしながら、ミカエラは尋ねた。

「あいにく留守にしておりまして。先日のお話で、気を悪くされていなければよいのですが。あの人ときどき失礼なこと言いますから。悪気はないのですけれど」

「いいえ、本当のことを言っておられたと思います」

「ええ、そうなんですけれども。ときどき、壁の向こうまで見えているみたいなことを言うものですから。ユーリアもわたしも秘密はじょうずに隠さなきゃと冗談を言っているくらいですのよ」

「教授はいまどちらにいらっしゃいますか？」

「スタンフォードに戻りました。でも、連絡していただければ喜ぶと思います。あなたのこと、気に入っていましたから」

言葉どおりに受け取ったわけではない……でもそう言われて、ミカエラの自信は高まった。そして携帯の電話番号とメールアドレスを教えてもらったときには、急に期待がふくらみ、レッケがそれほど悪い人でなさそうに思えてきた。だが、実際に携帯電話にかけてもレッケが出ることはなかったし、何度メールを送っても返信はなかった。それでも彼女はレッケの言葉を振り払うことができず、数日後の通勤途中にもう一度ロヴィーサ・レッケに電話をしたのだった。

だがすぐに、何かがまえとは同じではないことに彼女は気がついた。「まあ、困ったものですね」ロヴィーサ・レッケに感じの悪さはなかった。ただ、まえとはちがって、声はどこか冷たく、彼女を突き放そうとしているみたいに聞こえた。

だからといってあきらめるわけにはいかなかった。あらたにつかんだ情報もあるのだから。ミカエラは再度グリムスタ・スタジアムへ足を運び、もう一度、関係者全員から話を聴いた。コーチや選手の親たち――ジュゼッペ・コスタのもとに駆けつけ、彼を芝の上に組み伏せた人々だ。このころにはもう、ミカエラはすでにその人たちのことをよく知っていた。自分の息子を誇りに思っている、善意ある中流家庭の父親たちだ。だが、その夕方はみんな警察署にいるみたいな雰囲気で、反感をあらわにして迷惑そうに彼女を見ていた。ニクラス・イェンセンさえも。

イェンセンは、背丈がミカエラと変わらない。赤いひげと、小さく細い目をしていて、ほかの父親たちより年長だ。たぶん六十歳くらいだろう。以前は好んで世間話をしたし、彼女の顔を見れば微笑んでくれた。でもこのときは、ブロマポイカルナのジャージ姿でタッチラインのそばに立ったまま、不満そうな表情でピッチにいる選手たちを見ているだけだった。

「もう片づいたとばかり思ってたんだが？」イェンセンは、目を合わせもせずに言った。

「まだいくつか確認したいことがあるんです」彼女は言った。「喧嘩があったとき、まわりに誰がいたかを挙げてくれましたよね」

「かなり離れたところにいたもんでね。よくは見えなかったんだよ」

「わかります。でも、挙げた以外に、誰かいませんでしたか？　誰かが近くを通ったとか。まだほかに誰かいた可能性があるんです」

「そんなことはないと思うんだが」

「でも、もし思い当たるところがあれば――」

「ないね」彼は言った。

「たしかですか？　なぜお聞きしてるかと言うと、ビデオを見れば、誰かが通りかかったのを見て、カビールがおびえているのが明らかなんです。そしてあなたのいた位置からなら、その人がよく見えたはずです」

「だったら、あの爺《じい》さんのことだな」

「爺さん？」

「ああ、まえに話したんだが」

「いえ、聞いてないです」

「サンドベリ警部補に話したんだよ」

サンドベリ、なんていまいましい。聞いたのに、調書に書かなかったというのか？

「記録になかったものですから」

「まあ、そうだな、たいしたことじゃないしな。ちょっと通りかかっただけなんだ。じきにふらっとどこかへいっちまった」

「どっちへ行きましたか？」

「グルドラガル小路のほうさ」

「どんな人でしたか？」

「その爺さんもアラブ人だったな。禿《は》げてて、わりと背が低くて、背中が曲がってたよ。足を引きずっていたと思う。ゆうに七十は超えてて、八十近かったかもしれんな。緑色のジャケットを着ていた。よくは見えなかったが、誰もよく見てないんじゃないか。みんなほかのことに気をとられてたんだから」

「なんてこと」ミカエラがあまりに激しい口調で言ったので、ニクラス・イェンセンはこうつけ加えた。

「いやいや、ただの小柄で弱々しい爺さんだからな」

でもその小柄な老人を警察は見落としていたか、あるいは無視していた。そしてその人物がカビールをおびえさせていた。ミカエラは直感的に、重大な何かがあると確信し、もっとよくわかる証言を求めて調査をし直した。だが、その老人を見た者はほとんどいなかった。イェンセン以外に老人を見たのはたったふたり。どちらも遠くからしか見ていない。それでもそのふたりは事件が発生したころに、グリムスタで足を引きずりながら歩く老人をたしかに目撃しているのだ。徹底的に探る必要のある手がかりであることは間違いない。そしてもうひとつ、ユシュホルムでレッケが途中まで言いかけたカビールの傷のことが気になって仕方なかった。

きっと重要なことにちがいない。検死を担当した医師の、カビールの体の傷痕はどれも十回以上じっくり調べた、という言葉だけで満足するつもりはなかった。ミカエラは司法解剖の写真を、眺めていれば読み解ける地図か暗号のように何時間も眺めた。そして、これはレッケをつかまえて、いま見えかけていること——あるいは彼女がそう感じていること——を話し合わなければ、と思ったのだ。

それまでも何度か電話を手にして番号を押したが、呼び出し音が鳴るまえに切っていた。馬鹿げたことだとはもちろん思うが、でもいまこうして、フランソンの腕時計のクラウンがぽろっと落ちて、急に気持ちが楽になったのだった。電話がつながった。

「レッケ教授です」と電話の声が言った。もしくは、少なくとも彼女の耳にはそう聞こえた。だが実際には「レッケ教授の助手です」か、そのようなことを言ったのだろう。なぜなら電話の声はレッケとは似てもいない、もっと若い男の声だったからだ。たぶん学生だろう。電話の男は英語で、教授はいま忙しいので、〝手が空きしだい〟かけなおすと言った。どうせかかってこないのだろう。ためらい気味でガードの固い男の声を聞きながら、ミカエラはここまでの全部が嫌になり、尊大な学者にも馬鹿な警察にももううんざりだと思った。

＊

「さっきはえらくご機嫌だったみたいなのに、どうした？」

ミカエラはびくっとした。見るとヨーナス・ベイエルがそばに立っていたのだが、距離がちょっと近すぎる。馬の臭いがして、ぼさぼさの髪にうつろな目をして、あまり寝ていないように見えた。それでもいつもと変わらない笑顔で、彼女はほんの一瞬、彼の体に身をあずけて癒《いや》されたい気持ちになった。チームのなかで、ヨーナスだけは彼女の味方だ。たとえみんなの手前、本人が認めなくても。

「え?……いえ、わたしならだいじょうぶです」彼女は言った。

「レッケはつかまったのかい?」

「いえ、でもべつにかまいません」

「そうか」ヨーナスが天を仰ぐ。「でも、どっちにしろ、もういいんじゃないかと思ってる。検事と話したんだ」

「何て言ってました?」

ヨーナスはもったいぶって間をおいた。

「教えてくださいよ」

「起訴は見送るそうだ。もはや整合性が保たれているとは思えないって」

レッケの助手との会話でざわついた気持ちが一瞬のうちに消え去った。ミカエラはさっきと同じ笑顔を期待して、ヨーナスの顔を見た。だが彼は真剣な顔をしている。まるで悪い報《しら》せであるかのように——というより、チーム全体にとってはたしかに良い報せではなかった。もしも本当に、間違った男を相手に全力を注いでいたのだとしたら、彼らにとっては相当な不名誉なのだから。

「よかったじゃないですか」

ヨーナスはシッと彼女を制した。

「そんなにうれしそうにするなよ。ほら、フランソンに伝わるまえに外へ出ておけよ!」

ミカエラは余裕の足取りでみんなの横を通りすぎた。気持ちが顔に出ないようにこらえながら。そして廊下へ出るなりこぶしを突きあげた。やった、と思いながら、ベッペがどんな反応をするかと想像した。だが、いくらもたたないうちに、別の考えごとの種が舞いこんできた。兄のルーカスからメールが届き、会いたいと言ってきたのだ。ミカエラは、兄にとても会いたかったかのように微笑んだ。

〝母さんのところで。三十分後に行くわ〟と、彼女は返信した。

8

幼いころルーカスは、ガラスのドアに体当たりして、突き破ってしまったことがあった。そのとき額にできた切り傷の痕はいまもうっすらとのこっている。その傷がいかにも兄らしいと、ミカエラはいつも思っていた。だがときどき怖くもあった。離れていると、うまく制御されてはいるけれどもいまにも暴れだしそうな何かが、彼の体にひそんでいるように思えることがある。兄に近づけばそんな印象はいつもどこかへ消えてしまうのだが。

片方の口角だけをくいっと上げる笑顔が印象的なルーカスは、ミカエラによくプレゼントをくれた——だいたいは着ることのない服だ。彼女のことをいつも自慢の妹だと言う兄は、彼女が見ても惹きつけられる熱いエネルギーの持ち主だ。

「よう」

建物の外で手招きしているルーカスの姿が見えた。ふたりの前には、外壁が緑色で白い外廊下と四角い窓のある団地の居住棟がぬうっと建っている。兄妹《あにいもうと》はここで育った。ミカエラは、児童公園とベンチの横を抜けて兄のそばまでやってきた。だがまだふたりで話はできない。近所の人が寄ってくるので、そのたびにルーカスは握手をして二言三言、言葉を交わすのだ。選挙運動中の政治家だったならきっとうまくやれただろう。

「久しぶりだな。ちょっと散歩でもするか？」みんなが行ってしまうと、ルーカスは言った。

「母さんのとこには行かないの？」

「母さんには聞かせないほうがいいこともあるんだよ」

敷地の植えこみからトロンヘイム通りへ出ると、ふたりはヒュスビーの街の中心部へ向かって歩きはじめた。露店の呼びこみをする声は聞こえるが、人通りは少なかった。強い陽射しが首に灼《や》けつく。警察車両が一台、少し先の駐車場のそばで止まった。

「会えてよかったよ」ルーカスが言った。「昨日、おまえが昔習ってたスウェーデン語の先生にばったり会ってさ。おまえなら弁護士か医者にでもなるんじゃないかって思ってたらしいぞ」

「がっかりさせて申しわけなかったわね」

「いやいや、殺人事件の捜査班にいるなんてもっとクールじゃないか。けど、警察のやつらにひどい扱いされているんだってな」

ミカエラは兄の大きな茶色の目を覗《のぞ》きこんだ。

「誰がそんなこと言ったの？」

ルーカスが彼女の肩に手をまわす。

「誰ってことはないんだ。けど、おれにもほら、知り合いはいるからさ。できることがあったら言ってくれよな」

「それほどひどい扱いなんて受けてないよ」

「あのフランソンってやつは間抜けなんだろ」

「まあ、そんなとこもあるかもね」

ミカエラは、大柄な主任警部がＮＫデパートの時計売り場へ行くと言って慌てて出ていく姿を思いうかべた。

「ベッペは犯人じゃないって、おまえは思ってるんだってな」

ミカエラはぎくりとし、思わずヨーナス・ベイエルの言っていたことをそのまま伝えてしまいそうになった。だが捜査の内情を兄に明かすわけにはいかない。

「まえ以上にそう思ってる」

「で、ほかのやつらは同意しないと？」

「そのうち同意するわ」ミカエラは話題を変えようと、いまもソフィーの店で用心棒をしているのかと兄に尋ねた。

ルーカスはそれについて話す気がないらしく、答えないままだった。代わりに、ヒュスビーのコインランドリーの外で煙草を吸っていた年下の友人、エクトル・ペレスに向かって、こくりとうなずいて挨拶《あいさつ》した。

「例のサッカーの審判員のこと、みんないろいろ言ってるぞ」

「そうじゃなかったら逆におかしいでしょうね」

こっちへ来て話したそうにしているエクトルに、ルーカスは断るように手を振った。

「やつはおびえてたって聞いたんだがな」

地下鉄駅のそばに、制服警官の姿が見えた。同僚のフィリッパ・グランだ。ものめずらしそうにこっちを見ているので、ミカエラは挨拶だけでもしておこうか迷った。

「それ、誰から聞いたの？」

ルーカスは両腕を広げて見せた。何千回も見たことのあるしぐさだ。

「からかってるんならやめてよね。いままでやってきたなかで、いちばん重要な仕事なんだから」

「からかってなんかないさ」

ミカエラはいらだちを隠さず兄をじろりと見た。

「じゃあ、彼がおびえてたって、何に？」

「あのテレビ番組を見たんだ。ひどい恐怖を隠すために偉そうなふりをしてるって感じだったな。あの男は過去に何かあったんだよ。間違いない」

「へえ、急に心理学の専門家になったみたいね」

「おれはいつだって心理学の専門家さ」

彼女が信じられないという目で見ると、兄はにやりと笑い返した。

「兄さんにも取調べに来てもらわなくちゃならないかもね」

ルーカスがまた肩に手をまわしてきたので、彼女は体を揺すってそれを振り払った。

「もっと知りたかったら探ってきてやるぜ。胸糞《むなくそ》の悪い噂ならいくらでも流れてるからな」

ミカエラは兄を見やり、これは自分を大きく見せようとしているだけだ、と確信した。子どものころの彼は知ったかぶりで、何か秘密を抱えているような思わせぶりな態度を見せることがよくあった。

「それはどうも」彼女は言った。

「助け合えるかもしれないだろ。おまえとおれで」

もちろんそれはそうかもしれない。でも、兄の話しぶりがどうも気になり、本当に何かの遊びではないのかとミカエラはいぶかった。レッケのことが頭に浮かび、カビールの傷のことで、彼は何を言おうとしていたのだろうかと考えた。

＊

二日後、ミカエラはカール・フランソンのオフィスに呼び出された。少しは希望をもってもいいのだろうかと、どうしても期待してしまう。でも本当のところ、なぜ呼ばれたのかは見当がつかなかった。何かが起こりそうな予感を胸に、背筋をのばしてフランソンのオフィスに入った。フランソンはAIKソルナの長袖ユニフォームシャツを着ていた。裾《すそ》が腹の周りでのびている。机の上に置かれているのはチューリップの花束だ。

「ああ、来たか」いつもより気楽な雰囲気でフランソンが言った。ミカエラも調子を合わせて返事をし、腕時計は直ったかと尋ねた。フランソンはぼそっと、あれはスイスへ送られたと言った。修理に六週間かかるということだった。

「それは大変ですね」

「スイスの精巧な職人技の世界だ。そこでしか修理できない」

「ところで、お話ってなんですか？」ミカエラは尋ねた。

フランソンは言いにくそうに言った。

「きみのお兄さんのことなんだがね」

ミカエラはたじろいだ。

「ルーカスのことでしょうか？」

「彼のことだが、どう思う？」

「何と言っていいのかよくわかりません」ミカエラはぎこちなく答える。「もう落ち着いているとは思うのですが。街で用心棒の仕事もしていますし。それに、すごくちゃんとしたガールフレンドもできたんです。大学でマーケティングを勉強している人で」

　フランソンはそわそわしていて、まっすぐ目を合わせられないみたいに見える。

「われわれは逆に、彼がいろいろなところに首を突っこみはじめたと考えているんだが」

「そのようなことは聞いていません」

　本当に聞いていなかった。それどころかルーカスはもう悪い仲間とは会っていないと、母親とシモンから聞いたところだ。

「でもお兄さんとは仲がいいんだろう？」フランソンが言う。

「子どものころはそうでした。父が亡くなったあとは。でもいまはそんなに顔を合わせてもいないんです」

「しかし、いっしょに歩いていたそうじゃないか。ヒュスビーで、腕を組んで。ほんの二、三日前の話だ」

　つまり、フィリッパは報告しなければならないと考えたわけだ、と彼女は思った。

「いったい何の話なんですか？」そういえばルーカスはフランソンのことをよく知っていた。間抜けだと言っていたし、ふたりのあいだに何かあったのだろうか？

「彼のことで、かなり気がかりな情報が入ってきているんだ。それで、きみの力を借りたいんだよ」

「どんなふうにですか？」ミカエラは顔の筋肉がこわばるのを感じた。

「手短に言うとだね、気をつけて見ていてもらいたいんだ。無理につついたり、探ったりはしなくていい。疑いを抱かせるようなことはしてほしくないんだ――ただちょっと気をつけて、何か気になることがないか様子を見てもらいたい」

「つまり、自分の家族を監視しろと？」

「まあ、そうとも言えるな」

「どうしてそんなことが言えるんですか」

「ミカエラ、われわれにはどちらの側につくかを選ばなければならないときがあるんだ」

「わたしがどちらについているかは、よくご存じでしょう」

「もちろんだ。だが、より積極的な選択を迫られることはある。どうだ、やれるか？」

何と言ったらよいのかわからない。あらゆることがミカエラの頭のなかを駆けめぐる。ルーカスだけでなく、すべてがさまざまに姿を変えて現れた。殺人事件の捜査のこと、足を引きずって歩く緑色のジャケットの老人のこと、そしていま目の前にとても重大な何かがあるという感覚。

「わたしの考えはちがいます」彼女は言った。「わたしはただ捜査に集中したいだけなのですが」

「そのことなんだが」フランソンが続ける。「チームは再編することになっている」

「わかりました。いいことだと思います」ミカエラは警戒しながら言った。

「きみには外れてもらう」

「え？」

ミカエラはすわっていた椅子のひじ掛けをつかんだ。

「きみには外れてもらうと言ったんだ。もっとも……」

「もっとも？」

「本当にチームにのこりたいと示してくれるのなら話は別だが」と彼は言った。わかりたくない。彼女はいま聞いた言葉を搔《か》き消そうとした。それでも彼女の思考はしだいにくっきりとした輪郭を得て、不快な問いとなって現れた。

「では、わたしが兄を嵌《は》めたらチームにのこれると?」

「きみにはもっと身を入れて取り組んでもらいたいというだけだ」

「捜査の方向性が間違っていると気づいたのはわたしだけだったんですよ!」

「起訴が見送られたからといって、それだけでわれわれが間違っていたことにはならない。たしかに視野を広げる必要はある。そのためには、結束の固いチームが必要だ。単純なことだよ」

「つまり、男だけのチームということですか?」

「自分が女だからどうだとか言うのはやめてくれよ、ミカエラ。きみらしくもない」

「あんまりです」

「そう言われてもだね。いま言ったように、われわれはきみがチームにのこれるようチャンスを与えようとしている。状況を考えれば、寛大なやり方だと思うがね」

「状況って何ですか?」

「きみの協調性のなさだよ」ミカエラは言葉を探すが、一言も出てこない。でもやはり、何か言わなければと思った。何でもいいわけではない。かつ攻撃的になっては絶対にいけない——事実に即した鋭い言葉で、何もかもがどれほど不公平であるかを示さなければならない。結局のところ、視野狭窄に陥っていなかったのは、チームのなかで自分だけだったのだから。

だがどんなにがんばっても、心のなかはうつろそのもので、ただ空白と血の引く感覚があるだけだった。

「わかりません」彼女は力なくつぶやき、立ち上がった。

「おや、もう帰るのかい?」フランソンが言った。

「外の空気を吸ってきます」ミカエラはそう言って、廊下に出ると、階段を下り、陽の光が降り注ぐスンドビュベリ通りへ出た。

赤いカブリオレが通り過ぎ、乗っていた野球帽とサングラスの男が手を振った。彼女は男に指を突き立てた。男が車を止めてドアを蹴りあけ、降りてくるならくればいい、と構えたが、車は止まることなく走り去った。もう家に帰ろうと思った。

9

フランソンが出した条件を頑として受けいれなかったミカエラは、代わりに少年課の配属になった。時間ができたので、ストックホルム大学の基礎法律講座に登録し、事件については自分なりに調査を続けることにした。これまでのところ、捜査に大きな進展がないのはわかっている。ソルナ地方裁判所はジュゼッペ・コスタを釈放したが、それ以降も捜査チームは何もつかめず、時が経つにつれて、捜査への彼女の執着も薄れていった。

ミカエラは仕事と勉強で忙しく日々を過ごし、たまにヴァネッサとパブやクラブに出かけた。そんな生活を送っていた九月の終わりのある晩、夕方早い時間からヴァネッサと飲んだ帰りに、彼女はストゥーレガレリアン・ショッピング・モールのなかをひとりぶらぶらと歩いていた。時刻は八時十五分を過ぎたところで、ストゥーレ広場まで来たとき、見覚えのある男の姿が目に入った。たしか公安警察所属の要人警護官だ。

名字は思いだせないが、アルビンという名前だ。がっしりとした体格で、金髪で、頬骨が高く、油断のない目つきをしている。立っている場所は、レストラン〈ストゥーレホフ〉の入口で、佇《たたず》まいから勤務中だとわかった。そのアルビンに軽く会釈をして、誰がいるのか見ようと店内を覗いた。ぱっと見たかぎりでは、警護をつけるような人がどこにいるのかもわからなかった。が、驚いたのはそのときだった。

窓際の席に連れの男性三人とすわっているのは、外務大臣のマッツ・クレーベリエルだ。最近では、高位の政治家が一般人と同じように公共の場に出かけることはあまりなくなった。だが、たしかにクレーベリエルだ――政府の要人のなかでもひときわ権威主義的で、威光を放つ人物。白いシャツに、額に押しあげたマホガニー色の眼鏡。表情と身振りから、何かを夢中で話しているのがわかった。

クレーベリエルはテレビで見るのと同じ絶対的な自信を周囲にふりまいていた――自分はほかの人間よりもちょっと世界がわかっているのだと示しているみたいに。彼と比べると、ほかの政治家たちがどうしても田舎くさく、自信なさそうに見えてしまうのは、彼がもつカリスマ性、あるいは優雅さのせいかもしれない。

ミカエラはすっかり見入ってしまっていた。だがすぐに気がついた。こんなにも目を奪われた理由は、じつはクレーベリエルではなかった。外務大臣の斜め前にすわっている、背の高い黒いシャツの男のほうだ。ほかの三人とちがって、ひとりだけ退屈そうにしている――外務大臣を目の前にしているというのに、まるで手のかかる子どもの相手でもしているみたいに。

男の左脚がテーブルの下で落ち着きなく震えている。この動きには見覚えがある。ハンス・レッケだ。ミカエラは一瞬、店に駆けこみ、抱えつづけていた疑問をぶつけたい気持ちにとらわれた。だが当然ながら、窓の外で見ていることしかできなかった。彼がメールを返さず、電話を折り返さない理由が、まえよりはっきりと理解できた気がした。

彼の世界には、彼女のような人間が入りこむ余地などないのだ。何と言っても外務大臣がいる席でさえ、退屈そうにすわっていられる人なのだから――こんなときでさえ、まるで何かもっと大事なことをしたくてたまらないみたいに。

「馬鹿だね」ミカエラは声に出してつぶやいた。誰のことなのかは自分でもよくわからなかったけれど。レストランのなかで異変が起きたのはそのときだった。レッケが大臣の話をさえぎったのだ。クレーベリエルが気まずそうにしている。これにはミカエラもただ唖然《あぜん》とするばかりだった。あんなふうに外務大臣を困らせる人がいるなんて。思わず悪態をつき、彼女はその場を去った。これってあまりに……不公平だ。

人生とは何もかもが不公平だ。彼女はいつだって闘い、もがき、道をかきわけて進まねばならなかった。そうやって進んでも、いくつもの扉が目の前で閉ざされてきた。一方で、彼は何でももっている。軽やかな思考、政府要人との付き合いのなかでさえ得られる尊敬、財産、しあわせな家族――何もかもが調和のとれた完璧な人生だ。たとえ間抜けな警官たちや退屈な公務員たちを相手に我慢を強いられることがたまにあったとしても、それだって彼にとってはさほど悪くないのだろう。自分のほうが優れていることを示す機会が与えられるのだから。まったく、くたばれという言葉しか思いうかばない。

ミカエラはまた、ユシュホルムの邸宅での出来事を思いだしていた。もう百回目だ。あれはもちろん知的処刑ともいえる屈辱的な体験だった。けれど一方で、勝利の気分を味わいもした――ほかのみんなにはさんざん見下されてきたが、レッケは彼女の名誉を一気に挽回《ばんかい》してくれた、という気がしたのだ。それに彼の言葉どおり、フランソンの腕時計のクラウンがはずれたときのうれしさと驚きを忘れることはできない。

魔法にかかったようなあの時間は、いくらレッケが冷淡で、夏じゅう連絡が取れなかったからといって、なかったことにはならなかった。図書館通りにさしかかるころには、その気もないのに笑みがこぼれた。レッケは間違いなく傲慢《ごうまん》で嫌なやつだ。でも、だからといって彼を切り捨ててしまうことはできない。むしろクレーベリエルに示した無関心さによって、レッケの輝きは増すばかりだ。ただ心のなかでは認めても、口に出して言うことではなかった。ヴァネッサにも。だからその考えはいったん頭から締めだして、彼女は王立公園のほうへ、アシェナル通りの地下鉄駅の入口を目指して歩きつづけた。

＊

さて、あの女は何という名前だったか？　マッティン・ファルケグレンは、また思いだせないが、どういうわけか彼女のあとを尾《つ》けていた。ある意味これは彼の妻のせいだった。

妻のハンナは整形外科医で、勤務先の病院からの呼び出しに応じて行ってしまい、ファルケグレンは街の真ん中でひとり置き去りにされた。やがてストゥーレ広場で、タクシーを拾って帰ろうか、それとも少し遊んで帰ろうかと考えるも決めきれず、何かの導きを求めて視線をさまよわせているところに、職場の若いチリ人警官が通りかかったのだ。

今日の彼女は、少しはおしゃれをしているようだ。タイトなジーンズを穿《は》いてかたちのいいヒップラインを見せている。だが上に着ている服はサイズが大きすぎるし、前髪はやはり眉の下まで全部下ろしている。若い女はあんなふうに自分を隠すべきではない、と彼は思う。思い切って声をかけ、世間話でもしていこうと心を決めた。そのとき、彼女が急に体を緊張させて、誰かのほうへいまにも走りだしそうに見えた。だが何も起こらなかった。彼女はただ肩を揺らして、図書館通りのほうへ消えていったので、反射的に彼も同じほうへ向かった。本当にあとを追うつもりなのか？　もちろんだ。追わないわけがないだろう。これはただの気まぐれ、ちょっとした気散じ。彼女がノルマルム広場を横切っていくのが見えたころには、彼はどうしても彼女に話しかけなければ気がすまなくなっていた。

共通の話題は探せばいくらでもあるだろう。捜査についての意見は分かれたままだ。だが彼女がどこまで知っているかを彼は知らない。情報がどの程度まで外部に漏れているのかもわからない。なのでちょっと探ってみることにした。それと、ひょっとしてひょっとすれば……今夜は妻がいないのだから……。ファルケグレンはもう一度彼女の体をじっと眺めた。

「ちょっと、きみ」

彼女が振り向いた。明らかに驚いている。緊張さえしているかもしれない。好ましいことだと彼は思いながら、ほかに敬意やへつらいのしるしが表れてはいないかと探してみた。だが、まえに会ったときと同じ、彼には触れることのできない両極端な何かが感じられるだけだった。

「こんばんは」と彼女は言った。

「話したいと思っていたところでね」ファルケグレンは、できるかぎり愛想のよい笑顔を彼女に向けた。「仕事のほうはどうだ、うまくいっているのかな？」

彼女はためらった。

「はい、だいじょうぶです」

「捜査を離れてがっかりしていなければいいのだが」

彼女が表情を曇らせる。これは怒っているのだと彼は理解したが、それを本人が認めないだろうこともわかった。

「たいしたことではありません。新しい仕事も気に入っています」

「捜査チームとはいまも連絡を取っているのか?」

「ヨーナス・ベイエル警部補とはたまに話します。しばらく連絡がありませんが。あまり話すこともないのではないでしょうか」その言葉を聞いてファルケグレンはむっとした。もうあの殺人事件の捜査にはかかわっていないのに。いまにも発火しそうな不快感が、どこからともなく湧きあがる。捜査のことを批判されると、どうしても自分個人への批判として受けとめてしまうのだ。

「いろいろとあってだね。喧嘩のときに通りかかった老人の身元を割り出そうとしているのは聞いているかい? かなりの労力を費やしているのだよ」

「そうなんですか? わたしがチームにいたころは、みんなそれほど興味を示していませんでしたけど」

「ほう?」彼は突き放したように続けた。「いや、あれは有力な手がかりだからな。在カブールのアメリカの情報機関からも協力を得ているんだ」

「アメリカとはやりにくいと、ヨーナスが言っていました」

「あそこは何でも時間がかかるんだ。言うまでもないことだが」

彼女は考えをめぐらせているようだ。

「質問してもいいですか?」

「もちろんだとも。何なりと訊いてくれたまえ」ファルケグレンは彼女に説明しているところを想像した。時間をかけて、父親のような接し方で。なんなら近くの店でワイングラスを傾けながら。

彼はちらりと彼女の腰に目をやった。

「レッケ教授とまた連絡を取ろうとはお考えになりましたか?」彼女が尋ねた。彼の妄想は一瞬で吹き飛んだ。

「いいや、必要がないのでね」彼は答えた。

「あのかたには、ものごとがはっきりと見えていました」

「たしかに、明快《クラリタス》、明快《クラリタス》とは、いつも言っているな」

ファルケグレンは穏やかに聞こえるように気をつけた。できることなら〝そうそう何でもおまえが思っているほど簡単にはいかないのだよ〟と、本音を吐きだし、彼女の喉《のど》の奥まで押しこんでやりたいところだったが。だがそれが得策でないことは彼にもわかっていた。だからこの会話はもうここまでにしようと決めた。

「カビールの古い傷痕には特徴があるようなことをおっしゃっていました」彼女は言った。

「たしかに、あったかもしれないね。しかしあの男もそういつも自分で思っているほどものごとがよく見えているともかぎらないんだ。とにかく……」

「とにかく何ですか？」

「もう行かなければならないんだ。会えてよかったよ」ファルケグレンは握手をして、さっと彼女の肩を撫《な》でた。

タクシーに飛び乗ったファルケグレンは、自宅までの道中、レッケからの電話を思いだしていた。あれはとんでもない嘘つきだ。肩書と財力があるだけで、好きなように他人を非難していいと思っている。レッケからの情報をゴシップ屋のように軽々しく伝えなかったことを、ファルケグレンは誇りに思っていた。

彼はただ自分の責任を果たし、リーダーシップを示そうとしただけだ。

これを最後に、アメリカ人たちがハンス・レッケの息の根を止めてくれることを、彼は切に願っていた。

＊

ミカエラはシスタ駅では降りず、ヒュスビーまで地下鉄に乗っていった。母と話したかったのだ。だが団地の外まで来たとき、グレーのジャケットを着た、見覚えのある男の背中が視界に入った。男はイェルヴァフフェルテット自然公園側の森のほうへ向かっていく。

「ルーカス！」彼女は大声で呼んだ。

声は届かず、ミカエラは、ファルケグレンとのさっきのやりとりを思い返しながら、エレベーターで上がろうと、建物の入口へ向かった。どうもよくわからないのだ。なぜわざわざ近づいてきたのか？　レッケのことを口にしたとたん、奇妙な反応をしたのはなぜなのか？　彼がレッケを絶賛していて、ほめそやすばかりでみんなをいらつかせたのはそんなに昔のことではない。なのに今度は、彼の名前を聞いただけで嫌そうにするのだから。捜査の展開を思えば、さほどおかしなことではないのかもしれない。でもやはり……それだけではない気がするのだ。

ふとルーカスのことが気になり、一瞬後には踵《きびす》を返して兄が向かっていた森を目指した。

ここはヒュスビーでもあまり評判のよい場所ではない。このごろは一部のドラッグの売人たちの活動場所になっていて、二番目の兄のシモンが夕方よく出かけていくのを彼女は知っていた。目的はドラッグか、あるいは仲間との付き合い、ちょっとしたドラマだ。だがいまは誰の姿も見えない。森には人の気配がなかった。風が強くなってきた。木の葉はすでに黄色く色づき、落ち葉のあいだにはゴミやビールの空き缶が散らばっている。

顔を上げると、木々の隙間に灰緑色の団地の建物と、母の住む三階の部屋の窓が見えた。急に、こんなところにいたくない、早く母のところへ行かなければという気持ちがこみあげてきた。お茶を飲みながら、レッケやクレーベリエルのことを話して、母が無邪気でありながら棘《とげ》のあることを言うのを早く聞きたい。〝へえ、おまえったら、すごい人に会ってるんだねえ。でもそういう人たちのこと、信用できるだなんて一瞬でも思っちゃだめだよ〟なんてことを、母ならきっと言うはずだ。

風が木の葉をゆすり、音を立てる。あたりの空気は不穏でとらえどころがない。ミカエラは街灯のある歩道のほうへ二、三歩ずれた。そのとき、物音が聞こえた。消え入るように小さな音で、犬がクンクン鳴いているようにも聞こえ、動物の鳴き声だろうとやりすごすこともできなくはなかった。

だが、もう一度耳を澄ましてみると、今度はおびえる人の声に聞こえた。叫ぶことができず、喘《あえ》いでいるような声だ。ミカエラは一瞬立ち止まり、動きを止めた。そしてくるりと向きを変え、音のする木立を覗きこんだ。

男がふたり喧嘩をしている。というよりむしろ……片方だけが暴力をふるっていて、その男はルーカスだった。これから恐ろしいことをしようと身構えているように見えたので、ミカエラはもう少し近寄ったが、見つかるのが怖くもあった。でも見ないわけにはいかなかった。つぎの瞬間、ルーカスがベルトから拳銃《けんじゅう》を抜きとり、相手の男の喉仏に突きつけた。喉に押しつけられた銃口は脅威そのものでもちろん怖かったが、ルーカスの慣れた手つきと動きのほうが怖かった。会話は聞き取れないが、これから先、この肌色の濃い十八、九歳くらいの男はルーカスの言いなりになるしかないのはわかった。男は、喘ぎながらやぶれかぶれの言葉を二、三、吐きだして地面に倒れ、ルーカスは姿を消した。ミカエラは体が麻痺《まひ》したみたいにしばらく動けなかった。近づくべきかどうかもわからないまま、なんとか気持ちを奮い起こしたそのとき、男が立ち上がり、逆の方向へ走っていってしまった。ひとりのこされたミカエラは、全身が震えているのを感じた。

ゆっくりと、地下鉄駅のほうへ足を踏みだす。ふと自分の足がうまく上がっていないことに気がつきはっとする。股関節《こ》の調子が悪いのだ。ヴァネッサが言うミカエラの戦いの傷痕だ。だが広場まで来たころには、もうそのことも忘れていた。

いま見た出来事の記憶が、体のなかを脈打ちながら駆けめぐる。ルーカスに電話をして、きちんと話をしなければ。だがしばらくすると、考えの向きが変わり、人生がいままでとはまったくちがって見えてきた。美しかった思い出は、あるいは少なくとも無垢《むく》だった思い出は、影に覆われ、歪《ゆが》められてしまった。だんだん腹が立ってきた。彼女はフランソンに連絡をして、いま見てきたことを報告しようと心に決めた。その見返りとして殺人事件の捜査に戻れるのなら、もうそれでいいと思った。

10

翌朝、八時になるのを待って、ミカエラは主任警部に電話をかけた。だが、つながったとたん、彼女は電話を切った。やっぱりできなかった。ルーカスを裏切ることが考えていた以上につらいからだけではない。裏切りによって自分だけが得をするという自覚が決心を鈍らせたのだ。それに、フランソンに情報を与えなければならない義理がどこにある？　それに見合う何が彼にあるというのか？

キッチンで腰を下ろし、カップにお茶をそそいだ。最前線で組織犯罪と戦っている警官たちに連絡すべきだろうかと考える。いや、それはよくない。彼らはミカエラを信用なんてしない。それ以外にできることといえば……何だろう？　自分で調査してみるとか？　それなら道理にかなっているだろう。

ミカエラはリビングに移り、コンピューターにログインして、ルーカスの名前を打ちこんだ。たったの一件も検索でヒットしなかったが、まあ驚くにはあたらない。ふと思い立って、今度はレッケの名前を検索エンジンに入力した。調べるというよりは気分転換、彼女を消耗させるばかりの考えごとからの逃避のつもりで。

画像がひとつ現れた。レッケ教授によく似た男の写真だ。けれど、写真の人物のほうが少し大柄で、肉づきがよく、髪が薄い。かすかに見覚えのある顔のその男の目は、ミカエラには不誠実そうに感じられた。男の名前はマグヌス・レッケ。ハンス・レッケの兄だ。だが、それよりも重要なのは、彼がスウェーデン外務省の政務次官、つまりクレーベリエル外務大臣の側近だということだった。ハンス・レッケが〈ストゥーレホフ〉でいっしょに食事をしていたのも、そういうことなら合点がいく。ルーカスのことばかり考えるのも嫌だったので、彼女は記事の続きを読んだ。いろいろなことが書かれていた。

マグヌス・レッケは政界の黒幕と説明されていた。九・一一アメリカ同時多発テロ後に頭角を現したのだという。〝マグヌスがいなければ、われわれはこれほど質の良い情報を手に入れることは、決してできなかったでしょう〟とクレーベリエルは話している。だが彼のことをよく思っている人間ばかりでもなさそうだ。アフトンブラーデット紙のコラムニストのひとりは〝マグヌス・レッケはお使いに走る小学生のようにＣＩＡの使い走りをしている〟と書いている。右派、左派を問わず多くの有識者が彼の退任を求める一方で、同時にいくらかは称賛の声を上げている。

マグヌス・レッケは、英語、ドイツ語、フランス語のほか中国語、アラビア語も話し、オックスフォード大学のクライストチャーチ学寮《コレッジ》で国際関係学の博士号を取得した。幅広い人脈をもち、トニー・ブレアやコンドリーザ・ライスとも親交があると言われ、世界各国の情報機関とのつながりも噂されている。

マグヌスを形容する言葉は、知的、博識。たまにずる賢いと書かれ、しばしば〝独立〟している——つまり特定の政党に属していない、とされている。父親はノルウェーの海運王と呼ばれたハラルド・レッケで、息子たちが幼いころに亡くなったその父親から、マグヌスは多額の財産を受け継いだ。母親のエリザベートは旧姓をフォン・ビューロウといい、元ピアノ教師で、ウィーン国立音楽大学で教えていた。

記事には話の流れで、弟のハンスのことも書かれていた。ハンスはニューヨークのジュリアード音楽院で教育を受けた将来有望なピアニストだったとある。しかしピアニストをやめた理由には触れていないし、現在スタンフォード大学教授であることすら記載されていない。記事にあるのは、兄弟がともに幼いころから高いレベルでの活躍を期待されていたということだけだ。その期待に応《こた》えられなければ、彼らの家では充分ではないのだと。しかし大事なのは肩書ではなく、金でもないのは言うまでもない——もうありあまるほどもっているのだから。重要とされるのは、何か偉大なことや美しいことを達成できる能力のほうなのだ。

〝私たちはつねに同時代の人々の上を行き、ほかの誰よりも少し大きくものごとを考えなくてはなりません。それができなければ、私たちは落伍《らくご》者なのです〟

古い写真のなかで、兄弟は肩を寄せ合い愉快そうな笑顔を見せている。ピアニストのアルトゥール・ルービンシュタインが晩年にストックホルム・コンサートホールで公演をおこなったときの写真で、人でごったがえすホールの外で撮られたものだ。ふたりともまだ若く、たぶん二十代だろう。きちんとしたスーツにポケットチーフを挿して、シャツのボタンをはずし、カメラを向けられているのに気にとめている様子もない。まるで自分たちは、カメラマンよりも、人々の海のなかに見えるほかのものごとに興味があるのだ、とでも言わんばかりに。ミカエラは、フラッシュを浴びることへの彼らの無頓着さに、彼らが子どものころから送ってきた特権的な暮らしぶりが感じられる気がした。こんな状況で写真を撮られながら、こんなにも平然としていられるのは、幼いころから注目とスポットライトを一身にあつめてちやほやされてきた者だけだ。

そのあと、彼女の思いは、あらたな勢いを得たようにルーカスへと戻っていった。さっきの写真は、まるで自分自身の境遇をただ痛烈に思い知らされるために見たように思えた。そして彼女の頭に浮かんだのは、兄がその手で若い男の喉に突きつけた拳銃のことだけではなかった。

ふたたび、人生のすべての出来事が――大きいことも小さいことも――新しい光に照らされ、自分の過去がいままさに書き直されているような、強烈な不安を感じる。その不安をなんとか振り払い、ミカエラはようやく家を出た。職場に着くまでのあいだは、思いだすだけでも危険であるかのように、不安のことは考えないようにした。ルーカスを思う代わりに、彼女はレッケのことを考え、彼と、彼の震える左脚を思いだした。それからの数カ月、彼女はたびたびそんなふうに彼のことを思った。

実際のところ、取り憑《つ》かれていたと言ってもよかった。彼女は片っ端からレッケの著書や学術論文を読み、職場の同僚が馬鹿げたことやはっきりしないことを言えば、レッケなら何と言っただろうかと、ひそかに思いめぐらした。同僚たちの考え方や推論に、彼ならどんな誤りを見つけるのだろう。ときおり、レッケといっしょに働いている夢を見た。でもただの夢でしかなかった。自分ほど、彼から遠いところにいる人間など、ほかにいそうにもないのだから。

11

「ほら、キスしようぜ。もうちょっと開放的になれよ」と、彼は言った。

すっかり夜も更けて、あたりは騒がしくなってきた。ミカエラはまたヴァネッサと飲みに出かけていた。今月になってもう三度目か四度目だ。といってもタガがはずれてしまったわけではない。ただ、こうして出かけるのはやっぱり楽しいし、華やかな気分も味わえる。ヴァネッサのおかげだ。彼女のまわりでは人生がいつだって興奮に満ちている。

街の中心部のパブでもクラブでも、ヴァネッサがいれば人があつまる――だいたいはミカエラたちと同じ郊外育ちの男たちだが、ビジネスマンやスポーツマン、ほかのどんなタイプの男でも彼女は引き寄せてしまう。それこそマリオ・コスタまで。さっきやってきたマリオはいま、ミカエラから一ミリほどのところに立っている。最近フランスのプロサッカーのクラブチーム、マルセイユと契約したばかりで、すっかり話題の中心だ。やんちゃな若者でありながらスターでもある。華々しくゴールを決めたかと思えば、次の日にはトラブルに巻きこまれる。そして、どんなに立派にふるまったところで、父親とジャマル・カビールにまつわる噂を拭《ぬぐ》い去ることはできていない。それはすでに彼の体の一部と化したようで、彼がもつ少し危険な雰囲気を強めている。十八歳になったマリオは、背が高く、筋肉質で、ぴったりした黒いナイキのTシャツに、野球帽を斜めにかぶり、彼女たちのほうへ近づいてきた。わがもの顔で町を闊歩《かっぽ》するカウボーイみたいな歩き方は、昔のベッペとよく似ている。

最初、彼はミカエラのことなど見ていなかった。ほかのみんなと同じで、興味があるのはヴァネッサだけだった。しばらくしてようやく彼が振り向いたとき、彼がベッペに似ているのは動き方だけではないとミカエラは気づいた。酔っ払い方までそっくりだ。

「よう」とマリオが言った。

「こんばんは」とミカエラが返す。

「久しぶりだな。このまえ会ったのはたしか……おれに聴きこみをしたときだ。親父に殴られたことはあるかって訊いたんだったよな」

「そうだったかもね」

「親父、すげえ感謝しててさ」

「たいしたことはしてないよ」

「親父、すげえ感謝しててさ」マリオは繰り返す。

「お父さん、どう？」

「引っ越したよ。いろいろ言われてたからさ、仕方なく。いまは、おれが買ってやったアパートにいる」

「そうらしいね」

「で、どうして誰もつかまえないんだよ？」

「もうわたしは捜査とは関係ないの」

「どうして誰もつかまえないんだよ？」マリオはそうしなくてはいけないみたいにいちいち全部を繰り返す。

「警察が間抜けだからよ」

「でも、もうひとり、ほかのやつを逮捕しただろ？　アラブ系のさ？」

「あれは人違いだったの」

「でもおれの親父はよ、いまでもすげえ感謝してんだぜ」そう言ったかと思うと、マリオは身を乗りだし、というより体を折り曲げて——頭二つ分も背が高いのだ——ミカエラにキスをした。そして少しくらい開放的になれと言ったのだった。

ミカエラにとってマリオは生意気な子どもでしかないが、それでも悪い気はしなかったかもしれない。だが同時に、彼の表情のなかに、何かとてつもなく寛大なことをしてやったような、そうでなくともベッペの借りはもうこれで返したとでも言いたげな、傲慢さと愚かさが見えた気がして、しまいにはヨイエ・モレノのイメージが重なった。うきうきした、あるいはおかしくて笑ってしまいそうな気分が、とつぜんの不快感にとって代わられた。

ミカエラはマリオを押しのけた。思ったよりも力が入っていて、すっかり酔っていた彼はよろめき、後ろにいた友達にぶつかった。友達は、髪を後ろになでつけた、前歯に隙間のある、ずんぐり太った男で、はずみで床に倒れそうになった。

「何やってんだ?」その男が言った。

「何でもない」マリオがよろめきながら姿勢を戻す。

「誰だよ、その女」

「ほら、バルガスだよ。話したろ。審判殺しの捜査をしてた女。こいつはだいじょうぶだ」

「あのクソ野郎か」マリオの友だちはミカエラのほうを向いた。

「クソ野郎ってどういうこと?」ミカエラが訊き返した。

「いや、あの審判のことだよ。よく調べたほうがいいぞ。大麻樹脂《ハッシシュ》だのなんだのさばいてたっていうからな」

「そうだ、アフガニスタンで何かヤバいことがあったんだろ？――あんたらいま、そのこと調べてるんじゃなかったか？」マリオが彼女のほうに向き直った。さっきとはうって変わって困惑の色を目に浮かべ、本当に知りたそうにしている。たったいま彼女に抱きつこうとしていたことなどすっかり忘れてしまったみたいに。

「捜査班が何を考えてるかなんて知らないわ」ミカエラはそう言って、もう立ち去ろうと身を引いた。

そのときビールを三本もった若い男が通りかかり、ぶつかったはずみでミカエラの服にビールがかかって、彼女は思わず毒づいた。マリオやこの男にたいしてだけではない。いま頭に浮かんだのはあの事件の捜査のことだ。いったい何がどうして、自分が捜査チームから外されなくてはならないというのか。彼女はあいかわらず、移民が多く貧しいヒュスビー、リンケビー、アカラの各地区で少年犯罪を捜査していて、検挙率では部署でいちばんの成績を上げているが、だからといって、もっと規模の大きい、深刻な犯罪捜査にかかわる機会は得られそうにもない。ほかのみんなの二倍成績が良くても関係ない。それだけで捜査チームに呼び戻してもらえることは絶対にないのだ――兄を裏切らないかぎりは。

服にかかったビールを拭い、〈スパイ・バー〉の店内を見渡す。遠くで誰かが微笑む顔や誘惑の視線でも目に入れば、いくらかでもましな気持ちで帰れるかと思ったが、じきにそれにも飽きて、ミカエラは上着を手にして店を出た。

二〇〇四年四月四日。風の強い灰色の冬が過ぎ、ようやく暖かい季節の兆しが見えはじめていたが、彼女の脚は凍えるように冷たかった。タイツが伝線している。午前一時四八分。思っていたより遅い時間になっていた。最終の地下鉄をのがしてはいけないと、ミカエラはまわりに目もくれず、エステルマルム広場駅へと急いだ。

終電には間に合った――列車が来るのは四分後だ。ようやくまわりを見まわすと、駅のホームは喧嘩でも始まりそうな雰囲気だった。人が多く、大半が酔っぱらっている。すぐそばでは、若い男のグループがビールの空き缶を蹴ってサッカーのまねごとをしていた。大声で叫んだり腕を振ったりしている。危なっかしいな、とミカエラは心のなかでつぶやいた。男たちの浮き立った気分が、いつ怒りに変わってもおかしくない気がするのだ。だが、そんなことにかまっていられないくらいに彼女は疲れていた。

自分の内にひきこもるように、考えごとに没頭する。頭に浮かぶのはまたルーカスのことだ。森で見た出来事については、まだふたりできちんと話をしていないが、兄妹のあいだは冷え切っていた。近くで女の人が咳《せ》きこんでいる。気管支炎のような咳《せき》だ。そのとき、案の定と言うべきか、目の前の若者たちの態度が挑発的になり、雰囲気が怪しくなってきたのがわかった。「何見てんだよ？」グループのひとりが、そばに立っているブレザー姿の年長の男に絡んでいる。割って入るべきかどうか、ミカエラは一瞬思案した。

だが、行動には移さなかった。ほかのものに目を奪われたのだ。といってもとくべつなものではない。ひとりの男の姿が視界に入っただけだ。背が高く、紺色のコートにグレーの帽子をかぶり、同じホームの先のほうに立っている。その男も酔っているようで、体がゆらゆら揺れている。だからといって誰かを困らせているわけではなく、上体をわずかに前に傾け、ただひとりそこに立っているだけだ。だが、その男の何かに彼女は警戒心を煽られた。そしておそらく惹きつけられもした。気をとられていてはいけない、とミカエラは男から目をそらし、さっきの若者たちに注意を戻した。視線ひとつ、言葉ひとつでも間違えば、すぐにでも取っ組み合いの喧嘩が起きそうな気配だ。

「ちょっと、やめなさいよ。落ち着きなさい」ミカエラが言うと、男たちが振り向いた。

誰かがまた蹴りはじめた空き缶が、カランと音を立てて線路に落ち、別の仲間がチッと舌打ちした。「なんだこの女、関係ないだろうが」男が一歩踏みだして距離を詰めてくる。男の息がかかり、怒気混じりの鼻息が聞こえる。彼女は男から顔をそらした。

ふたたび視線が、ホームの先に立っている男の姿に惹きつけられる。男の動きがどうもおかしい。立ち姿が不安定だからというよりは、意識して体を揺らしているように見えるのだ。そのときトンネルの奥から近づいてくる光が見えた。線路が音を立てている。列車がもうそこまで来ている。それで気がついた。男は飛びこもうとしている。ミカエラは考えるまえに駆けだした。

途中、そばにいた男にぶつかり、その男が倒れて罵声を飛ばしているのにも気づかず、彼女は走った。「何してるの！　やめなさい！」叫んだが、反応がない。遅かった。もうだめだ。無駄だった。そう確信しながらもただやみくもに、無我夢中で走りつづけた。ふと脳裏に父親の姿が浮かぶ。父親と男の姿が一瞬重なり、その瞬間、その百万分の一秒で、彼女は前に飛びだした。あとから振り返って憶えているのは、そのときホームの端から端まで飛んでいって何かにぶつかり、ものすごい力で撥《は》ね返されたことだけだ。

こめかみと頬に激しい痛みを感じているあいだに、列車が轟音《ごうおん》とともに通りすぎた。何が起こったのか理解できない。頭がガンガン痛み、前がはっきり見えない。赤と黄の斑点《はんてん》が目の前で躍っている。倒れた自分の体の下に何かある、とミカエラは気がついた。柔らかい、人の体だ。布に覆われた腹部があり、そして頭のほうを見上げて、彼女は理解した——この体は生きている。

彫りの深い男の顔がミカエラを見つめ返していた。驚きと困惑の混じった、なぜ自分が死んでいないのかが理解できないような表情だ。彼女のほうも自分のおかれた状況がまだ把握できずにいた。いったい何が起こったのか？　自分がこの男を救ったのは間違いない。なのに、この居心地の悪さは何だろう？　なぜ急に怒りがこみあげてきたのだろう？

「ちょっと、何考えてんのよ？」ミカエラはがなり立てた。

「僕は……」男が言いかけた。

「まわりにどんな迷惑をかけることになるかわかんないの？」わめき声で彼女は続ける。

そんなことを言ったところで、相手は究極の一歩を踏みだそうと心を決めた男だとわかっている。なのに怒りも混乱も薄れていかない。何かがおかしい。たぶんショック状態なのだろう。視界がちらちらしてまだよく見えない。言葉にできないほどの痛みがある。ミカエラはただ目を閉じて消えてしまいたいと思った。それでも膝《ひざ》をついて起き上がり、もっとよく見ようと首を振った。そしてはっきりと見えた男の顔に、さらに衝撃を受けた。

まさか、こんなことがあるのか。そこにあるのは、ここではないどこかにいるはずの、別の誰かのものであるはずの顔だ。そしてとつぜんなのか、少しずつなのかよくわからないままに、彼女は理解した――この男はハンス・レッケだ。ナイフのように頭の切れる、あのいまいましいレッケ。この世でもっとも完璧な人生を送っているのだろうと思っていた人物。

「あなた、なの？」言葉を詰まらせながらミカエラは訊いた。

「何……いや、ちがう」男が間の抜けた返事をする。

「いいえ、あなたよね」

「あなたって？」

「ハンス・レッケでしょう？」

「そうだが」彼は口ごもり、続けた。「何が起きたんだ？」

「わたしがあなたを助けたんです」これにたいしては、どんな言葉が返ってきてもおかしくなかった。

一歩踏みだせば取返しがつかなかったのだから、止めてくれた彼女に感謝するとか、あるいは逆に咎《とが》めるとか、どちらもありえただろう。だが、レッケはただ絶望に満ちた目で彼女を見つめているだけだ。そして小さな子どもが母親にするように手をさしだした。その身振りがあまりに哀れでたよりなく思えて、ミカエラは軽蔑《けいべつ》の気持ちが湧きあがるのを感じた。まるで彼を称賛する心が、一秒のうちに姿を変えてしまったみたいに。

「僕はたぶん……」

「死にたかった。そうですよね？」

「……そうだ……たぶん」

「よくもまあそんなことを」

「すまない。迷惑をかけてしまったね」ミカエラは答えなかった。返す言葉がないのだ。

ただ立ち上がり、レッケを起こそうと手をとり引っぱった。だが彼は見た目よりも重く、ふたりともよろめいてしまい、停車中の列車すれすれのホームの端に立ったまま、ぎこちなく抱き合う恰好《かっこう》になった。以前、弱気になったとき、レッケに頼ることができたらと想像したことがあったのを思いだす。でも、こんなふうにではなかった。間違ってもこんなふうに、水死体を抱えているみたいな状態は想像していなかった。そしてようやく、まわりに人がいることに彼女は気づいた。

ホームにいた人々がみんなあつまってこちらを見ている。さっき騒いでいた若い男たちももちろんいた。横柄な立ち姿で、群衆の最前列から酔っぱらった目つきでこっちを見ている。地獄へ落ちろ、と、言葉が口をついて出そうになる。だがそのとき、誰かの独り言のような声が聞こえた。

「ああ、なんてことだ」

見ると、三十代くらいの、紺色のジャケット姿の男が、青い目に心配の色を浮かべて立っている。

「だいじょうぶですか？」男が声をかけてきた。

ミカエラはいらだちを隠さずに男を見た。

「なんとも言えません。あなた誰？」

「この列車の運転手です。何かが飛んできたのが見えて、大きな音が聞こえたんです。だからてっきり……」

運転手は言いよどんだ。その大きな音というのはもしかして自分の頭が列車にぶつかった音だったのだろうか、とミカエラは考えた。だがそんなことよりも、とにかくこの群衆の視線から逃れるほうが先決だ。だから努めて威厳のある口調で、自分は警察官であり、この男性の面倒はまかせてもらっていいと説明した。自分はだいじょうぶだから、とその部分は嘘をついた。そのあと後ろを振り向くと、ホームに何かが落ちているのが見えた。レッケがかぶっていたグレーの帽子だ。ミカエラは帽子を拾いあげ、レッケの頭にそれをのせると、エスカレーターのほうへ引きずるように彼を連れていった。何も言わないままかなりの時間が過ぎた。レッケの体をなんとか支えながら、ミカエラはたったいま自分の身に何が起こったのかを理解しようとしていた。

12

誰かに肩を叩《たた》かれて、ヴァネッサが振り向くと、マリオ・コスタが立っていた。プロサッカー選手になって、すっかり地元の有名人だというのに、へべれけに酔っていて全然かっこよく見えない。酔っぱらった若い男たちにも、しつこく絡んでくる大人たちにも、彼女はもううんざりしていた。

「なあ、あいつどこ行った？」マリオが訊いた。

「誰のこと？」

「ミカエラだよ」

「あたしに訊かないでよ。あんたにべとべとくっつかれたのがいやだったんでしょ」

「言わなきゃいけないことがあったんだよな」

「へえ、だから強引に襲ってみたってわけ」

マリオがよく理解できずに困った様子で微笑むので、ヴァネッサはふと気の毒になって、一歩近づき距離を詰めた。何か大事な用件を切り出そうとしているのかもしれない。

「ミカエラに言わなきゃいけないことって何だったの？」

「あの殺人事件のことだよ。あいつら八十の爺さんを逮捕したんだろ？　でも、釈放した」

「たしかに、ミカエラがそんなこと言ってた」

「あんな爺さんがやったなんて、信じるやついないもんな」

「それもそうね」

「それか、ほんとに人違いだったのかは知らない。でも話っていうのはそのことじゃないんだ。おれの親父がもうひとり別の男を見てるんだ。もっと若いやつ。警察に言っても信じてもらえないんだけどさ」

「信じてもらえないって、どうして？」

「どうしてって、いまごろ思いだしたみたいに言うからだよ。ほら、おれの親父がどんなだか知ってるだろ」

ヴァネッサは、ベッペがまわりの人たちにどけどけと叫びながら、ヒュスビーの広場を千鳥足で横切っていく姿を思いうかべた。

「そうね」ヴァネッサは言った。

マリオがすがるような目で彼女を見た。

「ミカエラ、怒ってたのか?」

「すごく喜んではいなかったと思うわ。急に襲いかかって女の子をものにするなんて無理だもの」

「なんだよ、話そうと思っただけだよ。まだ解決しないって、親父も警察にはうんざりしてるんだ、わかるだろ。それに、親父が見たっていうその男、怪しいんだよ」マリオはろれつの回らない状態でそう言い、ヴァネッサは彼の顔をじっと見た。

潤んだ目を細くして、困り果てた表情をしている。その顔を見て、あの殺人事件がマリオたち親子を長いこと苦しめつづけていたことに、ヴァネッサは思いいたった。とはいえ、外国のサッカー・チームとプロ契約できたのだから、埋め合わせとしては充分ではないのか。ヴァネッサは、何かもっと楽しいことをして夜を過ごそうと思い、もうこの場は離れようと、マリオに軽くハグをした。そのとき、マリオが急に彼女の腕をつかんで、私立探偵を雇うつもりだと言った。あと十年経って、素面《しらふ》でお金ももっているとなったら、この子もわりあいそそる男になっているのかも、と彼女は思った。去っていくヴァネッサに、マリオが大声で訊いた。

「なあ、チームの送別会には来てくれるか?」

「ええ、もちろん。いつなの?」ヴァネッサは答えた。

「月曜日。いや、火曜日だったかも。待てよ、場所は何ていったっけ？」マリオが言うのを、ヴァネッサはやっぱりねと思いながら聞き、自分ももう少し飲んで酔っぱらってしまおうかと考えた。だが、ふとミカエラのことが頭をよぎり、電話をしておくことにした。

＊

レッケとともに外の冷たい空気のなかへ足を踏みだしたミカエラは、あらためて見たレッケの姿に驚きを隠せなかった。きっと何か恐ろしい、彼を内から蝕《むしば》む病気か何かの兆候を目にするのだろう、と思いこんでいたのだ。だがいまこの瞬間、エステルマルム広場駅からまだいくらも行かない場所で彼女が見たのは、夜の街にふらりと散歩に出てきたハンサムな紳士といっても通りそうな、完璧な男の姿だった。そのことにミカエラはひどく腹が立った。この人が何に絶望する必要があるというのか？

彫りが深く鷹のような顔立ちは以前と変わらず、それによく見ればコートはカシミアのようだ。靴はきれいに磨かれていて、おそらくハンドメイドの品だろう。そして帽子は、昔風でスタイリッシュな——エキセントリックともいえるかもしれない——あえて他人に印象づけるために身に着けるアイテムだった。体の動きには、ユシュホルムで見たときと同じ、貴族的な頓着のなさが表れている。彼女のなかにある、別世界への羨望《せんぼう》を目覚めさせたあの動きだ。だが、それでもやはり、彼の瞳は血走っていた。あのなかでは嵐が吹き荒れているのだ。

「ご家族に電話しないといけないですね」とミカエラは言った。

レッケは混乱した表情で彼女を見た。

「家族？」

「奥さん、お兄さん、お嬢さん――誰か、あなたの面倒を見られるかたに」

「いや、それは駄目だ。絶対に」

「じゃあ、精神科の救急病棟へお連れします。お医者さんに診てもらわないと」

「たのむ。家はそんなに遠くない。家まで送ってくれないか。馬鹿な真似はしないと約束する」

「信用できません」彼女が言うと、レッケは言っていることはわかったとばかりにうなずいた。

「そうか、当然だな。信用できるわけがないな」

「ここから遠くないってことは、ユシュホルムからお引越しされたんですか？」

「えっ……ああ、そのとおりだが」

「去年の夏、お宅にうかがいました。ジャマル・カビール殺害事件のことでご協力くださいましたよね」

「僕が？」

この馬鹿は憶えてもいないのだろうか？

「わたしたちの捜査をまるごと否定なさいました」

「申しわけない」レッケが口ごもる。

「でも、あなたが正しかったんです――どこをとっても」

「それはどうかな」

「すごいと思いました」ミカエラが言うと、レッケは不安そうな青い瞳で彼女を見た。と、同時に、内側で何かに火がついたようにも見えた。彼が片手を動かす。ミカエラの頬、痛みで張り裂けそうな側に触れようとするかのように。だがすぐにその手をひっこめ、また別の難題に頭を悩ませはじめたみたいに表情を変えた。

「きみか……」レッケが言った。

「そうです、わたしです」

「きみの質問は憶えている」

「何があったんですか？」

「何と言ったらいいんだろう」

「そうですね、まあ何でも」

「僕はもう駄目なんだ。いつだって駄目なんだ」

「具体的に何かあったわけじゃないんですか？　災難が起きたとか？」

「災難が起きたんならどんなによかったか」

「どうしてそんな」

「僕みたいな人間はいつだって災難を求めているんじゃないかと思う。内面で起きていることと外側の事象が相関するように」

「そんなことをおっしゃるなんてがっかりです」

「もちろん、僕だって悲しいよ。とにかく、たのむ。家まで送ってくれないか。家に着いたら少し眠って、そうすればたぶん……」

「わかりました。ご自宅まで送ります。でも、もしまた死のうとしたら殺しますからね」ミカエラがそう言うと、レッケの顔に別の表情が浮かんだ。かならずしもよい兆しではないかもしれないが、それでも彼の頭のなかを嵐のように駆けめぐっている以外の何かを、彼自身が認識しはじめているしるしではあった。

「ほとんど笑い話だな」レッケが言った。

「ほとんど、ね」ミカエラはつぶやいた。歩きはじめてしばらくは、レッケが重苦しく不安な空気を和らげるため、何か言おうとしているのが感じられた。だが一歩、一歩と進むうち、彼の体から血の気が引いていくのがわかった。

寄りかかるレッケの体がさっきより重く感じられる。風が吹きはじめ、雨も降りだした。リッダル通りをさらに先へ、ミカエラは帽子をレッケの頭に上から押しつけながら歩いていて、彼の全身を押さえつけているような気持ちになってきた。勘弁してよ、しっかりして、と頭のなかで言う。ふたりは歩きつづけたが、ミカエラがレッケを引きずるようにしなければならず、ときどき周囲を見まわしてみても、閉店後のレストランや商店が並んでいるだけだった。

「もっと先ですか?」ミカエラは訊いた。

レッケがぼそぼそと何か言ったが、ふたりは歩きつづけ、ようやくグレーヴ通りの黄色い石造りの建物にたどり着いた。もう少し行けば海沿いのストランド通りに出る。入口のドアの前で立ち止まったレッケの目には、困惑の色が浮かんでいた。

キーパッドに番号を手当たりしだいに打ちこんでいる——暗証番号が思いだせないのだ。やがてインターホンの〝ハンソン〟と書かれたボタンを押した。しばらくするとかちゃりと音がして、スピーカーから眠そうな女性の声が聞こえた。

「はい、どちらさま?」

「ハンスです」レッケが言った。「入れなくなってしまって」

「あら、あら」声が言った。「いま行きますからね」いくらもたたないうちに女の人が階段を下りてきた。スリッパ履きで、ナイトドレスの上に黒いコートを羽織っている。

六十五歳くらいだろうか。ほっそりとした体つきで、小さく神経質そうな目をして、尖《とが》った顎が顔から張りだした小さな岩棚のようだ。手を震わせながらドアをあけ、レッケをじっと見た。

「まあ！　心配してたんですよ。いったいどこまで行ってたんですか」

「あとで説明します。約束します。でも、まずは眠らないと」レッケは小声で言いながらなかに入り、女性がミカエラのほうを向いた。

「この人、何をしたんです？」

「死のうとしてました」ミカエラは言った。「お医者さんに診てもらわないと」

女性は立ったまま動きをぴたりと止め、しばらくのあいだ、彼女の言葉をのみこもうとしているようだった。それからレッケの背中と肩をこぶしで叩きだし、叫んだ。

「どうしてそんなことを？　わたしたちみんながいるというのに？」

「すまない。僕はどうしようもない人間だ」レッケは叩かれているのに気づいている様子もなく、ただ少し身をかがめただけだった。女性は叩くのをやめ、またミカエラのほうを向いた。

「お聞きになった？　どうしようもない人間だなんて言ってますけどね。この人ほんとはどんな人だかご存じ？　天才なんですよ――本当に。ものごとを見透かせるんです」

「ええ、知ってます。以前……」ミカエラが言いかけたが、女性は話しつづけた。

「それで何をするかって言ったら、自分のことを卑下してばかり。これが初めてでもないんですよ。ヘルシンキで……」そこで何か思いついたらしく、女性は急に言葉を切った。「大変。朝までついてなきゃいけないわね」彼女の目には絶望が浮かんでいる。「本当にそうしないと。一秒だって目を離すことはできないわ」

女性はまた首を振り、何かをつぶやいている。この人ひとりで、この状態の人間を扱いきれるのだろうか、とミカエラは考えた。そうは思えない。

「わたしが付き添います。警察の者です。緊急事態には慣れています」その言葉を聞いて、女性はようやく納得したようで、何かあればすぐに知らせるとミカエラが約束して電話番号を交換したあとには、少し安心したように見えた。

女性がふたりをエレベーターに案内し、六階のボタンを押す。ゲートを閉めると、彼女は大きな声で言った。「ハンス、いけませんよ。絶対に」そして、そのあとに続く言葉が、だんだんくぐもった呼びかけとなって下から聞こえてくるのに耳を傾けながら、ふたりはゆっくりと建物のなかを昇っていった。

＊

疲れ切っているのはレッケだけではなかった。ミカエラは痣《あざ》だらけになっていたし、頭はぼうっとして、耳鳴りがしていた。早くすわりたい。すぐにでもベッドに倒れこみたい。だがレッケの世話をしなければならない。それくらいならなんとかなる、と最初は思っていた。

レッケが機械的な動作でエレベーターのドアを押しあけると、アーチ形の天井と壁画装飾のある廊下に出た。その先に、郵便受けにレッケの名前の入った玄関ドアがあり――フロアにひとつだけだ――ふたりはカーテンの引かれた広いアパートメントに足を踏みいれた。

ミカエラは驚愕《きょうがく》した。こんな部屋は見たことがない。目の前には三メートルか四メートルほども高さのあるロフトスタイルの大きな窓がついている。どちらを向いても部屋があり、廊下がある。重厚な金の額縁に収められた明暗さまざまな色彩の絵画が、いくつも壁にかかっている。寄木張りの床にはペルシア絨毯《じゅうたん》が敷かれ、いたるところに――棚にも、テーブルにも、床にも――本が積み上げられている。それらの本も、いっしょに置かれている書類も、英語、ドイツ語、フランス語のものまである。家具は無造作に配置され、大きな窓の前に置かれた黒いグランドピアノがいかにも悲しげで寂しそうだ。だが、ある種の陰鬱《いんうつ》な魅力が、この場所にはあるようにも感じられた。

レッケの歩調が速くなった。ミカエラはなんとか追いつき、レッケが先に入った部屋のドアが閉まる直前、隙間に足をすべりこませた。ドアの向こうは広いバスルームで、床はアラブのモザイクタイルが敷き詰められている。レッケはしばらくぼんやりとしたまま、洗面台の上の鏡を見ていたが、おもむろに鏡の裏側のキャビネットをあけた。

「何してるんですか？」ミカエラが声をかけた。

「薬がないと眠れない」

キャビネットを覗くと、棚には薬の容器がずらりと並んでいる。これがよくないとわかる程度の知識は彼女も持ちあわせていた。

アッパー系、ダウナー系、ベンゾジアゼピン系、オピエート、リタリン、モルヒネ、ひと通りそろっている。レッケが黄色の容器をつかんだので、ミカエラはそれをはたき落とし、レッケを壁に押しつけた。

「ちょっと」犯罪者を逮捕するような勢いで言う。

「いや、その……」

「薬に頼らないで。ここにある薬はひとつのこらず袋に入れて、今夜はわたしがあなたを見張ります。でも明日からは誰か見ててくれる人を探さないと。いいですね？」

「あ……いや……もちろんだ。きみにはもう充分よくしてもらった」レッケは片手をズボンのポケットに突っこもうとしている。チップを渡そうとしているようなしぐさを見て、彼女は叫びたくなった。この金ばっかりのろくでなしが。

　なんとか平静を保ち、状況をもっとはっきりと把握しようとする。この薬はどうしたらいいだろう？　自殺防止の観点で考えるなら、キッチンのナイフは？　窓だって、あければ飛び降りることもできるわけで。わからない。なぜならこれは、シモンと同じ、自傷傾向のあるどんな馬鹿とも同じなのだ――周囲の者が何をしたところで、本人がどうしても死にたいと思えば方法は見つけられる。そういうものだと受けいれるしかない。

「僕が薬を禁じられても、僕の付き添い人は――いまだけ付き添ってくれる僕の看護人は――痛み止めを服《の》まないといけないな。ひどい痣だ」レッケの声が一瞬、ほとんど上機嫌にすら聞こえた。でも騙されてはいけない。

「寝室は？」

「こっちだ。案内する」

「わかりました」レッケのあとについて、いくつもの部屋を通り抜けていく。部屋ごとに高さの異なる天井の下を、ときには本や家具だらけの空間を、ときにはほとんど何もない空間を通って、ようやく青い壁の広い寝室に着いた。

　不安が叫び声をあげているような部屋だ。シーツの端がマットレスからはずれて汗を絞ったあとのように丸まっている。床には服や本が散乱していて、ベッドサイドのテーブルにはいくつものマグとグラスとニトラゼパム錠が二箱。それらの箱をミカエラはさっととりあげ、隣室のキャビネットに隠した。シーツを整え、枕を叩いてふくらませ、カーテンを引く。

　それからずらりと連なった屋根の見える窓辺へ行き、革張りの肘掛け椅子をつかんだ――クラシックな英国風の肘掛け椅子だ――その上には、フルートを吹く色白の少年が描かれた、別の世紀の油彩画が掛かっていた。

「ちょっと手伝ってもらえます？」

レッケがうなずき、ふたりでその椅子を移動させて部屋の出口をふさいだ。

「今夜はわたしがここにすわってあなたを見張ります」とミカエラが言うと、レッケはあきらめたように微笑んだ。

そして無造作に服を脱いだので、筋肉質の体が彼女の目に入った。まえに見たときと変わらないランナーの肉体だ――中距離走者の――ミカエラにはそれすらも煩わしく思えた。もしこの人がもっと太って締まりのない体つきをしていたら、もう少し好感をもてただろうに。だが以前と変わらず肉体美の見本のようにしか見えない。いったいこの男は何を悲しがっているというのだろう？

「あなたを尊敬してた自分が信じられません」彼女は言った。

「マイオル・エ・ロンギンクォ・レウェレンティア」レッケは独り言のようにつぶやいた。

「え？」

「遠くから見れば、どんなものも美しく見える」

ミカエラはほんの一瞬その言葉について考え、目をそらした。レッケはベッドに入ると上掛けを引っぱり、何かを心配しているような青い瞳で窓の外に広がる屋根の景色を見ていた。

＊

ヨーナス・ベイエルは目を覚ました。何かに驚いた気がしたのだが、夢だったのか、あるいは何かの音に驚いたのかわからず、それに自分がどこにいるのかもしばらくわからなかった。とはいえ、当然ながらいまいる場所は、スヴェーデンボリ通りの自宅であり、隣では妻のリンダがうつ伏せになって、小さく穏やかな寝息を立てている。アパートメントのどこかでほかに音がしていないか耳を澄ます。息子たちのどちらかが起きたのだろうか？　いや、そんな音ではなかった。外の通りは静まり返っている。もう朝なのかもしれないが、わざわざ時計を見る気にはなれない。デジタル時計の赤い数字は、夜見ると、何か取返しのつかない恐怖へのカウントダウンのように思えて落ち着かないのだ。彼は寝返りを打った。

だが一度目が覚めてしまうと寝付かれず、何か腹に入れようとキッチンへ行った。夜中に甘いものを食べるのはよくないが、すっかり癖になっている。きっと仕事のせいだ。もっといえばこれは、職場でいつも彼を待っているいくつもの捜査のストレスのせい——なかでも、カビール殺害事件が原因だと彼は思っている。あの事件の捜査が失敗に終わりそうなことは、ほかの誰よりも彼がよくわかっていた。

〈マラボウ〉のチョコレートを冷蔵庫から取りだすと、包みを破りあけてむさぼるように食べた。食べ切ったあとに恥ずかしさがこみあげてきたが、その源はチョコレートよりもむしろ殺人事件の捜査のほうで、ヨーナスは寝室へ戻りつつ、上司たちとカブールのアメリカ人たちにたいして毒づいた。彼らときたら、理解するつもりもないようなのだ。

ベッドにもぐり、妻からできるだけ遠い位置で体を丸める。だが、やっぱり眠れない。それどころかさっきよりも目が冴《さ》えて、気がつくとミカエラのことが頭に浮かんでいた。夜眠れないときには、彼女のことをよく思いだす。いまから会わないかと電話して誘ってみたくなったが、そんなことをするのは狂気の沙汰《さた》だ。

＊

頭が痛い。内側も、外側も。それに時間が経つにつれ、駅のホームを突進していたときの記憶がはっきりとしてきた。彼のほうへ飛びかかっていく自分の姿を思いうかべる。あの時点ですでに彼がレッケだと気づいていたのではないか、とミカエラは思った。でも、だったらどうだというのだろう。とにかく、いま自分はここにいる。あれだけ連絡を取ろうと試みた末に、予想できるはずもない状況で、こうしてハンス・レッケの寝室にいるのだ。

彼の息遣いが聞こえる。苦しげで不規則な呼吸だ。どうやらまだ眠ってはいないらしい。

「気分はどうですか？」

「どう言えばいいんだろうか」レッケがつぶやく。「薬がほしい。僕の麻酔薬だ。だが、不満を述べる権利はもうないように思う。僕の看護人が厳しいのはよくわかったからね」声のトーンに皮肉の色が混じっている。これはいい兆候だ、とミカエラは思った。

「さっきより具合よさそうですね」

「さあ、どうだろう。だが、死に近づくと、逆に命が少し戻ってくることもあるのだろうな」

「どうしてあんな馬鹿なことをしたんですか」

「それは説明できることではない気がする」

「努力くらいはしてみたらどうですか」

レッケの瞳が暗がりのなかで輝きを帯びる。内にこもり、言葉を探しているのだろうか。

「そうだな、言うなら、うつには段階があるということだ」レッケは言った。「ときにそれは、単純に音を立てながら動脈にのって体じゅうを駆けめぐる。ふつうよりも半音は低い音がずっと鳴っていて、まるで外の世界から遮断されたような気分になる。外界の話し声や笑い声は聞こえてはいても、すべてがその音の向こう側にあって、自分にできないことを思いださせてくるだけだ。それだけでも充分ひどいが、うつはそこからゆっくりと音程を変え、ボリュームを上げる。しまいには耐えがたいトーンで真っ赤な叫び声をあげる。そうなると、もうこんなふうには生きていたくない、という段階に至る」

「それで、あなたはその段階まできていたと？」

「そう、まさにその段階にきていた。だがそのときに、誰かが空中を舞って飛んできた。だから僕は、そのうちきみに心から感謝すると思うし、そうなることを望んでいる」

「感謝なんてべつにいいです」

「いや、感謝されるべきだ。きみはとても意味のあることをした」

「わたしたちがお宅にうかがった日のこと、憶えてます？」

「ああ、憶えている」

「フランソンという上司もそこにいたんですけど。あなたは一目見るなり、あの日の朝に彼が射撃場に行ってたことを言い当てました」

「躁《そう》状態のときにはどうも、ものごとがよく見えるようでね。だいたいはあてずっぽうだ。くだらんことだよ」

「でも当たってました」

「まあ、そうかもしれないが。しかし、彼は開きっぱなしの本みたいだっただろう？」

「そうでしょうか」ミカエラは言った。

レッケはベッドの上で体を起こし、上掛けを体に巻きつけると、あいかわらずの不安げな目で彼女を見たが、その眼差しは少しはっきりしてきたようにも見えた。

「彼は……」レッケが言いかける。

「フランソンが、何ですか？」

「親指と人差し指のあいだにタコができて赤くなっていた。引き金と引き金の用心鉄があたっていたんだね。前腕部をつかんで手首を手前側へ曲げて、指を曲げてのひらに押しつける動作をしていた。基本的なエクササイズで、きっと理学療法士に教わったんだろう」

「つまりどういうことですか？」

「つまり彼はテニス肘に悩まされているということだ。静的負荷のかかるスポーツをする人によくみられる症状で、練習のあとにぐんと悪化することが多い。だが彼の体格からしてテニスをしているようには見えなかった。むしろ、あの目の輝きはハンターのものだろうと思った」

「彼の腕時計のクラウンがはずれるのも言い当てましたよね」

「そうだったか？」

「〈ＩＷＣシャフハウゼン〉の腕時計です。あなたが褒めていた」

「ああ、あれか。しかし見ればわかることだっただろう？　時計本体とクラウンのあいだに隙間ができていたし、外周りの光沢を見ても、ひっかき傷の加減を見ても、なにやら打撃を受けたらしいのは明らかだった。それに彼はクラウンをむやみにまわしてもいた。抑えこんだ不安を全部、かわいそうなクラウンに乗り移らせているかのようだったよ。あんなふうでは壊れるのも当然だ」

「一目でそれだけの観察ができるのはすごいことだって、もちろん自覚されてますよね？」

「いや、そんなことはないよ」

「たしか躁状態のときおっしゃいましたね」

「ああ、妻はそう考えていた。あれからすぐ、大失態をやらかしてしまってね。スタンフォードでの学会でのことだ」

「大失態というと？」

「尊大になって、どうかしていた。ほかの誰もが絶賛している研究を、僕はこき下ろしたんだ。求められてもいないアドバイスをしたり、誰も聞きたいと思ってもいない結論を引き出したりしてね。そのあとも、僕のところに送られてきた機密情報や何かを見て、なにもかも見透かしたつもりになったりもした。だが、ある朝、目覚めたときにすべてが恐ろしく思えた。高揚した気分はどこかへ行ってしまって、代わりに自分を軽蔑する気持ちが襲ってきた。そうなると、もうベッドから出ることもままならなくなった」

「メールも電話も返さなかったのはそのせいですか？」

「ああ、おそらく。すまなかったね」

「でも、数カ月後には元気になってましたよね」

「えっ？」

「〈ストゥーレホフ〉で、クレーベリエル外相といっしょにいるところを見かけました」

「クレーベリエルに会って気分よくしていたとは思えないんだが」

「弱っているというよりは退屈しているみたいに見えました」

「クレーベリエルの馬鹿さ加減が、僕に輝きを与えてくれたのかもしれないな。平凡な人間がもたらしてくれる贈り物だ」

「それ、喧嘩売ってるみたいに聞こえるってわかってます？」

「いや、そうだろうか」

「ぼろぼろになって横になってるってのに、王様気取りで政府の要人をこき下ろすんだから」

「そんなにひどいことだろうか？」

「わたしにとってはそうです。あなたはご自分が、何の苦労もなしにどれだけのものを手に入れているかに気づいてもいない」

「たぶんそうなんだろうね」

「もういいわ。休んでください」

「僕のほうも見てたんだ、きみを。あの家に来てくれたとき」

「で？　なにが見えました？」

「優れた才能――それと、自己検閲」

「そんな馬鹿馬鹿しいこと、はじめて言われたわ」

「そうかもしれないな。だが闇も見えた。末頼もしい闇だ」

「どういうことですか？」

「僕が抱える闇のように内に向かっていない。きみならあれをいいように役立てられるだろうと思った」

「いいようにって、たとえば？」

「自分自身を解放するときに」

「解放するって、何から？」

「われわれをとらえて岸へ引きずっていこうとする網から」

「ついさっきまですごく聡明《そうめい》だったのに」

「いまは馬鹿丸出しだと？」

「はい」
「おそらくそのとおりだろうね」
「じゃあ、おやすみなさい」
「おやすみ、ミカエラ」
「名前、憶えてたんですね」
「そのようだ」

＊

寝ずの番を決めこんだミカエラは、またレッケと話したいという衝動に何度も襲われた。だが聞こえてくる息遣いから、レッケが眠りに落ちていくのがわかって、彼女はかなりの長時間、肘掛け椅子にすわったままでいた。やがて表のストランド通りを走る車の音とともに朝が訪れた。一度だけ、彼女は静かに手洗いに立った。鏡を見ると、顔の右半分が腫《は》れあがっていた。まるでひどくぶたれたあとのようなその顔が、他人のもののように感じられた。

「わたしはハンス・レッケの家にいる」ミカエラは声に出してそう言った。なぜだかは自分でもよくわからなかった。

いまの状況そのものが理解不能に思える。誰も見てはいけない禁じられた何かに足を踏みいれてしまったような気がするのだ。レッケの寝室に戻ると、革の肘掛け椅子の上で体を丸め、膝を抱えこんだ。壁時計の秒針の音を聞きながら、レッケのことを、それから彼の妻のことを考えた。あの人とあのお屋敷はどうなったのだろう。それに、ここはいったいどういう場所？

そのあとじきに眠りに落ちたにちがいない。だから彼女が寝ている椅子の上をまたいで、レッケが寝室から出ていったのにも気づかなかった。それから間もなく、彼女は大変なことが起きたという感覚とともに目を覚ました。アパートメントじゅうに轟音が響いている。何が襲いかかってきているのだろうと彼女は思った。

13

ミカエラは飛び起き、方向感覚もつかめないまま室内を駆けまわった。リビングの大きな窓のすぐ横、黒いグランドピアノの前に彼はいた。黒いシャツ一枚を、ボタンを留めずに羽織っただけの姿で、ミカエラがそれまでの人生で聴いたなかでもっとも不穏な曲を弾いている。まるで不安を叩きつけているかのような弾き方で、ミカエラは鍵盤《けんばん》の上を忙しく行き来する彼の両手を驚きの眼差しで見つめた。神業のような演奏だ。

にもかかわらず、ミカエラは不安に駆られた。音楽に含まれた怒りのせいだけではない。レッケの顔を見たからだ。青白く、張り詰めて、頬骨がくっきりと浮き出ている。またホームに入ってくる列車の前に身を投げようとでもしそうな顔つきだ。ミカエラは視線を動かせなくなり、しばらくその場に立ちつくした。とつぜん、レッケが両手を握って鍵盤に叩きつけ、なりふりかまわずピアノの上に突っ伏した。

「何てこと」ミカエラは言った。

レッケは驚き、まるでいままで別の現実にいたかのように、おびえた顔をした。

「ああ、いや……すまない。起こしてしまったかな？」

「あれで起きない人がいるとでも？」

「それもそうだな」

「いまの、何ですか？」

「プロコフィエフだ」

そう言われても、ミカエラにはさっぱりわからない。

「世界の終わりみたいな曲ですね」

「作曲家もそのつもりだっただろうね」

「でも世界はまだ終わってない」

レッケが肩をすくめた。その姿をミカエラはじっと見た——肩、背中、引き締まった体つき。昨日見たのと変わらない。だが昨日はなかったものもある。靄《もや》がかかったようにどんよりとした彼の目は、ヒュスビーで夕暮れ時に見るシモンの目と同じだ。それで理解できた。薬物に手を出したのだ。

「何を飲んだんですか？」

「きみも見透かせるじゃないか」レッケが悲しげに微笑む。「細部までよく見えるのはきみも同じだ」

「何を飲んだんですか？」

「オピエートを二、三種類、ベンゾジアゼピン、抗精神病薬を少し、それと効くのかどうかもわからない抗うつ薬」

「何てことを」

レッケは顔をそむけ、シャツのボタンを二つ、三つ留めた。

「ゆうべは話していて楽しかったよ」

「それはよかった」

「しかし、目を覚ますのはそれほど楽しくなかった」

「だからクスリをキメて、世界の終わりをピアノで弾かずにはいられなかった」

「そのようだな」

「何て曲ですか？」

「プロコフィエフの〈ピアノ協奏曲第二番〉」

「何かとくべつな意味でも？」

「ああ、僕はそう思っている」

「何ですか？」

「プロコフィエフはこれを書きはじめた直後、友人のマクシミリアン・シュミットホフが拳銃自殺をしたとの報を受けた。その影響が曲に表れている。若かったころ、僕はこの曲に取り憑かれたみたいになった」

「どうしてかは想像できます」ミカエラは言った。

「母がそれを嫌ってね。弾くのを禁止されたんだが、無駄だった。こっそり弾くようになっただけだ。シュミットホフもピアニストだった。拳銃自殺したのはどんなに頑張ってもうまくなれないと悟ったからだと言われている――プロコフィエフのようにはなれないとね」

「そこにご自分の姿を重ねてたわけですか？」

「自分を重ねていたのは曲のほうだな」

「お母さんは何が嫌だったんでしょう？」

「演奏旅行に出るときに僕が弱気になるのが嫌だったんだ。母は容赦のない興行主だったからね」

レッケが窓の外に目をやる。

「いつごろの話ですか？」

「ちょうどジュリアード音楽院を卒業したばかりで、すべてから逃げだしたいと思っていた」

「なるほど」とは言ってみたものの、本当のところ、ミカエラにはぴんとこなかったし、理解できていないことは彼女の目から見て取れたことだろう。

レッケが右手をあげて、その手を彼女の頰へ近づけたが、すぐに下ろした。

「その顔、すまなかったね」

「だいじょうぶです」

「で、あのぼんくらどもは、きみを捜査から外したわけか」

ミカエラは微笑んだ。

「はい。あの事件のニュースは追ってらっしゃいました？」

「いや、とくには。だが、たしか別の容疑者を逮捕したのではなかったかな」

「人違いでした。イラク人の男性を逮捕しましたが、アリバイがありました」

「いったい誰を捜していたんだ？」

「八十歳近いかもしれない腰の曲がった老人で、足が少し悪くて、禿げていて、唇が薄い。その人物が試合終了直後、カビールのいたフィールドの脇を通りかかっているんです」

「聞いているかぎり、殺人犯のようには思えないんだが」

「ええ。でもカビールは明らかにその男に反応しています。そのことを指摘したのはあなたですよ」

「そうだったね」

ミカエラは躊躇《ちゅうちょ》し、言葉を探した。

「でもあなたは、メールも返さなかったし、電話にも出なかった」

レッケが自分の両手に視線を落とす。

「申しわけない」

「わたしみたいな人間とはかかわりたくないんだろうと思ってました」

レッケは問いかけるような表情でミカエラを見た。

「きみのような人間というのは？」

「貧しい郊外出身の女」

「もっと会ってみたいと思っているんだが、きみみたいな人に——もしいるのなら」

ミカエラはその言葉の意味をのみこもうとしたが、急に話題を変えなくてはという思いに駆られた。

「訊きたいことがあったんです。長いあいだずっと考えていたこと」

「何なりと」レッケがやさしげな笑みを浮かべる。

「ユシュホルムで……」ミカエラは言いかけたが、急にどう言ったらいいのかわからなくなった。

「ユシュホルムで？」

「カビールの体にあった古い傷のことで、気になるとおっしゃいました。あの傷が何かを示していると。でも話が途中で途切れてしまった」

一瞬、レッケの顔を不安の表情がよぎった。彼はまたピアノを弾きたいかのように鍵盤を見下ろした。

「ああ、憶えている」

「あのとき、何て言おうとしてたんですか？」

レッケが落ち着きをなくしたように首を動かす。困り果てているのが明らかだ。

「それは言えない」レッケは言った。

「何ですって？」

「言えないんだ」レッケは繰り返した。「すまない」

「どういうことですか？」

「とにかく言えないんだ」ミカエラはどなりつけてやりたい気持ちになったが、その暇はなかった。玄関のベルが鳴ったのだ。誰かが何度もベルを鳴らし、ドアをノックしている。レッケはまた急に表情を変え、すがるような目でミカエラを見た。

「出てもらえないか？」

いったいどうして彼女が出なければならないのか？

「ご自分でどうぞ」

「たのむ」

「わかりましたよ」ミカエラは玄関へ行こうとしたが、すぐに考えを変えた。「ピアノを弾いてくれるなら行きます」

「なぜ？」

「わたしがいないあいだに、またよからぬ行動に出ていないとわかるようにですよ。もう少し明るい曲がいいわ」

レッケはぶつぶつと何か言うと、音が飛び跳ねているように聞こえる曲を弾きはじめた。高音が躍りまわるアパートメントのなかを、彼女は玄関へ向かった。

＊

ユーリア・レッケは、このごろあまりユシュホルムの自宅へは帰っていない。だいたいはストール通りに住むボーイフレンドのクリスチャンの部屋に泊まっていて、朝は遅くまでベッドにとどまり、一日を無為に過ごしている。だが今朝は、ほんの十分前のことだが、ハンソン夫人に起こされて、慌ててここへやってきたのだった。ユーリアはさらに激しくノックした。

ドアをあけたのは若い女だった。バスに撥ねられたみたいなひどい姿をしている。顔の半分は虹色に変色しているし、それに着ているのはいったい何？　キラキラの黒いトップスはビール臭いし、丈の短いスカートは安物だ。だらしない、とユーリアは思った。ろくでもないパーティーに出ていたみたいな恰好だ。自分の父親がこの女と何をしていたかなんて考えたくもない。

「何があったんですか？」ユーリアは訊いた。

だが、答えを待つことはしなかった。音楽に気づいたのだ。リストの〈ラ・カンパネラ〉だ。いったいどういう風の吹きまわし？　父はこの曲が嫌いなはずなのに。華やかな技巧を凝らしたサーカスの芸のような曲だとしか思っていなくて、聴くとどうしても自分の母親を思いだすと言っていたではないか。女の横をすり抜けて、急ぎ足でリビングへ入ると、グランドピアノの前にすわる父親の姿が目に入った。黒いシャツのボタンを途中まではずして、一見したところ元気そうにしている――少なくとも昨日ほどは疲れていない。だが、彼が顔を振り向けたときの目の輝きを見て、ユーリアの心は沈んだ。

「やあ、よく来たね。元気かい」

「また死のうとしたって、ハンソンさんから聞いたけど」

ユーリアの声には静かな怒りがこもっている。

「何を……いや、そんなことはしていない」

レッケは足元に視線を落とした。

「じゃあどうして、ハンソンさんはあんなこと言うの？」

「ハンソンさんはもちろん素晴らしい人だが、興奮すると想像でものを言うことがある」

「想像であんなことを言う人いないでしょ」

「いいや、よくあることだ。きのうのパパを見ればおまえもわかったろう。十代の若者みたいに酔いつぶれた。まったく恥ずかしい話だが。それでたぶん、あの人を誤解させるようなことを口走ってしまったんだろう」

そう言って立ち上がり、ハグをしてきたので、最初ユーリアは父を蹴り、殴りたいと思った。だが思いなおしてハグを返し、つぶやいた。

「駄目だからね、パパ。絶対に駄目だからね」

「わかってる。それにもう気分はよくなってきたんだ。ミカエラがついていてくれたからね」

「あの人、顔が痣だらけなんだけど」

「わたしならだいじょうぶです」ちょうど部屋へ入ってきたミカエラが言った。

「だいじょうぶと言ってよいものかどうか」レッケが言った。「もしかしたら脳震盪《のうしんとう》を起こしているかもしれない。もちろん僕のせいだ。僕が倒れた衝撃を、彼女が代わりに受け止めたんだから。勇気ある行動だよ。その結果、顔がこんなことになってしまった。ふたつの顔をもっていて、過去を振り返りつつ未来の春にも目を向けているヤヌス神みたいじゃないか。ところでこの人とパパのためにたのまれごとをしてもらえないか。彼女に朝食を用意してほしいんだ。おまえも食べていけばいい。どうせ食べずに出てきたんだろう？　食材はハンソンさんが冷蔵庫に買い置きしてくれてるはずだ。おまえはいい娘だ。だがパパには休息が要る。もう寝るよ」

「だめよ、まだ話を聴いていないもの」

「あとで話す。でもそのまえに、ちょっと調べたいことがあるんだ」

「寝るって言ったのに？」

「睡眠をとって、調べものも少ししたいんだ。ベッドまで行くのに手を貸してもらえないか。コンピューターもとってほしい。おや、クリスチャンはまだあの感じの悪いひげを剃《そ》ってないみたいだな」

「そういう観察、やめてくれない？」ユーリアが自分の頬に手をやりながら言う。

「そうだな、もちろんだ。すまなかった」

＊

ユーリアがキッチンへ入っていくと、さっきの女がテーブルのワインボトルを片づけていた。それが終わると、流し台をさっと拭《ふ》いて、マグとグラスを稲妻の速さで食洗器に突っこんだ。あまりにも動きがてきぱきしているので、もしかして昔うちにいた家政婦のひとりで、何か想像しがたい理由で父親がここに連れ込んだのだろうか、と一瞬思った——まあ、じっさいそれほど想像しがたいわけでもないのだが。

彼女にはどこか人を惹きつける魅力がある。それはユーリアも認めないわけにはいかなかった。といっても、ユーリアの家族や親せきの人々が認めるような魅力ではない——とくにおばあさまにはわからないだろう。でも、爆発しそうな何かを抑えこんでいるような魅力が滲み出ているのだ。それにユーリアの母親や知り合いの女性たちの多くにないものを彼女はもっている――曲線美だ。

でも、やっぱり変だ――考えたくもない――この女が父親の愛人だなどとはどうしても思えない。父親の女性関係についてよく知っているわけではないが、でも土曜の晩にあんな状態で出かけていって女を家に引っぱりこむような人でないのはたしかだ。この女は本当に――ミカエラといったっけ？――危機的な状況で父を助けてくれただけなのかもしれない。ただ、どこかで会ったことがあるような気もするし、ふたりのあいだに親しげなのにどこかピリピリした、とくべつな空気が流れているのが気になる。ユーリアはそれでも育ちのよい娘らしく、とっておきの笑顔で彼女に笑いかけた。

「ハンソンさんのつくるミューズリー、おいしいんですよ」ユーリアは言った。「それから、冷蔵庫にターキッシュ・ヨーグルトとベリーがあると思う。父のエスプレッソ・マシンも本格的だし。どうかしら、朝食をとりながら、何があったのか話しませんか？」

ミカエラがうなずき、ふたりはテーブルを整えて朝食を準備した。ヨーグルト、ミューズリー、ジュース、白いパンはハンソン夫人が前日に焼いたもの、チーズ、キュウリ、トマト。それからそれぞれ自分のカプチーノを淹《い》れてすわり、無言のまま食べはじめた。

「昨日何があったんですか」ようやくユーリアが訊いた。

「教授が酔っぱらっていて。線路に落ちるんじゃないかと思ったんです」ミカエラが答える。

「ハンソンさんは自殺未遂だって言ってましたけど」

「そう思われたみたいですね。教授がたいへんなうつ状態だから。そうでしょう？」

「ええ。こんなにひどいのは初めてなくらい」

「教授に何があったんですか？」

ユーリアはミカエラの顔を見た。この人、知らないの？

「双極性障害なんです」ユーリアは簡潔に言った。「ときどき発作みたいなのを起こすこともあります」

「ずっとまえからそうなんですか？」

「父はどこまで話したの？」

「それほどは。若いころの話と、お母様とまわった演奏旅行のことを少し聞いたくらいです」

「またその話をしてるんですか？」

目の前の女はうなずき、カップを口に運んだ。ヨーグルトをボウルに流しこみ、その上にミューズリーとレーズンとブルーベリーをぱらぱらとのせた。

この人、どうして前に会ったような気がするんだろう？　ユーリアは記憶をたどった。

「父とはどういうお知り合いなのか、お訊きしても？」

「昨晩、わたし出かけていて」ミカエラが答える。「エステルマルム広場駅のホームで、彼が体を揺らしているところに出くわしたんです」

ユーリアは訝しそうに彼女を見た。

「何の用事があって、父は夜中にそんなところにいたんですか？」

「知りません」

「そんな話を信じろと？」

「信じてください」

「そういうことにしておけば、わたしが安心するから？」

「それが真実だからよ。彼に何があったんですか？」

ユーリアは黙りこみ、右斜め前の廊下のほうを見て、それからミカエラに視線を戻した。すると、それまで何とも思わなかったものが気になった。この視線。顔の痣も安っぽい服装も忘れさせてしまうような……何と言えばいいのか……鋭くて、ブレていないというのか、周囲に思わせている以上にものがよく見えているみたいな視線。

「うつの症状が出たんです」ユーリアは言った。

「それに、あなたのお母さんとはもういっしょに暮らしていないんですね。離婚するの？」

ユーリアはしばらく黙っていた。何と言えばよいものか。

「すると思います」ユーリアは言った。

「ごめんなさい」

「いえ、いいんです」ユーリアは気にしてもいないみたいに続けた。「そのうえ仕事もグリーンカードも失くしてしまったから、余計に厄介で」

ミカエラはユーリアの顔をじっと見た。

「失くしたって、どうして？」

もう黙ってて、とユーリアは心のなかでつぶやいた。パパのこと、これ以上ひっかきまわさないで。でも、ユーリア自身に少しくらいひっかきまわしてやりたい気持ちがあったのかもしれない。もっと言えば、仕返ししたい、という思いだ。家族みんなをまたもや緊急事態に陥れ、夜中じゅうずっと眠れなくなるようにした父に、仕返しをしてやってもいいんじゃないか、という気持ち。

「さあ、わたしは知らないことになってますから」ユーリアは言った。

「でも知ってるのね」

ユーリアはチーズをスライスしてパンにはさんだ。

「ええ、たぶん」

「話してもらえる？」

「こういうことだと思うの。父は極秘の任務を与えられていたのに、雇用主と衝突した。対立は深刻だった」

「何のことで？」

「それ以上のことは知りません」ユーリアは答えた。もう充分だろう。少なくともいまは。ふたりのあいだに気まずい沈黙が流れた。

「衝突がお得意なんですね、教授は」

ユーリアは慎重な笑みを浮かべて、カプチーノをひと口飲んだ。

「そう思います」

ミカエラもためらいがちに微笑み返した。

「ほんとは衝突を恐れてるのに」ユーリアは言った。急に話したい気持ちに押されている。少なくともアメリカでの出来事以外のことを何か話さなければと思った。

「そんなふうには思えませんけど」

「ほんとよ、親切で礼儀正しくふるまいたいとは思ってるの。ある意味それがもともとの性格だから。父は小さいころから気の利いたことを言って、まわりを楽しませるようにしつけられたんです。でも自分を抑えきれないところがあって。ものごとの欠点を見つけたり、無意味だと思ったりすると、ついほんとのことを言っちゃう」

「で、彼の言うことはたいてい正しい？」

ユーリアは答えの代わりに微笑んで、グラスにジュースを注いだ。

「一年前に同じことを訊かれてたら、そうよ、いつも正しい、って答えてたでしょうね。わたしの父親だし。世界一知性のある人だもの。でもいまは……そうは言えない。ときどき現実と幻覚の境界にいるみたいで、ほかの誰よりもおかしなことを言ったりもするんです」

「わたし、ヒュスビーで育ったんですけどね」ミカエラがだしぬけに言った。

「ヒュスビーで？」

ユーリアは、さっきまでとはちがう興味の混じった視線で彼女を見た。

「そう。あのへんの地域の人たちには、彼のような人は絶対に理解できないでしょうね――何ももってるのに、それを自分からぼろぼろと崩そうとする」

「エステルマルムの人たちだって、理解できないのはたいして変わらないと思うわ。父を理解できるのはわたしたちだけだもの。わたしたちなりの、いかれたやりかたでね」

「わたしたち、って？」

「レッケ家の人たち。うちの家族の神話にぴったり当てはまるから」

「家族の神話があるの？」

「そう。父はその神話から出てきたお手本みたいな人で、だからわたしたちみんな、父のことをすごく気にかけてるの。あの人こそ、真のレッケ家の人間だから。ものすごく知的で、独立心があって、それでいて感受性が強くて、自己批判的。それに〝黒い犬〟を抱えてる」

「黒い犬？」

「うつ病のこと。チャーチルの言葉を借りてそう呼んでるの。マグヌスは――わたしの伯父《おじ》はいつも、ハンスは選ばれし人だから、って言ってる」

「選ばれし人？　どうして？」

「話せば長いのよ」

「ぜひ聞かせてもらいたいわ」ミカエラが言った。そのとき、やっぱり以前にもこの人とは会ったことがある、間違いない、とユーリアは思った。何かとても印象的なシチュエーションで、しかもそれほどまえではないはずだ。

だが、どこでだったかは思いだせず、もういちどミカエラの顔の痣をじっと見つめた。それにしてもひどく打ちつけたものだ。

「父は最初から際立っていたの」ユーリアは言った。「二歳か三歳のときに、ベートーヴェンの弦楽四重奏曲に感動して涙を流したそうよ。絶対音感をもっていることもわかったし、どんなことでも簡単にやってのけてしまったらしい。父の母、わたしのおばあさまも、将来有望といわれたピアニストだったけれど、父の才能をのばすことに専念しようと決めて、ウィーンでの教職を辞めた。ピアノが父の未来だと判断したのね。父は毎日八時間、十時間も練習をさせられた。学校には一度も行ってないんです」

「どうしてそんなことができるの？」

「うちの家族が得意なやり方でね。ルールにはしたがわず、抜け道を探すの。祖母はマグヌスをスイスの寄宿学校、ル・ロゼに行かせたけど、父には家庭教師をつけた。音楽の勉強の邪魔にならないように、祖母が手配したの。その点については祖母がものすごくこだわっていて、あの人が決めたことに誰がノーといえると思う？　一度会ってみればわかるわ。あの人の前では誰もが自然と気をつけの姿勢になる。目線ひとつで人を喜ばせも、落胆させもする。そういう人に全部の努力を、全エネルギーを注がれるのが、子どもにとってどういうことだか想像つきますか？かわすことなんてできない。父は祖母のやり方に耐えきれるほど強くはなかった」

「お母さまのこと、容赦のない興行主だって言ってたわ」

「でもそれはもっとあとになってからね。分別がついて、ふと音楽は自分のためにならないって気づいたあと」

「自分のためにならないって、どういうふうに？」

「子どものころは、父にとってピアノは感情を抑えこまないでいられるたったひとつの場所だった。でも、だからこそ苦しんだんだと思う。クラシックの大作は父にとっては嵐みたいなもので、べつに嵐に抵抗する気はなかっただろうけど、暴風のなかに何があるかは知りたいと思ってた」

「でも、知ることはできなかった？」

「そう、いつも知ることができたわけではなかった。感情を揺さぶるものが何なのかが理解できないままに揺さぶられるのが、父には耐えられなかった。つまずいたり、叱られたり、傷ついたり、叩かれたりすることがあっても、何が起こっているかが理解できるかぎりは対処できた。でも、音楽はそう単純な言葉を話してはくれない、父はそう言ってました。明快《クラリタス》さに欠けるんだって。それで、早い時期から物語の論理性、筋道のとおった出来事のつらなりに興味をもつようになった」

「なら、そっちの方向に行かせてあげればよかったのに。駄目だったの？」

「練習の邪魔になるのであれば、もちろん駄目。祖母はしょっちゅう父の本を隠したし、父の好きな刑事もののテレビドラマも見せなかった。『刑事コロンボ』とかそういうの。祖母はそうして父を罰しているつもりだったのね。でも、もちろん無駄だった。小説やドラマは父にとってさらに魅力的なものになっただけだった。で、九歳か十歳のときに、父は啓示《エピファニー》を受けた」

ミカエラは啓示が何なのか知らなかったが、それについては何も言わなかった。というよりほとんど口を開かなかった。頭が痛かったし、それにレッケが司法解剖の写真を見て何に気づいたのかを話そうとしないことに、まだいらだっていた。けれど不本意にも、ユーリアに注意を向けられたことをうれしいと思ってしまったし、すっかり惹きこまれてもいた。さっきまでのいらだちも忘れ、ただ驚嘆の目で彼女を見ていた。

＊

ユーリアはヴァネッサと同じくらいきれいだ。大きな青い瞳にストロベリー・ブロンドの巻き毛。そしてこの娘が人とちがうのは、もちろん上流のお金持ちだとかいったこともあるが、それだけではなく、自分の父親のことを話すときに、誰もが自分と同じように彼に関心をもっていることを疑ってもいないみたいに話すところだ。それは傲慢でもあり、魅力的でもあった。

「たいしたことには聞こえないかもしれないけど」ユーリアが言った。「父にとっては大きな転機だったの。当時はウィーンの旧市街《インネレシュタット》に住んでいて、家には父と祖母と使用人しかいなかった。祖父は離れて暮らしていたし――それからじきに亡くなったけど――マグヌスはスイスの寄宿学校だしで、父はただピアノの前にすわって退屈な曲の練習に明け暮れていたの。とても耐えられるものではなかった。息抜きが必要で、いつも夜の八時が来るのを心待ちにしていたの。父の好きな刑事ドラマのシリーズが始まる時間だから。でも、夕食後の練習を祖母が聞いて言うのは〝ダメ、よくないわ。今夜はテレビはおあずけです〟って、それだけ。父はそんなの不公平だって叫んだそうよ。でも祖母が譲ることはなくて、〝公平よ、あなたがちゃんと練習しなかったんだから〟って言われてしまうと、何も言い返せなかった。祖母と言い争うなんて無駄というもの。

それでもその言葉が父には突き刺さりつづけた。何日かあとに、父は退屈そうなドイツ哲学の本を見つけたの。その冒頭に、〝われわれはしばしば意味を理解しないままに言葉を使っている〟って書いてあったんですって。〝公平〟という言葉はその一例で、公平性にはいろいろな種類があると。成果と業績にもとづいて公平性を測る原則もあるけれど、必要性にもとづく公平性というのもある。マルクス主義的な、誰しも必要とするものを与えられるべきだという考え方ね。さらには、単純に結果の平等を求める公平性もある。つまり、すべての人は何であれ同じものを得るべきだとする考え方。そして、これらの公平性のあいだにも、数えきれないほどのさまざまなバリエーションがある」

「それはそうね」ミカエラは言った。

「でしょう、何もとくべつなことは言ってないもの。でも子どもながらに父は、祖母が〝公平〟という言葉を定義せずに使っていることに気づいたの。ただぼんやりとした概念で自分を叩いただけなんだ、と。それで、普通ならもっと腹が立ってくるところだけど、父は逆にうれしくなったんですって」

「どうして？」

「おかしいと感じていたことの正体がわかったから。それに自分が本当は何を求めているのかにも気づけたんだからなおさらね。音楽は不明瞭で、説明できない感情を掻き立てる。でも、論理、哲学、意味論、現象学、新しく出会ったものはみんな逆で、ばらばらに分解したり推論を組み立てたりすることができる。父はみるみるうちにあらゆることを学んでしまった。明快さの魅力に取り憑かれてしまったのね。推論によって解明できることに身を捧《ささ》げたいと思うようになった。そしてある日、キュヴィエという古生物学者のことを何かで読んで知ったの」

「キュヴィエ？」

「そう、ジョルジュ・キュヴィエ。十八世紀末から十九世紀前半にかけて活躍した人。そのころはまだ、神が六日間で世界をつくったと信じられていて、地球上にいる動物はみんな、神につくられたときのまま、いつの時代も変わらず存在するものだと思われていたの。そのストーリーに合わない化石が発見されたら、無理にでもつじつまを合わせていた。でもキュヴィエはそんな考え方を受けいれることができなかった。オランダで見つかったある動物の骨を調べたときに、これはもう存在しない種の骨だと主張したの。彼はそれをマンモスと呼んだ。ほかにも絶滅した種をいくつも発見して、動植物相がいまとは完全に異なる時代があったにちがいないと彼は結論づけた。ほんのいくつかの骨の断片をもとに、キュヴィエは歴史を書き換えた。これが父には衝撃だったの。一見何の意味ももたないいくつかの痕跡から、失われた世界のヴェールを剝《は》がすことができるというのが」

「それはわからなくもないわね」ミカエラは言った。

「ええ。父が研究者になると言いだしたのは、このことがあってからなんですって。探偵になれたらもっといい、とも言った。小さなことを調べて、大きなことを見つけるんだ、って言ってたそうよ。でも、想像つくでしょ。探偵よ。祖母には安物の小説から出てきたくだらないものにしか見えなくて。お話にならないって切り捨てたのよ」

「でも結局は、ちょっと探偵みたいなことをするようになったわけね」

「そういうことでしょうね」

ミカエラは廊下のほうをちらりと見やり、自分の父を、父から受けたアドバイスを思いだした。つねに一次資料に立ち返ること——さまざまな解釈がことのなりゆきにフィルターをかけてしまうまえに書かれたものに戻ること。ミカエラ自身の真実を追い求める気持ちは、そこから生まれたのだろうか？　それとも……ミカエラは兄のルーカスの姿を思いうかべた。森で拳銃を抜いた彼の姿を、たしかに自分はこの目で見たのだ。

「わたしたち、去年の夏にお宅にうかがったのよ」ミカエラは言った。

　ユーリアが驚いた顔をした。

「わたしたち、って？」

「ある殺人事件の捜査をしてたんだけど」

「あなた警察官なの？」

「うかがったのはわたしと、男性警官三人。あなたはヴァイオリンを練習していて、お母さまがそれを止めて」

　ユーリアは驚きの表情を浮かべたまま、ミカエラを見た。

「あなただったの」

「どういう意味？」

「あなたのこと、よく憶えてる。父がどんなふうにあなたを見ていたかも」

　どんなふうにレッケが自分を見ていたかなんて、知りたいとは思わない。

「あなたのお父さま、わたしたちの捜査を完全否定してね。思いこみでありもしない仮説をたてている、と」

「それで、あなたがたは怒ったでしょう？」

「まあ、上司は怒ってたわね」

「憶えてる。母はほんとにいらいらしていて。父が正論で人をやりこめるのが我慢ならないのよ」

「わたしたちこそ、正論を聞く必要があったと思うけど」

「それはあとでわかったけど、あのときは何も知らなかった。また父が秘密の任務を引き受けて、わたしたちは聞いちゃいけない話なんだろうなと思ってたくらいで。でも、だからかえってすごく興味をそそられたんだけど」

朝食のテーブルに身を乗りだしてきたユーリアは、にわかに単なる洗練された上流家庭の娘というだけではないように見えてきた。挑みかかるような表情が、彼女の顔に浮かんでいる。

「わたし、話を盗み聞きしてたの」

「姿は見えたわ」

「憶えてる。よく理解できてはいなかったけど、あの殺されたサッカー審判員の話をしてるんだって気づいて、すっかり夢中になっちゃって。だって映画のなかにいるみたいじゃない。でもなにより忘れられないのは、そのあとの騒ぎのほう」

「騒ぎ？」

ユーリアは大きな秘密を握っていて、それを楽しんでいるような顔だ。

「あなたがたが帰ったあと、父がブツッとキレたの。すごく気が立っていて」

「ほんとに？」あの日振り返って見たときの様子をミカエラは思い返した。外へ見送りに出ていたレッケと妻が、からまりあうようにして家のなかへと消えていく姿を。

あの日の出来事なんて、彼にとってはたんなる脚注のひとつみたいなものなんだと思ったときの気持ちが思いだされる。きっと、もっと重要な何かにいたる途中の通過点のひとつにすぎないのだと、あのときは感じた。

「あの程度のことは、彼の仕事ではよくあることかと思ったんだけど」ミカエラは言った。

「いいえ、全然、そんなことないの。父はずいぶんと長いあいだトランス状態に入ったみたいな感じで、家のなかを歩きまわってた。何かもごもご口にしてるのも聞いたわ。そのあとは書斎にこもったきり何時間も出てこなくて。何度かそっと覗いてみたんだけど、じっとすわったまま同じものを見ているだけだった」

「何を見てたの？」

「死体よ。死体の傷。よくわからないけど、それを何かと比べているようではあった。ほかの書類も出していて、それと、死体の手首の何かの痕を見つめてた。あのときのことはよく憶えてるわ。父は毒づいて、電話を握ってどこかにかけた。相手はマグヌスだってすぐにわかった」

「外務省にいる彼のお兄さんね」

「そう。マグヌスと話すときは声のトーンがちがうの。ほかの人と話すときはあんなに早口にはならないし。よくは聞き取れなかったけれど、あのサッカー審判員のことを話していたのはたしかよ。それに事件のことをマグヌスがよく知っていることもわかった」

「もう少し詳しく聞かせてもらえる？　どんな話をしてたのか」

「ひとつだけ憶えてる」

「どんなこと？」

「暗闇の刑務所」

「暗闇の刑務所？」

「そうよ。それで、どういうことだろうって考えたわ」

ミカエラはテーブルに身を乗りだした。ユーリアの手を握りそうになるが自制する。

「暗闇の刑務所って、何なの？」

「はっきりとはわからない。でも、その審判員が拷問を受けていた刑務所のことだろうとは思う」

ミカエラは、いま聞いたことを頭のなかでなんとか処理して、カビールの人生について知っていることとつなぎ合わせようとした。

「つまり、タリバンの刑務所ってこと？」

ユーリアは躊躇し、唇を噛んだが、挑むような表情がまた浮かんでいる。

「ねえ」ミカエラの口調が急に熱を帯びた。「話して」

14

ヨーナス・ベイエルは妻を裏切ったことがない。言葉どおりの意味では。だが、心臓が少しドキドキするような冒険への憧《あこが》れとでもいうのか、浮気に走りたい気持ちになったことはある。息子たちがキッチンで喧嘩をしている。妻のリンダが大声で叱りつける。「どっちが悪いとかは関係ないの。とにかくやめなさい」

そろそろ我慢の限界だ。日曜日は休息のためにあるのではなかったか？　最近、彼は週末になると、早く月曜になってほしいとさえ思う――仕事のほうがいいわけではないが。だが少なくとも仕事はある種の正常、より穏やかな失敗だ。

カビール殺害からそろそろ十カ月が経とうとしている。捜査自体にもう勢いはない。驚くことではないのだろう。だがチームのほかの誰ひとり、何かが間違っていると気づいている様子がないのだ。独りよがりで間抜けなファルケグレンは、「アメリカの連中が助けてくれる。知り合いなんだ」と、得意の調子で大きなことを言っていた。最初のうちはそれもまあ、希望がもてそうに見えていた。

カプールに駐留しているCIAと米憲兵隊の代表から捜査チームに電話があり、長々と説明がなされた。しかし、具体的に何がわかったというのか？　ほとんど進展がないではないか。ヨーナス自身が自発的に現地の警察に連絡を取らなければ、カビールの別の顔に気がつくこともなかったのだ。あの男は単に、トーナメントの運営に尽力した善きサッカー人、というわけではなかった。完全にいかれた男でもあった可能性があるのだ。

さて、キッチンへ行って妻を手伝うべきだろうか？　いや、いまはいいだろう。もう少ししたらどうせサミュエルを乗馬教室まで送っていくのは自分なのだから。ヨーナスは寝室に戻り、ベッドに腰を下ろして黒いアドレス帳をぱらぱらとめくった。が、電話したい相手などいない――浮気相手の候補がいるわけでもない――そのときまた、ミカエラを思いだした。捜査チームにいたとき、彼女は輝いていた。あのころは自分も、彼女がそばを通るだけで自然と背筋が伸び、仕事に精を出したくなったものだ。人生が格段に退屈になってきたのは、彼女がチームを外れたころからではなかったか？

ドアが勢いよく開いた。リンダが入ってきて、何をのんきにそんなところにすわってるのかと怒鳴った。

＊

ユーリアはカプチーノを飲み干し、ミカエラの激しさを感じさせる黒い瞳を見据えた。

本当にこの人に話すつもり？

いや、話すべきではない。

ここはしっかり口を閉じて、話題を変えて、きっとこちらの勘違いだと言うべきだろう。でも、話すべきでないからこそ話したいと思う。本当に仕返ししてやりたいと思っているのかもしれない。自分のことしか考えられない馬鹿者になって、うつにすべてを支配させてしまった父親にたいする仕返しだ。ユーリアはミカエラに微笑みかけた。わたし、あなたが思ってるような、品行方正ないい子じゃないのよ、と思いながら。

「暗闇の刑務所っていうのは、アメリカの施設よ」ユーリアは言った。

ミカエラが彼女の顔を見た。理解できない様子だ。

「何を言ってるの？」

「ＣＩＡの秘密施設のひとつだったの」

「冗談よね」

「いいえ、誓って冗談なんかじゃない。九・一一の同時多発テロ以降にテロ容疑者を収容するために、アメリカはいくつもそういう施設を設置したの」

ミカエラがさらにショックを受けた顔をしたので、ユーリアは言いすぎただろうかと心配になったが、同時に力をもつことのスリルも感じていた。これって殺人事件の捜査班も気づいていない情報だったのでは？

「父が言ってたのはそのことで、それでマグヌスを困らせてたの。父がひどくせっついているのを、わたし聞いてたもの」

ミカエラが動揺しているみたいに首を振る。

「まさか、アメリカがあんな拷問をするなんてありえない」

「それは……」ユーリアは言葉につまった。

「だって……」ミカエラの声に怒りが混じる。「カビールはぼろぼろになるまで痛めつけられていたのよ。両手首にはまるで昔の牢獄《ろうごく》につながれていたみたいな鎖の跡がついていて。検死報告書によれば、性的暴行の痕跡も認められ、顎に骨折の痕があったって」

ミカエラの顔に何かに集中しているような険しい表情が浮かぶ。いったい自分は何をしてしまったのだろう、とユーリアは思った。それにしても……ほかにも言うことがあればよかったのに、とも思う。そうすればミカエラの瞳が怒りで輝くのをもっと見ていられるのに。

「父はものすごく怒ってた」ユーリアは言った。

「じゃあ、どうして彼はあのとき、わたしたちに何も言わなかったの？」

ミカエラがユーリアの手をつかんだ。ユーリアは父親のところへ行ってどうしたらいいか聞きたいと思った。だが、そんなことをしたら、盗み聞きしていたこと、すべてを話したことがばれてしまう。ユーリアは紙巻大麻《ジョイント》が吸いたくてたまらなくなってきた。

「秘密保持契約を結んでるんだと思う」ユーリアは身を守るように言った。

ミカエラの目に嫌悪の色が浮かんだ。全部あなたのせいだと責められているみたいに思えて、ユーリアはひるんだ。

「だからといって殺人事件の捜査の邪魔をすることはできないはずよ」ミカエラがまくしたてる。

「きっと……」ユーリアは口を開いたが、最後まで言わせてはもらえなかった。

ミカエラが立ち上がったのだ。決然とした、急に何かを決意したような彼女の身振りを、ユーリアは感嘆の目で見つめた。

「何をするの」と尋ねてみる。

「教授と話さなきゃ」
「待って……寝てるかもしれないから」
言ってみたところで無駄だった。ミカエラはそうと決めたらまっしぐらに、早足でその場を去っていく——そして、高まる緊張を感じながら、ユーリアはあとに続いた。

*

ハンス・レッケはベッドに横になり、グリムスタ・スタジアムの記録映像を見ようと、ディスクをセットした。画面にジャマル・カビールの姿が映しだされると、そのたび彼は前のめりになって、目を凝らした。どうしてまえに見たときは、カビールの動きを気にとめなかったのだろうか？　この男はあまり見たことのない動きをする。だが一方で、矛盾するようだが、とてもなじみのある動きにも思える。自分自身が慣れ親しんだ世界からこだましてくるような動きだ。いままでこのことを言わないでいたのは、それが理由でもあった。躁状態が出ているせいで判断が鈍っているのかもしれない、と疑っていたのだ。

しかしいま……ぬかるみのなかまで落ちこんだいま、何が見える？　同じものか？　おそらくそうだろう。だが、いまの自分にはほとんど何も見えていない。死んだような目で、はっきりと考えられることといえば内省ばかり——一度でも自分は、このピッチを駆けまわる選手たちのように走ったことがあったか？　ボールがゴールに入ったとか、クロスパスが成功したとか、ペナルティをとられなかったとか、そういう何でもないことで、大喜びしたり激怒したりしたことが、一度でもあっただろうか？　実感としてとらえられない。自分以外の誰もが困ったり喜んだりするようなことから、自分はずっと除外されて生きてきたように感じられる。

レッケは不安混じりの息をつき、外の通りを走る車の音と頻度から、通り過ぎる車の車種やいまの時刻が当てられるかどうかたしかめてみようと耳を澄ました。だが何も聞こえない……街は静まり返っている。何もかもが静かでありながら、かすかにざわついてもいる。だが、待てよ……。

近づいてくる足音が聞こえる。迷いのない足音だ。だが少し引きずっているのか？　そのようだ。ひとつおきに床に響く音が少し強い。ダ・ダン、ダ・ダン。ユシュホルムでもこんな音がしただろうか？　いや、そんなことはないだろう。きっとこれは一時的なことだ、それにほとんど気にもならない。見ると、戸口にミカエラの姿があった。レッケの視線は彼女の目から下へおりて、伝線したタイツで止まった。

「きみ、股関節が」レッケが言った。

「それがどうかしましたか？」ミカエラに訊き返されて、レッケはすぐに気がついた。傷つけてしまった。

昨晩怪我をしたわけではなく、傍目《はため》にはもうわからないだろうと彼女自身は思っている、過去の骨折の名残だ。トラウマを想起させるものでもあるのかもしれない。彼女の手が慣れた動きで体の左側に下りる。どうやら習慣になっているようだ。本人はたぶん気づいていない、なぜなら……いま彼の目にははっきりと見えている……激怒しているから。

「いや、何でもないんだ」レッケは言った。「何か用かい？」

「この人の話を聞いて」

ミカエラの後ろから現れて、そう言ったのはユーリアだった。

「わかった、聞くよ」

「ジャマル・カビールは、カブールにあるアメリカの刑務所にいたんですか？」

レッケは目を閉じた。するとあの馬鹿は何も話していなかったのか？レッケは遠く、眠りのなかへ行ってしまいたいと思った。

「僕の口からは何も言えない」

「何言ってるの、言えるでしょ。もうわたし知ってるんだから」ユーリアが言った。

「おまえが？」

「あのときパパがマグヌスと話してるのを聞いてたの」

レッケは目をあけ、思案した。僕は何を気にしているんだ。失うものでもあるというのか？何もないじゃないか。

「わかったよ……そうだ、カビールはアメリカの刑務所に入っていた」

「どうして警察は何も知らされなかったの？」ミカエラが不満をあらわにした。

「あの時点で知っていたのは――一部の限られた人間だけだったんだ。アメリカの政権内部の人間と、スウェーデン国内では外務省の数人。きみたちが知らされなかったのは、あれはどう見ても酔っぱらったサッカー選手の父親が行き過ぎた暴力をふるっただけのようだから、わざわざ知らせる必要はない、と判断されたからだと思う」

「こんなのどうかしてる」

「ああ。しかし本当のことだ」レッケが言った。

「事実を全部知らされないで、いったいどうやって職務を遂行すればいいっていうの？」

「そう思うのは当然だし、僕も同じ考えだ。だからきみたちのところにいるマッティン・ファルケグレン警視監に電話して話したんだ。しかし、彼はきみたちにそれを伝えなかったようだね」

「なんてこと」

「すまない」

「でも、アメリカはあなたには知らせたわけですね」

「いや、それはちがう。彼らはその情報を否定して、興味深いやり方で僕を脅してきた」

「だとしたら、どうしてあなたは知ってるんですか?」

「モルトゥイ・ウィウォス・ドケント」

「は?」

「死者は生者を教える」

「いったい何の話ですか」

レッケは深呼吸して、思いをめぐらした。こうなったらいちかばちかだ。僕がいままで何をしてきたか、どんな闇の情報を知っていて、それを隠し通すよう強いられてきたか、このふたりにも知らせてやろう。

*

レッケはラップトップをナイトスタンドに置き、しだいにはっきりしてきた目でふたりを見た。彼の乾いた唇が、まるで自分自身に向かって言葉をいくつか、そっと口に出してみているかのように、音もなく動きはじめた。

「二〇〇〇年の一月、僕はスタンフォード大学に職を得た」レッケは話しはじめた。「直観についての研究が認められたのが、登用のおもな理由だったと思っている。だが戦争中の尋問テクニックについての論文も無関係ではなかったようでね。大学とCIA、両方の関心を引いた」

「『戦争と真実を語る技術』ですね。その本なら読みました」ミカエラが言った。

「そうか、読んだのか。無駄に時間を費やさせてしまったね。だがそれに加えて、サンフランシスコ市警に協力した実績が二、三あって、そのせいで僕は自白のことがよくわかっているという評判が立ってしまったんだ。その分野の権威とまでみなされるようになってね。九・一一以降は……きみたちにも想像がつくと思うが……情報機関にとっては本当に空が落ちてきたような状況だった。ＣＩＡは専門家の知識を必死に求めていて、大量の供述調書が僕のところに送られてきた――ほとんどがグアンタナモ湾収容キャンプからのものだった」

「つまり、テロリストの尋問ということですか？」ミカエラが尋ねた。

レッケは陰鬱にふっと笑った。

「そう、なかには本物のテロリストの証言もあることにはあった。だがほとんどの尋問の内容は荒唐無稽《むけい》で、前後関係がわからなければ何とも言えないと伝えるしかなかった。あれは、何といったらいいのか……ひどく調子のはずれた歌を聞かされているんだけれども、それが歌い手に才能がないからなのか、首を絞められながら歌っているからなのか、区別がつかないようなものだった。それで何度も問い合わせては口論になり、すったもんだの末にやっと追加情報が与えられた。そのころに僕は〝強化尋問〟というきれいな呼び方をされているものについて学んだんだ」

「何ですか、それ？」

「拷問の婉曲《えんきょく》表現だ。使われだしたのは、ブッシュ大統領がテロリスト容疑者を不法戦闘員と定義してからだ。それならジュネーヴ条約も、拷問を禁止する国内法も回避できるからね。もちろん、そのことは僕も知っていた。だが、どれほどの規模でおこなわれているかは知らなかったし、基本原則を捨てたら間違いなく事態がエスカレートしていくことにも想像が及ばなかった」

「エスカレートしていく、というと？」

「徐々にそれが普通になり、拍車がかかっていったんだ。まったく愕然としたとしか言いようがない。一方で、そのテーマについてかなり多くを学んだのはたしかだ。なかでも〝白い拷問《ホワイトトーチャー》〟と呼ばれるものについて——騒音を聞かせるとか、強い光を四六時中照らしつづけるとか、睡眠を妨害するとか、極度の低温や暗闇のなかに閉じこめるとか、そういう手法だ。もちろん、典型的な暴行や水責め、性的屈辱を与える手法についても学んだ——肛門《こうもん》へ異物を挿入したり、直腸へ液体を流しこんだりする手法もある。どれをとっても野蛮極まりないが、だが同時にそれは——何と言えばよいのだろう——特徴的とも言えた」

「特徴的？」

「尋問官は全員同じ訓練を受けていたようで、そのうちに手法やパターン、つまり彼らの文化とも言えるものがわかるようになってきたんだ。アプローチは当然いろいろだった。だが、どのやり方にも決まって見られる共通点があった——いくつかの基本的な文献にもとづく方法論。そのことに僕は興味をそそられた。このテーマについては自分でもいろいろと読んでいたし、拷問にはさまざまな文化に固有の特性、ある意味指紋のようなものが表れることも、もちろん知っていた。だから誰が拷問を加えたかだけでなく、それがおこなわれた背景までもたどることができる。拷問の背景にあるイデオロギーが、拷問を受けた者の体に痕跡をのこす」

　レッケはナイトスタンドのグラスに手をのばし、水を飲もうとしたが、グラスが空になっていたので空気だけ飲みこんだ。何か飲み物をもってきたほうがよいだろうかとミカエラは思ったが、その考えを振り払って即座に訊いた。

「どんなふうにですか？」

「たとえばタリバンは、早くから見せしめの裁判を娯楽にしていた。知っているだろうが、彼らはサッカーのスタジアムに観客を入れて、その目の前で処刑をおこなったり、手脚を切断したりしていたんだ。だから彼らの手法はより見た目に派手なものになった。鞭《むち》を使ったり、手に釘《くぎ》を打ちつけたり、手脚を切り落としたり。一方、アメリカは……言うまでもなく、彼らは自国を偉大な民主主義国家と見なしている。囚人を拷問したりする国ではないと。だからアメリカによる拷問はもっと慎重だ。外からは見えないよう周到に設計される。僕はカビールの体にのこっていた痕跡を見て――とくに胸の凍傷の痕だ――あれはタリバンを創設したオマル師よりもむしろCIAのやり方だと早くから思っていた。そう考えると、僕が独自に導きだした仮説にも合致する」

「仮説?」

「ユーリア、パパのために水をもってきてくれないか?」レッケはナイトスタンドのグラスをもちあげて言った。

ユーリアは芝居がかったしかめっ面で、ミカエラのほうを向いて言った。

「ね、こんななのよ。こうやってすぐに人を使うの」

「いや、お恥ずかしい」レッケが言った。

「で、そのあとはいつも、お恥ずかしい、って言うの」

ユーリアはキッチンから〈ラムローサ〉のボトルをもって戻ってくると、レッケのグラスに注いだ。レッケはそれをぐびぐび飲むと、さっきと同じ物憂げな表情を浮かべてミカエラを見た。

「あなたが独自に導きだした仮説に合致するとおっしゃいましたね」ミカエラが言った。

「僕はカビールの話にどうも納得できなくてね。僕だけじゃなく、誰でもそうだったんじゃないかと思うが。あのころの何かに取り憑かれたような空気はよく理解していたから、当時の情報機関があのような男を放っておくはずがないこともわかっていた。カビールは徹底的な尋問を受けたにちがいないと思った――ここでなくとも、どこか別の場所で。だから移民局の記録を読んだし、検死報告書も五回、いや十回は読んだ。そうするうちに確信は深まった。この男はＣＩＡの収容施設にいたのだと」

「だからそのあとでマグヌスに電話したのね」ユーリアが言った。

「そう。マグヌスなら事件のことを知っているだろうと思った。たんに外交上デリケートな問題だからというだけではない。カビールの右手首の傷を見たときには悪寒が走った。憶えているかい、ミカエラ？」

「もちろん。ついさっきもその傷のことを話してたんです。うっすら白い、太い鎖のせいでついたような痕」

「まさに。その傷痕が、何かをささやきかけてくるように思えた。犯罪現場にあったのに見落としていた手がかりのように感じられて、これは凍傷による損傷と関連がある、と直感的に思った。それであれこれ調べてみた。取り憑かれたようにひたすら調べて、それでようやく気がついた。以前、別の死んだ男の体に、よく似た傷痕と凍傷があったのを見たことがあると」

「別の死んだ男というのは？」

「グルマン・ガザリという囚人だ。鎖で縛りあげられて、腰から下は衣服を剝がれた状態で、凍るほど冷たい部屋に入れられた。ガザリは寒すぎて考えることができないと訴えた。すると、もっと手荒いやり方でさらに追い詰められることになった。眠らないよう、冷たい水を大量にかけられた。二〇〇二年十一月二十日、彼は閉じこめられていた独房で凍死体となって発見された。そのとき手首にのこっていた傷が、カビールの傷とよく似ているんだ」

「ひどい」

「まったくだ。その施設はカブールの北にある、いわゆる〝ブラック・サイト〟のひとつだった。CIAの表沙汰にできない活動のための秘密施設だ。〈塩田《ソルトピット》〉あるいは〈コバルト〉のコードネームで呼ばれることもあった。だが、そこで使われていた拷問法としていちばん有名なのが、囚人を真っ暗闇のなかに放置するというやり方だったから、囚人たちにはさらに別の名前でも呼ばれていた」

「〈暗闇の刑務所〉ですね」ミカエラが言った。

「もしくは〈闇の牢獄〉」レッケは続ける。「〈音楽刑務所〉という名前も見たことがある。尋問官がハードロックやヒップポップを独房のなかで一日じゅう、大音量で流しつづけるんだそうだ。そんなことをされたら頭がおかしくなってしまう。そこに入れられてしまえば昼も夜もなく、あるのはただ真っ暗な無の深淵《しんえん》だけだ。囚人は多くの場合、縛られたり地面に鎖でつながれたりしていて、歩くこともすわることもできない」

「で、そんなことをアメリカがしてるっていうんですか？」

「ああ。残念ながら」

ミカエラは思いめぐらす。CIAにたいして幻想を抱いているわけではない——父から聞いたことも考え合わせればなおさらだ。でも、それにしても……

「どうかしてる」彼女は言った。

「たしかに。だが僕が言おうとしていたのは、カビールがその施設にいたことをマグヌスが仕方なしに認めたということなんだ。かなり不愉快な話になってね。というのも……」レッケは口ごもり、あきらめたような小さな笑いを浮かべた。「マグヌスもこの件に深くかかわっているんだ」

「どんなふうに？」

「ＣＩＡのために、テロ容疑のかかったスウェーデン人の身柄を引き渡し、国外で拷問を受けさせることを承認したんだ。だから、この話になるとえらい剣幕で嚙みついてきた。〈ストゥーレホフ〉で会ったときにも――ほら、きみがわれわれを見かけたと言っていたあのときだ、ミカエラ――マグヌスはかなり子どもじみた脅しをかけてきた」

「なるほど」ミカエラは返事をしたが、話はもうあまり耳に入っていなかった。

カビールの姿が思いうかぶ。はるか遠いカブールの真っ暗な部屋で、鎖につながれ凍えている姿が。似たような筋書きを想像してはいたけれど、ＣＩＡが拷問をおこなう側だったなんて思ってもみなかった。

「これって、政治的な爆弾ですよね。ちがいます？」

「そう言っていいだろうね。それに、このことが外に洩《も》れないよう手を尽くしている者が、マグヌス以外に大勢いることは明らかだ」

想像しただけでぞくりと震える。だがそのとき、ミカエラの頭にふと別の考えが浮かんだ。

「そうすると、カビールは人気のヒーローではなく、テロ容疑者だったわけですか」

「そのようだ」

レッケは壁にかかった笛を吹く少年の絵を見上げた。

「釈放されていることを踏まえれば、彼は無実だと考えるのが筋だろう」

「ええ、それはそうですね」

「だがじつは、それも疑わしいと思っているんだ」

「どうしてですか？」

「あそこに入った者が出てくることは普通できない——罪を犯したか否かに関係なくだ」

「つまり、あなたの結論は？」

「僕の結論は……」レッケはぽつりぽつりと言葉を繰りだした。「……カビールには予想外の味方がいた。だが、それだけでなく……」

「何ですか？」

「多くの敵もいた」

「どうしてそんなことを言うんですか？」

どうやら僕はいまだに、自分には人間について推理して結論を出す力があると思っているらしい。だからだよ、とレッケは心のなかで答えた。

「どうしてって、僕がおしゃべりだからだな。僕はただ、しゃべっている、それだけだ」と彼は言った。

15

ミカエラはレッケの顔を見つめ、かぶりを振った。いったいどうしてこの人は、あれほど少ない手がかりから、こんなに多くのことを見抜けるのか。ほんの二、三の色あせた傷痕と、胸と太《ふと》腿《もも》の皮膚の変色だけから？

なぜそんなにはっきりとものごとが見えるのか、その答えが彼の眼差しの奥の鈍い輝きのなかにあるような気がして、彼女はレッケの目を覗きこんだ。だがそのとき、別のことに気がついた。自分の心臓がバクバクしはじめている。汚れた政治の内情を垣間見《かいまみ》たからではない。むしろ、重大な情報が警察に知らされていなかったという新事実に動揺しているのだ。

「いまのお話で、何もかもがひっくり返りました」ミカエラは言った。

「もっと早くに知らされるべきだったのに。きみのところの警視監が伝えていないとは思いもよらなかった。僕の考えが甘かったんだが」

「絞め殺してやりたいわ、あいつ」

「それを言ったら、きみはほかにも大勢絞め殺さなきゃならなくなる。まずはクレーベリエルと僕の兄からだな」

ミカエラはベッドに一歩近寄った。

「こんなふうに殺人事件の捜査に必要な情報を出さないのは違法でしょう」

レッケは彼女のほうをちらりと見やり、手を自分の額にあてた。さきほどの説明で全部の力を使い果たしたかのように、疲れきって見えた。

「警察に情報を隠すリスクは、彼らも承知していたはずだ」

「ならどうしてこんなことを」

レッケは上掛けに視線を落とした。

「まずファルケグレンに関して言えば、誰かが彼に、僕の意見は信用ならないという印象を与えたのだろうな。だが、意思決定のルートを遡《さかのぼ》っていくなら、当然CIAにたどりつく。自分たちが手を染めていた拷問の事実を、彼らが表沙汰にしたくないのは明らかだ」

「あきれた、それで捜査を脱線させるなんてありえない」

「もっと悪いこともやりかねないと僕は思う。でも、きみが正しい。理由はほかにもあったはずだ。結局のところ、彼らはカビールを出所させ、外務省を使ってスウェーデンに入国させている。

かなりの大仕事だ。ここに別の何かがまだ隠されているんだろう」

「で、あなたはそれが何か、突き止めるつもりはないんですか？」ミカエラは自分でも思いがけないほどの強い口調で言った。「たとえば、もう一度お兄さんと話をするとか」

レッケは口ごもった。それから首を振り、目を閉じて、ベッドのなかに深く身を沈めた。

「マグヌスはもう、しゃべるべきではないことまでしゃべったと思う」

「それであなたは満足したと」ミカエラはさらに詰め寄る。

レッケは目をあけ、一瞬、罪悪感をもっているような顔をした。

「以前の僕なら、満足なんてしなかったかもしれない。だがいまは……僕はもう人に信頼してもらえるような人間ではないんだ」

ミカエラは全身の血管を血液が駆けめぐるのを感じた。

「本当は信頼できる人だと、いま示したばかりじゃないですか」

「いや、ちがう」

「何が〝いや、ちがう〟なんですか。あなたはたった数個の傷痕から、彼がどこに収監されてたかを見極めたんですよ」

「その結論にいたったのはずいぶんまえのことだ――僕の眼力はもう衰えてしまっている。がっかりさせてすまない」

レッケはユーリアのほうを向いた。

「ふたりともがっかりさせてしまったね。でも、もう寝なくては。すまないが、電気を消してくれないか」

ミカエラはその場に立ちつくした。さまざまな思いが駆けめぐる。どうしたらよいのだろう？

しっかりして、とレッケを揺り起こそうかと思ったが、いますぐここを出て行動したい気持ちもあった。

「わたしのほうでもう少し調べて、何かわかればお知らせします」とミカエラは言った。

「そうか」疲れた声でレッケが言う。「それはもちろんありがたいが、思うに……」

「携帯電話の番号は変わっていませんね？」ミカエラが遮った。

レッケはよく知らないというように腕を広げた。ミカエラはそれでいいことにして、部屋を出た。だが廊下で立ち止まり、すぐに駆けもどった。部屋はすでに暗く、カーテンの隙間から漏れ入るわずかな光のほかに明かりはなかった。ユーリアが寝ているレッケに覆いかぶさるようにして、枕を直している。

「今日一日、付き添いできる？」

「ちょっとむずかしいかも」ユーリアが答える。

「付き添いなどいらないよ」レッケはもう眠りかけているような声で言った。

「ハンソンさんに電話します」

「待って、いいわ、わたしがここにいます」ユーリアが言った。

「よかった。じゃあ、失礼しますよ。あとで連絡します」

「それはありがたいことだ」ほとんど意識のないような声でレッケが言った。

ミカエラはエレベーターで下りて、通りへ出た。空は青く澄みわたり、海からの風が吹いている。彼女は迷いのない強い気持ちで、ヨーナス・ベイエルに電話することに決めた。

だがその決心は長くは続かず、日射しが強すぎると感じたときから崩れはじめた。光が針のように目に突き刺さり、こめかみに、頬に、容赦なく照りつけてくる。これでは地下鉄の駅までたどりつけるかどうかもわからない。引き返したほうがよいだろうか？　いや、よくない。いまさらこそこそ戻るなんてことはしたくない。

ルーカスに電話する、という考えが浮かび、立ち止まったまま携帯電話を取りだした。だが当然ながら、あの兄こそ、いまの状況でいちばん電話するべきでない相手だ。以前とは事情がちがうのだ。だいじょうぶ、落ち着いていこう。そう思いなおして、ふらつきながら歩きだしたが、いくらも行かないうちに意識が薄れはじめた。

膝から崩れおちる彼女の目の前に、ゆうべの地下鉄駅での出来事の一部始終が浮かんでは消えた。立ち上がることができないまま、歩道で喘いでいると、声が聞こえた。

「だいじょうぶですか？」

明るいブルーのコート姿の中年女性が上から覗きこんでいる。同情に満ちた、親切そうな目をしているが、ミカエラはその視線が、また針で突き刺されているみたいに痛かった。エステルマルムの人間に同情などされてたまるものかと思いながら、力の入らない脚で立ち上がり、怒っている子どもみたいに小声で言い返した。

「だいじょうぶです。ただ……」

ミカエラは言い終えることができないまま、よろめく脚で歩きだし、角を左へ曲がってリッダル通りへ入った。だがそれ以上は行けなかった。頭が割れそうに痛い。建物の壁に寄りかかり、重い息をついた。そのとき、ポケットで携帯電話が振動しはじめた。母親かヴァネッサからであってほしい。電話はルーカスからだった。

「電話くれただろ」ルーカスが言った。

「え、ううん」しどろもどろの返事を返す。「間違えて手が当たったんじゃないかな」

「わかった、迎えにいく。おれが面倒みてやるよ、妹《エルマニータ》」

所を伝えた。勝ち誇ったような声で兄が言った。

ルーカスに居場所を教えるのはもちろん気が進まない。だが仕方なく、ぼそぼそといまいる場
「いや、声が変だ。いまどこにいる？」

「だいじょうぶだよ」

「具合悪いのか？」

＊

ユーリアは寝室でレッケに付き添っていた。父親の瞳が暗闇にかすかな光を放っている。いったい何だというのだろう。ついさっきはいつもの父が戻ってきたみたいに思えた。なのに、いまは……。彼女は静かに窓辺へ行き、カーテンをあけて中庭を見下ろした。なぜ父は起き上がれないのだろう？　取り組むテーマを与えられたというのに。

「眠れないみたいね」ユーリアは言った。

「すまない、いま何て言ったんだい？」

額が汗で光っている。

「何でもない」

彼女は父親の手に目をやった。

「あの刑務所のこと考えてたの」ユーリアは言った。

「考えるならもっと楽しいことがあるだろう」

「どんな場所だったのかなって」

「おまえに言うんじゃなかったよ」

「ねえ、どんなだったと思う？」

「さあな。だが、ある囚人が、言葉のない真っ暗闇、何とも言い表しようのない恐怖、と表現していて、そのことについて考えたのを憶えている」

「で、パパの結論は？」

「どこにも行きつかなかったと思うよ」

「また捜査に取り組んでみるべきよ。きっとパパのためになる」

そう言われて、父親が不快に感じたのが彼女にはわかった。

「警察が自分たちでなんとかするだろう」

「そうは思えないんだけど」

「ユーリア、しばらくひとりで休ませてもらえないか」

ユーリアは遠ざかっていくミカエラの足音を、彼女の決然とした迷いのなさを思いだした。

「どうしてあの審判員はその施設にいたの？」

レッケが顎をひきつらせる。

「どうして？」ユーリアは繰り返す。

「タリバンへの協力が疑われたからだ」

「協力ってどんな？」

「マグヌスは言いたがらなかった」

「で、パパも追及しなかったの？」

「そのようだ」

「うつになったから、追及しなかったのね？」

「そう思っている」

「じゃあ、あらためて考えてみてよ」ユーリアは言った。

だが、レッケはただ目を閉じただけだった。また自分の殻のなかに――彼自身の闇の牢獄に消えてしまいたがっているみたいに。

＊

言葉のない真っ暗闇。何とも言い表しようのない恐怖。自分がいる場所はそんなところなのか？　拷問を受けている囚人に自分をたとえるとは、いくらなんでも誇大妄想がすぎると自分でもわかっている。それでもなお、彼らには羨望じみたものを感じずにはいられない。

苦しみのかたちが見えているというのがうらやましい――鎖、冷たさ、体に受ける殴打、現実に轟《とどろ》いている音楽。彼の頭のなかで響く無調の鳴音《めいおん》とはちがうものだ。だが何よりもうらやましいのは、彼らの苦しみにシンプルな解決法があることだ。つまり、自由になること。彼らの苦しみは、拘束を解かれさえすれば終わるだろうが、レッケの闇は、彼自身の体に、眼差しの奥深くに根を張っている。

「もちろん、おまえの言うとおりだ」レッケは、ユーリアに言った。「そうすべきなんだが……」

だが、それ以上は言わなかった。

目の前に、近づいてくる列車が見える。体のこわばりがよみがえり、トンネルから吹きつける風が思いだされる。あのとき頭のなかに響いた声――〝行け、ためらうな〟。だが思いだしたのはそれだけではなかった。近づいてくる足音、ねらいをさだめたようなタッタッという足取り。

まるで運命の力がふたつの方向から向かってくるかのようだった。

「わたしキッチンで勉強か何かしてくるわ」ユーリアが言った。

レッケはユーリアの姿を見上げ、記憶の洪水と、網膜を埋めつくす暗い連想を振りほどこうとした。娘には父親のこんな姿を見せるべきではないと、いままで以上に思う。まだ若い、楽しいことだけを考えていればいいはずの年頃なのだから。レッケは返す言葉を探した——このさい、何でもいい。

「勉強は順調かい？」

「そうでもないけど」ユーリアが答えた。

「いまもルネッサンスを勉強しているのか？」

「え？」

「いまもルネッサンスを勉強しているのかと訊いたんだ」

「何なの、それっていま訊くようなこと？」

「まあ、そうだな」レッケは笑顔をつくりながら読書灯をつけた。「たしかにずれていたかもしれない。きみの父親を手助けすると思って、何を訊くべきか教えてやってもらえないだろうか？」

「パパは昨日何をしてたのかを話すべきね」

「さっき言ったとおり、酔っぱらっていた」

「それでヒュスビーの女性警官をひっかけた」

「誰もひっかけてなんかいない」

「あの人と寝たの？」

「それは絶対にない」

「それとも以前から付き合ってたとか？　まえにうちに来た人でしょ、憶えてるわ」

「ちがうんだ。あの人はただ親切に、パパを助けてくれただけだ」

「おばあさまへの当てつけに連れてきたんだとしても、わたし驚かないわ」

「いったいおまえは何の話をしてるんだ」

「だって、怒らせるにはちょうどいいじゃない――ああいう地域で育った安っぽい女と付き合うなんて。おばあさまなら、考えただけでも心臓発作を起こすでしょうよ」

「やめてくれ、言いすぎだ。たのむ。だが、おまえの言ったとおりかもしれんな。捜査資料を見直すべきだ」レッケはナイトスタンドの上のラップトップに手をのばした。

だが手にとってそれを腹の上に載せたとき、心なしか不吉な違和感を覚えたので、まずは模範的な患者として身のまわりのことを片づけようと、いったん起き上がった。バスルームへ入ると、思わず薬に手をのばしそうになったが、いっそう模範的に気持ちを引き締めて誘惑に抵抗した。

代わりに、禁欲の行のようなつもりで冷たいシャワーを浴びた。ひげを剃り、歯を磨き、髪を梳《と》かす――調子のいいときにはどれも、いますぐ取りかかりたいことの邪魔をする雑事にしか思えないのに、いまはどれもがひと仕事を終えた感、ちょっとした登山並みの達成感を与えてくれた。シャツのボタンを留めてジーンズを穿き、青いカシミアのセーターに袖を通すという作業を終えて、ようやくキッチンへ向かった。

誰もが日曜の朝にするように、エスプレッソを飲み、新聞を読もう。そうやって娘に、パパはまあまあ普通の父親だと思わせるのだ。

＊

ルーカスがアウディでやってきてクラクションを鳴らした。ミカエラは悪態をついた。なぜこんな茶番を演じなければならないのだろう？　だが、ルーカスはもうここにいる。車に乗りこむと、彼女はとにかくよき妹として、ありがとう、と言った。けれど、兄の視線は耐えがたい。ミカエラは目を閉じて、話をしたい気分ではないことをわかってもらおうとした。

「誰がやったんだ？」ルーカスが彼女の頬を指さした。明らかに興奮ぎみで、〝おれの妹に何をしやがる〟モードに入っている。

とはいえ、迎えに来てもよいと言われ、妹を救いだす騎士《ナイト》役に満足しているのも伝わってきた。ルーカスは髪を短く刈りこみ、青いシャツの上に黒いナイロンの上着を着ていた。こうしてみると、身なりはそこそこきちんとしていて、垢抜《あかぬ》けてさえ見えるが、だからといって攻撃的な気質を隠しきれるわけではなかった。車はヴァーサスタン地区を通り、聖エリック橋にさしかかった。

「待って」ミカエラは言った。「どこへ行くつもり？　うちへ帰りたいんだけど」

「ナタリーのところへ連れていくよ」とルーカスが言うので、最初ミカエラは抵抗しようとしたが、じきに折れた。

ナタリーは付き合って一年ほどになるルーカスのガールフレンドで、クングスホルム広場のそばのアパートを所有してそこに住んでいる。ルーカスは、ヒュスビーかアカラ周辺をうろついていないときにはたいていそこに入り浸っているのだ。アパートに到着すると、ルーカスは本物の紳士さながらに車のドアをあけ、ミカエラをエレベーターに案内した。ナタリーは困った顔でふたりを迎えいれた。

ナタリーはお人形みたいに可愛いらしく、夏に着るような花柄のワンピースを着ている。ブロンドの髪と親しみやすい笑顔が、いつもながら驚くほどにいかにも生粋のスウェーデン人らしい。

彼女を見ていると、必死に社会の梯子をのぼろうとしているルーカスの努力の一部のように思えてくる。

「大変。いったい何があったの？」ナタリーが尋ねてきた。

「エステルマルムに冒険しに行ってたらしい」ルーカスはそう言い、ミカエラをバルコニー側のソファにすわらせた。

彼はミカエラに毛布をかけてやり、水のグラスと痛み止めを二錠手渡したが、彼女は飲まなかった。向かいの赤いアームチェアに腰を下ろした兄は、いかにも興味津々な顔で、手はキーホルダーをいじっている。キッチンから聞こえてくる曲はジョシュ・グローバンの〈ユー・レイズ・ミー・アップ〉だ。

「で、病院に行ってそれを診てもらうのは嫌なのか？」ルーカスが言う。

「病院へは行かない」ミカエラは答えた。

「で、おれに話をつけてきてもらいたいやつもいない？」

ミカエラは不安になって兄を見た。

「そんなの、いるわけないでしょう」

「ならいいんだ。話なら聞いてやるぞ、エルマニータ」

ミカエラ自身よりも兄のほうが、彼女の状態をよくわかっているみたいだった。なぜなら、携帯電話を手に立っていたとき、彼女は助けてほしかっただけではない。誰かと話したかったし、仕事がしたいとさえ思っていたのだ。

「ゆうベマリオ・コスタに会ったわ」ミカエラは言った。

それを聞いた瞬間、ルーカスの目に興奮の色が浮かんだ。もしかして、兄はこの顔の傷がマリオの仕業であることを期待しているのだろうか、とミカエラは思った。それなら敵として申し分ない、と。

「で、あいつは何て？」

「酔っぱらってた」

「プロのサッカー選手は酒を飲まないんじゃないのか？」

「気にしてるふうではなかったわね」

「そんなんじゃマルセイユとの契約が駄目になっちまうな、冗談じゃなく」

「あの子、カビールのことを訊いてきた」とミカエラは続けた。

ルーカスは鍵《かぎ》をいじっていた手を止めた。

「おまえ、捜査班に戻ったのか？」

「あの事件の捜査はもう死んだも同然でしょ」

「じゃあ、戻ってないんだな」

「ただ、またちょっと気になっただけ。まえに、カビールが何かにおびえてるって噂があるって言ってたよね」

ルーカスはキッチンのほうに目をやった。

「何か具体的なことは聞いてる？」ミカエラが尋ねる。

ルーカスは考えているふうな顔をした。

「あのテレビに出たあと、誰かがあいつを捜し出して会いにこようとするんじゃないかっておびえてた、とかいう噂はあったな」

ミカエラは体を起こしたが、ルーカスがやさしく彼女を押しもどして、毛布をかけなおした。

「気をつけろよ。急に動くんじゃない」

「誰が会いにこようとするって？」

ルーカスが片方の口角を上げて笑った。ほかのみんなが知らないことを知っているときに兄はいつもその笑い方をするが、それは人を不安にさせる作戦でもあるのかもしれなかった。

「テレビのリポーターに訊いてみたらどうだ？　トーヴェ——ほら、あのリポートを担当してた」

「トーヴェ・レーマンね。彼女は何度か聴取に応じてる」

「まだ話してないことがあるかもしれないぞ。おまえの同僚のこと、よく思っていないって誰かが言ってたからな」

「わかった。そういうことなら、訊いてみるかも」ミカエラは言った。

「だいぶつらそうだな」

「うん、かなり気分が悪い」実際、そのとおりだった。

また吐き気が襲ってくる。ルーカスを見上げると、兄は愛情に似た何かを顔に浮かべてこちらを見ていた。彼女は目を閉じ、やがて薄れゆく意識に身をまかせた。

16

ルーカスはミカエラの顔を眺めた。青黒い痣、血色を失った肌——たいした根性だ。何発殴られようが関係ない。ただ歯をくいしばり、不満のひとつも洩らさず前に進む。たしかにくそ生意気なときもあるにはある。それでもルーカスにとってはいつも自慢の妹で、学校時代は学期の終わりの懇談にさえ、喜んで付き添ったものだった。

妹を見ると、教師たちの顔がぱっと明るくなった。なぜかは見ていればわかる。あれほどのみこみの早い生徒はほかにいなかったし、課題を片づけるスピードだって並ではなかった。まるで魔法みたいだった。宿題なんて出される端からもう片づいている。勉強はしたのかなんて訊く必要もない。ほっといたってそうなるのだ。

半ば閉ざされたまぶたの奥の瞳が、まだせわしなく揺れうごいている。顎がぴんと張り詰めて骨が見えているのは、フラストレーションがたまっているしるしだ。いったい何があったんだ？ルーカスは思った。おまえをこんな目に遭わせたのは誰だ？

「ミカエラ」ささやきながら、彼女の髪と、痣のないほうの頰を撫でる。

やさしさの報いに笑顔が返ってくるのを期待した。だが、ミカエラは眠ったまま顔をしかめているだけで、ルーカスはまたもや、このごろ妹の様子がおかしく態度も冷たいのはなぜだろう、と考えをめぐらせた。さっきはこっちの顔を見るなり凍りついたみたいに固まっていたし。ヴァネッサといっしょに高校の卒業式を終えたミカエラに、広場で会った夏の日を思いだす。あのときも会うのは久しぶりだった。妹はその日のためにルーカスが買ってやった白いドレスを着て、オレンジをひょいとほうりあげてはキャッチすることを繰り返していた。まばゆいばかりの輝きに彼は目を細め、きっと喜ぶだろうと、疑いもせず近寄った。ところが振り向いた妹は、まるでちがう目つきで彼を見た。朗らかさも軽やかさも消えていた。

「どうした？」ルーカスは言った。

「わたし、警察官になるの」それだけ言うと、ミカエラは地下鉄駅へ下りていった。その足取りには、それまで見せたことのない反発心が感じられた。

ルーカスは数カ月まえから、たびたびこの日の出来事を思い返している。それはもしかすると、フランソンと間抜けな警官たちもまあ厄介だけれども、妹を本気で敵に回したら自分に勝ち目はない、とわかっているからなのかもしれない。彼はひとり微笑んだ。

「たいした根性だ」ルーカスは、体にかけたグレーの毛布の上におかれた彼女の手に目をやった。怪我をした頬に手をあて、首へと撫でおろすと、急にその手で喉を押さえつけたい欲求に駆られた。軽く、ほんの少し痕がのこる程度に。あるいは、妹のなかで着々と育っていたのに、自分は手遅れになるまで気づかなかった、あの自立心を消し去ってしまえるほどに、力をこめて。

＊

キッチンでカプチーノのおかわりを淹れながら、ユーリアは九月の出来事を振り返っていた。父親が最後にスタンフォードへ発《た》つ直前のことだ。

ユーリア自身はストックホルム大学に入って、美術史を学びはじめたばかりだったが、まだユシュホルムの実家で暮らしていた。両親の関係は緊張していた。というより、母親ひとりがピリピリしていた。母が自分の世界で大切にしているもの、つまり夕食会、住まい、美しい見かけといったものすべてに、父がまったく無関心なのが我慢ならなかったのだ。「あなた、またこれから寝るつもりね。いいかげんにしてちょうだい！」と、その朝階上で母が叫ぶ声がして、父はこう答えた。「いや、すまない、そんなことはないよ。何か僕にできることはあるかい？」

家のなかに不安が漂っていて、まもなくチャールズという男が訪ねてきた。手入れのゆきとどいた白い顎ひげの、軍部のお偉方といった風采《ふうさい》の男だ。ユーリアが見たかぎり、このチャールズという男はいつも父に敬意をもって接していた。だがその日のふたりの会話にはいらだちが混じり、母がどんなにとりなそうとしても軽やかなムードにはならなかった。父はそっけない態度のまま、チャールズを連れて書斎へ上がった。つぎにふたりが下りてきたときに、チャールズがこう言ったのをユーリアは聞いていた。

「もちろん、きみの言いたいことはわかるよ、ハンス。しかし、あいつらが怪物《モンスター》だということを忘れてはいけない」

「モンスターの何がいちばん恐ろしいか知っているかい」父が返した。「われわれをモンスターに変えてしまうことだよ」

もちろん、だからどうというわけでもない。父がなにかと口にする気の利いたフレーズにすぎなかったのかもしれない。けれど、すべてが崩れ去り、父が大学からもアメリカからも追いだされてユーリアが思うのは、じつのところこの言葉が彼の転落の始まりだったのではないか、ということだった。とはいえ、ユーリアには父を本当の意味で理解できたことがない。いまだって、彼はベッドから起きだして身支度を整え、何も変わらない生活が続いていると示したいかのようにふるまっていた。ところがそのあと、いきなりテーブルに突っ伏して動かなくなってしまった。強硬症の症状だと母がよく言っていた状態だ。ユーリアは父の背中を強く叩いてやろうかと思ったが、やめておいた。代わりにカプチーノをもって父に寄り添い、もう片方の手を父親の首にあてた。

「ねえ、何を考えているの？」

レッケは急に生き返ったかのように身を震わせた。

「さあ、よくわからない」

「マグヌスに電話して、あのサッカー審判員のことを訊くべきだって、わたし本気で思ってるんだけど」

「あいつは何も話さないさ」

ユーリアは励ますように父を見た。

「パパがそんなことを言うなんて、わたしほんとに理解できない」

「なぜ？」

「だって、パパはとってもすごい尋問の専門家だもの。石の壁からだって情報を聞きだせるはずよ」

父がユーリアを見る。

「娘にボーイフレンドのことも訊けないというのに？」

つとめて穏やかに、軽く聞こえるように話してはいるが、じつは力を振り絞っているのが伝わってきた。

「ねえ、とにかく電話して、ちょっとつついてみたらどう？　元気が出てくるかもよ」

レッケはまんざらでもなさそうに、静かに笑みを浮かべた。あるいは、もう失うものなどない――事態はこれ以上悪くなりようがないのだから、と認めたかのような顔だった。

＊

ミカエラが目を覚ましたとき、時刻は午後一時半をまわっていた。さっきルーカスがいた場所にはナタリーがすわっていて、にっこりとこちらに笑いかけている。ミカエラが眠っているあいだに、ナタリーはすっかり身づくろいをすませ、口紅とマスカラをつけて、暗い色味のおとなしめのワンピースに着替えていた。脚を組んで、上体をすこしくねらせ、ポーズをとっているみたいなすわり方だ。あの体型はうらやましい。彼女を見たら嫌でもそう思ってしまう。

「起きたのね。気分はどう？」ナタリーが言った。

部屋を見まわすと、窓越しに黒い雲が空を流れていくのが見えた。バルコニーには鳩が何羽か、石像に変えられたみたいにじっととまっている。

「だいじょうぶ」ミカエラは答えた。

とは言ったものの、痛みは前頭部全体に広がっている。

「ずいぶんひどく打ったのね」

「まあね」

「何があったの?」

「転んだの。ねえ、ルーカスはどこ?」

「もう出かけたわ。でもほんとに……わたしたち、あなたのことを心配してるのよ」

ミカエラはナタリーに視線を戻す。彼女が緊張しているみたいに見えた。

「ねえ、わたしたち、いつもあなたの味方よ」ナタリーが続ける。「もし何かあったら、いつでもここへ来てくれたらいいの。ルーカスもあなたに会えなくて寂しがっているし」

「寂しがることないわ。わたし、ここにいるんだから」

「でも、みんなで会ったのはずいぶんまえよね。だからもしかして、何か妙な話でも聞いたんじゃないかと思って」

ミカエラはソファの上で体を起こした。

「仕事で、ってこと?」

「仕事でも、なんでも」

森でルーカスが手にしていた銃を思いだす。

「たとえばどんなこと?」ミカエラは尋ねる。

「聞いてないんならいいのよ」ナタリーはばつが悪そうだ。「あなたとは仲良くできたらって、ずっと思ってる。姉妹みたいになれたらって」

何言ってるの、とミカエラは思った。冗談でしょう。

「ルーカスは子どものころのこと話してくれないの。でもわたしは聞きたいって、いつも思ってて。ルーカスはあなたといちばん仲良しだったのよね。いつも面倒をみてたって」

「いつか話すわ」ミカエラはそっけなく言い、立ち上がった。

バスルームへ向かう。早くここを出よう。ナタリーが後ろから迷い犬のようについてくる。そして廊下に出たところで、ミカエラの手をつかんだ。ふたりの目がばちっと合った。

「ねえ、ルーカスがなんて言ってるか知ってる？」ナタリーが言った。

「さあ」

「あなたはいつもいい子で、自分は喧嘩や面倒ばかりだけど、本当は逆であるべきなんだ、って」

「どうして？」

「自分は秩序と落ち着きを求めているけれども、あなたのほうは、いつも心の底で、規則なんか破って混乱を引き起こしたいと思っているから。あなたはお父さんに似てるって言ってた。あなたが本当に求めているのは、反抗と抵抗なんだって」

ミカエラは、人には不正義に立ち向かう義務があるという、父親がメモにのこした言葉を思いだした。

「くだらないことばっかり。どうせわたしはいい子ぶった優等生だものね」

「思うんだけど……」ナタリーが言いかけた。

だがミカエラは彼女の頭を軽く叩くようにぽんと撫でてから、バスルームに入った。冷たい水で顔を洗い、頬の痣を隠そうと、ナタリーの化粧品を塗った。それからナタリーに、まるで本当の友達か姉妹みたいに大げさな温かみのこもったハグをして、部屋を出た。

寒気がして気分が悪い。ミカエラは人目を避けるように歩いた。ハントヴェルカル通りまで来たとき、ヴァネッサから着信があったが、それには出ずに、ヨーナス・ベイエルに発信した。電話に出た彼がうれしそうなのが意外だった。

*

電話が鳴っている。母親からだ——今日はもう三度目だ——彼はとらずに放置した。どうせ話題は自分——愛されていないほうの息子のことではない。母が話したいのはハンスのことだ。いつだって。いまはハンスが深刻なうつ状態に陥っているのだから、これは一家の一大事というわけだ。ほかに重要なことなど何もないようだった。

最愛の息子を救いださなくてはならない。マグヌスはいいかげんうんざりしていた。キッチンへ行き、まだかなり早い時間ではあったが、グラスの縁ぎりぎりまでビールを注いだ。そして赤いソファに腰を下ろし、オスカル教会を眺めながら、グラスのビールをあおった。アルコールが頭に到達すると少し気分が紛れ、ここまでの事のなりゆきを思うと、うすら笑いさえ浮かんできた。かといって、他人の不幸を喜んでいるわけではない。べつにそんなわけじゃない。

一連の出来事にたいして、いくらかは自分に非があったと思っている。とはいえ、マグヌスの心のどこかには、こう言いたいという思いもあった——〝だから言わんこっちゃないだろう?〟そもそも良いように転がる道理はなかった。始まりを思えば当然だ。分析チームがまるごと魔法にかけられたみたいに、ハンスに多くの情報を与えすぎてしまった。あれがおとなしく自分の仕事だけをして、あとは口を閉じているような男でないとは思いもよらずに。ハンスはつねに真実を明らかにしないではいられない男で、そんな彼に今回握られた情報は、公明正大とはとても言いがたい内容だった。

なぜあいつは黙っていられなかったのか？

最初の警告が届いたとき、ハンスはただ肩をすくめて別の任務に移った。当時はあちこちから仕事を依頼されていたのだ。だがもちろん、やがて躁状態は終わり、ハンスはろくに動けなくなってうつにも襲われた。ちょうどそのころに、ハンスがワシントン・ポスト紙のモーリーン・ハミルトンと連絡を取っていたことはわかっている。そこで重大な情報を洩らしたとは誰も思っていない――だとしたらすでに新聞に書かれているだろう。だが、彼がこの先何かしゃべるのではないかという不安は広がったし、マグヌス自身がその不安を煽った可能性もないではなかった。チャールズ・ブルックナーに多少の情報を流したところ、連中は取り憑かれたようにハンス・レッケのすることに介入しはじめた。ハンスがまいってしまうのも無理はない。

マグヌスは時計を見た。日曜だ。今日はフランス外相から電話がかかってくることになっている。〝テロとの戦い〟について調整を図るためだ。この種の電話はクレーベリエルよりも自分が対応したほうがよいと、マグヌスは考えている。もう一杯ビールを飲んでおこうか？　こういう高位の人物と話すときには、ほろ酔いくらいがちょうどいい。素面でいるよりもスムースに話が進められる。そうだ、それが正直なところじゃないか、迷う必要もない。マグヌスはキッチンに戻った。また電話が鳴った。フランス外相殿からもうかかってきたのか？　いや、ちがう。ハンス殿下から直々のお電話だ。その息遣いを聞いて、マグヌスはすぐに気がついた。ハンスはあまり機嫌がよくない。かといって、意気消沈しているわけでもない。

「調子よさそうだな」

「そっちは、もう飲んでいるんだな」

「そんなことはない。わざわざ電話をいただけるとは、どういったご用件かな」

「グリムスタで殺されたジャマル・カビールの件だ。彼の難民申請について、僕に話さなかったことがあるだろう」

マグヌスは身をこわばらせ、手で髪を梳《す》いた。おまえ、気をつけろよ、と頭のなかで言う。

「おまえには逐一、全部話したぞ」マグヌスは言った。

「だとすると、兄さんは僕が思っていたほど何でも知っているわけではないんだな。どうも話のつじつまが合わないんだが」

「どうしてつじつまが合わないんだ？」

「表沙汰になると困ることがあるんだろう？　ＣＩＡとのあいだで何か取引か合意があった？」

「それについては、おまえと話すつもりはないし、ましてや暗号化されていない回線で話すわけにはいかん」

「あの連中だってさすがに、他人の電話を盗み聞きするほど無作法ではないだろう？」

「冗談はよしてくれ」

「そのビールは二杯目、それとも三杯目か？」

「おまえに電話しても出ないと母さんが言っていたぞ。ひどく取り乱していた」

「哀れなもんだ」

「母さんはおまえが橋か何かから飛び降りるんじゃないかと思ってる。またヘルシンキでのことをあれこれ言ってるぞ」

「その点については心配いらない」

「どの点だ？」

「どの点でも」

「それにしてもまた古い話をほじくり返しているんだな。ほかにすることはないのか？」

「御大《マエストロ》ともぜひ話がしたい。もちろん機会はつくってもらえるんだろうね」

「あいつも知っていることはおれとさして変わらないぞ」

「むしろ少ないというべきだろうね。だが、性格は彼のほうが素直だ」

「いい加減にしないか。クレーベリエルとの面会なんて、そう簡単にできるもんじゃない。いいか、請け合ってもいいが、探ったって何もないんだ。少なくとも、おまえが想像しているようなレベルのことは何もない。病気のせいで過敏になっているだけだ」

ハンスが黙りこむ。いい兆候だ、とマグヌスは思った。

「いいだろう」しばらくしてハンスが口を開いた。「自分の双極性障害も考慮に入れることにする。だが、おそらく……」

「何だ？」

「兄さんらもそうしたほうがいい。僕を危険因子として見るんだ」

「何を言ってるんだ、ハンス」

「ありがとう、親愛なる兄さん」

マグヌスは電話を切ると、罵り言葉を吐いて、二杯目のビールを飲み下した。ほろ酔いが台無しだ。こともあろうに、フランス外相との大事な電話会談のまえだというのに。くたばりやがれ、ハンス——それに、カビールだって？　なぜよりによって？　つい最近まで、おまえは半分死んだようなものだったのに。いまは……いったい何があった？

マグヌスはすぐにでもその答えを見つけ出すつもりでいた。しばらくその場に立ったまま、クレーベリエルに電話しておこうかと考えた。だがそのまえに、たしかな筋に当たってみることにした。

「おちょくるのもいいかげんにしろよ、ハンス」マグヌスはつぶやいた。「おれをおちょくると痛い目に遭うぞ」

＊

ミカエラからの電話がかかってきたのは、ヨーナス・ベイエルが乗馬教室から息子のサミュエルを連れ帰ってきたときだった。「もしもし」と電話に出た彼は、ゆうべ一晩じゅう彼女のことを考えていたのを思い、急に生き返った気がした。

とはいえ、そんな気持ちを素直に認めるわけにもいかない。元気かと尋ねようとしたところで、彼女の声が少しおかしいと気がついた。彼女が言ったことはもっとおかしかった。いや、聞き違えたのかもしれない。ヨーナスはキッチンに荷物を降ろし、サミュエルには仕事の電話だと言って寝室に入り、ドアを閉めた。

「何の話をしてるんだい？」彼は訊いた。

「カビールを拷問したのは、アメリカでした」

「ちがう、ちがう。拷問していたのはタリバンだ。きみも知っているじゃないか」

「それは嘘だったんです。会って話せますか？」

もちろん会いたい。とても会いたい。だが、いまは、ほとんど何も考えられなくなっている。

彼女はいったい何の話をしているんだ？　アメリカがカビールを鎖でつないで、拷問にかけただと？

「アメリカ人はそんな拷問なんてしないよ」

「ご自宅の近くのカフェで会えますか？」

「酒を飲んでるとかじゃないよな？　声がちょっと……」

「わたしたち、知らされてなかったんです」ミカエラがさえぎるので、彼はでたらめを言うんじゃない、と厳しく言ってやりたくなった。

だが一方で、彼女の主張を否定したくないという気持ちも、心のどこかに芽生えはじめた。たしかに理屈は合う。在カブールのアメリカ人どもは、いまいましいくらいにとらえどころがなく、本当に何か隠していそうではなかったか。

「それ、誰から聞いたんだ？」

「外務省が認めていて、ファルケグレン警視監も知ってたんです。去年の夏から」とミカエラは言ったが、彼は何も言わなかった。それは彼の理解を超えていた。

ヨーナスは、自宅近くのカフェで三十分後に会おうと彼女に伝える自分の声を聞いた。

＊

「マエストロともぜひ話がしたい。もちろん機会はつくってもらえるんだろうね」

通訳者のマリア・エクセリウスが電話でのやりとりを訳すのを聞き、チャールズ・ブルックナーはひとりぶつぶつつぶやいた。今日は日曜日で、彼はトレーニングウェアを着て汗だくになっている。ふくらはぎがつりそうだ。ここに来るつもりはなかった。だが彼はいつもの日課、妻の言葉を借りれば〝死の恐怖へのあなたなりの対処の仕方〟に、やり過ぎなほど意欲的に取り組んでいて、ユールゴーデン付近をジョギングしているだけでは足りない気がしてきた。それでジムでのトレーニング中、急に邪魔が入ったのだ。

同世代のエージェントは——彼自身は五十八歳になったところだ——だいたいそうだが、チャールズ・ブルックナーも冷戦に加わるべく訓練を受けた。初期の任務では、防諜《ぼうちょう》目的でベルリンに配置され、その後モスクワに入った。共産主義が崩壊したのちは、ほかの大勢と同じように行き場を失くして、ほかにすることもないので中東対テロ課への異動を希望し、その結果スーダンのハルツームへ赴任した。自分が間違った場所にいる間違った人間のような気がしていた。だが、九・一一のあとは自分の強運に感謝した。ハルツームには、アフガニスタンで戦っていた逃亡中のサウジアラビア人がいて、彼はこの男、オサマ・ビン・ラーディンという人物について、聞きかじりの情報を得ていた。そしてあれよという間にチャールズは、ほかの誰もが知らない内部事情に通じているとみなされるようになったのだ。

そこからは出世の階段を駆けあがり、外部の専門家たちとの交流を深めた。にもかかわらず、わずか数年後のいま、彼はストックホルムで隠居同然の閑職についている。何か間違いを犯した結果ではない。むしろここへ来るまでのチャールズはじつに多忙で、彼の長時間勤務と出張の多さにいいかげん嫌気がさしていた妻から、これからは自分がしたいようにさせてもらうと告げられたのだった。そこで、妻のシャーロットがストックホルムの建築大学に客員教授の職を得たのを機に、チャールズもいっしょにスウェーデンに移ってきた。このようななりゆきを、彼はときどき呪った。だが、少なくとも体を鍛えるのに使える時間はまえより増えたし、いまはそこそこの刺激もあるわけで。

電話をかけてきたのは、ラングレーのCIA本部時代に彼のチームの一員だったピーター・マクドネルで、〝あなたの教授、あなたが信頼を置く天才〟の電話を傍受したと彼は言った。そのあざけるようなトーンをチャールズは聞き流すことができず、大急ぎでオフィスまで走り、通訳者のマリアをつかまえて、傍受した電話のやりとりを聴いたのだった。そしていま、彼は怪訝な顔でマリアを見つめ、これは変だとつぶやいている。正直に言ってしまうと、ほとんど理解できなかった。ほんの一日前までは、レッケの電話を盗聴しても意味がないと、全員が思っていたというのに。レッケが何の脅威にもならないのは明らかだと思っていた。ほとんどコンピューターに触れもせず、電話には出ても一言二言言葉を返すだけで、すっかり疲れ切り、自殺でもしかねなかったのに。それが急に、外務大臣に会いたいなどとぬかしている。

「なんでまたそんな」チャールズは言った。

「一大事とはかぎりませんよ。かなり仲がよろしいのではなかったですか？」マリアは自分が責められていると感じたのか、自己弁護するように答えた。

「いまはそうでもない」チャールズはジャージをふたたび身に着け、帰るとも言わずに廊下へ出た。

だがほんの二、三メートルも行かないうちに気が変わり、やっぱり戻ってもう少し深くマリアにかかわってもらおうかと考えた。なんといっても、彼女は言葉がわかるのだから。だがそれはやめにして、彼はまた歩きだした――考える必要があるし、ことの深刻さの度合いを把握せねばならない。下手な方向に転がれば、正真正銘の危機に発展する可能性もある。

AP通信はバグダッド郊外にあるアメリカの刑務所、アブ・グレイブ刑務所に関する長いルポルタージュを公表した。記事はさほど注目をあつめなかった。ああいうところに収容される連中から話を聞きだすのに、通常の尋問法で通用するわけがないことを、読者もおそらく理解していたのだろう。とはいえ、情報が出まわってしまったことは厄介だし、ジャーナリストたちが血の匂いを嗅《か》ぎつけているいま、レッケがあの洞察力と言語能力をもって語りだしたとしたら、大変なことになるのは火を見るよりも明らかだ。だがチャールズ・ブルックナーは心の底で、そうなるはずはないと思っていた。なんだかんだ言ってもハンス・レッケは信義を重んじる男だ。いずれにせよレッケにまた会いたいという気持ちもある。

〝答えは明快《クラリタス》じゃないか、チャールズ、それがどこへ行き着くか見えないのか？〟

チャールズは彼の口調を思いだして笑みを浮かべ、地下の駐車場を横切り、フォードのドアをあけた——黒い外交官車両だ。目立ちすぎる車で趣味ではないが、乗っていればそれなりのメリットもあるし、ある程度の敬意も払われる。大使館から外に出るとすぐに携帯電話が鳴った。どうやらほかにも急ぎで彼と話したい人間がいるようだ。

「マグヌス」チャールズが応答した。「調子はどうだ」

「気の休まる暇もないよ。シャーロットはどうしてる？」

「絶好調だよ。わたしはアメリカの暖かさが恋しいがね」

「まあ、じきに春が来るじゃないか。ストックホルムの春はいいぞ」

「七月でちょうどいいくらいだろう」チャールズはヤーデ通りに入り、マグヌスが本題に入るまでにどのくらいかかるだろうと考えた。

「弟のことがちょっと心配でね」

どのくらいもかからなかったようだ。

「ほう、どうかしたのかい？」チャールズは何も知らない素振りで尋ねた。

「カビールの事件をほじくり返しはじめたんだ。あれが面倒に巻きこまれないか心配だよ」

「あいかわらず家族思いだねえ」ほんの少し皮肉を混ぜてチャールズは言う。「それでわたしに何ができる？」

「例の件をほじくり返すのは、法的な面を考えても、あまり賢明なことではないと、きみから言ってもらうのがいいんじゃないかと」

「直接言ったほうがよいのでは？」

「二方向から攻めるのもありかと思うんだよ」

車はオクセンシェルン通りへ入り、チャールズは自分にできることを考えた。単純にハンス・レッケを訪ねてみるべきか？

「いったいどうしてまたほじくり返しはじめたんだ？」チャールズは訊いた。

「何か見たにちがいない。いまそれを調べているところだ」

「彼の目的は？」

「ただ知りたいだけだろうな。弟はものごとが解明されないことに耐えられない。気になって仕方がないんだ」

「なるほど」そういうことなら、ちょっと立ち寄ってみよう、とチャールズは決めた。べつに話をしないでも、顔を見せてこちらの存在を思いださせるだけでもいい。

チャールズはUターンをして、グレーヴ通りへ車を走らせつつ、教授の澄んだ青い瞳に思いを馳《は》せた。あの目はいつも、必要以上にものを見ている——この世界のことも、もうひとつの、並行世界のことも。

＊

本当はこんなところへ来るべきではなかった。おとなしく家へ帰って、頭痛がおさまるまで寝ているべきだ。だがヨーナスがよく来るというマリア広場のカフェで、ミカエラは苦渋に満ちた目つきで彼を見ていた。

「病院まで車で送っていくよ。それ、一秒ごとに青くなってるぞ」ヨーナスが言う。

「だいじょうぶです」ミカエラは返した。

ヨーナスは困惑した様子で、臭いは馬のようだ。黒い革のジャケットに白いTシャツという、クラブに出かけるような恰好をしている。よく眠れなかったみたいにも見える。

「何があったかだけでも話してもらえないか。どこかで殴られたわけではないんだろ？」

「ちょっとへまをしただけです」

「でもどっかで飲んでて、そこからまっすぐここへ来たんだよな？」

ミカエラは自分のスカートと、ビールの臭いの染みついたトップスに視線をやった。〈スパイ・バー〉にいたにしてもこの恰好はひどい。

「まあある意味、そうなんですけど」仕事に行くときみたいにエクストラ・ラージ・サイズのセーターに身を隠したい、とミカエラは思った。たぶんヨーナスもそれに気づいた。片手を彼女の手に重ね、自分ももっと出かけたりしないとな、とつぶやいた。

かと思うと、急に真面目な顔に戻った。

「で、飲んだあと、地球の端から落っこちた、と」

ミカエラは自分の手を引っこめた。

「そんなところです」

「どうしてそんなことに？」

「ただそうなっただけです」

「いいかげんにしろよ、ミカエラ。自分の言ってることがどういうふうに聞こえるか、自分でわからないのか？」

それはわかっている。でもどこまで話せばよいのかわからない。

「だけど、あんな話をしたのに驚かなかったみたいですね」

ヨーナスは首を振った。

「いや、とても驚いたよ」少し間をおき、彼は続けた。「アメリカがあんなふうに人を拷問するなんて信じがたい。あんな、中世みたいな——」

「九・一一以降、ＣＩＡは尋問のやり方を変えたんです」ミカエラがさえぎった。

「それはぼくも何かで読んだことがある。でも、いくらなんでも……人を真っ暗闇のなかに放置して、凍死させるだって？」

「どんどんエスカレートしていったらしいです」

「どうだろうか。なんとも言えないな。それに、どうしてファルケグレンはそれを隠してたんだろ？」

「あの人にはあの人なりの理由があったんでしょう」

ヨーナスはまた首を振る。外のサンクト・ポール通りでは黄色いゴミ収集車がゴミを回収している。

「まあ、いい。わかったよ。実際、絶対にありえない話でもないしな」

ミカエラは吐き気を感じた。

「どうしてですか？」

「何もかもが、恐ろしいくらいに進まないんだ」

ヨーナスは黙りこんだ。どこまで話すべきかと自分に問うているのかもしれない。だが彼に話す気があることを、ミカエラは一秒たりとも疑いはしなかった。とても黙っていられるとは思えない。ひどい罪悪感が、彼の顔に表れている。

「というと？」ミカエラは尋ねた。

「タリバンがジャマル・カビールを拷問にかけたことを疑う理由は、ぼくたちにはなかった。医学的な証明書があったし、移民局もそれが確認済みだと考えていた。でも、カブールに駐留しているアメリカ人たちはああだこうだと煮え切らないことを言うばかりで、確かな情報は何ひとつ伝えてこなかった。それでぼくは現地の警察をあたってみたんだ。たいして何も変わらなかったけど、ただその流れで、現地警察からすべてを覆す文書がファックスで送られてきた」

「何が書いてあったんですか？」

「カビールがときどきタリバンに協力していた、と。タリバンの政府機関のひとつとゆるいつながりがあったと書かれていた」

ミカエラは驚きの眼差しで彼を見た。

「政府機関って？」

「ひどくいやな名前のついた組織でね。美徳推進・悪徳防止省という」

「カビールはそこで何をしていたんでしょう？」

「どうも、タリバンの規則に――少なくともその一部の規則にしたがわない人々の取り締まりにかかわっていたようだ」

「人気者のヒーローだったはずなのに」

「移民局はひどい仕事をしたもんだ」

「わたしたちだって、ひどい仕事をしたもんですよ」

「そうだね、おそらく」ヨーナスは店内を見渡した。「カビールにたいするぼくらの認識が間違っていたわけではないんだ。彼がひじょうに才覚のある人物だったのは本当で、ほとんど誰に訊いても悪い話は出てこなかった。ただ……つじつまの合わないところはあった。多くの人は彼がタリバン政権を憎んでいたと証言している。でも、彼はムッラー・ザカリアと親しい友人でもあった——タリバンの指導者のひとりだよ」

「コペンハーゲンで撃たれた人ですよね？」

「そう。タリバン政権崩壊後もふたりが連絡を取り合っていたのかどうか、もちろん調べてる。でも興味深いのは、カビールがときおり激昂《げっこう》していたらしいことだ。あのタリバンがつくったまともじゃない規則を知ってるだろう。何にもできないんだ。本を読んではいけない、映画もテレビも観てはいけない、音楽は聴くのも演奏するのもいけない、家のなかでカナリアを飼うのさえ禁止だ——それに女性は、まあ、知ってのとおりだ。家に閉じこめられて、あらゆる権利をはく奪された。そうした全部、つまりカビールが抗《あらが》っていたとぼくらが思っていた狂気に、何がどうあれ彼はときおり引きずりこまれていたようなんだ。ぼくらは当然、そこに何かが潜んでいるんじゃないかと考えた。たとえば、彼がなんらかの暴行にかかわっていて、誰かの恨みを買ったとか」

「でも、何も見つからなかったんですね」

「多少の手がかりは見つかったが、たいしたものは何もない。重大な暴行というより、破壊行為がせいぜいだった。だがそれでも怪しい。というのもだ、一九九七年の春に、タリバンは音楽家への弾圧を大規模におこなった。おもにねらわれたのは、八〇年代のソ連占領時代にロシアの教育を受けた人たちだった」

「ええ」

「音楽はモラルの低下につながるとされたんだ。タリバンが政権を握ったその日から、楽器やカセットテープやレコードが壊された」

「知ってます」

「ただ、音楽家がみんなひっくるめて犯罪者と見なされたとはいえ、とくに西洋のクラシック音楽を演奏し、冒瀆《ぼうとく》的な反イスラムの共産主義に協力した音楽家への風当たりはきつかった。何人かはその春に行方不明になったり、殺害されたりしている」

ミカエラは前のめりになって、頭痛と吐き気を振り払おうとした。

「つまり、カビールは……」

「いや、そこまでは言ってない。彼が暴力行為に手を染めたことを示す証拠は何も見つかっていない」

「でも……」

「それでも、彼は楽器を破壊したことがあるらしい。ヴァイオリンや、クラリネット。まるで気がふれてしまったようだったと」

「どうかしてる」

「そうだな、普通じゃない。でも、それ以上の情報はつかめなかった」

ミカエラはまばたきをして、秩序立てて考えようとした。けれど頭痛はひどくなるばかりで、外に目をやると、さっきから外にいるゴミ収集車が目に入った瞬間、焦点がぼやけた。

「手がかりになる人の名前はつかんでないんですか？　誰か話ができる人は？」

首に手が触れたのを感じて、ミカエラは、ヨーナスの心配そうな顔を覗きこんだ。

「いいか、よく聞くんだ。ぼくはきみを病院へ連れていこうと思ってる」

「必要ありません。わたしは名前を訊いてるんです」

「やめたほうがいい。フランソンを怒らせるだけだぞ」

「名前を」

「エマ・グルワル」ヨーナスが言った。「カプールでカビールが襲撃した音楽家のひとりだ。カビールは彼女のクラリネットを壊して、正気を失ったようにふるまったらしい。彼女はいまはベルリンにいる。国際電話番号案内に訊けば連絡先はわかる。でもお願いだ。いまは動かないでくれ。もしきみが話してくれたＣＩＡのことが事実なら、ぼくが働きかけてきみが捜査に戻れるようにすると約束するから」

「わかりました」ミカエラは、首におかれた彼の手を払いのけ、いま聞いた名前をナプキンにメモした。

ふたりはしばらく無言ですわっていた。

「さて」ヨーナスが口を開いた。「病院へは連れていかなくていいんだな。でもひとつ教えてくれ。きみが話した相手はレッケ教授なのか？」

ミカエラは外の広場に目をやった。

「どうしてですか？」

ヨーナスも広場のほうを見た。そして、急に熱の入ったようすで彼女を振り返った。

「どうしてって、そんな気がしたから。ファルケグレンが……」

「警視監が？」

「あの馬鹿、地方裁判所がコスタを釈放したすぐあとで、ぼくを呼びつけたんだ。何のために呼ばれたかはもう忘れてしまった。新聞にいろいろ書きたてられたりして、あいつの気が立ってたのはたしかだ。とにかく、ぼくはそのときに、またレッケ教授の話を聴きたいと伝えたんだ。まえに捜査資料を教授に送ってくれてありがとうございます、助かりました、ぐらいのことも言ったかもしれない。喜ぶと思ったから」

「喜ばなかったんですか？」

何か面白いことでも思いだしたみたいに、ヨーナスはうれしそうな顔をした。そして立ち上がり、お茶のおかわりを注文しに席を立った。ミカエラはその場にのこり、吐き気を抱えたまま考えこんでいた。そして、またかかってきたヴァネッサからの着信を拒否した。

17

クレーベリエルと本当に話したいのか？　捜査のことだって、本当に気にかけているのか？　おそらくちがう、とレッケは思っている。たぶん、自分にたいして——あるいはユーリアにたいして——まだ自分が主導権を握れるのだと示したいだけだ。

レッケはアパートメント内の物音に耳を澄まし、娘の足音を待った。ほら、聞こえてきた。現れた彼女は、好奇心いっぱいの表情だ。レッケは目をそらした。

「マグヌス、何て言ってた？」ユーリアが訊いた。

「いらいらしているばかりだったよ」

レッケは立ち上がり、もう一度彼女を見た。誇らしく感じた気もするが、同時に疎外感のようなものも覚えた——知らないあいだに、娘が自立したひとりの人間になっていたことに、いまはじめて気がついたように思えた。

「この件に取り組むのはきっとパパのためになるって、わたしほんとに思ってるんだけど」ユーリアが言った。

「ああ、そうかもしれないな。だがそのまえに、パパは寝るよ。おまえは出かけて日曜日を有意義に過ごしたらどうだ？」

「ねえ、まえにパパがわたしに何て言ったか憶えてる？」

「いや、何と言ったんだ？」

「秘密にされたものはゆがめられる。屋根に覆われて曲がってしまう植物のようになる」

「そんな詩的な表現をパパが？」

「闇は物事を覆い隠すばかりでなく、変形させてしまう。腐敗させてしまう、って」

「その心は……」

「だから、パパはマグヌスが何を隠してるのか突きとめるべきだってことよ。ただ横になって内省しているだけではだめなの」

たしかに、それはよくない、と彼は思った。虚無への畏怖《ホロル・ウアクイ》。われわれの内にある虚無ほど恐ろしいものはない。一方で、外の世界に目を向けたところで何も変わらない。同じ闇はいたるところに広がっている。だが、ユーリアのために立ち直らなければならないのは本当だ。そのためには、まず……。彼はバスルームに入り、どの薬にしようかと、薬棚をがさごそと探った。なんという情けない人生だろう。どうしようもない父親をユーリアはもってしまったものだ。

ものすごい勢いで近づいてくる列車と、あの足音、列車と同時にタッタッと近づいてくる足音の記憶が、またよみがえる。ふたつの力が彼を引っぱり、いまもなお彼をめぐって闘っている──神と悪魔のように。馬鹿らしい。メロドラマにもならない戯言《ざれごと》だ。彼は決断もできず、不安なままで薬棚の扉を閉めた。

だが思いは消えず、ミカエラの目が思いうかんだ。彼にひどくがっかりさせられたとでも言うように、じっとこちらを見ている。そして、彼女が抑えこみ、内に抱える力に思いをめぐらした。それが声に出た。

「知ったことではないな」

「いま、何て言ったの？」ユーリアが声をかけてくる。

「何でもない」

レッケはそう言うと、書斎の机のほうへ行き、ロダン作のお辞儀をする少女の像に毒づいた。少年のころの自分に似ていると思って昔買ったものだが、いまはその像が一日じゅう自分のために踊っているみたいに感じられる。これはもう屋根裏に上げて片づけてしまおう。そこで勝手にお辞儀を続けて、もっといい暮らしを夢見るがいい。

ところで、カビールの資料のファイルはどこかになかっただろうか？　事件当日のサッカーの試合が録画されたCDは今朝見つけたが、そのほかの資料はどうだったか……何をコンピューターで見て、何を紙で見たのだったか、よく思いだせない。

レッケは機密扱いのファイルのなかから捜査に関する資料を探し、いくつか引っぱりだした。やはり、ちょっとは見てみたらどうだろう？　かつてはミステリー小説ほど彼を癒してくれるものはなかった。もしも答えを見つけられたら、きっと何か、自分自身について新しいことが理解できるにちがいない、という暗い感情を胸に抱いて、謎解きに挑んだものだった。でもいまは駄目だ。頭のなかに響きつづける真っ赤な叫び声、無能な自分、駄目だ、これでは苦しみにしかならない。折れた指でピアノを弾くようなものだ。

それでも、目撃者の証言、司法解剖の写真、現場検証報告書などといった資料に、ぼんやりとしながら目を通す。だが視点は定まらず、彼の目はいま、目の前の資料を眺めているというより、自分自身のなかにある闇ばかりを見ていた。

グリムスタの森で、頭蓋骨を砕かれたカビールが胸の上で腕を交差させて横たわっている写真を見ているうちに、いつの間にか、もうひとつの現実のなかにいる自分が見えた気がした。誰にも止められることなく、地下鉄の線路に飛びこむ一歩を踏みだした自分だ。

だが、コンピューターの画像を拡大すると、現場写真の上にかかる連想や記憶の靄がわずかに晴れ、彼は徐々に引きこまれていった。まるでカビールの遺体がゆっくりと、ハンス・レッケに命をもたらしてくれるかのように。

哀れな人よ、いったい何があった？　レッケは思った。こんな最期を迎えるのに見合う何をしたんだ？

＊

ヨーナス・ベイエルは、まだにこにことお茶を飲んでいる。外のゴミ収集車はすぐ近くまで来ていて、ミカエラは額に手をやった。頭痛が彼女と世界を隔てる膜のようになってきた。もう家に帰らなければ。

「レッケ教授には、ぼくらも連絡を取ろうとしていたんだ」ヨーナスが話しはじめた。「フランソンさえその気になってた。でも、つかまらないんだ。何度電話してもメールを送っても返事がなくて、それでファルケグレンに訊いたんだよ。ぼくらの知らない別の連絡先を知ってるんじゃないかと思って。ところが、ぼくが教授のことを話しだしたとたん、ファルケグレンのやつ、急に逃げ腰になって話題を変えて、はぐらかそうとしたんだ。それではっきり言ってほしいと詰め寄った。そしたら出てきたよ」

「何が？」

「ファルケグレンに、アメリカ大使館が接触してきた」

ミカエラは、ヨーナスの顔を探るように覗きこんだが、頭痛がつらくて目を細くした。

「どうしてアメリカ大使館が彼に？」

「ファルケグレンはアメリカ大使館にいる有力者と知り合いで、その人物から警告されたんだそうだ。イラクとアフガニスタンでのアメリカの国益にかかわることの一切にかんして、レッケとは接触するなと。そうした問題になると、レッケ教授には独自の方針があるからだ、って言うんだ」

「つまりどういうこと？」

「つまりアメリカはレッケを恐れてるってことだと、ぼくは解釈した。そう口にも出したんだけど、ファルケグレンはそれをいいようにはとらなかった。あいつが言うには、アメリカ大使館はありがたい助言をくれたのだ、しかもレッケ教授は精神的に不安定だ、と。サンフランシスコで何かの捜査にかかわっていたときに、いかれた結論を出してきて、それで締めだされたって言うんだ」

いかれた結論というのは？」

「加害者に自分を重ねて、他人と自分の経験を混同していたという話だった。でも、それをすぐに信じる気にはなれなかったな。なにせ相手はファルケグレンだ、そんなふうに言って自分の主張が正しいと示したいだけ、ってこともあるわけで。けど、きみの話を聞いて……ああ、頭にくるな」

「何がですか？」

「ファルケグレンの言ったことと、きみの話は関連してるんじゃないかって思うだろ、当然」

「思いますよね」ミカエラは言った。

ヨーナスはテーブルに視線を落とし、それからまた、さっきと同じ心配そうな顔をした。

「調べてみなくちゃな。ファルケグレンにはレッケが元気で絶好調だってなんとか伝えるよ。でも、ミカエラ……きみはいまにも倒れそうだ」

ミカエラはまた目を細くして、頭のなかに浮かんできた山ほどの疑問に意識を集中させようとした。

「近くを歩いてた老人はどうなりました？」彼女は尋ねた。

「逮捕したが人違いだった。それは知ってるね。年齢はその人と同じくらいのはずなんだ。それは目撃者もはっきり証言している。でも彼には明らかなアリバイがあったし、カビールとはまったくの無関係だった。でも、おい……ほんとに倒れそうじゃないか。病院が嫌なら、家まで送っていくよ」

思わずその言葉に甘えてしまいそうになる。

「ひとりで帰れます」ミカエラは言った。

「そうは見えない」ヨーナスが返す。「ぼくの質問にまだ答えてなかったね。きみはハンス・レッケと会ったのかい？」

「いえ、属してる世界がちがいますし」

ミカエラは心もち長めのハグをしてヨーナスと別れ、スヴェーデンボリ通りを歩きはじめた。よろめきもせず、つまずきもせず。だが、一分も行かないうちに力が尽きて、やっとの思いで地下鉄の駅にたどり着いた。

＊

われながら、いったい何のつもりなのか？　一種の自己治療かもしれない。モルヒネとベンゾジアゼピンの代わりだ。レッケはジャマル・カビールになりきっていた。自分がカビールのように死んでいるところさえ想像した。頭蓋骨を砕かれてグリムスタの森に横たわり、その傷の上をハエが飛びまわっている。彼は起き上がった。

というより、カビールが起き上がるのを想像した。頭と喉についた血と土を洗い流し、時間を巻き戻して生き返る。そしてもと来たほうへ、森を抜けてグルドラガル小路へ出て、サッカー場に戻る。やがてコスタの目の前に立ち、落ち着いた表情で騒ぎの一部始終を眺める。そのとき、人の姿が目に入り――ミカエラの言う緑色のジャケットを着た老人だ――カビールはわずかに顔をしかめる。

そのあとピッチを離れ、もう一度、死へと向かっていく。その時点で雨はほぼ止んでいた。小雨がぱらついているだけだが、やがて本降りになるだろう。カビールは動揺し、おそらくおびえてもいた。誰かが尾けてくるんじゃないか？　そう考えたにちがいない。目撃証言によれば、カビールは携帯電話を取りだした。誰かに連絡をして、助けを求めようとしたのだろうか？ だが発信する代わりに、彼は森へ足を踏みいれる。そこでも足音がしないかと耳を澄ましていたはずだ。動揺し、注意力は高まっていたにちがいない。近づいてくる者に気づかなかったとは考えにくい。振り向いて、襲撃者の顔を見たはずだ。それで安心したか、でなければ失《う》せろ、消えてしまえ、と言い、歩きつづける。誇り高く、挑戦的に。そんなふうだった可能性はある。そしてその瞬間、最初の一撃が後頭部に加えられる。片手に隠れる程度の大きさだったかもしれない鋭い石で。

暴行は続いた――熱狂的でなかったとしても、少なくとも周到に、しつこく。カビールが絶命したあとも、犯人は何度も何度も石を打ちつけた。殺し方として理想的とはとても言えない。もっと凶器らしい凶器、たとえばナイフなら、もっと簡単にすんだだろう。犯人が凶器に石を選んだということは、何を意味しているのだろう？ いちばん手近にあったから？ あるいは、何か意図があったのか？

いずれにせよ、犯人は土地勘がなかったようではある。犯行をその場所でおこなうことがあらかじめわかっていたとは考えにくい。犯行後、犯人は返り血を浴びて血まみれになっていたことだろう。小川か水たまりを探して手を洗っただろうし、バックパックか何かに入れてもってきていた服に着替えたと考えるのが自然だ――でなければ、人目についているはずだろう？ グルドラガル小路で車が待っていたのならまた別の話だが。

レッケは一連のシナリオを全部視覚的に思いうかべ、それらのなかに吸いこまれていった――もうひとつの現実が、さらにいくつもの世界にわかれていく。だが、すぐに気づいた――これは分析ではなく、ただの白昼夢だ。つまり、情報不足を示すサインだ。

もう一度、森の遺体の写真を眺め、周辺の地面を見ようと画面を拡大した。頭のなかに浮かんでいるがらくたを消すためではなく、写真に写った地面を本気で仔細《しさい》に観察するため、少しずつ拡大する。玄関のベルが鳴った。レッケはまるで気にとめていない。カビールの首の横のぬかるみのなかに、何か黄色いものが見える——おそらく、花だ。気にすることはないのだろうが、一度目は気づいていなかった。

かろうじて見える程度のもので、血と土に隠れている。けれど、どういうわけか小さな炎のように輝いて見えた。おぞましさのなかにある美の輝き。そして——あまりよく見えないが——その場所に自生しているにしては、少々平らすぎ、生気がないように見えた。押し花？　誰かがおいていった可能性は？　ないだろう——それは考えにくい。

だが、やはり気になって仕方ない。アヤメ科の花、アイリスの一種だろうか？　そうかもしれない。花は黄色と菫《すみれ》色で、葉は剣のような形だ。レッケはインターネットで検索を始めたが、とたんに降参しそうになった——品種があまりに多いのだ。が、そのとき、〝イリス・ダルワシカ〟という品種が目にとまった。これだろうか？　いや、ちょっとちがう。というより、よく見るとかなりちがう。いったい自分は何をしているのか？　たぶん、意味のある細部を求める、ある種のうぬぼれた願望のせいだ。あきらめろ。もう寝るんだ。部屋の外でハンソン夫人がユーリアと話している。

「心配させたくなかったんですよ」ハンソン夫人が言った。

それを聞いてレッケは微笑んだ。自分を心配させるのが何なのか、自分でも思いつかなかったからだろう。現状に何を加えたり引いたりしたら心配になるというのか？　ほかにすることもないので、彼は画面に現れたいくつものアイリスをじっと見つめた。色とりどりの美しい花々が自分をあざ笑っているみたいに見える。この人生がいかに生きにくいかを思いださせるためだけに存在しているのではないか。ドアをノックする音がした。彼は無視した。別の品種が目に留まり、今度はもっと似ている気がした。〝イリス・アフガニカ〟。グリムスタの森で育つような名前には聞こえない。〝アフガニカ〟……。はやる気持ちで先を読み進む。高山型の品種で、一九六四年にカブールの北の山地で発見され、初めて目録に追加されたものらしい。またノックの音がした。彼はメモを取った。

「どうぞ」レッケは言った。

ドアが開き、ハンソン夫人がこちらを見ていた。ああ言っていたわりにはそれほど心配そうでもない。大事が起こったわけではなさそうだ。

「何をなさってるの？」ハンソン夫人が尋ねた。

「仕事ですよ。そう言っていいと思う」彼は答えた。

「あらまあ、なんて素晴らしい。もう何時間もここにこもりっきりだってユーリアに聞きましたけど」

「そんなに長いことといたとは思えないんだが」

「もうすっかり元どおりなの？」

「まあ、そうなのかもしれない。たぶん」

「だったらよかったわ、ハンス」

「そんな小さなことで喜んでもらえるとは、うれしいな。何か心配ごとがあるんじゃないんですか？」

「いいえいいえ、あなたとは関係のないことだと思ってますよ」

「でも何かあるんですね？」

「大使館の車。あの物騒な黒塗りの車がまた外にとまってるの」

「本当ですか？　もう僕はお払い箱だと思ってたんだが」

「冗談言わないでくださいな。わたし、嫌なんですよ。乗ってる人たちは、ただすわって見張ってるだけなんですから」ハンソン夫人が言う。レッケは、かつてスタンフォードの通りで彼らに待ち伏せされ、車に引っぱりこまれたときのことを思いだした。

あのときは、あまりにも芝居がかったやり方に、ほとんど噴き出しそうになったものだ。だがどういうわけか、そのときの感覚は体にのこっていた。そしていま、ハンソン夫人が例の外交官車両、自分への嫌がらせと閉所恐怖症誘発以外に何の目的もなさそうな、あのいまいましい車の話をするのを聞いて、あの感覚がよみがえってきた。いまの自分に監視する価値はないはずだ。ただここにすわって自分と向き合っているだけなのだから。いや、本当にそうか？　マグヌスと話したし、コンピューターで検索をした。もしかしてそれと関係があるのだろうか？

「暗号化が必要だな」彼はつぶやいた。

「えっ？」

「何でもありません。それにしても僕は、あなたがいないと何もできないな、シグリッド。全部見たり聞いたりしてくれている」

「あなたのことを心配してるんですよ、ハンス」

「心配は要りませんよ。ほんの少しも。ほら、見てのとおり、よくなったんだから」レッケはすぐにでも用事を片づけてしまおうと立ち上がった。

そのまま階下へ降りて、直接話をしたっていい。チャールズ・ブルックナー本人が、自分の存在を思いださせるためだけに来ている可能性だって、ないわけではないのだから。だがレッケは、代わりにバスルームに入って薬棚をあけた。トンネルと列車の、セイレーンの歌声が聞こえていた。

18

ようやく自宅に帰り着いたミカエラは、よろめきながら寝室へ入り、着替えもせずにベッドに倒れこんだ。このまま眠りに落ちるのだろうと思っていた。ところが心臓の鼓動があまりにも速くなり、喘ぎながら体を起こした。落ち着かなければ。もっとゆっくり息をしなくては。だが思うようにはできず、急に、ヨーナスに話したのが間違いだったような気がしてきた。レッケを危険にさらしてしまったかもしれない。いや、でも、あの殺人事件の捜査は最優先に考える必要がある。たとえ捜査のほうが彼女を最優先にしていなくても。ベッドから立つと、部屋がぐらりと揺れた。ふらつく脚でキッチンへ入り、胸のポケットに触れたとき、何か入っているのに気がついた——ナプキンだ。そこに書かれたふたつの単語は自分がメモしたもので、一秒ほどおいて、それが何かを思いだした。ヨーナスから聞いた名前——エマ・グルワル。カブールでジャマル・カビールにクラリネットを壊された女性だ。

冷蔵庫をあけ、ジュースをボトルからぐびぐび飲む。なんとも変な話ではないか？　なぜサッカーの審判員が空き時間に楽器を壊すのか？　イスラム原理主義に染まった国でサッカーをする権利のために闘っていた男が、なぜ悪徳防止省なるものにかかわったりするのか？　リビングに移って、机に向かう——イケア製の板を壁に留めつけただけのものだが。きっと何かあるはずだ。

ヨーナスも言ったように、後先を考えることなく楽器を破壊するような人間なら、ほかのことに手を染めていてもおかしくない。

ミカエラはコンピューターの電源を入れた。相変わらず起動するまでに永遠のような時間がかかる。何もせずにただ呟きこんでいるようにしか見えない。ともかく立ち上がったので、アルタビスタでエマ・グルワルという名前を検索した。すると、丸い眼鏡をかけて、髪をページボーイ・スタイルにカットした女性の写真が現れた。写真のグルワルは少し険しい表情で、くっきりとした眉と切れ長の目がひたむきさを感じさせる。ページの下のほうにあった、大きな舞台でオーケストラの前に立っている写真を見ると、いかにもプロの演奏家らしい。だがいまはもう音楽活動はしておらず、ベルリンで看護師をしているようだった。この人に連絡してみるべきだろうか？　もちろん、すべきではない。気分が悪い。シャワーを浴びて、ベッドに戻らなければ。だが直後、ヨーナス・ベイエルから電話がかかってきた。

「ちゃんと家に着いたかだけ確認しておこうと思って」ヨーナスが言った。

「いま、さっき教えてもらったエマ・グルワルのことを調べてたんです」

「休んだほうがいい。横になって、部屋を暗くして。痛み止めはあるのか？」

「痛み止めは飲みません。だけど、カビールはどうしてそこまで音楽を目の敵にしたのだろうと思って」

少しの間のあと、ヨーナスが言った。

「現地にはそういう人がたくさんいたんだ。サウジアラビアで起こったワッハーブ派からの伝統で——それは知ってるだろ？　サウジアラビアは一九七八年に音楽を禁止した。一九七九年にはイランでもホメイニが同じことをしている。音楽は悪魔の誘惑だとみなされていたんだ」

「でも、カビールは、それ以外に過激派との接点はなさそうなんですよね」

「日和見主義だったのは間違いなさそうだ。サッカーを続けられるならどんなことでもした。友人のムッラー・ザカリアに信心深いところを見せたかったという可能性もある」

ミカエラは、ヨーナスが勧めるように、暗い部屋で横になろうかと思った。なかなかいいかもしれない。

「それもおかしくないですか？　よりによって、そんな人物と友達だっていうのも。親しみやすいサッカー界の功労者のイメージとはどうしても合いません」

「うーむ。そうだな」

「それに楽器を壊すだなんて。たんなる日和見主義だとも思えないんです」

「もしかしたら階級差の問題が絡んでいるのかもしれない。それ絡みの憎悪、と言ってもいい」

「どんなふうにですか？」

「彼が襲撃した音楽家たちは全員、カブールでは古くからの上流階級の出身で、西側諸国とのつながりをもっていた人たちだ」

ミカエラはベッドへ向かった。

「殺された音楽家もいるって言ってませんでしたか？」

「あるいは姿を消した」

仰向《あおむ》けに横になる。

「とくに注目してる件はないんですか？」

「いや、これといっては。ただ、あの年の春——一九九七年の四月だ——、ちょっと気になる事件が起こってるんだ。女性ヴァイオリニストが、真夜中に自宅の地下室でヴァイオリンを弾いているところを、後頭部を撃たれて死んでいる。その女性はエマ・グルワルの友達だった。ふたりは八〇年代、カブールにあったソヴィエトの学校でいっしょに学んでいる」

「じゃあ、ふたりはおたがいをよく知ってたわけですね」

「わりとね。でも、その殺人事件にカビールがかかわっていたと言える根拠はない」

ミカエラは目を閉じた。

「どうしてそう断言できるんですか？」

「断言できることなんてひとつもないさ。だけど、殺害された女性が犯人と顔見知りだったのは間違いないようなんだ。彼女はどうやら、自分の意思で犯人を招きいれて、地下室に隠していたヴァイオリンを見せたらしい。しかも、その殺人はタリバンの命令によるものではなかった。タリバンのやり方には忠実に沿っているけれど、計画にはなかったんだ。それに被害者の女性とカビールがたがいに面識があったという証拠もない——むしろ接点なんてありそうにないだろう。彼女は上流階級のお嬢様だった。かたやカビールはバイク修理工で、カンダハール近郊の小さな村の出身だ」

「なるほど」ミカエラは上掛けを引っぱり、体にかけた。「じゃあ、いまつかんでいる情報というと？」

「まだたどりきれてない手がかりがいくつかある。それから、最近になって、コスタが——よりによってあの男が——また現れて、グリムスタで怪しげな男を見たかもしれないと言いだしたんだ。でも彼の証言はあまりにぼんやりしてていあいまいだから、それほど進展はない」

「いい捜査とはとても言えませんよね」

ヨーナスがため息をつく。

「大変だったんだよ」

「でも、それには理由があったのかも」

ヨーナスはしばらく黙っていた。

「アメリカが正面切ってぼくたちに嘘をついていたと、きみは思うかい？」

「ありえると思います」

「ファルケグレンのやつ、くたばってほしいよ、もしも本当に……」

ヨーナスが言葉を見つけられずにいるので、ミカエラは、カビールが〈暗闇の刑務所〉に送られたいきさつを、警察は突きとめるべきだと言いかけた。だが、ふと、それはレッケと話したほうがいいかもしれないと思った。

「わたしもだいたい同じように感じています」ミカエラは言った。

「明日の朝いちばんに調べてみるよ」

やっぱり話すべきではなかった、と彼女は思った。少なくともまだ、しばらくのあいだは。

「わかりました。もう休みます」ミカエラは言った。

「それがいい。大事にしろよ」

ミカエラは上掛けを頭の上まで引っぱり、筋道立ててきちんと考えようとした。だがなかなかうまくいかない。ただ横になり、体を丸める彼女の頭のなかを、スナップショットのイメージがフラッシュとともに現れ、いくつも連なって通りすぎていく。そのうちに眠りに落ちていたのだろう。電話の音がかすかに聞こえたが、夢のなかでその音は目覚まし時計の音になっていた。それからおそらく何時間も経ったところで、はっと目が覚めた。いったい何に起こされたのか、はじめはしばらくわからなかった。また電話が鳴っているのか、それとも外の広場が騒がしい？

ちがう。ドンドンとドアを叩く音だ。

誰かがこの部屋に入ろうとしている。

＊

月曜日の午前八時半、レッケはすでに着替えをすませていて、そのことに自分で驚いていた。彼はいま、キッチンのテーブルについているが、どうやって来たのかが定かでない。ベッドからここまでの記憶に空白ができている。しかも空白はひとつだけでもない。たしかに、昨晩起こったことのいくつかはおぼろげに憶えている。だがそれらは、できれば忘れてしまいたい記憶だった。

たとえば、バスルームの床に横たわり、嘔吐《おうと》する自分の姿とか。それらを除けば、この十二時間はぼんやりと霧に包まれている。いまも大して良くなったわけでなく、ただここにすわり、何が起こったのかも把握できずに両手で頭を抱えているだけだ。つい最近、彼はベッドから出てピアノを弾き、過去の殺人事件の捜査資料を見直していた。だがそれもいまは、ほとんど現実味のない幕間《まくあい》の出来事のようにしか感じられない。また振り出しに戻ってしまった――無力感にさいなまれ、感覚が麻痺している。まあ当然と言えば当然だ。むしろ、急に全快してすっかり元どおりになる道理がどこにある？

レッケは背筋をのばし、テーブル上の両手に視線を落とした。まるで自分のものでないかのようで、蜘蛛《くも》みたいに見える。ためしにベートーヴェンのピアノソナタ第二十三番の最初の数小節を弾く動きで、テーブルを指で叩いてみると、手が思いどおりに動いたのが自分でも意外だった。コーヒー豆の匂いがする。背後からは、廊下の時計が時を刻む音と、近づいてくる足音がする。

彼は視線をあげて、目を細くした。正面にハンソン夫人が立っていた。

「まあまあ、ハンス。起きてきちゃだめでしょう」

「ああ、そうなのかもしれない。でも僕はここにいる」と陽気に答える。

「ゆうべのこと、少しでも憶えているんですか？」

「もちろん、親切にしていただいたことはしっかり憶えていますよ。僕のほうがきちんとお礼できる状態でなかったことも。申しわけなかった。本当にありがとう、シグリッド……」

「ひどい状態だったんですよ。着替えもせずに寝てしまって」

「なるほど。なんでまた朝からこんな馬鹿げた衣装を身に着けているのか、それでわかった」レッケはできるかぎりにこやかな笑顔を見せた。

「冗談はよしてちょうだい。ものすごく心配したんですよ」

「わかった。冗談は言わない。そんな気分でもない。だから助言にしたがいますよ。撤退する。状況にはさからえまい」レッケは間伸びした不自然な声でそう言うと、ふらつく脚でバスルームへ入り、片手いっぱいに出した錠剤をのみこんだ。

そしてよろよろとベッドに戻ると、すぐさま倒れこんだ。ちょうどカビールが森でしていたのと同じように、胸の前で腕組みをする。重く不安な闇が波のように打ち寄せるのを感じた。

「主よ、深き淵よりあなたに叫ぶ《デ・プロフンディス・クラマーヴィ・アド・テ、ドミネ》」と彼はつぶやいた。まったくの冗談ではなかった。

＊

「そんな非常識な話、聞いたこともないわ。それでどうしたの？」ヴァネッサが言った。

「家まで送っていった」

「で、すっごいお金持ちだったのよね」

「とにかく住んでるところは部屋が広くて、そこらじゅう本だらけで」

「まえ、その人に熱をあげてなかったっけ」

「あの人は何でももってるんだろうな、って思ってただけ」

時刻は午前八時十分。だが、今日という一日はすでに大混乱だ。昨日の午後、眠りに落ち、目が覚めると午前四時だった。ベッドでは隣にヴァネッサが寝ていて、最初は何が何だか理解できなかった。しばらくして思いだしたのは、ドアを叩いているのがヴァネッサだと気づいて、なんとかベッドから這《は》いだし、彼女を部屋に招きいれたことだ。そしていきなり激しく叱りとばされた。〝七百回くらい電話〟して、〝うちのうるさい母さんくらい心配した〟のだとヴァネッサは言った。どうやらそれで、泊まっていくことになったらしい。

「で、そのあとは？　まさか、寝たわけ？」

「何言ってんの。死のうとした人だよ。そんなことしてる場合じゃないでしょ」

「じゃあ、何したのよ？」

言わなければよかった。これでは何を言っても自分がどうかしてるみたいだ。

ふたりはキッチンで、向かい合ってすわっている。外では太陽が輝いている、いや、部屋の照明が窓に反射しているのかもしれないが、ミカエラには判断がつかない。まだ頭痛が膜となって外の世界から彼女を隔てたままだ。ベッドに戻る以外にしたいことがあるとすれば、それはカビールがタリバンのために何をしていたのかを調べることだった。だが、朝方にいきあたりばったりの調査をしただけではいくらも進めず、わかったことといえば、クラリネットを粉々に砕かれたエマ・グルワルが、〈ソヴィエト・アフガン友好古典音楽大学〉というところで勉強していたことくらいだった。

「やっぱり病院に行くべきだよ」ヴァネッサが言った。

「仕事があるの」

「仕事してる場合じゃないでしょ。さっきからいったい何を見てるの？」

ミカエラはコンピューターから目を上げた。

「あのサッカーの審判員のことを調べてるの」

ヴァネッサが目を丸くした。

「それって、例のレッケ教授に会ったから？」

ミカエラは気まずさに身をよじらせた。

「いくつかわかったことがあって、それだけ」

「たとえばどんなこと？」

「あの審判員は、アフガニスタンで何かひどいことをしていて、殺されたのはその報復だったのかもしれない」

「いい人だったんじゃないの？」

「わたしもそう思ってたけど。人ってわからないものでしょ」

「そうよね、人ってわからないものよね」ヴァネッサはなぜか声を立てて笑ったが、ミカエラが笑わずにいると、やっぱり病院へ行くべきだとまた言いだした。

ミカエラはうわの空だった。頭のなかでは、どうしてカビールが音楽家を襲撃したのかばかりを考えていた。どうしても合点がいかない。タリバン自体をまったく理解できないのだから当然ではある。コンピューターの電源を切って立ち上がると、ふらりとよろめいた。太陽の光で気分が悪くなってきた。

「ほら」ヴァネッサが手を貸そうと立ち上がった。

「だいじょうぶ」

「ぜんぜん、だいじょうぶじゃないわ」

「だいじょうぶだってば」ミカエラはヴァネッサの腕を振りほどき、バスルームへ行った。

いうほどひどくない。心のなかでつぶやいた。目は充血していて、頬はありえない色をしている。でもなんとかなる。痣をコンシーラーで隠してバスルームを出た。ヴァネッサはリビングのソファで、テレビのスイッチをつけていた。顎ひげを生やした何かの専門家が、TV4のモーニングショーで、イラクでは化学兵器が見つからないまま一年以上が過ぎたと言っている。専門家は解説を続ける——〝ひじょうに憂慮される状況です。地域全体の安定が失われています。まるでパンドラの箱を開けてしまったかのようです〟。

「どうかしてるよね、この戦争」ミカエラは言った。「テロとの戦いだったはずなのに、実際には三倍の数のテロリストを生みだしてしまったんだから」

「え？」ヴァネッサが訊き返した。

「過去の間違いから学ぶってことはないのかな」

「またピノチェトとCIAの話？」

「一般論として」

「ちょっと肩の力を抜かなきゃね。仕事へいくのはあたしが禁止する」

「たしかめないといけないことがあるの」

ヴァネッサは深いため息をついた。

「あんた、ほんとどうかしてるわ」

「そっちは、お客さんほっといていいの？」

「エレナがいるからだいじょうぶ」

エレナはヴァネッサがいっしょにヘアサロンをやっている女性だ。

「そうだ、昨日ルーカスにも会ったんだった」ミカエラは言った。

ヴァネッサが興味深げに顔をあげる――彼女とルーカスは昔から仲が良かったのだ。

「何か言ってた？」

「あの審判員は何かにおびえてたって」

「やだ、またその話？」

「警察がろくでもない捜査をしたからね」

「でも、べつに急ぐことでもないんでしょ？　レンタルで映画でも観ない？」

「どうにも落ち着かなくて」

「だったらベッペと話すべきよ」

「どうして？」

「ベッペがあの事件のことで、何か新しいことを思いだしたって、マリオが言ってたから」

「それなら聞いたわ」

「その頬っぺた、コンシーラー塗ったくりすぎ」

「はいはい」ミカエラは廊下のドレッサーからスペアキーをつかみとると、ヴァネッサの目の前のコーヒーテーブルにぽんと置いた。

そして出勤しようと家を出た。だが、地下鉄駅まで行かないうちに、引き返そうかと思いはじめた。いままでの人生で、病欠なんて何回したことがあっただろうか？　思いだせるかぎり一度もない。それに映画も観たい気はする。一日眠るだけでもいい、そうすれば頭痛もとれるだろう。だが引き返さなかった。逃げることのできない義務でもあるかのように。

19

ヨーナスは直属の上司であるフランソン主任警部には何も言わず、マッティン・ファルケグレン警視監に用件を伏せて面談を申しこんだ。ファルケグレンのフィンランド系の秘書には、「無理です。スケジュールに空きがありません」と、いったんは断られたが、最終的に十時からの十五分が与えられた。

いま、時刻は十時五分前、ヨーナスはまだオープンプランのオフィスで自席にすわったままだ。離れたところを歩いているミカエラの姿が目に入った。今日もあまり気分がよくなったようには見えない。思わずそばへ行って彼女を抱きしめたくなった。だが心の一部では怒りを感じてもいた。痣だらけになって、覚悟を決めたような彼女の存在そのものが、捜査の失敗を思いださせるのだ。ヨーナスは立ち上がり、むすっとした顔でエレベーターに乗りこみ、九階のボタンを押した。おべんちゃら野郎の警視監にはっきり言ってやる、思い知らせてやる、と決意する。ところが、いざ着いてみると、さっきまでの心意気はすっかり薄れ、ミカエラの話を自分が信じているのかどうかもわからなくなってきた。

アメリカがカビールを鎖でつないで、凍死してもおかしくない状態で放置した？　さらにはスウェーデン外務省がそれを隠蔽《いんぺい》して、スウェーデン国内で起きた殺人事件の捜査を妨害したのみならず、テロリストかもしれない男を入国させていただと？　あまりに突飛すぎるという思いに打ちのめされる。ファルケグレンの執務室のドアの前で立ち止まると、ヨーナスは自分で思っていたよりも控えめにノックした。

勢いよくドアが開き、ファルケグレンが一瞬不安げな顔で彼を迎えいれた。だがつぎの瞬間には満面の笑みとなった。

「ヨーナス、よく来てくれたね。最近よくがんばっているそうじゃないか」

「それはどうでしょう。至らないと感じることばかりです」ヨーナスは戸惑い気味に答える。

「そう感じることこそ、よい警察官のしるしではないのかな？　つねに自分を疑うその姿勢こそが」

そういうことなら、ぼくはすごいぞ、とヨーナスは思った。が、口には出さなかった。ただすわって、ファルケグレンを見て、この面談の目的がじつは見抜かれているのではないかと考えた。ひょっとしてさっきの褒め言葉は油断させるための戦術か？　いや、そんなことはない。合理的に考えて知られているはずはないのだ。ファルケグレンはアイロンをかけたての青いシャツにジーンズというでたちで、フィンランド土産のリコリスのボウルをさしだした。

ヨーナスは首を横に振った。

「それで今日は何か話があるのかな？」ファルケグレンが尋ねる。

「じつは今朝ずっと、カビールの事件を見直していたんですが」

「もうその事件は忘れることにしたんじゃなかったのか？　国内の問題がたくさんあるのだから」

ヨーナスは思い直してリコリスを手に取った。

「あれは国内で起こった事件です」ヨーナスは言った。

「何を言っているかはわかるだろう」

「いえ、あまり。いずれにせよ、昨日少々穏やかでない話を耳にしたもので」

マッティン・ファルケグレンの視線が鋭くなった。

「で、その話というのは？」

ヨーナスはリコリスを食べ終えた。ファルケグレンは少し緊張しているように見える。

「あのカビールという男が、カブールでアメリカに拘束され、拷問を受けていたらしいというのです。あなたにも同じ話は伝えられていると聞きました。それもずいぶんとまえ——昨年の夏に」

ファルケグレンは口を動かしたが、どうとも解釈しようのない動きだった。彼は執務机の抽斗《ひきだし》をあけて、閉めた。

「ああ、そのとおりだが」やや尊大な言い方で答える。

「で？」

マッティン・ファルケグレンは、姿勢を正し、さっきと変わらず自信たっぷりで愛想よく見せようと頑張っている。

「もちろん重く受け止めはした。しかし、ありえないことだとかなり早い段階で判断できた。その分野については信頼できる情報源があるからね」

「アメリカ大使館にお知り合いがいらっしゃるんでしたよね」

「そうだ。内部事情に通じた人物がいてだね、われわれは早々にその情報を左翼のプロパガンダとして除外した。もちろん、アメリカはテロ容疑者全般にたいして、しかるべく厳しい態度をとっている。だがあんなふうに人を拷問にかけることはしない」

「その情報をわれわれのほうで確認できたらもっとよかったんですがね」

ファルケグレンはかぶりを振り、落ち着かなそうに舌を動かした。

「嘘の情報だとわかっているのに、なぜきみたちに負担をかける必要がある？　ほかにすることは山ほどあるだろう」

ヨーナスはなんとか威厳をかきあつめて言った。

「ええ、もちろんです。ですが、もしその情報が嘘でないとしたら、ひじょうに深刻ですよね。これまでの捜査が全部ひっくり返ってしまう」

「しかし、嘘だったんだからしょうがない」ファルケグレンは言った。

「そうかもしれません。ただ、昨日小耳にはさんだのですが——たしかに伝聞ではありますが——その情報は外務省も認めていると」

ファルケグレンがたじろぐ。

「そんなはずはない」明らかに困惑している。

「もちろん警視監は善意で動かれたのでしょうが」ヨーナスは言ったが、意図したよりも身構えるような口調になった。

「もちろんだよ。まったく現実味のない情報だからね」

「いずれにしても、どこまであなたがご存じか、何をお聞きになったのかを聞かせていただけますか。連絡してきたのはハンス・レッケ教授ですか？」

ファルケグレンはむっとしたようだ。

「あの男は信用できない」

「まえにもそうおっしゃっていましたね」

「以前にもましてはっきりしているんだ。あの男はアメリカを追い出されて、いまでは安全保障上の危険人物と見なされている。知っていたかい？」

「本当ですか？」ヨーナスはまた自信がなくなってきた。「もちろん、外務省に確認をとるべきかとは思いますが」

「いや、それには及ばない。わたしが確認したほうがいい。政務次官を知っているんだ」

「レッケ教授のお兄さんのことですか？」

「そのとおり。慎重に対応しなければならない状況だからね」

ヨーナスはうなずいた。じつはすでにクレーベリエルの秘書のレーナ・ティーデマンに質問状を送っていたが、そのことは言わないでおいた。

「よし。これで話はついたな」ファルケグレンが言った。

「さあ、どうでしょうか。それからもうひとつ。バルガスを捜査チームに戻すべきかと思います」

「何だって……なぜだ？」

ヨーナスの言ったことを、ファルケグレンはあまり聞いていないように見えた。不安で頭がいっぱいになっているのだろう。そんなわけで、ヨーナスは、やっぱりフランソンに話すことにした。

＊

ミカエラはデスクの前で、かたちだけでも仕事をすべきだろうかと考えていた。けれどなかなか集中できない。エレベーターからヨーナス・ベイエルが降りてきたのが遠目に見えた。不満そうな雰囲気を漂わせている。

階段のほうへ行こうと、彼女が立ち上がったとき、携帯電話が鳴った。

「もしもし、ミカエラさん？」電話の向こうの声が尋ねた。

「そうですが」彼女は答えた。

「シグリッド・ハンソンです。ハンスのことが心配で」

「何かあったんですか？」振り返り、誰も聞いていないことをたしかめる。

「錠剤をたくさん飲んだんです。差し迫った危険はないとは思うんですけれど。でも意識がなくて。わたくしずっと目を離さないようにしてるんです」

「なんてこと」ミカエラは階段を下りはじめた。

「あなたがしてくださったこと、とても良かったんですよ。昨日は起きて仕事までして。あなたのおかげでまた動けるようになったんです」

ミカエラは、ベッドに横になっているときの、レッケの目に浮かんだかすかな輝きを思いだした。

「むしろ、死に近づいたことで、逆に命が与えられたのではないかしら」

「何ですか、それは」

「レッケ教授がそうおっしゃっていたんです」ミカエラは言った。

「そうですか、でもね、それはちがうと思いますよ。あなた、以前にもお会いになっているのよね？　いっしょに謎解きをしたとか。あなたはハンスの助けになってくださる方だと、わたくし、一目見てわかりましたのよ」

「それはどうでしょう」

「いえね、こういうことにかんしては、わたくし勘がよく働くんです。ハンスは落ちこんでしまうと、誰の言うことにも耳を貸さないんですよ。それなのに、あなたは彼の心に火を点《とも》したんですから」

「また悪化したっておっしゃいませんでしたか」

「ええ、言いました。でも、わたくしのせいでもあるんです。あの物騒な大使館の車が外に来ているってお伝えしたもんですから。ねえ、思うんですけれど、ハンスはまた監視されているんじゃないのかしら」

「監視ですって？」ミカエラは不安になった。

「ええ、本当よ、わたくしの頭がどうかしてしまったのではないんです。まえにも同じ車が来てました。ハンスが引っ越してきてすぐのころに、何かにつけて現れてましてね。ハンスはそのたびに、アメリカで起きた何か恐ろしいことを思いだしているみたいでした」

「恐ろしいこと？」

「何かの秘密をハンスが握っていて、あの人たちはそれが発覚するのを心配してるんじゃないかと思うんです。それで、ただ監視しているとわからせたいだけなんじゃないかと。だから、やはりお尋ねしなくてはと……あなた、おひとり暮らしよねえ」

ミカエラは啞然とした。

「どこで聞いたんですか？」

「ちょっとね、いろいろ。怒らないでくださいね。詮索《せんさく》するつもりはなかったんです。ただ、彼を訪ねてきてもらえないかと思って。それで、できれば……」

「何ですか？」

携帯電話を耳に押しあてたまま、ミカエラは警察署を出て、このまま街へ出ようかと考えた。

「いえ、何でもありません」ハンソン夫人は言った。「でも、わかっていただきたいんです。この二、三カ月、ハンスを見るのは胸が張り裂ける思いでした。ほとんどベッドから起き上がってくることもなくて。でもそれが、急にですよ、言いましたけれど、あなたが昨日いらしてから、少し動けるようになったんです。見ていて素晴らしかったわ」

「それはよかったです」ミカエラは言った。

「ほんとに。ですからね……」ハンソン夫人はほんの少しためらった。「……ハンスの部屋を、もうひとつの家だと思ってくださってかまわないんです。いつでも好きなときにいらしてくださいな……なんならいますぐにでも、来ていただきたいくらいなんですのよ」

ミカエラは立ち止まった。何かの感情につかまれているが、それが何なのか自分でもよくわからない。わたしに指図しないでといういらだちがあるが、そればかりでなく、驚きもある。あんなに必死に連絡を取ろうとしてもつかまらなくて、自分のような人間にかかわっている暇はないのだろうと思っていた人を、いまやできるだけ頻繁に訪ねてやってほしいと懇願されているのだから。

「あとで寄らせていただきます。話したいこともありますし」ミカエラは言った。

「そうしていただけると、ありがたいわ。それだけでも、さしあたりは」ハンソン夫人の声は、それ以上を望んでいたかのように沈んで聞こえた。

「レッケ教授とはどういうお知り合いなんですか？」話題を変えようと思い、ミカエラは尋ねた。

「レッケ家にお仕えしてもう半世紀になります。坊ちゃんたちが大きくなるのをずっと見てきたんですのよ。でも自然のなりゆきで、ハンスとのほうが仲がよくて――とくに、ヘルシンキのコンサートでつぶれてしまってからは」

「何があったんですか？」

「もうほんとに一大事になるところでした。演奏が終わったあと、あのかたすっかり参ってしまって……バルコニーに立っていたんです。もっと言えば、バルコニーの手すりの上です。それ以来コンサートには出ていません」

「一度もですか？」ミカエラは何と言えばいいのかわからず、そう応じた。

「でもときどき思うんですよ。まえよりひどくなったんじゃないかって。しかもいろんなことが急でしたもの。アメリカにいられなくなって。離婚して」

「離婚の原因は何だったんですか？」

「ロヴィーサのほうが我慢できなくなったんでしょうね。あのかたは……」ハンソン夫人は言いよどんだ。「ハンスとはまったくちがいますから。外から見れば完璧なかたです。絵に描いたみたいにおきれいで、それにご実家は裕福な伝統ある家柄で、よい教育を受けられて、教養がおありで、音楽への関心も高くて。でも……」

「でも？」

「こう言ってはなんですけれども、ちょっとこだわりすぎるところがあるんです。外側の、見た目の美しさに。一方のハンスは――お気づきだと思いますけれど――自分の世界に住んでいる人です。なにかと刺激を見つけては、穏やかでないことばっかり考えて。それがロヴィーサを追いつめたんです。ハンスが彼女を完璧主義にしたんだと、わたくし思うんですよ。ハンスの埋め合わせをしなくちゃ、ってね」

「そうなんですか？」

「ええ、ええ、そうですとも。あのユシュホルムの家をごらんになればわかりますわ。ロヴィーサが上流階級のお友達を呼んだときにどうなるか。ハンスは退屈して、うろうろ行ったり来たりして。ひどいときは、誰も聞きたがっていないのに観察した結果を話しはじめてしまったりするんですから」

「想像できます」ミカエラは言った。

「それでロヴィーサは――あらいやだ、わたくしこんなことまで……あのかたは、ほかの男性と会うようになったんですよ。でもあのかたを責めるつもりもないんです。ハンスは扱いやすい人ではありませんから。でもマグヌスと結託してたときには、踏み越えちゃいけない一線があるんじゃないかって……」

「えっ、ロヴィーサとレッケ教授のお兄さんが……？」

「いえ、いえ、そういうことではないんですけどね。いやだわ、つい口がすべって。申しあげたかったのは、とつぜんハンスが住む部屋を探さなくてはいけなくなって、でもご自分で見にいったりできる状態ではなかったでしょう。それで、わたくしの住んでる建物の最上階のことをお伝えしたんです。売りに出ていたんですけど、なかなか買い手がつかなくて。というのもその……何て言ったらいいのかしらね……迷路みたいな変わった造りでしょう。そうしたら、ハンスは部屋を見もせずに買ってしまって」

「それは変ですね」ミカエラが言った。

「いいえ、ちっとも――そういうかたですから。おわかりだと思いますけれど、ハンスが近くに引っ越してきてくれて、わたくしとてもうれしかったんです。健康状態もそこまで悪くはなかったんですよ。なのに、しばらくしたら悪魔に憑かれたみたいになって。遠くから見ていてもわかりました。まるで毒が滲み出てるみたいで。半分麻痺したように、一日じゅうベッドから出てこない日が多くなって、それでわたくし、思いつくかぎりの人たちに電話をしたんです。ご友人、ご家族、お医者さま――良いほうのお医者さまです、悪いお医者さまにもかかっていましたから。

あら、ごめんなさい、わたくし正直すぎましたかしらね。で、どこまでお話ししたかしら？　そうそう、ハンスは状態が悪くなって、それでいま……またあの物騒な車が現れて……心配になってきましたの。それも、ハンスが自分を傷つける心配だけではなくて」

「誰か別の人間が彼を傷つけるかもしれない、ということですか？」

「さあ、どうなんでしょう。本当のところはわかりません。何でもないことなのに気を揉んでるだけかもしれないわ。とにかく、家のなかに警察のかたがいたらありがたいと思ったんです」

「できるだけ早くうかがいます」ミカエラは言った。

電話を切って、アーチ型の赤い天井をくぐり、地下鉄駅のホームへ出た。列車の到着は六分後との表示が出ていたので、スウェーデン・テレビ《SVT》の代表番号へ電話した。

ルーカスに言われたとおり、リポーターのトーヴェ・レーマンを呼びだした。

トーヴェはあまり乗り気ではなさそうだったが、一時間後にテレビ局の食堂で会うことになった。

*

シグリッド・ハンソンは首を振りながら思った。いったい自分は何を考えているのか。あの娘のことなど知りもしないのに、彼女がここへ越してきて、ハンスが元気になるまで支えてくれたら、なんて夢見ている。本当にどうかしているんじゃないかしら？　だがそうは思っても、ミカエラを見ていると、どういうわけか安心できる。彼女がいればうまくいくような気がしてくるのだ。ハンソン夫人はパントリーからスイスチョコレートを一粒取りだし、冷蔵庫をあけて、炭酸水をグラスに注いだ。

寝室に戻り、ハンスの青白い顔を見て気がついた。状態が悪化している。さっきまでと同じように、服を着たままうつ伏せになり、両腕を胸の下にはさんで眠っている。だが、呼吸がまえより苦しそうで、額と頬から血の気が引いて灰色に近くなっている。ハンソン夫人は悪態をついて駆け寄った。

「ハンス、起きてちょうだい」声をかけ、レッケの体を揺すってみる。

反応がない。うなりもしなければ、動きもしない。昏睡《こんすい》状態のようで、口をぽかんと開いたまま、目を閉じて横たわっている。ハンソン夫人はレッケの顔をひっぱたいた。何も変わらない。叫び声を上げて、すぐにでもリヒテル医師に電話をしたいが、でもまずは――もう心得ている――機転を利かせて迅速に立ちまわらなくてはならない。緊急事態なのだ。

「ハンス、何か飲まないといけません。干からびたみたいになってますよ」と大きな声で呼びかける。

だが、〈ラムローサ〉を少し飲ませようとしても、水は口元から顎をつたってこぼれ落ちるばかりで、しまいには耐えかねて、グラスにのこった水を彼の顔にかけてしまった――絶望と怒りがこみあげる。どうしてこんなに馬鹿なことができるの？　これではろくでもない薬物常用者みたいではないの。

水をかけても何も変わらなかったので、携帯電話を手にとり、リヒテル医師を呼ぼうとしたが、なぜか躊躇して手を止めた。何が気になったのか、最初はわからなかった。しばらくして気がついた――階段から足音が聞こえる。錠がかちゃりと音を立てた。

合鍵を使って誰かが入ってくる。きっとユーリアだ。いや、ちがう。もっと重い、男だ。足音が急に止んだので、ハンソン夫人は声を出して誰なのかと訊けばよかったが、怖気《おじけ》づいてしまった。

この足音はどこか変だ。誰かの住まいに入ってすぐにぴたりと止まってしまうなんて。何かが絶対におかしい。彼女はアパートメント内の物音に耳を澄ました。だが壁に掛けた時計の金箔《きんぱく》貼りの振り子が刻む音しか聞こえず、それがさらに不安を掻き立てる。ふと気がついた——何かしなければ。足音がまた聞こえはじめた。ブレのない、心を決めたような足音だ。彼女は声を出した。

「どなた？　そこにいるのは誰？」

答えがない。どうしよう。足音は止まらない。ハンソン夫人はレッケの肩を揺すったが、やはり生きている気配さえ見えないままだ。

「起きなさい」彼女は言った。「起きなさい、誰かが来てるのよ」

20

「彼のこと、わたしは気に入りましたよ。いまでもいい人だったと思ってる」

「いまでもって、どういう意味ですか？」

「だって、以前はヒーロー扱いされてたわけでしょう？　でもいまは、ヤバいことをしてたんじゃないかって、あなたたち、みんなそう思ってるんですよね？」

トーヴェ・レーマンは背が高い。一八五センチはあるだろう。いかにも元水泳選手らしく、肩幅が広くて脚が長い。だがそれ以上に目を引いたのは、気を悪くしたような彼女の表情だった。テレビ局の食堂に現れた彼女は、明らかにスターのオーラを身にまとい、自分に会える幸運をありがたがるべきだとでも言いたげな態度で、その場にいる全員に挨拶していた。現役引退後は水泳競技の大会で司会やコメンテーターを務めるようになったので、それらしい身振りやテレビ用のスターの笑顔が板についている。それが、ミカエラの隣に来て席につくと、一秒で態度を変えたのだ。彼女の瞳にひらめいたのは、いらだちだった。

「お時間をいただき、ありがとうございます」ミカエラは言った。

「もう忘れたのだと思ってました」

「警察は、そう簡単に殺人事件を忘れたりしません」

「わたしのことを忘れた、という意味よ。数えてたわけじゃないけど、もう十回くらいは謝りましたよ」

ミカエラは手の内を明かすことにした。

「わたしはもう事件の捜査にはかかわっていないんです」

トーヴェは驚いた顔をした。

「じゃあ、あなたいったい、ここで何をしているの？」

「新しくつかんだ情報があって、いくつかたしかめたいんです」

「知ってることはもう全部話したわよ」

「でも、わたしにではないですよね。それで、謝ったというのは何にたいしてですか？」

「何でもないわ」

「どうして。いまカビールが気に入ったっておっしゃいましたよね」

「それと何の関係があるの？」

「彼を殺した犯人を逮捕できるよう、全力を尽くすべきだと思いませんか？」

トーヴェはためらい、考えをめぐらしているようだ。

「たしかに、最初から全部を話さなかったのは、馬鹿なことだったと思ってる。ごめんなさい」

トーヴェは苦々しい口調で言った。

「何を話さなかったんですか？」

「取材したテレビ番組が放映された次の日に、彼が電話をしてきたことよ」

「彼がなぜ？」

「心配なんだって言ってた。こんなに大ごとになるとは思っていなかったって。ちょっと気の毒になって。わたし、その日はオフだったから、会ってコーヒーかビールでもどうですかって、彼を誘ったの。〈レーベンブロイ〉で会ったわ。うちの近くのフリードヘムスプランにあるお店」

「どんな様子だったんですか？」

トーヴェ・レーマンは食堂を見まわした。何をいうべきか判断しかねているのかもしれない。悩んでいるのが伝わってくる。瞳がちらちらと揺れているのは、明らかに思いだしたい記憶ではないからだ。

「彼はサングラスと帽子で顔を隠すようにして現れたの。間違いなく緊張していた」

「緊張、ですか？」

「そう、怪しい様子とかではなかったのよ。むしろ人見知りしてるみたいな、かわいらしい感じで」

「彼は英語で話してたんですか？」

「ええ、じつは英語はかなり上手で、そのことには撮影のときに気づいたんだけど、あのときはもう通訳者を手配してしまっていたし、彼もパシュトー語で話したがったから」

「それで、彼は何て？」

「番組のなかであんなにしゃべった自分は馬鹿だった。どうして判断を誤ってしまったのかわからない。でもそれはわたしのせいだって、言いだして。わたしのことをすごいとか、アマゾンの女王みたいだとか言うもんだから、はじめのうちは、わたしを口説こうとしているのかなって思ったの――ちょっと不器用で、シャイなやり方で。でもそのうちに、彼が求めてたのはまったく別のことだとわかった」

「何だったんですか？」

「番組の再放送と国外への配信をしてほしくないと」

「なぜ彼がそんなことを？」

「それは、あなたがたのほうがよくわかっているんじゃないかしら。とにかく何かを心配していたわ」

「それが何だか、なんとなくでもわかりましたか？」

「タリバンじゃないの？　拷問とかそういうことがあったわけだから」

「あるいは彼がその一員だったとか？」

トーヴェが訝る。

「いやだ、やめてよ」彼女は言った。

「ありえない話でしょうか？」

トーヴェは考えをめぐらせた。

「宗教に熱心なタイプには見えなかったもの。かなり飲んでたし」

それでいっしょに酔っぱらうまで飲んだのか、とミカエラは思った。だから秘密にしてたのか、と。でも怒りは見せないようにした。トーヴェにまた守りに入られては困るのだ。だから、ちょっとおもしろい話を聞いただけのように微笑んでみせた。

「彼は何を飲んでたんですか？」

「最初はビールで、それからウォッカを飲みたいと言って。初めて注文するふうでもなかったわよ」

「で、どんなことを話しましたか？」

トーヴェ・レーマンは、しばらく考えこんでから、言葉を選んで話しはじめた。

「いろいろ話してくれたわ。スウェーデンのことをどう思ってるかとか。それからもちろん、サッカーの話も――好きな選手は誰かとか、そういう話。カブールの市場で審判員のユニフォームを買った話もしていたわ。五〇年代のものか何からしくて、すごくレトロで気に入っているんだって。彼、ほんとに……たいしたものだと思ったわ。えっ、て驚くようなことも知っていて」

「たとえば？」

「ドストエフスキーを読んだとか。少なくとも本人はそう言ってたわ。でもそんな話をしてたかと思うと、ぼんやりと思いだすみたいに、アフガニスタンで見たいろいろなおぞましいことを話しはじめる。タリバンに縛り上げられて、信号機から吊《つ》るされて局部を切断された大統領がいたんですって。後頭部を撃たれた女の人の話もしてた。処刑の様子を無理矢理に見せられたんだそうよ」

ミカエラは、ヨーナスが話していたヴァイオリニスト殺害事件を思いだした。だが、タリバンが実際に公開処刑の場で女性も撃ったことも、人々をあつめて処刑の様子を見せていたこともあるのは知っている。カブールのガージ・スタジアムで撮影された恐ろしいビデオ・クリップを見たのだ。

「どうして彼はあなたにそんな話を？」

「さあ、わからないわ。かなり酔ってたし、わたしも聞いた話を全部憶えてるわけではないの。処刑は近くに立って見ていたみたい。女性はとてもか細かったんだそうよ。ブラウスの下の肩甲骨が見えたんですって」

「ブラウス、ですか？」

「あ、ブルカだったかしら。よく憶えてなくて。彼の視線の強さはよく憶えてる。本当に心の奥深いところに根を張っているみたいに思えたから」

「どうして警察にその話をしなかったんですか？」

トーヴェ・レーマンは遠くを見つめ、もうここにいたくない、という表情をまた浮かべた。

「それは、その日会ってから二、三日後に、彼が怒ってまた電話をしてきたからよ」

「どうして？」

「リポートが朝の情報番組で取り上げられて、それにＡＦＰ通信がインタビューの一部を、タリバン政権下のサッカーを扱った番組のなかで使ったの。それが十五カ国かそのくらいの地域で流れた」

「じゃあ、拡散するのをあなたは止められなかったんですね」

「番組がいったん放映されたら、あとはもう、わたしたちにコントロールできることはあまりないのよ」

「そのことは彼にも伝えたんですか？」

トーヴェはうつむき、自分の手を見た。

「はっきりとは言わなかったかも」

「それで、彼は失望したんですね」

「彼らが追ってくるって言ってた。大声で、わたしが彼を騙《だま》したとか、馬鹿げたことをいろいろと並べたてて。だから言い返したの。〝そんなに怖いなら、そもそもどうしてわたしたちに話したのか〟って。彼は電話を切ったわ。話したのはそれが最後」

「そして彼は殺された」

トーヴェは顎をひきつらせて窓の外に目をやる。

「それであなたは、自分が彼の敵をおびき寄せてしまったのだと思った。だから彼と会ったことを言わなかったんですね？」ミカエラが言った。

「でも、どうすればよかったの？　タイムマシンにでも乗って全部もとに戻すとか？」

ミカエラは許すように彼女を見た。

「もしいくらかでも慰めになればと思って言いますけど、捜査をめちゃめちゃにしたのはわたしたちです。あなたではないわ」ミカエラは言った。

「ありがとう」

「どういたしまして」

「その顔どうしたのか訊いてもかまわない？」トーヴェが言った。

「転んだんです」

「今日は家で休んでいたほうがよさそうに見えるわ」

「そんなことはありません。で、その後ろから頭を撃たれた女の人のことですけど、カビールはほかに何か言ってませんでしたか？」

「いいえ。でもあとから思えば……わからないわ」

ミカエラは身を乗りだした。

「何ですか？」

「その女の人の話をしているときの彼、興奮してた気がするの。目に浮かんでいたのは

〝他人の不幸を喜ぶ気持ち《シャーデンフロイデ》〟、わたしの父がよく言ってたあれだ、って思ったわ」

＊

足音が近づいてくる。いま戸口には、男の輪郭が見えている。シグリッド・ハンソンは、あまりにおびえていたので、それがマグヌスだと気づくまでに少し時間がかかった。

「まあ、まあ、マグヌスじゃないの。驚かせないでくださいな」ノックくらいできるだろうし、返事くらいできたでしょうと、ハンソン夫人は言ってやりたくなった。

でもやめておいた。マグヌスの視線と前のめりの姿勢に、油断ならない気配を感じたからだ。マグヌスはダブルのスーツに赤いネクタイといういでたちで、何かを探しているみたいに、目をきょろきょろと動かしている。このまえ会ったときよりも太ったようで、ますますブルドーザーみたいになってきた。

「いったい何があったんだ？」マグヌスが訊いた。

〝いったいあなたに何があったんです？〟と、ハンソン夫人のほうが訊きたかった。

「あなたの弟が大変なことになってるんですよ」彼女は代わりにそう言った。

「なんだ、なんだ」マグヌスはベッドに駆け寄った。ハンスの瞼《まぶた》を引き上げ、てのひらでパチパチと顔を叩いた。するとハンスはかすかなうめき声を洩らした。二言、三言、混乱したような言葉も口にした。

「心配はいらんよ。じきに立てるさ」

「やっぱりリヒテル先生を呼んだほうが」ハンソン夫人は言った。

「いや、眠らせておこう。しかしいったい何なんだ、人騒がせな」

「どういう意味です？」

「さっきまではあんなに挑発的な態度だったのに、もう薬がまわってへたばっている」

「また、うつの症状が出てきたんですよ——知ってるでしょう、マグヌス」

「ああ、もちろん。しかしいつもなら、どちらかの状態にしかならないじゃないか」マグヌスの声がハンソン夫人の耳に冷たく響く。表にとまっている外交車両と何か関係があるのか、と彼女は訊きたくなった。マグヌスもそのことに気がついたのかもしれない。

彼はハンソン夫人の肩をぽんぽんと叩き、彼女がついていてくれてハンスは幸運だ、と言った。

「あなたが支えだよ、シグリッド。さあ、コーヒーでも淹れてきてやってくれないかな、私はちょっとその辺を見てくるから。こいつがどんな調子でやってるのか知っておきたい」

マグヌスはまた、例の前のめりの攻めこむような歩き方で部屋を出ていき、ハンソン夫人は少しのあいだ、どうしていいかわからなくなった。やがてマグヌスのあとを追いかけようとして気がついた。マグヌスは何かを探しているのだ。

「まったくこの部屋のなかはどうなってるんだ。広すぎるし、まるで迷路じゃないか」マグヌスが言った。

「何をお探しなんです？」

「あいつの書斎を」

「それなら左ですけれど、でも……」

彼女が言い終わらないうちに、マグヌスは大急ぎで部屋に入った。いらだちに押されるように、勢いよく机の書類をかきわけはじめたので、これはおかしい、とハンソン夫人は直感した。こんなこと、していいはずがない。

「そんなことをなさるのはよくないと……」彼女は言いかけた。

「〝イリス・アフガニカ〟」テーブルの上にあったメモ用紙の文字を、マグヌスは声に出して読んだ。「なんだ、植物の研究でも始めたのか？」

「マグヌス、お願いですから……」

「ハンスのコンピューターのパスワードは？」

「もうおひきとりくださいな」

「何を言ってるんだ、あいつとのあいだに秘密なんてないさ」マグヌスはまるで意に介さず、コンピューターの電源を入れた。

ハンソン夫人は、こうなったら丁重に、かつきっぱりとした態度で、マグヌスをここから追い出すべきだろうかと考えた。そのとき、足を引きずる音がして、声も聞こえた。

「むしろ僕らのあいだには秘密しかないじゃないか。ほんのたまに、秘密のヴェールをちょっとあげて、本音を見せあうふりをするだけだ」

「ハンス……」ハンソン夫人は振り返った。「起きてきちゃだめでしょう」彼女の言うとおりだった。

顔色が悪く、汗にまみれて、足元はふらつき、髪はべとっと固まって片方のこめかみに貼りついている。まっすぐ立っているのもやっとのようで、ドアの枠に寄りかかり、息も切れ切れで、見るからに具合が悪そうだ。だが少なくとも起き上がってきたのだから、深刻な状態でないことだけはたしかだった。

「だから別の言い方をするとだ、マグヌス、ここから出ていってくれ」ハンス・レッケは言った。

「わかったよ、もちろんだ。おまえがまたカビールのことをとやかく言いだしたから、心配になっただけだ。これ以上敵をつくってどうするつもりだ？」

「コレクションをしてるからな。とにかくここから出ろ」ハンスが追い立てた。兄弟のあいだに殴り合いでも始まりそうな空気が流れた。

だがそのとき、マグヌスが微笑みを浮かべ——温かみはなかったが——、ハンソン夫人のほうを向いた。

「ほらね、心配いらなかっただろう」

マグヌスは思いやっているかのように弟の背中を軽く叩き、部屋を出た。ほとんど感動的ともいえる場面だった。

ハンスは一瞬、怒っているというよりは楽しんでいるみたいな苦笑いを返した。ふたりが小さかったころにも、口喧嘩を始めたかと思うと、すぐに仲直りしていることがたしかにあった、とハンソン夫人は思いだした。けれど……今回は、表面的には仲直りしたように見えても、言葉では表されない危険な何かが、空気中に漂っているのが感じられた。

マグヌスは弟の動きを仔細に観察して、思案をめぐらしているようだ。

「あたりまえだが、何だっておまえの好きなようにすればいい」マグヌスが言った。

「寛大だな」ハンスが返す。

「だが、おまえの捜査が、多少なりとも直接的にソルナ警察署まで広がるとなると心配になる」

ハンスは驚いた表情で兄を見た。意味が理解できないか、あるいは急に血の気が引いたようにも見えた。

「どういう意味だ？」ハンスが訊いた。

「ファルケグレン警視監から電話がかかってきたところなんだ。動揺して、カビールの体にのこっていた拷問の痕についておまえが出した結論を、われわれが認めたのは本当なのかと訊いてきた」

ハンスは答えず、代わりにリビングへ戻ったが、バランスを失い倒れそうになった。するとマグヌスが飛んできて手を貸し、彼をソファにすわらせた。ハンスは激しく喘ぎながら目を閉じ、ソファに身を沈めていった。感情をあらわにしたことで力尽きたかのようだった。マグヌスは注意深く弟を観察していた。

「なぜあの警視監が急に目を覚ましてピリピリしだしたのか知っているか？」

「それはおそらく、兄さんたちが真実を隠してるからだろう」

「そんな単純なことじゃないんだ――わかるだろう」

「ボスに屈するのをよしとする人間にとっては、そうなんだろうな」ハンスがつぶやいた。

「おまえは全体像が見えていない」マグヌスが嚙みつくように言った。「だが、説明してやるのにやぶさかでないぞ。クレーベリエルは今日三時におまえと会うそうだ」

ハンスは額に手をやった。

「行けるかどうかわからない」

「それならいっそのこと、もう全部忘れてリハビリ施設に入ったらどうだ」

「ああ、それがいいかもな」

ハンスの答えに、マグヌスが表情には出さないようにしてはいるが満足しているようだと、ハンソン夫人は気がついた。

「どっちにしろ、おまえには大した刺激にならんだろうし」

「そうだな、たぶん」

「そもそも、どうしてまたあの事件をほじくり返す気になったんだ？」マグヌスはなにげない素振りで問いかけているが、ハンソン夫人ははっと耳をそばだてた。何の話かはわからなくとも、ふたつのことに気がついたからだ。ひとつは、マグヌスの問いにたいする答えがミカエラだということ——何かの調査にハンスを引きもどしたのは彼女だ。もうひとつは、マグヌスが何かを隠していて、ハンスに嗅ぎまわってほしくないと思っていること。ふだんならその程度のことは、ハンスのほうが先に気づいているものだ。が、今回はどうかわからない。だからハンスが言いすぎてしまわないかと心配になった。

「もうそろそろハンスは休まないと」ハンソン夫人は言った。

「邪魔をしないでくれ、シグリッド。あなたにわかることじゃない」

マグヌスは弟に向き直って言った。

「おまえ、誰と話したんだ?」

「地下鉄である人に会ってね」ハンスは何でもないことのように答えた。あるいは、半分もうそこにいないかのように。

「地下鉄なんかに乗ったのか?」

「そう。僕はつねにあたらしい娯楽を試しているから」

ハンスは大きな窓に向かって目を細めた。たぶん笑っている。よい兆候にちがいない。

「で、それは誰なんだ?」

「そのときも酒に酔ってたか薬がまわってたみたいでね。よく憶えていないんだよ」ハンスはだるそうに答える。

「たわごとを言うんじゃない」

「たわごとなんかじゃない。僕はいつだって真剣そのものだ。まあとにかく、兄さんにとっては喜ばしいことだろうが、僕は今日、クレーベリエルに会えそうにない。だから権力にかかわる秘密を明かす必要もないよ」

「賢明な判断だ」マグヌスがあまりに満足げに言うので、ハンソン夫人はハンスにこう言ってやりたかった——〝負けてはだめよ、クレーベリエルに会って、ふたりとも追いつめておやりなさい〟。

とはいえ、さっき自分を怖がらせたマグヌスに仕返ししてやりたいだけかもしれないという自覚はあるし、どっちにしろ、自分には関係のない話だ。ハンソン夫人はマグヌスを玄関へ案内した。

＊

テレビ局を出たあとも、ミカエラはカビールのことを考えていた。本当はいったいどういう人物なのだろう？　いまだにわからない。まだ頭痛もおさまらず、こんなことならヴァネッサと家にいればよかったと思った。いつも強い人間のふりをする必要などどこにもないのに。それに、考えてみれば、チームのほかの誰もができなかったことを、自分ならうまくやれるなんて思うほうがどうかしている。

オクセンシェルン通りの先のほうで何かの撮影が行われていたので、ミカエラは道路の反対側を通りすぎ、ストランド通りへ向かった。四月だが、まだ春の気配は感じられず、空は暗い。彼女はコートの前を合わせて体に巻きつけるように引っぱった。すぐ先の、ユールゴーズ橋のたもとに、ユーリアの姿が見えた気がした。でもたぶん見間違いだ。遠目に見ると、この界隈にいる若い女性はみんなユーリアに似ている。軽やかで、美しくて、いい服を着ている。レッケの娘として育つというのは、いったいどういう感じなのだろう？

期待に応えられず父親をがっかりさせたらどうしようと怖れながら育った？　それとも、生まれながらの特権の一部として、抜きんでた素晴らしさが備わっていてあたりまえと思っていた？

ミカエラは〈闇の牢獄〉を思いだした――怖い昔話に出てくるような名前の刑務所。

その刑務所の情報は、捜査をひっくり返すだけではすまなかった。カビールにたいする彼女の見方も変えた。ミカエラにとって、拷問というのはつねにとくべつな感情を引き起こすものだ。彼女の父親はチリで拷問を受け、それがのちの彼の人格をかたちづくった。だから彼女はカビールの苦しみを即座に感じとった。カビールも自分の父親と同じように、信念のために拷問を受けたのだと思っていた。けれどいまは……まるで牢獄の闇が彼につきまとっているようではないか？

カビールが拷問を受けたこと自体は事実だ。それも、おそらく自分たちが考えていたよりもひどいやり方で。ミカエラの意識のなかで、ふたつのイメージがせめぎあう――被害者としてのカビール、そして、カブールで起きた何かおぞましい出来事の加害者だったかもしれないカビール。やめよう、勝手な憶測はよくない。少なくともレッケと話をするまでは。彼の住まいはもうすぐなのだから。

まっすぐ部屋まで上がってよいか、先に電話すべきだろうか？　どちらもとくに気が進まない。ただ早くレッケに会って、ヨーナス・ベイエルから聞いたことを話したい。体じゅうに力が入るくらいに期待が高まる。なのに、以前感じた劣等感が戻ってきた。どうして自分はこんなにも馬鹿なのか？　ユシュホルムの記憶を脇へ押しやり、代わりに地下鉄のホームで目にした彼の姿を思いうかべる。

少し力が戻ってきたので、彼女はレッケに電話をかけた。レッケは出ない。そりゃそうだ。やっぱりもう帰ろうか、と思いはじめたそのとき、レッケからの着信が入り、ミカエラは驚いた。

「はい」彼女は応答した。

「気分はどうだい？」

レッケが疲れた声で問いかける。

「だいじょうぶです。あなたは疲れてるみたいですね」

「いや、そうでもないが」

「新情報をつかんだんです」

「それはよかった」そうは言ったものの、レッケの答え方はまるで興味がないか、そうでなくても聞いているのかどうかわからない様子で、もう放っておいてあげたほうがよいのだろうかと彼女は迷ったが、でもやっぱり言うことにした。

「カビールですが――」

「いまどこにいるんだい？」レッケがさえぎった。

「近くにいます」

「だったら上がってきてくれないか」と彼は言った。

レッケの話し方が少し不明瞭に聞こえたが、ミカエラはあまり深く考えなかった。代わりに、角を曲がってグレーヴ通りに入り、２B番の表示のついた黄色いドアを目指した。

21

マッティン・ファルケグレンは、動揺がおさまらないまま執務机にいた。カビールを拷問にかけたのは、本当にアメリカなのか？　つまりハンス・レッケは正しかったのか？

ハンス・レッケの兄と話をして、そうなのかもしれないと感じたのだ。となると、またあの事件が捜査チームの眼前に突きつけられるのか？　ジュゼッペ・コスタを釈放しただけでも、充分体裁が悪いのに、今度はどうなる？　マスコミに何を書きたてられるか……。

ファルケグレンは、いったんそのことは忘れて、レッケのことを考えた。大学で講演を聴いたあのとき、レッケはたいそう注目をあつめていたし、なんとか捜査への協力を得ることができて自分も鼻高々だった。なんと素晴らしいひらめきか、とあのときは自画自賛した。なんと冴えた一手だろう、と。

しかし、そのあとは何だ……これほどまでに事情が一変してしまうとは。

アメリカ大使館のチャールズ・ブルックナーが――この男とは最近知り合ったのだが、それは偶然だと思いたい――電話をしてきて、あの教授は信用できないと言うので、自分はそれを馬鹿みたいに鵜呑みにした。だがいまは……あろうことか……ブルックナーは初めから自分を利用するつもりで嘘をついたのではないかと思わずにはいられない。

いや、そんなことはあるまい……ファルケグレンはそう考えるのを拒否した。まさかアメリカがサッカーの審判員を鎖で縛り上げて拷問にかけるなどという、野蛮なことをするものか。ありえないだろう？

しかし……ともかく、動いてみなければわからない。机のボウルにのこっていたリコリスを食べ終えると、彼はフランソンに電話した。フランソンは呼び出し音が一回鳴ったところで応答し、電話をくれてちょうどよかったと言った。

「どうしてだ?」

「バルガスをカビール殺害事件の捜査チームに戻そうかと検討しているところだからです」フランソンは言った。

ファルケグレンは、ヨーナス・ベイエルもたしかそんなことを言っていたと思いだし、あの新情報と関係があるのだろうかと考えをめぐらせた。

「それは認められん。彼女の兄はマフィアの仲間みたいなものだろう」ファルケグレンは言った。

「ええ、まあ、おおざっぱに言えば」フランソンが答える。「ですが、カビール事件の捜査にはあらたな活力が必要です。それにバルガスは何か新しい情報をつかんだようなんです」

「ほう」ファルケグレンは答えたが、落ち着かない。

「それに、どっちにしろ彼女は調べているんですよ」

「というと?」

「たったいまトーヴェ・レーマンから電話がありました——憶えているでしょう、テレビ番組でカビールを取材したリポーターです。バルガスは独自に彼女から聴き取りをしています」

「なるほど、それは褒められたものではないな?」

「そうかもしれません。ですが、この段階ではバルガスを近くにとどめておく価値はあるかもしれません」

ファルケグレンは考えを整理しようと努力した——頭のなかを嵐が吹き荒れているようだ。

「ヨーナスの提案なのか？」

フランソンは口ごもった。

「ええ、最初はそうでした」

「わたしと話したと言っていたかな？」

「いえ、そうは言っていなかったと思いますが」

それでいい。ファルケグレンは、もう一度マグヌス・レッケに電話して、はっきり話をさせようと決めた。

＊

ミカエラは振り返った。誰かに見られている気がしたのだが、隣のドアの前に、海のほうを見ている若い男がひとりいるだけだ。気のせいだったのだと思い、エレベーターで上階に上がった。ハンソン夫人が携帯電話を耳に押しあてたまま玄関で出迎え、レッケは寝ている、と身振りで教えてくれた。ミカエラはコートを脱いで、床が寄木張りのリビングへ入り、グランドピアノのそばを通って奥へ進んだ。やはり見知らぬ禁じられた世界へ入っていくみたいに感じられる。ふと、まだいっしょに暮らしていたころの父の姿を思いだす。父も家に本をたくさん置いていた。それらの本はルーカスが処分してしまったのだ――まるでもう父の代わりは自分なのだと示すみたいに。

「こんにちは、入ってもいいですか？」寝室に近づいたところでミカエラは呼びかけた。

「どうぞ」レッケの声が返ってくる。一刻も早く、さっき聞いた話を彼に伝えたい、とまた思った。だが彼の姿を一目見たとたん、期待は消え失せた。ベッドの上で体を起こしていたレッケは、外出着を着たままで、存在そのものが青白くしぼんで見えた。目をあけているのもやっとのようで、駅のホームの端に立っていたときのほうがまだましだった気がした。

「こんばんは」レッケが言った。

「まだこんにちはというにも早いですよ」

「そうか、そうだね」レッケがつぶやくように言う。「頭痛はどうだい？」

「あなたを見たら吹っ飛びました」

「では、いまの僕でもうまくやれたことがひとつはあるわけだ」

「いったいどうしたんですか？」

「後先を考えていなかった」

「あなたの薬、捨てておくべきでした。いまからでもそうしましょうか」

レッケが弱々しく微笑む。何か気の利いたことでも言おうとするかのように、唇を動かしたが、言葉は出てこなかった。彼は顔をしわくちゃにして、震える手で額の汗を拭った。

「しっかりしてください」自分の言葉の熱のこもりようにミカエラは驚いた。

「そうだな」レッケは言った。

「あなたを監視しはじめた人たちがいるって、ハンソンさんから聞きました。外に怪しい車が来ているんだとか」

「それはまあ、それほど意外なことではないな」

ミカエラは彼を見た。すっかり消耗しきった姿を前に、言うべきことを伝える言葉が見つからない。

「新情報をつかんだんです」それは何かとレッケが訊き返すのを期待して、少し間をおく。

「そう言っていたね」レッケは受け流すように、もごもごと返すだけだ。

「カビールは、じつはタリバンとつながっていました」

「そうか」ただ話を合わせているような返事だ。

「ムッラー・ザカリアと親しかったんです――エジプト出身の無国籍者で、タリバンの上級司令官だった人物。昨年コペンハーゲンで、デンマークの国防情報局によって射殺されたあの男です」

レッケがうなずいた。やっと注意を向けてもらえた、と彼女は思った。だが、目を閉じて、顔をしかめただけだった。

「すまない。休みたいんだ。話は明日もう一度聞かせてもらえないだろうか」とレッケが言ったので、ミカエラは怒鳴りつけてやりたいと思った。

だが、そんなことをしてもどうにもならない。ミカエラは茶色の肘掛け椅子に沈みこみ、彼が目を覚ますのを待つべきか、もう家に帰るべきかと思案した。何をする気もすっかり失せてしまった。ひどく孤独だった。彼と話すのをあんなにも待ち望んでいたのに。彼ならきっと、ほかの誰も気づかなかった何かを見つけてくれる、と期待していたのに。

いまここに横たわる彼の苦悶《くもん》の表情は、シモンや、仕事で出会ったほかのジャンキーたちと変わらない。ミカエラは駅のホームでレッケを助けたときと似た感情を抱いた。あんなにも彼を称賛していた気持ちは、もうどこにもなくなってしまった。頭脳明晰《めいせき》な学者、真実を語る彼はもうそこにはおらず、彼女が見ているのは落ちぶれて、立ち直ることもできない敗残者でしかなかった。しばらくのあいだ、彼女はすわったまま思考をさまよわせていた。

レッケのため息と寝返りを打つ音が聞こえた。沈黙を破るために、彼女は言った。

「彼は音楽家を襲撃していました。楽器を壊したそうです」

レッケは目を開き、天井を見上げた。

「何だって？」

「カビールはクラリネットやヴァイオリンなどの楽器を、怒りにまかせて破壊したんです」ミカエラが言うのを聞くと、レッケはゆっくりと彼女のほうに向きなおった。

それからまた目を閉じて、重い息をついた。ミカエラは思った――こんな状態の彼と話してもしょうがない。ストランド通りのほうから、救急車のサイレンが小さく聞こえてくる。寝室の窓が風でカタカタと震えている。ミカエラは立ち上がり、もう出ていこうか、それともキッチンを覗いてハンソン夫人がまだ電話中かたしかめようか迷った。

だがそのときだった。彼女が向きを変えようとしたところで、急にレッケが動きはじめたのだ。半ば閉じた瞼の下でせわしなく動く目は、夢を見ているのか現実に何かを見ているのかわからないが、緊張が疲労にとって代わったみたいに体を硬直させている。そしてとつぜん、右手でゆるく空気をかくように手を動かした。ミカエラには奇妙に見覚えのある手振りで、ダンスの優雅な動きが思いだされた。

「何ですか、いまのは？」ミカエラは訊いた。

「ちょっと手伝ってもらえないだろうか？」レッケが答える。「要るものが……」

ミカエラはレッケがのばしてきた手をとり、彼を引っぱり起こした。

「何が？　何が要るんですか？」

「霧を晴らすための何かだ。考えなければ」レッケはよろよろとバスルームへ向かっていった。

＊

カール・フランソンは、すぐにでも上階の警視監のところへ駆けあがり、ひと暴れしてやりたかった。だがそんな急激な動きをするには少々体が重すぎた――そろそろ本当に減量しなくてはならない。あれもこれもしなくてはならない。だが夏のうちならもう少し先でもいいだろう。いまこの瞬間、彼は手一杯で、それに目の前には彼に頭痛をもたらした男、ヨーナス・ベイエルがいる。何もかもがどうかしていた。

「警視監がそんな大事な情報をわれわれに隠していたとは、いったいどういうことなんだ?」フランソンは言った。

ヨーナス・ベイエルは肩をすくめた。

「アメリカ大使館にいる情報源が否定したというから、あの人も信じなかったんでしょう。アメリカを高く評価していますから」

フランソンの怒りは増していく。

「犯罪レベルのひどさだな」と、彼は吐き捨てた。

「悪質です」

「それでわれわれはどうする?」

「まず本当かどうかを確認するところからでしょう。ただ、外務省に事情を知っている知り合いはいません」

「それじゃあ、バルガスはどうしてこのことを知ってるんだ?」

ヨーナスは何か言えそうだが言いたくなさそうにしているので、フランソンはいらいらした。

「カビールがある種のテロリストだったことには、うすうす気づいてたんだ」フランソンはぼそぼそと言った。

「そうなんですか？」ヨーナスが言う。

「最初からな」それは当たらずといえども遠からずだった。

そもそもフランソンは、ほかの誰もが彼を称賛しているときでさえ、カビールはどこか怪しいと思っていたし、捜査を続ければ続けるほど、その感覚は確かなものになってきた。まだ自分たちが知らないことはたくさんあるが、それにしてもカブールからの情報を手に入れるのは並大抵のことではない。言葉の壁や電話の接続、やる気の見えない現地のお役所仕事は問題だが、原因はそれだけではなかった。別の何かきな臭いものが――抵抗する力のようなものが感じられるのだ。

「あそこまでカブールのアメリカ人たちを信用するべきではなかったんですよ」ヨーナスが言った。

「そうは言っても、どうすりゃよかったんだ？　現地の警察は腐敗しきってるじゃないか」フランソンの声に怒りが混じる。

「そうでもないような気もするんですが」

「うーむ、まあともかく持ち場に戻って、この狂った話の裏付けが取れるかやってみろ」フランソンはきつく言いつけた。頭のなかにはなぜかロヴィーサ・レッケの姿が浮かんでいた。

自分が弱い立場に追いやられると、たびたび彼女を思いだす。まるで彼女の存在が、彼が決して手に入れることのできないものを思いださせるかのように。フランソンはヨーナス・ベイエルに、急いで確認を進めるよう念を押した。

＊

レッケはバスルームの薬棚をあけて、どの薬にしようかと迷っていた。アッパー系の薬が必要だ。どうしても思考をクリアにする必要がある。

棚のなかをひっかきまわし、アンフェタミンのボトルを手に取ると、錠剤を一握り飲みこんだ——多すぎる量だが、このくらい飲まないと事態を理解できない。

ピアノのそばのソファにミカエラがすわっている。顔に表れているのは心配と好奇心の両方だ。レッケはできるだけまっすぐに歩こうと努めた。そしてソファの向かいの肘掛け椅子に腰を下ろすと、彼女の顔の痣をしげしげと眺めた。

「それで、カビールが楽器を破壊していたと」彼は言った。

「怒りにまかせてやったみたいです」

「ひとりでやったのか？」

「いいえ、どうもタリバンによる音楽家の弾圧にかかわっていたらしいんです。タリバンの政府機関とゆるいつながりがありました」

レッケはしばらく考えをめぐらした。

「クラリネットとヴァイオリンと言ったね。あちらではとくに一般的な楽器ではないが」

ミカエラは彼の顔をじっと見た——希望をもってもよいだろうかと思いながら。

「一九九七年の春の出来事です。タリバンはロシアの教育を受けた西洋クラシック音楽の演奏家にたいして魔女狩りをおこないました。殺された人もいて、わたしの同僚の話によると、才能あるヴァイオリニストもそのなかにいたとか」

「それは興味深い」そう言って、レッケは目を閉じた。

＊

　レッケはトランス状態にでも入ってしまったように見える。また体が緊張し、瞼の下で眼球が動いている。発作を起こしてしまうのでは？　ミカエラが思ったそのとき、レッケは目をあけて、左脚をガクガクと動かしはじめた。

「どうしたんですか」と訊いてみる。

　レッケがこちらを向いた。

「何と言ったら、どうかしていると思われずに済むだろうか。じつはピッチでのカビールの動きに、早くから注目していたんだ」

「わたしたちもみんなそうです。あまり見ない動きでしたから」

「たしかに、あまり見ない動きだ。だが僕にはもっと具体的な像が見えた。というか、しばらくのあいだは見えていた。だが、たんなる投影だろうと思って、その考えは切り捨てた――専門偏向《デフォルマシオン・プロフェッショネル》の兆候だと思ったんだよ」

「何ですか、それは」

「僕のかつての職業がものの見方を歪めたと思ったんだ。躁状態のときに外の世界を見る僕の目は、鏡を見ているのと似ている。僕自身の現実を他人のなかに見てしまう」

「で、カビールの動きに何を見たんですか？」

「ひとつの世界から別の世界へ移されたテクニック。なによりジュリアード時代の自分が見えた。僕自身には完全にマスターできなかったものが見えた」

「で、何なんですか？」

「激しくなる動きは〝だんだん強く《クレッシェンド》〟、やわらかな動きは〝だんだん弱く《ディミヌエンド》〟。情熱的な短い振りは〝短くはぎれよく《スタッカート》〟、長く引っぱるような動きは〝なめらかに《レガート》〟。曲の開始の合図をする人間、すべてを終わらせて沈黙させる人間の壮大さが見えた」

「それは、つまり？」

「グリムスタでのカビールの手の動きには、練習を重ねた、体に染みついたような動きがあった。何時間も、何日も、何年も練習してきたような――だが、サッカーの審判ではなく、オーケストラの前に立つための練習だ。もしかしたらカビールは指揮者だったのではないか。少なくとも、指揮者になることを夢見て、そのための訓練を受けたことがあるのではないか。彼の手振りにはどこかロシアふうのテクニックが見てとれた。ムーシンやベリンスキーのような」

「それは……変です」

「たしかに」レッケは思案しながら言った。「カンダハール近郊の小さな村から出てきたバイク修理工から想像できる姿ではもちろんない」

「それでもやはり、そうにちがいないと思うわけですか？」

「少なくとも、僕が完全にどうかしてしまったとは言い切れない、とは思っている」

ミカエラは、レッケがカビールの傷のことを指摘したときと同じように、体の震えを感じた。

「ということはつまり、カビールの音楽への憎悪はひょっとすると、かつては……」

「愛だったのかもしれない」レッケが言った。

「なんてこと！　これからどうしたら？」

「その音楽家弾圧の件をもっと詳しく調べて、なぜカビールがそれに加担したのかを突きとめるべきだ。ヴァイオリニストが殺されたと言わなかったか？」

「言いました」

「では、それについてもっと調べよう。それからソヴィエト占領時代のカブールで、西洋のクラシック音楽を演奏していた人々を特定する」

ミカエラはグランドピアノのほうを見やり、心のなかで微笑んだ。失くしていたことに気づいてもいなかった何かを、たったいま取りもどしたような気がした。

22

ミカエラは考えごとをするためキッチンへ入った。思い起こしていたのは、試合中のカビールの動きが気になりはじめたときのことだ。

捜査チームに加わった最初の週、彼女は誰かの使い走りや確認作業の手伝いをたのまれる以外に仕事らしい仕事を与えられず、暇を見て自分のしたいことをする余裕があった。だから、さして重要ではなさそうに見えても、そのときどきで関心の向くことに、たびたび没頭していた。

その朝は、事件当日にグリムスタ・スタジアムで撮影されたブロマポイカルナの試合の映像を見ていた。ベッペが激怒してペナルティエリアに駆けこんでいくあたりから終わりにかけての映像を確認するのがおもな目的だったが、試合中の様子もよく見ておこうと彼女は思った。カビールを観察しはじめたのはそのときからだ。何にそんなに惹きつけられたのか、最初はわからなかった。それに彼の姿がフレームに収まっていることもたまにしかなかった。だが、しばらくして気がついた。悲しげな顔の表情はもちろんだが、彼の身振りにも特徴がある。どこかぎくしゃくとした、変わった動きであるというだけではない。タイミングの取り方もまた独特なのだ。

「カビールの動き方、変ですよね」通りかかったヨーナス・ベイエルに、彼女は話しかけた。

ヨーナスが苦笑いした。

「たしかに。ちょっとナポレオンみたいだよな」

ミカエラには、ナポレオンがうまいたとえだとは思えなかった。むしろ、高揚し、誇張されていながら、何かを愛撫《あいぶ》するみたいにゆるやかに波打つその身振りを見ていると、この人は対戦の審判をしているだけでなく、試合そのものを指揮しているつもりなのでは、と感じた。試合が再開されるときには、来い、来い、と言っているかのように手を動かし、攻撃が展開されているときには、行け、行け、と言わんばかりに手を振った。

あとでこのことをフランソンに報告すると、「そうだな。ちょっと変わってはいるが、気にすることじゃないだろう。身振りなんて人それぞれだからな」と言われた。もちろんそのとおりだ。にもかかわらず、カビールの身振りはミカエラの記憶にとどまりつづけた。重大なこととは思っていなかったが、それでも折に触れて思いを馳せ、あの動きがカビールの威厳あるイメージを強めていると考えた。だがそれにしても、指揮者だとは……そもそもそんなことがありえるのだろうか？

「確信はどのくらいあるんですか？」水のグラスを片手にキッチンから戻ると、彼女は訊いた。

レッケは両手に顔をうずめていた。外では風が窓に吹きつけている。

「彼が指揮者だったっていう確信は、どのくらいあるんですか？」ミカエラは繰り返した。

レッケは頭をさらに深く沈めた。

「ない、まったくない」レッケは答えた。「話したとおり、僕はもう信用できる人間ではないんだ」

「またそんな……」ミカエラは彼のとなりに腰を下ろした。

「だが一方で」彼女をなだめるかのように、彼は続けた。「いったんそういう思考ができてしまったら、それを裏付ける細部がどんどん出てくる。新たな形で光が差しはじめる」

「で、それがいま起こっているわけですか？」

「そう、何はともあれそうだと思う。だが、まずはあの解剖写真をもう一度見てみたい」

「写真の何を見たいんですか？」

「いまはまだ言わないでおくよ。だが、これだけは言える。もしも本当にカビールが指揮者だったとすれば、あるいは少なくとも指揮者になる訓練を受けていたとすれば、何か楽器を弾くこともできたにちがいない。先に楽器の演奏をマスターしないで指揮者になる者はいない。そういう僕も昔はよく思った、というか少なくとも信じていたよ、自分にもできると……」

声が尻《しり》すぼみになり、レッケは両手を額にやった。

「何ができると信じてたんですか？」

「何でもない。べつに何でも」

レッケはあきらめと希望のあいだでつねに揺れうごいているように見え、ミカエラは彼の手首をつかんで、ぼろ人形みたいに揺さぶってやりたいという衝動に駆られた。

「とにかく確認が必要だと思います。ソヴィエト占領時代にクラシック音楽を演奏していた人々の交友関係を調べる必要があると、あなたはおっしゃいましたね」

「そうだ。考えてみれば、出発点としては悪くないかもしれない」

「というと？」

「アフガニスタンには西洋音楽とはまったく異なる音楽が受け継がれている。異なる伝統があるし、使われる楽器の種類もちがう。現地で古典音楽《クラシック》といえば多くの場合、北インド起源のヒンドゥスターニー音楽を指すんだ」

「どういう音楽なんですか？」

レッケはまばたきをし、片方の手を胸にあてた。

「まったくちがうものだ。西洋のクラシック音楽には五百年の歴史があるが、あちらは三千年の伝統があって、宗教とも密接に関連している。ヒンドゥスターニー音楽で使われるのは十二音階で、それは西洋音楽と同じだ。だが、音と音の間隔が同じではなく、短調と長調の区別もない。コードやパートもなくて、メロディは即興で演奏されることが多い」

「なるほど。で、それと今回の件にどういう関係が？」

「現地にいる古典音楽《クラシック》の演奏家のほとんどは、ヒンドゥスターニー音楽の伝統を重んじる人々だということだ。西洋の伝統にしたがってクラリネットやヴァイオリンを弾いたり、カビールの動きみたいな指揮をしたりする人々は、かなりの少数派であるはずだ。何らかの高等教育を受ける機会があったとするなら、ソヴィエトの支援下でなければ考えにくい」

「つまり調査対象が絞られると？」

「当然そうなる。それに西洋クラシック音楽に親しみながら育つ人々は、幼少期を英国あるいはヨーロッパの影響下で過ごしたはずだ」

ミカエラは黙りこみ、頭を整理しようとした。わたしたちはまったく見当違いのことを考えているのだろうか、それともレッケの仮説は本当に正しいのか？　わからない。だが、もしもレッケの言うことが本当なら、カビールの人物像はいままで想像していたのとはまったくちがったものになる。それに、その人物に別の名前があってもおかしくはない。

そういえば、トーヴェ・レーマンは、カビールがかなり流暢《りゅうちょう》に英語を話し、ロシア文学を読んでいたと言っていた。そのうえ……。彼女は興奮が高まっていくのを感じた。

「まったく別のことを訊いてもいいですか？」ミカエラは言った。

レッケがうなずく。

「もちろん」

「〝シャーデンフロイデ〟って、どういう意味ですか？」

レッケはまったく想定外の質問だと言わんばかりに、意外そうな顔で彼女を見た。

「ドイツ語だね。〝損傷〟という意味の〝Schaden《シャーデン》〟と、〝喜び〟を意味する〝Freude《フロイデ》〟から来ている。僕はスウェーデン語の〝skadeglädje《スカーデグラーディエ》〟よりも、そちらのほうが気に入っている。でも、どうしてそんなことを訊くんだい？」

「トーヴェ・レーマンと話したんです。テレビで放映された〈スポーツスペーゲルン〉のリポーターです。カビールは、女性が射殺されるところをカブールで見たと話していたそうで、トーヴェが言ったんです。その話をしているときに、彼の目に〝シャーデンフロイデ〟が浮かんでた、って」

「あまり若い人が使う言葉ではないと思うのだが」レッケが言った。

「トーヴェはお父さんがドイツのかただったと思います」

「なるほど、そういうことなら」

「でも、どう思いますか？」

「ふむ」レッケは言った。「わからない。だが、他人の不幸を見てある程度のシャーデンフロイデを感じるのは、誰にでもあることだと思う。本能的に、自分でなくてよかった、と感じるわけだ。それに、人生にちょっとしたドラマが入りこんでくると元気が出たりもする。そういう感情が、より同情に近い感情とともに湧いてくるものなんだ」

「でもカビールのケースはそれ以上のように思えます」

「ふうむ。そうだな、ほかにも説明のしようはある」

「たとえば？」

レッケは神経質そうに髪を指で梳いている。

「われわれはつねに単純でわかりやすくもなければ、高潔でもない。自分たちの気に入らない誰かが苦しんでいるのを見て、結束を強めることもある。自分たちの価値観と集団としての地位が固まり、自分たちの人生観が正しいと信じられるようになるからだ。私刑集団に共有される喜びとでも言ったらいいだろうか。よそ者がよそ者であるがゆえに罰せられるのを見て満足する」

「わかります」

「人はまた、人生が正義の裁きを下すと感じることもある。自分たちに危害を及ぼした人間、それほどでなくとも態度の悪かった人間が相応の罰を受けたのを見ると、復讐を果たしたような気になれる。それに、ライバルが苦しんでいるのを見れば、自分が有利になるような気がしてくる。自分以外の誰かの犠牲によって、群れのなかで自分の地位が上昇することに、喜びを感じる」

「不快ですね」

「でもそれが人間だ」

「ある程度は」

「もちろん、単なるサディズムの発露ということもあるだろうが」

「どうして訊いたかというと、カビールがトーヴェ・レーマンに話した処刑の話が、さっきお話ししたヴァイオリニスト殺害の話と似ているからなんです」

レッケはミカエラの顔をじっと見つめた。

「それは興味深い。そのヴァイオリニストの名前は？」

ミカエラは恥ずかしくなった。

「知りません。でも、すぐ調べます」

彼女はノキアの携帯電話を取りだし、テキストメッセージをヨーナス・ベイエルに送った。すぐに返信があった。ラティーファ・サルワニ。メッセージはこう続いていた。〝一九九七年にカブールで射殺された。ところで、きみには捜査チームに戻ってもらえそうだ。フランソンがその気になりかけている〟。

＊

その気になりかけている、とは言い過ぎだったかもしれない。

バルガスがいると調子が狂うし、そもそも彼女のことは信用していない──ヒュスビー出身の、やくざ者の兄のいる小娘だ。何かを教わるにしても、彼女からだけはごめんだと、フランソンは思っていた。とはいえ、フランソンは自分たちに助けが必要だと気づかないほど馬鹿ではない。バルガスは独自の情報ルートをもっているようだし、あらためて兄のことをしゃべらせる機会ができるかもしれない。誰かがドアをノックした。今度は何だ？　やっぱり、またベイエルか。

「今度は何の用だ」フランソンは尋ねた。

「外務省が認めました」ヨーナスが答えた。

「何を認めたって？」

「カビールがＣＩＡに拷問されていたことです。誰も詳細を知らない例の刑務所に収容されていたそうです。囚人たちには〈ソルトピット〉もしくは〈闇の牢獄〉と呼ばれています」

「まさかのまさかだな」フランソンは言った。

「それに最悪なのは……何だかわかりますか？」とヨーナス。

「いいや、さっぱりだ」

「ＣＩＡはカビールについて、われわれが知らない情報をほかにももっています」

いい加減にしてくれ、とフランソンは思った。捜査をとりまく一連の騒ぎにはもううんざりだし、正しい情報が入ってこない、何ひとつコントロールできない、という感覚にも耐えきれない。

「知らない情報というと？」

「わかりません。ですが、もし連中がカビールにあれだけの拷問を加えたのなら、何か突きとめているはずですし、それについさっき……」

ヨーナスは言いよどみ、そわそわしながら来客用の椅子にもう一度すわった。

「何だ？」

「かなり確信があるのですが、ミカエラはレッケ教授とひそかにどこかで会っています」

「なんでまた？」

「彼女と会ったとき、そんな気がしたんです」

「いったいどうしてたがいの居場所がわかったんだ？」

「わかりません。でも、どうもあのふたりは、われわれが入手していない資料をもっているようです」

「たしかに、そう思えるな」

「それにCIAと拷問にかんする資料だけでもないような気がします」

「何を根拠にそんなことを？」

「数分前ですが、ミカエラからテキストメッセージが届きました。カブールで、ヴァイオリニストが自宅の地下室で射殺された件、その被害者の名前を教えてほしいと」

「何のために？　その事件とジャマル・カビールは無関係だと、もうわかっているじゃないか」

「ええ、たしかに」ヨーナスはそう答えたが、フランソンが期待したほど確信はなさそうで、フランソンはまたもやロヴィーサ・レッケのことを、ユシュホルムの大邸宅でヴァイオリンの音が流れていたことを思いだした。

ふと、なぜ人は自分の手の届かないものを壊したくなるのか、理解できた気がした。だが、フランソンはその考えを振り払い、自分はいま忙しいのだとヨーナスに告げた。

*

ふたりはレッケの書斎で、ラティーファ・サルワニの名前をオンラインで検索した。出てきた情報は多くはないが、それでも少しは見つかった。ファンサイトのようなものもある。レッケがクリックすると、とてもゆっくりと、一枚の写真が画面上に現れた。頭の部分だけが最初に見えてきた——濃墨色の髪が翼のように広がっている——続いて額と両目が見えてきた。おお、とミカエラは思った。すごい。

ふたつの瞳は大きく、暗く、濃い化粧で縁取られ、燃え立つような印象を与えている。どこか挑戦的な、野性的な雰囲気があると、ミカエラは思った。まるで〝わたしを屈服させることはできない。あなたの言いなりにはならない〟とでも言っているかのような。タリバンが殺したとしても不思議ではない。彼女を前にすればどんな人でも平静を保ってはいられないのではと思える。もちろんでたらめな、根拠のない空想であり、ミカエラはそんなふうに思った自分が恥ずかしくなった。とはいってもやはり、女性を家に閉じこめて隠しておきたいと考える男たちは、こんな人を前にしたらどんな気持ちになるだろう、と考えずにはいられない。

ミカエラは目が離せなくなった。美しい人だ。古典的な美人ではないかもしれない。鼻と目が顔全体に比してとても大きいのだ。だがまばゆいばかりに輝いている。ぽってりとした唇は赤い口紅で彩られ、わずかに開いている。そして左手でもったヴァイオリンを派手なポーズで天井に向けて掲げている。たったいま首を激しく振っていたのかもしれない。だから髪が翼のように広がっているのだ。

「何歳のときの写真だと思います？」ミカエラは訊いた。

レッケが振り向く。

「十七歳くらいではないかな」

「そんなに若いでしょうか」

「経験豊富な女性を演じている。ステージ用の人格《ペルソナ》ではないかと思うんだ」

レッケが画面を下へスクロールしていくと、別の写真が出てきた。どれも彼女がもっと幼いころに撮られたもので、いろいろあったが、勝気で情熱的な輝きを放っているのはどの写真でも同じだった。写真の下にはアラビア語のキャプションがついている――いや、パシュトー語か。ページのあちこちに英語の説明もあり、各記事へのリンクのほかに、警告文付きで彼女の遺体の写真までもが掲載されていた。緑色のヒジャブとこげ茶色のブラウスを身に着けて、狭い地下室の床に横たわっている。傍らでひっくり返った椅子と頭から流れ出る血も写っていた。

ミカエラは、レッケがその写真のところで手を止めるだろうと思っていたが、彼は止まらずどんどんスクロールしていき、やがてふたりはラティーファ・サルワニの人生の概要をつかんだ。一九六八年二月にカブールで生まれ、一九九七年四月三日から四日にかけての夜中、同じ街で頭を銃で撃たれて死亡。タリバンによる音楽家狩りがおこなわれているさなかの出来事だった。

しかし、ヨーナス・ベイエルも言っていたとおり、この殺人がタリバン政権の命令によるものだという証拠は何もなかった──音楽家弾圧とのつながりは否定できないにしても。タリバン政権が事件を捜査した形跡はなく、アッラーとその預言者にたいして彼女が犯した罪への報いであるとみなしているようだった。ひとつだけたしかなのは、ラティーファが犯人と面識があったにちがいないということだ。彼女は明らかに、夜更けにドアをあけて犯人を招きいれ、地下室にまで通している。ヴァイオリンを──十八世紀のガリアーノを──床板の下に隠していた場所だ。

ひっくり返っていた椅子が、もと置かれていた壁際になかったのは、ラティーファが夜中、その椅子にすわってヴァイオリンを弾いていたからだろう。踏みつけられればらばらに砕かれた彼女のヴァイオリンが、遺体のすぐそばにあったことからも、そう推測できる。ガーディアン紙の記事によると、彼女はソ連製の拳銃トカレフで至近距離から撃たれていたという。

ラティーファは、幼少のころから天才といわれていたらしく、十六歳でモスクワ音楽院への入学を認められた。だがソ連軍がアフガニスタンから撤退し、二国間の文化交流が途絶えると、カブールへ戻ることを余儀なくされた。その後彼女の身に何が起こったかについての情報はないが、人生が一変したことには疑いの余地がない。

ソヴィエト占領時代には、ヴァイオリニストが演奏する機会は数多くあった。だが一九九二年にはもう、ラバニ大統領の統治のもと、女性音楽家の活動は禁じられてしまった。ラティーファのキャリアは潰《つい》えたも同じだったにちがいない。その後——ミカエラは想像力をはたらかせた——タリバンが政権を掌握し、それまでは禁止されているというだけだった行為が、今度は身の危険をもたらす行為になった。とりわけ、音楽家であると同時に、神なき共産主義者たちと協力関係を結んでいた女性にとっては。

「どうして国を離れなかったのかしら」

「たしかに。どうだろう、聴いてみようか？」

子ども時代の写真のうち、一枚の下に、音声ファイルへのリンクがあった。ミカエラがうなずくと、レッケはリンクをクリックして、背もたれに背中をあずけた。まだひどく疲れているようで、冷や汗が出ていて顔色も悪い。どんよりとした目を半分閉じて、お辞儀をする少女のブロンズ像をじっと見つめているようではあるが、実際にブロンズ像を見ているわけではなく、自分のなかに完全に沈みこんでいるようだ。物憂げなヴァイオリンの音色が部屋を通り抜けた。ミカエラははっとした。

人生がかかっているかのような演奏だった。これはラティーファ自身に起こったことへの嘆きの歌だ、とミカエラは考えずにはいられなかった。まるで彼女自身の死を何年もまえに予見し、嘆き悲しんでいるかのようだ。だんだん音楽に引きこまれ、かつて失って取りもどせなくなった何かが、ふたたびもたらされたような感覚にとらわれた。音楽が止んでからようやく、彼女はこう言った。

「何の曲ですか？」

レッケは心ここにあらずだ。

「ブルッフのヴァイオリン協奏曲のアダージョだ」

「美しいですよね」

「美しい。表現力豊かで気持ちがこもっている。だが少し、慎重さが足りない」

「慎重さが足りない？」

「これは完璧主義者の演奏ではない。むしろ、自信があるからこそあえて雑に弾くことのできる人の演奏だ。とくに優れた技量があるわけでも、人一倍練習を積んだわけでもない。ただ、才能を自覚しているし、大きな感情の揺れも恐れていない。たしかに美しい。だが芝居がかってもいる。まだ大きな悲しみに向き合ったことがなかったのだろう——うまく演じているとは思うがね。写真からも感じたことだが、彼女には演技の才能がある。感情をあらわにすることも、型を破ることも恐れていない。完全に支配するのはむずかしい人だろうな」

「これを聴いただけで、全部わかるんですか？」

レッケは肩をすくめた。

「とにかく僕にはそう聞こえた。だがヴァイオリニストの場合、少々厄介なところがある。音楽のなかにはっきりと人格が表れていると思っても、実際のその人とはちがっていることがあるんだ。音に表れるのは、その人が楽器を手にしているときにだけ存在する何か、ほかのときには見えない何かだ。心のなかに隠れているささやかな、ひそかな情熱のようなものが感じられる。だがこれは……何と言うべきか。ロシアの教育の影響があるのはわかるし、それは予想どおりなんだが、しかしそれだけではなくて……西洋の演奏家はこんなふうに音程のあいだを滑るような弾き方はしない。カッワーリー（訳注：インド、パキスタン、バングラデシュの宗教賛歌）とヒンドゥスターニー音楽の影響がかなりはっきりと聴きとれる。彼女は女王のようにこの場を自分のものにしていただろうな、それは想像に難くない」

「たった一曲聴いただけでこんな考察をするなんて、普通じゃないことはわかってます？」

「そうかもしれない。だがこのとおり、僕はたくさんしゃべる人間だ。それに、僕が考えていることはほかにある」

「何を考えてるんですか？」

「彼女と、当時カブールで西洋音楽を演奏していたほかの人々のことを、もう少し詳しく調べてみるべきではないか。たぶんその過程で、カビールが何らかのかたちで現れるだろう——僕の仮説がとんでもない間違いでなければ」

「そうは言っても、調査を始める入口はあるんでしょうか」

「あるんだ、じつは」レッケは答えながら、腕時計に目をやった。

そしてぶるっと身を震わせて立ち上がり、とつぜん、急いでいるかのように歩きはじめた。かと思うと、急に振り返り、強い眼差しで彼女を見た。

「いいかい？　きみのおかげで、生命が少し戻ってきたよ」

ミカエラはうろたえた。

「そのうち慣れてしまいそうです、その役目には」

レッケは彼女の髪を撫でようと手をのばしかけたが、すぐに引っこめた。

「今日、兄がここへ来たよ」レッケは言った。「僕のために面談をセッティングしてくれた。そのときは僕のほうがとても行けそうな状態じゃなかったんだが」

「でも、もうだいじょうぶ、ってことですか？」

「ああ、たぶん。だがそのまえに……」

彼は頭を振って、バスルームのほうへ消えた。きっと薬棚をひっかきまわすのだろうとミカエラは思った。けれど、今回は止めなかった。おそらく彼の気合が感じられたからだろう。

戻ってきたレッケの頬と髪が濡れていた――顔にばしゃばしゃ水をかけたみたいだ。彼は目を細くして、電話をしなくてはとつぶやいた。「ちょっと失礼」と言い、やがてキッチンから彼の話す声が聞こえた。声がいらだっている。「わかった、わかったよ、手短にすませるさ」

レッケはまた戻ってきて、今日の面談に行けることになったが、十分しかもらえなかった――長くても十五分までだと言われたが、まあ仕方ないな、と言った。それ以上の説明はせずに、リビングへ入り、グランドピアノの前にすわった。一言も口をきかず、インスピレーションの到来を待っているのか、あるいは、何かを考えこんでいるみたいに。

彼の手が鍵盤の上を動きはじめた。最初聞こえてきた音は、弾き方を間違えているのではと思うほど不安と奇抜さが目立った。だがやがて、手探りで弾いているようなメロディが聞こえてきた。たぶんさっき聴いたブルッフの曲だとミカエラは思ったが、確信はなかった。メロディは始まったかと思うとすぐに消え、まったく別の音の連なりにとって代わられた。それはまるで――ミカエラにはこれ以上うまく説明できないが――彼自身が音符と音符のあいだに何かを見つけようとしているみたいに聞こえた。

23

ユーリアはエレベーターのなかで父のピアノを聴いていた。音から音へ、フレーズからフレーズへと飛び移り、即興で奏でるその音楽は、まるで父自身が道に迷い、出口を探しているかのように響く。ユーリアはますます心配になった。

ハンソン夫人が大騒ぎしていたけれども、父本人とミカエラは否定していた、自殺しようとしたとかいう話がずっと頭から離れず、昨晩は眠れなかった。パパの馬鹿。とても素敵で、鋭く冴え渡っていて、世界じゅうの誰よりも娘をよく理解してくれることもあるのに、そうでないとき、たとえばいまみたいなときは、ぼろぼろの役立たずになって、他人につけこむ隙を与えてしまう。

マグヌスが様子を見に来ていたと聞いて、彼女は頭が変になりそうだった。マグヌスはパパと世界一の親友みたいな顔をしているけれど、ひと皮剝けば破裂しそうなほどの巨大な嫉妬《しっと》を抱えている。ユーリアにはそれがわかっているし、チャンスさえ与えられたならマグヌスは父を潰しにかかるはずだと信じて疑っていない。彼女は深く息をつき、玄関からなかに入った。廊下で出迎えたハンソン夫人は、ずいぶん満足そうな顔をしている。

「何が起こってるの？」ユーリアはリビングとグランドピアノを指さして言った。

「さあ、よくはわかりませんけど。ミカエラが来てるんですよ」ハンソン夫人がまるで普通のことのように言ったので、ユーリアは思わずつぶやいた。

「何なの、急に仲良しみたいになって」

リビングへ行く途中、彼女はさっきジョイントを吸ったことを思いだした。立ち止まり、ズボンのポケットからペパーミント味のガムを取りだすと、一心不乱にそれを嚙んだ。グランドピアノのそばまで来ると、ミカエラに会釈をした。父親の背中に手を当てると、父が匂いを嗅いでいるのが聞こえた。ばれた、何か言われる、とユーリアは身構えた。けれど、ピアノを弾く手を止めて振り向いた父は、まるで別の世界にいるように見えた。

「何してるの？」ユーリアは訊いた。

「考えている、のだと思う」

ユーリアは念のため一歩下がった。

「ハンソンさんが言ってたけど、マグヌスが様子を探りに来てたんでしょ」

「親切にもここへ来て、弟への関心を示してくれたな」

「そんなふうに皮肉を言うのやめてくれない？」

「努力するよ。いま何時だい？」

「二時四十五分」ユーリアはいらいらしながら答える。

「では急がなければ」

「急ぐって、何を？」

「人と会うの」そばに立っているミカエラが答えた。かなり緊張して見える。

「人と会うなんて、急にどうして？」

「答えがほしいんだ」

ユーリアはもう一度父を見た。髪がべたっと固まって、額の汗が光っている。

「じゃあ、シャワーを浴びないとね」彼女は言った。

「そんな時間はない」

「だったらせめて着替えないと。汚れてひどい恰好よ」

レッケは下を向いて、自分の両手とズボンを見た。

「そうかもしれないな、多少は。きちんとしたジャケットとコートをもってきてくれるか。それで間に合うだろう」

「そのシャツに合うのってこと？」

「何でもいい」

「それ着て寝てたみたいに見えるんだけど」

「これを着て寝ていたよ」

「それで誰に会いにいくの？」

「クレーベリエルだ」

「面談の相手って、外務大臣なんですか？」ミカエラが驚いている。ますます緊張したように見える。「危険ではないですか？　だって……」

「いや、だいじょうぶだ。クレーベリエルとマグヌスから本当のことを聞き出せるか、たしかめてみるだけだから」

「あのサッカー審判員のこと？」ユーリアは尋ねた。

「そうだ。おまえも訊いてみるのがいいと言っていただろう。しかし、……すまない、急いでもらえるか？　ちょっと奇妙なことを考えていてね、時間と空間の感覚を失くしてしまった」

ユーリアはワードローブへ急いだ。つかんだのは外務省には絶対に似合わないムラ染めのブルーのジャケットと、もう少し地味なグレーの春物のコートだったが、それをもって書斎に戻ると、父とミカエラはクレーベリエルのことだと思われる話をしていた。ユーリアが入っていくと、ふたりとも話すのをやめて、ユーリアがレッケの着替えと髪を整えるのを手伝っているあいだ、ずっと黙っていた。

「できた。だいぶちゃんと見えてきたわよ」

「だいぶちゃんと見えてきたなら充分だ」彼は言った。

「でもまだ薬が抜け切ってないみたいには見える」

「ついさっき、そこをなんとかしようとして、興奮作用のある薬を飲んだみたい」ミカエラが言った。

「どうしてそんなことするのよ、パパ」

「それで思いだした。マリファナを吸ってなかったか？」レッケが尋ねる。

「そんなの、吸ってないわ」

「やめたほうがいい」

「いまのパパには言われたくない」ユーリアがぴしゃりと言うと、レッケはその言葉の意味を真剣に考えはじめたのか、ぶるっと身を震わせた。

そしてかぶりを振って「賽は投げられた《アーレア・ヤクタ・エスト》」と言うと、ユーリアの頰にキスをして、ミカエラにうなずき、しっかりとしているとは言えない足取りで部屋を出ていった。ユーリアはただ静かに立ったまま、しばらく考えこんでいた。そして、ミカエラのほうを向いた。

「面談っていうのは〈闇の牢獄〉について？」

「そうだと思う」ミカエラが答える。

「マグヌスはずる賢い人よ」

「心にとどめておくわ」

「パパは奇妙なことを考えてたって言ってたけど」

「まあ、そう言ってもいいでしょうね」

「どんなことだったの？」

ミカエラはすぐには答えず、その質問を避けるかのようにこう言った。

「彼はほかの誰よりおかしなことを言うときがある、って言ってたよね」

「わたしが？」

ユーリアは、ミカエラが話題をすり替えたのがひっかかった。それにミカエラと父があっという間に親しくなったことにも腹が立った。だから、あえて答えることもないだろうかと考えた。けれど一方で、父がときどきたわごとめいたことを口にするのは事実だ——ありそうもないこと、突拍子もないことをあえて言ってみようとする。真剣なのか冗談なのか、ときどき判断がつかない。かと思えば、ほとんど幻覚を見てるんじゃないかと思うような結論を導きだすこともある。

「脱線することがあってね」ユーリアは言った。「ほんとに頭がおかしくなっちゃったんじゃないかって思うこともある。父の脳みそは、秩序立っていないと混乱するんじゃないかって思うの」

「それで独自の秩序を生みだすってわけ」

「法則のないところに法則を見出《みいだ》す。一たす一を三にすることもできる。で、父はどんなことを言ったの？」

ミカエラはためらい、手で髪を梳いた。どこまで言うべきかを考えているようなしぐさだ。

「それは……」ミカエラが言いかけた。

ユーリアは身を固くした。知りたくて仕方がないのだ。だがそのとき、ミカエラの携帯電話が鳴り、かけてきた相手を確認したとたん、彼女のボディーランゲージが変わった。ユーリアは何となく後ろに下がった。

「この電話、出ないといけないの」ミカエラが言った。「またにしましょう」

「ええ、もちろん」そう言いながら、ユーリアの気持ちは落ち着かなかった。

ミカエラの眼差しに陰りが見えたからだけではない。マグヌスとクレーベリエルが父に何かの罠《わな》を仕掛けているのではないかと恐れる自分の気持ちに気がついたのだ。ミカエラも、この件に引きずりこまれているのだとすれば危ない。一瞬、注意をうながしておこうかとユーリアは思ったが、ミカエラはもう出ていったあとだった。

レッケは心も体も動きが鈍くなっていた。クレーベリエルとマグヌスが会うと言いだしたのは、自分が恐れられているからなのか、それとも無害だと思われているからなのかがわからない。まあ、じきにわかることだ。水辺から吹きつける風を受けながら、レッケはストランド通りを歩いた。カビールのテクニックにはロシア的なものがある、と言ったのは自分だが、あれはただのナンセンスだったのか、それとも本当にそうなのか。わからない。ついさっきはあれほどはっきりと見えたものが、また靄に包まれた夢のようになってしまった。退行しているかのように。

＊

幼いころ、食事やコンサートに出かけるとよく、隣にいる人たちがどんな人生を送っているかを当てる遊びをしていた。彼らの手や、衣服、顔、身振り、しぐさをじっと観察して、たいていは理にかなった現実的な推論を導きだした。だがときどき空想を始めてしまうことがあり、あとで振り返ってみても、いつそうなったのか――現実の世界、あるいは現実である可能性のある世界が、いつ虚構の世界に移行してしまったのか、結局わからないままだった。今回もそうなのかもしれない。自分の頭のなかにしかないつながりを見つけただけなのかもしれない。捜査を前進させてくれるだけでなく、彼自身の人生の痛点へと引きもどしてもくれる、そんな望みどおりの手がかりを求めていただけなのかもしれない。いや、ただ単にまた頭がおかしくなってしまっただけだろうか？

しかし、だったらどうだというのだろう？　肝心なのは内側で何かに火がついたということだ。世界が彼をふたたび引っぱりこんでくれた。

前方で車がクラクションを鳴らしている。道が混んでいて、彼は視線を落とし、またミカエラのことを考えた。ミカエラと、彼女の眼差しと、地下鉄のホームに響く彼女の足音のことを。

〝しっかりしてください〟と、彼女は言った。

しっかりしなくては……

大きな物音が街の空気を切り裂いた。ドリルの音だ。アスファルトを叩いている。不安が体に染みわたる。たぶんアンフェタミンが効いてきたのだろう。

レッケは振り返った。誰かに尾けられている？　そんな気がしたのだが。馬鹿馬鹿しい、と彼はつぶやいた。ただの妄想だ。王立公園に入り、そこから王立歌劇場とグスタフ・アドルフ広場に向かって歩きつづけた。携帯電話にテキストメッセージが届いた。携帯メールは好きになれない。一文字ずつボタンを押すのが煩わしくて仕方がないのだ。だが、マグヌスはその技をすっかりマスターしたようで、言葉の無駄遣いまでしている。

〝まさか遅れて来るつもりじゃないだろうな〟

レッケは返信するまでもないと放置したが、歩くペースは速めた。

＊

電話はルーカスからではなかった。シモンだった。ミカエラはこの兄と話したいとは少しも思わなかった。けれど、いやな予感がしてたまらない。このごろシモンは用事がなければ電話をよこさず、まえより状態がよくないみたいだとも母から聞いている。ミカエラは道路に出るとすぐにかけなおした。

「何の用？」彼女は尋ねた。

「いつも用がなきゃいけないのかよ」

シモンの声がかすれている。

「べつにお天気の話がしたいなら、それでもいいんだけど。でも、声でわかるよ。何かあったんでしょ？」

「おまえ、誰かに殴られたみたいだって、ルーカスが言ってた」

「誰にも殴られてなんかない」

「顔じゅう痣だらけだって聞いたが」

「もう治ったわ」と嘘をつく。

「それと、おまえがどうしてまた、あのサッカー審判員の事件のことを調べてるのかって、不思議がってたぞ」

「なんでルーカスがそんなこと気にするの？」

「あいつは何でも気にする。いつだってそうだろ？」

「何がしたいんだろう？」

「本人にとっちゃそう気楽なことじゃないのかもな、妹が警官だってのは」

ミカエラはリッダル通りの交差点で立ち止まった。

「つまり、探れって言われたわけ？」

シモンは答えない。

「ねえ、いまどこにいるの？」

「何だよ」

「会って話したほうがいい」

「ヒュスビーだよ。ムスタファのところにいる」

「じゃあ、団地の外で四十分後に」それだけ言うと、兄がぐだぐだ言いだすまえに電話を切った。シモンが何か大事なことを話そうとしていると思ったわけではない。ただ、会ったからといって害はないし、何もなかったとしても、母の顔を見に寄っていけばいい。

カーラプラン駅へ行く途中、彼女はシモンのためにお金を用意したほうがいいだろうかと考えた。いや、ルーカスからすでに必要以上の額をもらっているにちがいない。オスカル教会を過ぎたところで、彼女はもう一度携帯電話を取りだした。ヨーナスに話しておいたほうがいいだろうかと思い、かけてみた。出なかった。なんだかがっかりしたけれど、そもそもヨーナスがただじっとすわってこちらの電話を待つ道理がどこにある？

ミカエラは歩くスピードを上げた——吹きつける風は強くて、四月というより十一月のようだ。遠くのほうで、甲高いサイレンの音がする。止んだかと思うとまたすぐに鳴りはじめた。だが、いま鳴っているのはサイレンの音ではない——街の喧騒と混じりあうようにして、彼女の携帯電話が鳴っていた。

「もしもし」ミカエラは電話をとった。

「刑務所の話、きみの言うとおりだったよ」ヨーナスが言った。「いますぐにでも捜査に戻ってほしいと思ってる」

「フランソンさんは何て？」

「あの人はほかのことで忙しくしてるよ。こっちはいつ反乱が起きてもおかしくない状況だ。国家警察長官まで出てきて、外務大臣に電話するそうだよ」

ミカエラは、クレーベリエルに会いに外務省へ向かったレッケが気がかりだったが、いったんそれは脇へ置いて、目を閉じた。自分は決定的な情報をもたらしたのだ。

「なあ、ミカエラ、ぼくには正直に話してくれないか。きみの情報源はレッケ教授なんだろ？」

彼女はためらい、ナルヴァ通りを見つめた。

「そうです」

「どうやって会ったんだい？」

「あとで話します」

今度はヨーナスのほうがためらった。

「ビールでも一杯どうかな」

「そうですね」

その答えにヨーナスは満足したようだった。

「どうして例のヴァイオリニストの名前を知りたかったのか、訊いてもいいかい？」

「それは……」ミカエラは、慎重に言葉を選ぼうとした。

「うん？」

「カビールもクラシック音楽をやっていたんじゃないかと考えたからです」

ヨーナスはあまりに意外だったのか、黙りこんでしまった。

「それはおかしいんじゃないか？」やがて言った。

「ひとつの可能性として考えているだけです」ミカエラは弁解するように言った。

「なんでまたそんなことを思いついたんだ？　あの男が楽器を壊していたから？」

ピッチでの彼の身振りが理由だと言うべきなのだろうか？　いや、駄目だ。あまりに現実離れしすぎている。

「逆に、そうであることを示す手がかり、そちらで見つかっていませんか？」

ヨーナスはまた黙りこんだ。

「何て言ったらいいのか。正直なところ、そういうふうには思いもしなかった」

「じゃあ、彼が音階とかコードとかを知っていた兆候は何もない？」

「ひとつもないよ」

カーラプランの地下鉄駅の外でミカエラは立ち止まった。

「それに、カビールはラティーファ・サルワニと面識がなかったんですよね」彼女は言った。

「そう。話したとおりだ。彼らの住む世界に交わるところはなかったんだ」

「それでも出会った可能性は？」

「もちろん可能性はあるだろうが、そこはもう調べたんだよ。ふたりのあいだに接点はなかった
――カブールでも、アフガニスタンのどこでも」

「国外で会ったとか？　サルワニはモスクワに留学していました」

「でも、カビールはしていない。しがないバイク修理工だった」

たしかにそうだ。ミカエラはしばらく考え、やっぱりレッケがどうかしているのではないのかと思った。

「カビールは語学に長《た》けていました」彼女は言った。

「たしかに、ぼくらが思っていたよりも英語に堪能《たんのう》だった」

「ほかのこともできた可能性はありませんか？」

「そりゃできたかもしれない。でもそれ以上のことはつかんでいないんだ」

「音楽は嫌いだったようだけれど」

「たぶんな」

「その嫌悪の原因がどこかにあるはずですよね？」

「嫌悪はかならずしも説明がつくものではないよ」

そう言われてミカエラは考えた。

「わたしはただ、まだ何か捜査チームが見落としていることがあるんじゃないか、と言ってるだけです」

「もちろん見落としてるさ。でなければ、もうこの事件は解決できてるはずだろう？」

「そうですね」ヨーナスが急に不機嫌になったのは意外だった。「あとで話しましょう。いまから地下鉄に乗るので」

「わかった」ヨーナスが言った。「悪かったね、むきになって。ビール楽しみにしてるよ」

「最善を尽くすよ」

「わたしを捜査チームに戻すのが先ですよ」

「それから、フランソンさんに、今度は無条件でって伝えておいてください」

「わかった……」ヨーナスは不思議そうに言った。

ミカエラは電話を切って、地下鉄のホームへ下りた。

24

外務大臣のマッツ・クレーベリエルは、広々とした執務室を見まわし、大理石のマントルピースの上の鏡を不満の面持ちで見やった。カビールの件は、遅かれ早かれ破れて膿《うみ》が出るおできみたいなものだと、自分は最初から言っていたではないか？

　窓の向こうには王宮と国会議事堂がぼんやりと見える。彼はふたつの建物のほうを見るともなしに見ながら毒づいた。自分が圧力に屈してしまったことが信じられない。だが、あれは同時多発テロのせいだったのだ。九・一一以降、あらゆることを白か黒かはっきりさせなければならなくなって、実際のところ、圧力に屈したのは彼だけではなかった。欧州で彼と同じ立場にいて、抵抗できた者はほとんどいない。テロと戦うためなら何でもするのが筋というものだろう？　そのとおりです、とみなが従順な兵士のように答えていた。後知恵でどうこう言うのは簡単だ。当時は、これは緊急事態であり、うるさいことを言いすぎないのが理にかなっている、という空気があった。レッケに言ってやりたい――

〝じゃあなんだ、粉々に吹っ飛ばされたほうがよかったっていうのか？〟

　クレーベリエルは腕時計に目をやり、ハンス・レッケはもう着いていてもいい時間だ、と思った。あの男はすぐに出ると言っていたし、グレーヴ通りからここまではそう遠くない。くそいまいましい男だ。彼の父親がよく言っていた――この人には何も話したくないと思わせる人間がいる一方で、ずっと話しつづけていたいと思わせる人間もいる、と。かつてのハンス・レッケは後者だった。ハンスと会って、何か言うまえからこちらの胸の内を全部理解しているかのような眼差しを向けられると、クレーベリエルは生き返った気がしたものだ。

　だがいまはどうだ……ハンスは変わった。政治的な配慮というものをしなくなった。不愉快な真実ばかりを口にするようになった。危険人物だとみなされはじめたのも無理はない。あまりにも向こう見ずで、軽率すぎる。大げさでもなんでもなく、あんな男はいますぐにでも殴り倒して、脅して黙らせてやりたい。

それももちろん、不可能ではないだろう。いまのあの男は隙だらけだ。だが厄介なのは、うつ状態にあるときですら、ハンスの本心や意図は計り知れないということだった。それにもちろん、マグヌスのこともある。クレーベリエルは彼なしではやっていけない。だが、マグヌスにはずる賢いキツネのようなところがあって、正直なところあの男が弟の敵なのか味方なのかわからない。たぶん両方なのだろう……追い詰めたいが同時に救ってやりたいとも思っている。

ノックの音が聞こえた。

「レッケ教授がお見えです」秘書のレーナが言った。クレーベリエルは背筋をのばし、権威と共感を示すための表情をまとった。

入ってきたのはいつものレッケではなく、顔色が悪くやつれきった男だった。着ているシャツはしわだらけで、それにジャケットは……もはやなんとも。これは何かのジョークだろうか？まるで道化師だ——それにこの髪はなんだ！　梳かしてくることもできないのか？

「まあ、すわってくれたまえ」クレーベリエルは言った。

執務机の前の黄色い肘掛け椅子にレッケが腰を下ろし、額から玉の汗をぬぐった。視線を金色の壁に走らせ、手を震わせている。これなら都合がいい。

「言いにくいんだが、ハンス、疲れてるようだな」

「たしかに、絶好調ではないな」レッケが無理矢理に笑顔をつくるので、クレーベリエルは彼が気の毒に思えてきた。

レッケはつらそうに顔をあげ、クレーベリエルを見た。

「でも、きみが元気そうでよかった。テニスは続けているようだね」

「おや、わかるのかい？」

「腕橈骨筋《わんとうこつ》を見てそう思った。右腕のほうが発達している。とはいえバックハンドは両手だろうが。ちがうかい？」

「正解だ。七〇年代にビョルン・ボルグに憧れてね。それより本題に入ろう。あまり時間がないんだ」

レッケがうなずくと、クレーベリエルはインターコムのボタンを押した。

マグヌスがフォルダーを手に入ってきた。クレーベリエルは彼に目をやり、どのくらい動揺しているのか見定めようとしたが、マグヌスはいつもどおりの洗練された落ち着きを漂わせているだけだ。戦いの構えは充分だ。だが弟のほうはかつてないくらいに落ちこんでいるし、気が抜けて、どんよりとした目をしている。これなら心配はいらない、と彼は自分に言い聞かせた。

「もう始めてたのか？」マグヌスが言った。

「きみの弟君に、テニスで鍛えた筋肉をお褒めいただいていたところだよ」

「ほう、そうか。弟は昔から体の見かけに固執するタイプだからな」

「さて」クレーベリエルは、ハンスに向きなおった。「マグヌスからはきみが助けを求めていると聞いている」

ハンスは額に手をやり、困ったような顔をして、椅子の上で姿勢を正した。

「ああ、ぜひとも。じつはちょっと困惑させられることがあってね」

「誰にでもそういうことはあるんじゃないか？」クレーベリエルは寛大そうに言ってみせた。

「しかし、ハンスの場合はふつうよりも少々厄介そうだ」マグヌスは弟の隣にすわった。

「聞いているよ」クレーベリエルは言った。「われわれのアメリカの友人たちが、きみともめたんだろう。だが、なぜそんなことになったのかよく理解できていないんだ。簡単に説明してもらえるかな?」

ハンスはそわそわするばかりで、一向に話が始まらないので、マグヌスが代わりに説明を始めた。

「事の始まりは、グアンタナモに収容されていた男だった。その男に叔父《おじ》からかかってきたという電話に、オサマ・ビン・ラーディンの衛星電話が使われていたからだ。もちろん怪しい。だが、本人はまったくアル・カイダについて何かを知っているようには見えなかった。ところがそれが、急にあらゆることを知っていると言いだした。当時ラングレーのCIA本部にいたチャールズ・ブルックナーが、その男の尋問調書に目を通してほしいと、ハンスに依頼してきた」

「で、きみの結論はどんなものだったんだ?」クレーベリエルは、ハンスのほうを見る。

「ハンスの結論は、その男は自分が知っていることを話したのではなく、拷問を避けるのに必要だと思うことを話したのだろう、というものだった」とマグヌスが答えた。

「なんとまあ。それはよろしくない」クレーベリエルは言った。

「それからだ、CIAは証言の真偽を判別してほしいと言って、次々と尋問調書をハンスに送りつけてくるようになった。ハンスはしだいに……何と言ったらいいか。混乱しはじめた、といえばいいのかな、ハンス? あるいは単純に怒っていたのか?」

ハンスは肩をすくめた。

「まあ、そこはどうでもいい。大事なのは、情報を引き出すのに暴力は適切な方法ではないことを示す研究結果を、ハンスがいくつも引用していたということだ。容疑者が本当に罪を犯したのか尋問者に確信がない場合、そもそも尋問者の側が何を求めているのか自分でよくわかっていない場合には、とくによくないというのがその結論だった。もちろん、動乱の時代にあって尋問そのものを罰に代えたくなる誘惑は、ハンスも理解していた。だが、科学的な経験知よりも一時的な衝動にしたがったところで、知的に実りある結果を生むことはめったにない、というのがこいつの意見だった」

「それなら彼らにも理解できたはずだろう」

「最初は好意的に受け止められていた」マグヌスは言った。「ところがハンスは少しずつ主張を強めていった。ここまで矛盾だらけで強制された声の不協和音は聞いたことがない、アプローチそのものが失敗であるばかりか、生産的ですらない。敵を粉砕する代わりに敵を増やしている。さらに、もしこのことが表沙汰になれば、アメリカのイメージに壊滅的な影響をもたらすだろう、などと言いだした」

「なるほど」クレーベリエルは言った。

「だが何より、ハンスはこう明言した——大量に流れこんでくる質の悪い情報の処理に追われているあいだに、ＣＩＡは本当に深刻な情報を見落としてしまうおそれがある、と」とマグヌスが言った。

ハンス・レッケは、兄は何を馬鹿げたことを言っているのかという目つきで、マグヌスを見ている。

「そのうえワシントン・ポスト紙に接触したものだから、事態は余計にややこしくなった」

「ああ、そうだった。何かそんなことを聞いたな」クレーベリエルは言った。

「補足させてもらうと、接触してきたのはワシントン・ポスト紙のほうだよ」ハンスが言う。

「なら、そうだったんだろう」マグヌスが言った。「それに、おまえがジャーナリストに、ごく一般的な事実を二、三話す以上のことをしたとも思っていない。だがそれでも……ＣＩＡの友人たちは懸念を抱き、おまえの信用を失墜させることにした――おまえが一切合切をマスコミにぶちまけて、向こうの信用が傷つけられるまえにな。どうだ、よくまとまった説明だっただろう、ハンス？」

「いや、それほどでもない」ハンスは言った。

「そうかい。そうかもしれんな。だがいくらかの真実は押さえているつもりだ」

「なんだ、わたしの執務室で一切合切をぶちまけて騒ぎを起こすつもりか？」クレーベリエルは、用心深く微笑みながら言った。

ハンスは笑い返さなかった。代わりにうつむいて、自分の細長い手を見た。クレーベリエルはそれもやはりよい兆候だと思った。ハンスのかつての才気が感じられない。いつものオーラがまったくないのだ。

「僕にそんな力はないと思う」

「では、法の定めにしたがうか、良心の声にしたがうかを天秤《てんびん》にかけていたわけじゃないのかい？」クレーベリエルはわざと挑発するように言った。

「どちらの声が何と言っているか、もうよくわからない。僕の望みはもっと控えめなものだ。ちょっと情報がほしい」ハンスが言った。

「カビールの情報か？」マグヌスが言った。

「そうだ」ハンスが答えると、クレーベリエルはマグヌスを見た――〝さあ、言ってやれ、きっちり思い知らせてやるんだ〟。

「じつはブルックナーと話したところでね」マグヌスが言った。

「この難局に親交が続いているとは、うれしいことだね」ハンスが言う。

「チャールズはこう断言していたよ。おまえとの秘密保持契約には、CIAと仕事をしているときに知りえたいかなる情報をも、その後の独自の調査のために利用してはならない旨が明記されている、とね」

「すると、それをすれば罪に問われる可能性もあるわけだね」クレーベリエルは言った。「アメリカへ身柄を引き渡される可能性さえあるわけだ」

「そうなるとはかぎらないと思う」ハンスが言った。その落ち着きように、クレーベリエルは少々ひるんだ。「レゲス・シーネ・モリブス・ウァナエ」

「良識なき法は無益である」マグヌスが翻訳した。

「さらに言えば、われわれはいま、法と政治権力が本来望ましい程度よりも癒着している、その中間地帯にいる。だから、何はともあれ、きみたちふたりが力を貸してくれることは疑っていない」とハンス・レッケは言った。

「なぜわれわれが力を貸さなきゃならない？」

「そうすることがきみたちの利益にかなうからに決まっているだろう。それ以上の複雑さはない。事件について少し話してもいいだろうか」

「いや、その必要はないだろう」

「それでも、やはり話させてもらう」そう言ったハンスは、とつぜん大きくなったように見えた。いや、大きくなったというのは適切ではないかもしれない——まるでもとのハンスが戻ってきたように見えたのだ。気まずそうに、仕方がないから話すみたいな顔をして、自分なりの真実を語るハンスだ。クレーベリエルは不安な視線をまたマグヌスに投げた。

「二〇〇二年八月二十二日、ジャマル・カビールと名乗る男がスウェーデンに到着した」ハンスは話しはじめた。「だが、彼の本名はまったく別だろうと考えるのが自然だ。彼はカブールの北にある秘密の刑務所からまっすぐやってきた。〈コバルト〉あるいは〈ソルトピット〉というコードネームで呼ばれるその施設で、彼は低温環境や暗闇、大音量の音楽を使った拷問を受けていた」

「それで？」マグヌスはいらだち気味に唇を嚙んでいる。クレーベリエルはこのとき、この兄弟はふたりともそれぞれ、自分が知らない何かを知っている、という不快な思いを抱いた。だがそのことは考えないようにした。

「ここからして奇妙な話じゃないか？」ハンスが言った。「その種の施設に収容されていた人間が釈放されて、寛大にも新天地へ送られるなんて、どのくらいの頻度であることだろう」

「めったにないだろうな」

「だが真に興味深いのはやはり、移民局と警察にこの件が知らされていないということだ」

「警察にはちゃんと伝わっている」クレーベリエルは急に激しい口調で言った。彼みずからが警察の上層部に詳細が伝わるよう取り計らったから、というだけではない。もしこの話が外に洩れたなら、なによりデリケートなのはこの点だろうと気づいたからだ。

「ファルケグレンには僕が話したよ」レッケはそっけなく言った。「しかし現場まで情報が伝わることはなかった」

「それはわれわれの責任とは言えんな」

「いや、きみたちにも責任はあるだろう」レッケが言った。「ファルケグレンに伝えられた情報を、誰かが否定したにちがいない。そうでないのに、彼がそのような情報を秘密にしておくとは考えにくい」

マグヌスはあたかも誰が何を否定したかを知っているかのようにうなずいている。それを見て、クレーベリエルはいっそう不安になった。

「まあいい」いらだちながら、彼は言った。「続けたまえ」

「殺人事件の捜査が開始されているのに、警察にすべてを伝えないのは問題だ。この点についてはあとでまた触れる」ハンス・レッケは続けた。「だがそのまえに、背景となるロジックについて少し話そう。きみたちはなぜこんなにまで、知っていることを話したくなかったのか？　答えはもちろん、圧力がかかっていたからだ。アメリカは自分たちがあのような拷問をおこなっていたことを公にしたくなかったし、いままで秘密にしてきた刑務所が世間の話題になるリスクも冒したくなかった。当然そういうことだろう。だが動機としてはまだ足りない」

クレーベリエルは腕組みをした。

「ほう、そうだろうか？」

「ああ、何かの合意があったはずだ。どんな取引があったかは知らないから安心してくれ」

そうか、知らんのだな、とクレーベリエルは安堵《あんど》した。それならいい。

「だが、僕なりの仮説はもちろんある。たとえば、カブールにいたタリバン指導者のうち、何人かはまだ逮捕されていないし、なかには写真すらない者もいる。そのうちの何人かを特定することが、カビールに負わされていたスウェーデンでの任務だったのではないか。たとえば、デンマークで射殺されたムッラー・ザカリアは、コペンハーゲンへ逃げるまえ、一時期スウェーデンのノシュボリに潜伏していた。しかし、そんなことはどうでもいい。僕がいま興味を引かれているのはそこではないんだ」

「では、何に興味を引かれているんだ？」

「隠蔽そのもの。秘密にされてきた事実」

クレーベリエルはまた心配になってマグヌスを見た。

「というと？」彼は訊いた。

「どこから話せばいいだろうか？　まず、カビールがなぜ殺されたかをわれわれは知らない。だが、あのようなことになった原因のひとつが、彼にたいする脅威の存在を部外者が誰ひとり知らされていなかったことにある、という可能性は充分にある」

「それは――」クレーベリエルが言いかけた。

「だが、何よりも」ハンスは口をはさませずに続けた。「隠蔽によって警察の捜査が影響を受けた。刑事たちに伝えられていた情報が不充分だったせいで、無実の人間が逮捕され、勾留《こうりゅう》された。一方で、犯人はまんまと逃げおおせている。ここから推理できるのは、カビールの入国に際して便宜を図った者たちは、事件の解決を望んでいない、ということだ。解決すれば自分たちの立場が危うくなるから」

「つまり、何が言いたい？」クレーベリエルが訊いた。

「さっきも少し言ったとおり、ちょっとした取引をしたい。きみたちがＣＩＡとしたのと同じように」

「はっきり言いたまえ」

「僕は、マグヌスの言葉をそのまま借りるなら、一切合切をぶちまけるつもりはない。ただし、カビールがタリバン体制下で何をしていたか、そしてなぜ彼が〈ソルトピット〉に送られたのかを話してくれることが条件だ。僕はただ単純に、彼が殺された理由を知りたい」

「なぜわれわれがそれを知っていると思うんだ？」

「きみたちはＣＩＡから資料の全部、または一部を受け取っているはずだから。でなければ、あえて彼を入国させたりしない」

マッツ・クレーベリエルが問いかけの視線をマグヌスに送ると、部屋にしばしの沈黙が流れた。そのあと、笑いが起きた。マグヌスだった。何かおかしいことが起きたみたいに、声を立てている。

「いいだろう」マグヌスが言った。

「何がいいんだ？」クレーベリエルは、マグヌスの意図を図りかねて訊いた。

「こいつの望みどおりにしてやったほうがいい。でないとあきらめないからな」マグヌスは言った。

「本当にだいじょうぶなのか……？」クレーベリエルは言いかけて、はっと自制した。

彼は脱力感に襲われた。

「おまえが見ていた花のことを調べてみたよ」クレーベリエルのためらいなどそっちのけで、マグヌスは言った。

「花だと？　何の話だ？」クレーベリエルが訊く。

「イリス・アフガニカ。カブール周辺の山岳地帯に生息する。打たれ強くて美しい、小さな花だ。抵抗のシンボルともされている」マグヌスは弟のほうを向いた。「事件と関係があるのか？」

「さあな。だがいずれにせよ、カビール殺害には理由があったと思うんだ」ハンスが答えるが、どうもうわの空だ。クレーベリエルは威厳を取りもどさなければと思った。

「わかったよ」彼はつっけんどんに言いながら、立ち上がった。「きみの勝ちだ。少なくとも、いまのところは。おめでとう。だが、機密書類をよく検討もせずにぽんと渡すつもりはない。まずうちの弁護士に確認させる。それが終わったら、明日の朝、きみに渡せる情報をマグヌスにもたせるとしよう」

「素晴らしい」ハンスはもう半分立ち上がっている。

そしてふたりと握手をすると、なぜか大急ぎで出ていった。マッツ・クレーベリエルは机の下でこぶしを握りしめていた。それが恐れからなのか、それともあらんかぎりの力で殴ってやりたかったからなのかは、自分でも定かではなかった。

25

シモンは約束の場所に現れず、何度電話を鳴らしてもつかまえることができなかった。ムスタファに訊いても、そもそもシモンは来てもいないというので、ミカエラはあきらめて、母の顔だけ見ていくことにした。母がもっと早くに出ていくべきだった建物の外廊下を通り、玄関のベルを鳴らす。

ドアをあけて出迎えた母は、赤と緑の花がちりばめられたヒッピーふうのワンピース姿だった。白髪の交じった黒い髪を少し乱れたまま下ろし、昔に戻ったような恰好をしている。ミカエラは「それ、どういうつもり？」と訊こうとしたが、そのまえに母が大きく目を見開いた。

「あんたそれ、何したの？」

「〝した〟って、何が？」

「その顔」

「見た目ほどひどくはないの。母さん、また絵を描きはじめたの？」

「なんでわたしが絵を描くんだい？」母親は大げさな身振りでミカエラをなかへ招きいれた。

「だって、そんな服着てるから」ミカエラは母のワンピースを指さした。新品でも中古でも、母がこういう服を着て、髪を下ろしているのはめずらしくないが、そんなときはたいてい、昔使っていた油絵の道具を引っぱりだしていて、ヒッピー生活を送った、古き良きアジェンデ大統領の時代に帰ろうとしているみたいに見える。

「なんだって……ちがうんだよ。ちょっと試しに着てただけ。お腹へってるんだろう?」

ミカエラはリビングの革のソファに腰かけた。お腹はそんなにへってない、と言うまえに、母が別の動線でキッチンへ入り、エンパナーダとマテ茶をもって戻ってきた。

「ありがとう、母さん。べつによかったのに。ゆうべはよく眠れたみたいね」

「はあ、近ごろじゃよく眠れる人なんてどこにいるんだか」

ミカエラはソファに置いてあった毛布を自分の体にかけ、母のワンピースを眺めた。いまにも、昔みたいにラブ&ピースを叫びはじめそうに見えた。

「シモンに会いにきたの。でも来なかった」

「あの子が来ないって? ちゃんと来ることなんてあるのかい? まったく、あの子のせいで白髪が増えるばっかり」母は、ほら、と髪を引っぱって見せながら言った。「でもお願いだから、母さんには話してちょうだい——まさか、誰かに殴られたんじゃないだろうね?」

ミカエラは首を振った。

「転んだだけ。ヴァネッサと飲みに出かけてたの」

「まったくわからないよ。そんなことしてないでいい旦那《だんな》さんを見つけたらどうなんだい」母がだしぬけに言った。

「旦那さんがいたら、駆けつけて受け止めてくれてたって言いたいの?」

母は、自分はそう言いたかったのだろうか、と考えているような表情でミカエラを見た。

「旦那さんがいたら、ヴァネッサと出歩いてばかりいなかっただろうって言っているんだよ。あの娘はまったく見た目がよすぎるんだ。おまえの父さんがなんて言ってたか知ってるかい？」

「何て言ってたの？」別の話になりそうだと、ミカエラはほっとした。

「きれいな娘は怠け者になるって」

「どうして怠け者になるわけ？」

「努力をしなくていいからさ。だけど、あたしらみたいな者は……」

「ありがとう、母さん！　わかったから」

「おまえは自分で思ってるよりずっとかわいいんだよ。でもね、自分のよさに気づかないあたしらのような人間は、いつだってせっせと努力していて、どんなこともあたりまえだとは思わない」

「まったく、報われないにもほどがあるわ」

「何を言ってるんだい？　おまえは順風満帆じゃないか。でも前髪をそんなふうに下ろすのはやめなくちゃいけないね。顔を隠したがってるみたいだもの」

「ルーカスみたいなこと言うのね」

「そんなにいけないことかい？」

ミカエラはため息をついた。

「ねえ、何か楽しい話はないの？　ご近所の噂とか。母さんがまたヒッピーになったこと以外に」

「その言葉、まえから好きじゃないんだよ。知ってるだろ。言えることならひとつだけあるよ。おまえのその顔のこと、みんなが噂するだろうってこと。ああ、そういえば……」母の顔が急に明るくなった。「知ってるかい？　ヒュスビーのバーに誰が戻ってきたか」

「誰？」

「ベッペだよ。何ごともなかったみたいに帰ってきた。どっかりすわって、また話をふくらませて、マリオのこと自慢してたんだって。カルロスがさっきここへ来て、教えてくれたよ」

ミカエラは少し考えた。やがて体にかけていた毛布を取り、畳んだ。

「ねえ、母さん。わたしちょっと行って、挨拶してくる」

母は、ついさっき玄関で見せたのと同じ、怖いものを見たような顔をした。

「何を言いだすんだい」

「ベッペとは勾留中だったときから会ってないの」

母親は気分を害したような顔をした。

「まったく、いま来たばかりだっていうのに。お茶くらい全部飲んでからにできないのかい」

ミカエラは立ち上がった。

「ごめんね」

「つまりおまえは自分の母親よりも、あの飲んだくれといるほうがいいわけだね」

「殺人事件のこと、もう一度調べてるの」

「だからって、ベッペがいつから大事なことを言うようになったんだい？　あの男は嘘しか言わないだろう」

「あの人は不公平な扱いを受けたのよ」

「おまえときたら、シモンよりひどいね。来たと思ったら行ってしまう。ルーカスはまだましだよ。いつもゆっくりしていくからね」

「はいはい、そうね」ミカエラは、母にもう一度ハグをした。

廊下に出ると、財布を出し、玄関ドア脇のチェストの上に百クローナ紙幣を三枚おいた。それからエレベーターで下り、中庭へ出た。来たときよりも外は寒く、空は曇っている。彼女は外廊下とパラボラアンテナのついた緑と白の団地の建物の前を通っていった。

エドヴァルド・グリーグ通りからヒュスビーの街の中心へ出る——広場がひとつと店が数軒立ちならぶだけの場所を、本当は街とは言わないのだろうが、昔からみんな街と呼んでいた。どこを見ても知った顔が目に入る。見慣れない顔ももちろんあるが、その人たちもたぶん、彼女が警察官であることは知っている。彼らの目を見ればわかるのだ。ミカエラは地下鉄駅の入口でガラス片を拾い、スーパーマーケット〈イーカ〉のそばの緑のベンチで、彼女のほうをにやにやしながら見ている男たちに、じろりと視線を返した。

「調子はどう？」彼女は言った。

「順調さ。ちょうどあんたの兄貴にも仕事で世話になったところだしな」いちばん背の高い男が言った。ファディという名前だ。

「騙されないように気をつけてよ」

「心配ない。貴重品はしっかり管理しているさ」ズボンのポケットを叩き、間の抜けた顔をして友達のほうを見まわしている。ミカエラはつくり笑顔を彼らに向けて、また歩きだした。バーの店内からぼんやりと明かりが洩れている。まるで彼にまた会うことが努力を要するみたいに、ミカエラはひとつ深呼吸をした。

店内は閑散としていた。きっとベッペはもう帰ってしまったあとか、そもそもここには来ていなかったのだ、と彼女は思った。グラスを磨いているユスフに会釈して、店を出ようとしたとき、大きな声が聞こえた。

「ミカエラじゃないか！」

振り返るとベッペがいた。店のいちばん奥の隅でアミールの隣にすわって、機嫌よさそうにこっちを見ている。呼ばれなければ気づかなかったかもしれない。見違えるくらいきちんとした身なりだし、ひどく酔っぱらってもいない――まったくの素面ではないにしても。茶系のスーツを着て、すっきりと散髪し、ひげも剃っている。上唇に切り傷があり、両頰はいつものように真っ赤に染まっているが、意外なほど元気そうに見えた。

「ベッペ。お帰りなさい」ミカエラは言った。

「男には、元いた場所に戻らなきゃならないときってのがあるからな」ベッペはにやりと笑う。「まあ、こっちへ来てすわれよ。アミールのことは知ってるだろ？　いまからおれたち、マリオの移籍を祝いにいくんだ。クラブに招待されたんだぜ」

ミカエラは席につき、ベッペの姿を眺めた。本当に見かけほどしあわせなのかどうかが気になったのだ。彼にとっては毎日が地獄だったにちがいない。ヒュスビーの半分はいまでも彼がやったと思っている。荷物をまとめてクリスティーネベリへ引っ越していくまえ、自宅の玄関のドアに〝人殺し〟と落書きされていたのを、彼女は知っていた。

「元気そうね」

ベッペは両腕を広げ、彼女の言葉を証明するように胸をふくらませて見せた。

「なあ」とアミールのほうを向いて言う。「ミカエラがいなかったら、今日おれはここにすわってないんだぞ」

「そんなことはないでしょう。証拠はなにもなかったんだから。こっちが馬鹿だったのよ」

「あんたは馬鹿じゃなかったぞ。おれのために闘ってくれた」ベッペは身を乗りだし、彼女にハグしようとした。

だが、急にぎくりとして、彼女の頬をまじまじと見た。

「何があった？」

「転んだの」ミカエラは言った。「ねえ、ちょっと外を歩きましょうよ」

ベッペはよくわからないような顔をした。そしてちょっと心配そうな表情になった。

「追加を注文したばっかりなんだけどな」

目がどんよりとしている。

「ブロマポイカルナのパーティーに行くまえから酔っぱらってちゃまずいでしょ？」

「酔っぱらったりしないぞ」

「悪いわね、アミール。すぐに戻ってくるから」

ベッペはうなずき、しぶしぶ席を立った。出口へ向かう途中、彼はミカエラに耳打ちした。

「なあ、何かいやな話じゃないよな？」

「だいじょうぶ、安心して」

ベッペは神妙な顔をした。

「マリオと会ったんだろ。あいつ、なんか馬鹿なことしたんじゃないか？」

「彼はいい子よ」

ふたりで広場を歩いていると、みんなに見られているのがすぐにわかった。ひそひそと噂をする声が聞こえてくると、ベッペは以前と同じように、空気を吸いこんで胸をふくらませ、両腕をぶらぶらさせて、カウボーイみたいにふんぞり返って歩いた。

「見たか、あいつらじろじろ見やがって。あんたがおれを逮捕すると思ってるんだ」

ミカエラはすれ違う人々に笑いかけ、ベッペと自分は連れ立って散歩している古い友達同士以上の何でもないのだと示そうとした。

「相手にしなきゃいいのよ。その代わり、誇りをもって。すごいじゃない、マリオのこと」

ベッペの顔がぱっと明るくなり、彼女のほうに一歩近寄ってきた。それでミカエラは、一度は彼ならやりかねないと思わせる要因となった、彼の体つきにある荒々しさを思いださせられた。

「けど、おれだってあいつといっしょに戦ったんだぜ。そこは忘れてもらっちゃ困るんだな。いいか？　ドリブルもシュートも練習してた。毎日だ。土砂降りの日も、カンカン照りの日もな。雪が膝のここらへんまで積もってたときもあった」

「憶えてるわ」本当はベッペがいっしょに練習しているところなど一度だって記憶になかったが
──ましてや冬になんて。

「あいつは世界のスーパースターになるぞ」

「間違いないわね」

「ふたりでやってきたんだ、あいつとおれは。いつもおれがあいつに何て言ってたか知ってるか？」

「何て言ってたの、ベッペ？」

「戦うのをやめるんじゃないぞ。絶対にだ、ってな」

「名言にちがいないわね」

「精神の問題だよ」ベッペは自分のおでこを指して言った。「精神さ」

ミカエラはベッペに笑いかけた。ベッペ本人の精神について何か言ってやりたくなったが、その気持ちは抑えた。

「ねえ、サッカー場まで行ってみましょうよ。どんなふうに練習してたか教えてくれない？」

ベッペがうなずいたので、ふたりはぶらぶらと教会とモスクのほうへ歩いていった。若い男のグループが興味津々で、近づいてきそうだったので、ミカエラは自分たちは忙しいのだというサインを送った。団地の構内で、事件について初めて聞いたときのことが思いだされる。あのとき空気を満たしていた興奮、目をキラキラさせた人々の顔、言葉を交わし合う人の声。あれがシャーデンフロイデか、と彼女は思った。

「いや、ほんとに」ベッペが言った。「会えてよかったよ。だってな……あのときはほんとに吐かされてしまうんじゃないかって気がしてたんだ。もうすこしで自分がやったと信じはじめるところだったしな」

「悪いことをしたわね」ミカエラは言った。

「いやいや、あんたはおれの恩人さ。ところで、ルーカスはどうしてる？」

「あいかわらずよ」

「ヤバいやつらとつるんでるんだろ？」

「そんなに悪いことはしてないと思うわ」

ベッペが立ち止まり、また神妙な顔をした。〈スパイ・バー〉で会ったマリオと同じように、まるで彼女へのお返しに何かしたがっているみたいだ。

「あのさ、団地の外でシモンとやったラップのことを訊いてきただろ、憶えてるか？」

「ええ、もちろん」

「そのことで思いだしたんだ」

ミカエラは興味を引かれて彼を見た。

「何を？」

「あんたらの親父さんのこと、歌詞にしただろ。災難のことをさ」

「そんなだったわね」

「ワンフレーズ憶えてるのがあるんだ」

「どのフレーズ？」

「〝兄貴は乗っ取り見込んだ、だからがっつり仕組んだ〟」

彼女はその言葉の意味を考えた。

「それ、ルーカスのこと？」

「ほかに誰がいる？」

「みんなルーカスの悪いとこばっかり見るのよね」

「何だって？　いや……おれはちがうぞ。あいつがどんなふうにあんたの面倒見てたか、よく憶えてる。あいつがいたから、誰もあんたには手が出せなかったもんな。あんたいっときは、ヒュスビーの女王さまだったんだぞ」

「それはないでしょ」ミカエラは言った。「ところで、グリムスタでのことで、何か思いだしかけたって聞いたんだけど」

「え……？　ああ、そうだったかもな。でも、どっちかっていうとマリオが騒ぎ立ててるだけなんだ。警察のやつらは……」

ベッペは顔をしかめた。

「警察がどうしたの？」

「いや、何でもない。けどおれ、最近、セラピストのところに通っててさ」

ミカエラは驚いて彼を見た。セラピーを受けている知り合いはいないし、自分のまわりで誰かが始めるにしても、ベッペがなんて想像もつかなかった。

「釈放されたら会いに行けって、女の先生を紹介されたんだよ。怒りをコントロールするためだとかで」

「いいことだと思うわ」

「つらかったよ。最初はその女先生も、おれが有罪だって信じこんでたみたいだったからな。でもしばらくしたら気分がよくなってきてさ。あの日のことをよく思いだそうともしてなかったって気がついた。取調べ中は戦って負けないことばっかりに気をとられてたから」

「それで、誰かを見たのを思いだしたのね？」

「ああ、そういやグルドラガル小路で誰か見たなと思ってさ」

「誰だったの？」

ベッペは自分の言葉を自分でも信じてよいかわからないみたいに、どんよりと曇った目で彼女を見た。

「暗かったからな。おれよりあんたのほうがよく知ってるくらいじゃないのかい？」

「そのことは知らない。とにかく、あなたは酔っていて溝に落ちたのよね」

「びしょ濡れになって、やっと道路にあがったところで、あのガキと会ったんだ。おれを見たって言ったやつだよ」

「フィリップ・グルンストレムね」

「あんときは雨も風もひどくて、おれはマリオがどこにいるかたしかめたくて電話しようとしたんだ。でも携帯が濡れてて電源が入らなくて、それで毒づいてそのまま歩いていった。で、あの先にカーブがあるだろ、そこで、まっすぐ歩けてない男を見かけたんだ。そいつも酔っぱらってるみたいだった」

「どんな人だった？」

「よく憶えてないんだ。あんときはめちゃめちゃで、肘が痛かったし、とにかく家に帰りたかった。何があったか憶えておかなきゃならないなんて思わなかったよ。それでも目に入ったことは二つ三つあったかな」

「たとえば？」

「けっこう若くて、力もありそうな男で、あの道をヴェリンビーのほうへ向かっていった」

「けっこう若いって言った？」

「まあ、年寄りではなかったよ。警察がずっと言ってるみたいな、しわだらけの爺さんじゃなかったことはたしかだ」

「それは興味深いわね。ほかに何か憶えてる？」

「ずっと自分の服を手で払ってた。服にゴミでもついてるみたいに。あと、ぼそぼそ何か言ってたと思う。歌でも歌ってるみたいだった。どうも胡散《うさん》臭い野郎だったな」

「でも顔は見てないのね？」

「ああ、後ろ姿だけだ。バックパックを背負ってたな——グレーのバックパックだ——それから首にタトゥーを入れてたと思う」

「どんなタトゥー？」

「いや、汚れがついてただけかもしれない。わからないや」

ベッペの顔が急に明るくなり、楽しそうにしだしたので、彼女はぴしゃりと言ってやりたくなった――〝思いだせないことの何がそんなにおもしろいの？〟

「ほら、あそこだ」ベッペが言った。

「何が？」

「マリオとおれがシュートとかドリブルとかを練習してた場所さ」

ベッペはフェンスの向こうの谷間にあるサッカー場を指さした。だがしばらくのあいだ、ミカエラには自分がいま何を見ているのかが、よく理解できていなかった。彼女はまだ雨のグルドラガル小路にいた。

「ほんとに？　街のバーにいたんじゃない？」

「おいおい、ミカエラ、あんたも見てたんだろう」

「だってあのころ、いつも酔ってたでしょ。憶えてる？」

ベッペは傷ついた顔をした。

「いい加減にしてくれ。嘘じゃないぞ……あいつを育てたのはおれなんだ。マリオだってちゃんとわかってる。〝ありがとう、父さん〟てあいつ言うんだ。〝おれに厳しく、正直でいてくれて〟って」

「もちろんよ、ベッペ。もちろんそれはそうなんでしょう。わたしが会ったときだって、あの子、あなたと同じスタイルでばっちり決めてたし」

「あいつがか？」

「そう。よろめく魅力ってやつね、いろんな意味で」

「ミカエラ、おまえかわいいな、ほんとに」ミカエラが思っていたよりも、ベッペは酔っているようだ。

「それはどうも」いらだちまじりに彼女は言った。

「結婚相手はまだ見つかってないのか？」ベッペが言った。母とおんなじだ。「おまえの面倒を見てくれる男はさ」

「いいえ。あなたはどうなの？」ミカエラはそう言いながら、頭のなかではレッケに電話をして、クレーベリエルとの面会はどうだったのか訊こうと考えていた。どうもいやな予感がしたが、そのことは考えないようにした。

＊

レッケは外務省をあとにして、帰宅の途についていた。考えごとに没頭していたので、クングストレードゴード通りを歩く彼の後ろを外交官車両がついてきているのに気がついていなかった。だから、チャールズ・ブルックナーと同僚のヘンリー・ラマーが彼を車に引きずりこんで、脅かしてやろうと考えていたとしても、そんなことには考えが及びもしなかった。

彼はいま、歩いている街から遠く離れた場所にいる。だが、彼の内的世界がすっきり爽快《そうかい》というわけではない。体は薬で重く感じられ、やはり完全に回復するまでは何をするのもやめておこうかとまで考えていた。

だが、何か重要なことが見えていないような気もする——すぐ目の前にあるはずなのに、視界に入るのを避けつづけている何かが。ハムン通りとニーブロープランのほうへ歩いていく途中で、路面電車に轢《ひ》かれそうになった。車にもクラクションを鳴らされた。カビールと、ピッチでの彼の手の振り方について考える。伝えられているのとはまったく異なる人生の物語が、あの男に隠されていることは間違いない。だが、それは自分が思っているような物語なのか？　それが自分を重ねることのできる物語だという事実は、たしかに警告のサインだが、それでも……何かある。ヴィクトル、とふと彼は思いだした。なつかしい友ヴィクトル。もしかして彼が助けてくれることはあるまいか？　レッケは連絡先を探し、テキストメッセージを送った。

　ヴィクトル・マリコフは——少なくとも最後に連絡を取りあったときには——ラティーファ・サルワニが留学していたモスクワ音楽院で交響楽の教授を務めていた。けれど、ヴィクトルのことが頭に浮かんだのには、ほかの理由もあった。ジュリアード音楽院で出会い、ともに学んだのは、まだ十七歳のころのことだ。ある晩、キングス・シアターでブルックリン・フィルハーモニーの楽団員とワインを飲んでいた。あのころでさえ、ヴィクトルはチャンスがあれば秒で酔っぱらっていた。レナード・バーンスタインのワールド・ユース・オーケストラに招かれて演奏して以来、彼はソ連の体制から離反していたので、街じゅうどの通りを歩いていても、曲がり角の向こうに国家保安委員会《KGB》のエージェントがいるのではないかと気にして、神経をすり減らしていた。いつも現実の、あるいは想像上の病気に悩まされて泣き言を言っていた。

　だが彼のいいところは、泣き言を言うにしてもなかなか気が利いていたということだ。立派な心気症患者はみなそうだが、彼もまた自分がかかっていると思いこんだ病気についてよく調べ、同じ病に苦しんだ有名人の逸話をいくつも知っていた。その晩は背中と肩に違和感があるという話だった。「ぼくの体は、じきにあのいまいましいピアノと同化しちまう」と彼は言った。「あんなふうに角張って、硬くなっちまうんだ」

　レッケは、長時間におよぶ練習が体に跡をのこすという考えが気に入り、やがて舞台に上がるまえのオーケストラ団員たちを見て、何の楽器を演奏しているかを当てて楽しむようになった。

もちろん厳密な科学ではない。それでも彼は追究を続け、手にできた胼胝《たこ》や、皮膚にのこった樹脂、圧迫の跡、傷痕、鍛えられ発達した小さな筋肉、指先の切り傷、トランペット奏者に見られる唇の特徴など、手がかりになるあらゆるものに目を向け、姿勢や視線からは所属楽団におけるその演奏者の地位までをも推理した。

こうして身についた習慣が、ある種の技術にまで発展していた。そしていま、カビールと彼の身振りについて考えながら家路を急ぐレッケの頭のなかで、ひとつのことが確信に変わった。あの男は指揮者だったのではない。指揮者になれなかったのだ。

あの身振りは、プロの指揮者にしては、あまりにも不自然で芝居がかっていた。指揮者の身振りではあったが、指揮者の動きとはこういうものだという、夢の身振りだ。表面に見えないところに強い憧れがある。もしこれが真実ならば、あの男は――ミカエラに話したように――何かの楽器を演奏していたにちがいない。真剣に指揮者を目指すのは、毎日何時間もの楽器の練習を、何年も何年も続けた者だけだ。だが、何の楽器だろう？　ストランド通りを歩いていると、早くもヴィクトルからの返信が届いた。

〝兄弟《ブラザー》よ。連絡をくれるとはなんとうれしいことか。もう百年ぶりだろうか、それとも十年か？〟

レッケはメッセージのうわずった調子が好きになれなかった。もっと淡々と話がしたい。とはいえ、それらの文字を見て、いくぶん集中している状態には戻れた。こうして携帯電話からメッセージを送り、返信を受け取った事実そのものが、無気力状態を脱することができたしるしのように思えた。

グレーヴ通りに着くと、暗証番号を憶えていたのでほっとしたが、後ろを静かについてきた外交官車両にはまだ気づいていなかった。エレベーターで階上へあがるあいだ、またミカエラの視線を思いだした。なじるように向けられた険しい黒い瞳は、壮大な美しい幻想をあなたに奪われた、と言っているみたいに思えた。

〝しっかりしてください〟と、彼女は言った。

本当だ、しっかりしなくてはいけない。

エレベーターの動きがいままで以上に遅く感じられるのはよい傾向だ。早く前へ進みたい、ということだから——ただこの場を離れ、忘却のなかへ逃げこみたいわけではなく。そして、彼は思い切った決断をした。いま抱えている切迫感のせいかもしれないし、単にエレベーター内の鏡に映った自分の姿があまりにひどかったせいかもしれない。でもおそらくは何より、ミカエラとユーリアのせいだ。

玄関を入ると、レッケはまっすぐにバスルームへ入り、薬棚をあけた。錠剤とアンプルと薬瓶を取りだし、全部まとめてポリ袋に放りこむと、気が変わらないうちに踊り場へ出て、ダストシュートに投げ捨てた。室内に戻ると、ハンソン夫人が待っていた。やれやれ、ひとりにしておいてはもらえないものか。

「ごめんなさいね、ハンス。気分はどうなの？」

「薬を捨ててきましたよ」彼は言った。

ハンソン夫人はそれが朗報なのか悲報なのかわからないみたいに彼を見た。だがすぐに笑顔になった。

「あのかたがいてくれたからね。そうでしょう？　あの娘さんのおかげよね？」

「どの娘のことです？」

「ミカエラですよ。もちろん」

「ああ、そうかもしれない」

「どこかあなたと似てますものね。気づいてました？」

「シグリッド、まったく似てなんかいませんよ。彼女は若くて強い」

「あなただってそうじゃないの。ご自分が弱いと思いこんでるだけなんですよ」

「はい、はい。もちろん」

「それにあのかただっていろいろあったみたい。わたしが見たってわかりますよ」

「そうかもしれませんね」

「駄目ですよ、訊いたりしちゃ……」

レッケはキッチンへ立ち、薬の代わりに酒を飲もうかと考えた。だがそんな気にもなれない。ハンソン夫人が真後ろにいた。

「怒らないでくださいよ。とにかく、何か食べていただかないと。ご自分のことで忙しくしすぎて、食べるのも忘れてしまうんですから」

「おっしゃるとおりですよ」レッケはバーカウンターのフルーツ・ボウルに手をのばした。

「ハンス、それはレモンですよ」

「え……ああ……そのとおり」彼は言った。「好物なんだ。僕ら若くて強い男にとって、レモンは新しいオレンジだからね」

「夕食を用意しましょうね」

「いえいえ、そんな必要はありませんよ。どうぞ階下で休んでください」レッケは言って、書斎に入り、コンピューターを前に腰を据えると、カビールの解剖写真を開いた。

そして顔をしかめた。頭蓋骨を砕かれて力なく横たわっているのが、まるで自分自身であるかのように。だがじきに、頭はすっきりとして、見覚えのある荒廃した風景のなかに戻ってきたように感じた――いまではないいつか、もっと調子がよく、いまよりももっと多くのものが見えていたころに、見たことのある風景。レッケはかなりの時間、以前自分を〈闇の牢獄〉へと誘った古い傷を見つめていた。それから、じっくりと手を観察した。

労働者の手だ。油にまみれた機械工の手。汚れや、小さな切り傷や、ひっかき傷もある。だがほかにも何かある……。写真を拡大して、指先に目を凝らすと、指紋の溝にたいして斜めに、ほとんど肉眼では見えないくらいの小さな筋が、何本も走っている。だがそれをどう解釈してよいものかはわからなかった。筋と筋との間隔が広すぎる。レッケは首を振った。理屈に合わない。ここに手がかりはないのかもしれない。

まるで砂の上の足跡を探しているようなものだ。何度も波に洗われて消えたものを探しているような。

レッケは立ち上がり、声にもならない小さな声でつぶやいた。ベートーヴェンの大フーガのフレーズが、頭のなかで鳴り響く。それは解剖写真への不安な伴奏曲のようでもあり、あるいは、ひょっとすると……。レッケはある考えにたどり着き、凍りついた。そして何か比較できるものはないかと、オンラインで検索をはじめた。

結局、何も見つからず、不確かさは変わらなかった。にもかかわらず、別の世界への扉がとつぜん開かれたかのように、生きることへの強い欲求が沸き上がるのを彼は感じた。そして大急ぎで、ヴィクトル・マリコフにメッセージを返信した。「明快《クラリタス》、明快《クラリタス》」とつぶやきながら。

26

ミカエラはトマトソースのパスタをつくった。外は雨だが、空には晴れ間が見えている。このぶんだと夜には晴れそうだ。キッチンで食べながら、カビールの身振りについてレッケが口にした言葉を思い返した。彼の考察によって何かがはっきりしたわけではないが、それでもものすごい驚きだ。ヨーナス・ベイエルに電話をしなければと思った。だが、もしも彼らが自分を捜査チームに戻すかどうかを検討している最中なのだとしたら、邪魔をするのは避けたい。

リビングでコンピューターを立ち上げ、ラティーファ・サルワニの写真を眺めた。彼女の瞳にはやはり惹きつけられる。見ていると催眠にかかってしまいそうな魅力がある。カビールはこの瞳を見つめたのだろうか。もしそうだとしたら、どう感じただろうか。

彼女を愛して、失望に終わった？　それともはなから相手にされないと感じて、自分がもち得ないものを壊したくなった？　それはまだわからないし、ひょっとしたら事件の本筋とも関係はないのかもしれない。だが、そうは思っても……彼女はラティーファの遺体の写真を表示した。やや理解しがたいことに、ウェブサイトに掲載されていた一枚だ。床にひっくり返った椅子のそばで、彼女は体をまるめ、壊されたヴァイオリンに手をのばしている。

そばに散らばっているのは、ばらばらになった楽器の破片だ。ヴァイオリンが打ち砕かれたときに飛び散ったものだろう。それと、小さな土くれのようなもの。後頭部から川のように血が流れていて、頭を包んでいるヒジャブがこげ茶に染まっている。ほかの写真であれほど勝気なプライドを感じさせる目をしていたのと、同一人物だと理解するのはむずかしかった。とはいうものの、この写真では顔はわからない――写っているのは、痩《や》せ細った体と脚と腰、そして細い首と背中だけ。肩甲骨がブラウスにくっきりと浮きでて見えている。肩甲骨といえば……。トーヴェ・レーマンの言葉をふと思いだした。まさか、カビールがトーヴェに話したのは、ラティーファのことだったのだろうか？

電話が鳴った。ルーカスからだ。ずいぶんとやさしげな調子で、具合はよくなったかと尋ねてきた。よくなった、と彼女は答えた。シモンの書いたラップの歌詞について、ベッペが言ったことを思いだしたが、ルーカスに話したところで怒らせるだけだろう。とりわけ、いま彼は上機嫌なのだから、やめておいたほうがいい。だから、兄にはいろいろと話はしたが、当たり障りのない内容にとどめた。助けてもらったことに礼を言うと、かえって警戒させたのか、ルーカスは、どうしてまたカビールにそんなに関心をもつのかと尋ねてきた。彼女はある教授と会って、その人が殺人事件についての新情報をくれたのだと話した。が、言わなければよかったと、すぐに後悔した。

「それって、あいつか？　レッケのことか？」ルーカスが訊いた。

ミカエラはどきっとした。

「どうして彼のことを知ってるの？」

「ちょっとまえに小耳にはさんだんだ。金持ちなんだろ？」

ミカエラは知らないと言い、もう疲れたし、まだ頭痛がするからと兄に告げた。ルーカスは、わかった、明日の朝ちょっと様子を見に寄る、と言った。いや、来てもらわないほうが、と彼女は言いかけたが、もう電話は切れていた。ヴァネッサだ。彼女がしゃべったにちがいない。彼女は昔からずっと、ルーカスのことをすごいと言っているし、それにいつも口が軽いのだ。とはいえ、半年前にミカエラがレッケの話をしていたころには、彼の名前が取り扱いに注意を要する情報になろうなどとは思ってもいなかった。きっとだいじょうぶ、と彼女は考え、ほかにすることもなかったので、さっき見ていたラティーファ・サルワニの写真に戻った。だがそこでまた邪魔が入った。こんどはヨーナス・ベイエルからだ。電話の声が興奮していた。

＊

レッケは書斎で、この電話は盗聴されているのだろうかと考えていた。きっとされているだろうと判断し、ハンソン夫人の電話を借りようかと考えた。いや、彼女を巻きこみたくはない。もう一度、解剖写真に戻り、カビールの手と指先にのこったかすかな筋をよく見た。この考えは正しいのだろうか？　おそらく、とレッケは思った。そして、モスクワのヴィクトル・マリコフにメールを送信した――

〝最近どうしてるんだい？〟

返信はすぐに来た――まるでヴィクトルがコンピューターの前で待っていたかのようだった。

〝どうしているも何も、あらゆる言葉の奥を見通して、悪魔さえ見破れるといわれている男に、何か言うべきことがあるのかな？〟

レッケも返信した。彼もまた、少し芝居がかった文面で――

〝事実関係をかんたんに教えるだけでいいんだよ。そういう男を喜ばせるのはたやすいものだ〟

ヴィクトルからの返信はまたすぐに返ってきた。

〝祖国へ帰ったことを後悔しはじめているよ。今度もまた民主主義はあまり根付きそうにない。しかし、ぼく自身はバレリーナと結婚して、子どもが四人いる。演奏は、教えるうえで必要などきを除けば、もうあまりしなくなった。だが、べつにいつもふてくされて過ごしているわけでもない。よく本は読んでいるし、酒も大いに飲んでいる。それで当然ながら、いつも体のあちこちに痛みを抱えているよ。しかしたまにだが、きみを懐かしく思いだすことはある。きみが仕事を失ったと風の噂に聞いたよ〟

〝仕事自体はおそらく無くなってはいない〟レッケは返信した。〝だが、あの国から追い出されて口封じをされた〟

〝なんだと。いったい何があったんだ〟

〝電話してもいいか？〟

〝もちろんだ〟

レッケはしばらく、静かに考えこんだ。もし本当に盗聴されているのなら、ヴィクトルとの話し合いのなかに、ＣＩＡへのメッセージを潜ませてやってもいいのではないか。とは思ったが、結局あまり考えずにヴィクトルの番号にかけ、ちょっとした社交の舞台に備えて深呼吸をした。

レッケがうつ状態にあることを、ヴィクトルが知らないからというだけではない。彼の騒々しい調子に合わせておくほうが、うまくいくことが多いからだ。

「きみの声が聞けるとはうれしいね」ヴィクトルが言った。「しかし一体どういうことなんだ？アメリカから追い出されたって？」

「まあ、そうたいしたことじゃないんだ。僕はなんとかやっている。ただ、たまに口を開かないでいるのに苦労していることはあるがね」レッケは言った。

「なるほど、きみらしいな。わかるよ」

「なあ、演奏家がどの楽器をやっているか言い当てあったの、憶えているかい？」

「ああ」

「最近またやっていてね。だが、そのまえに、ちょっと情報がほしい」

「言ってみてくれ。聞きたくて仕方ない」

レッケは深呼吸をし、切り出した――

「一九八〇年代のソヴィエトの教育システムのなかで勉強していたアフガニスタン人音楽家たちについて知りたい。具体的には、のちにジャマル・カビールと名乗るようになった男を捜している。だが、とある女性のほうから始めたほうが簡単かもしれない。そちらの年長の人たちならたぶん記憶にあるだろう。サーシャ・ベリンスキーならほぼ確実に、彼女のことを憶えているんではないかな」

「サーシャはこのごろ、どうも記憶が怪しいみたいだぞ」

「望みは薄いかもしれないが、思いだせないともかぎらない。その女性は一九八五年から一九八八年ごろにモスクワ音楽院に留学していた。とても才能があった。舞台に立つべくして生まれてきたのではと思わせる。自分の価値をよくわかっていて、周囲の人々の強い感情を掻き立てただろう、と僕は想像している。名前はラティーファ・サルワニ。カブール出身だ」

「その人に何があったんだい？」

「カブールで後頭部を撃たれて亡くなった。一九九七年四月四日、音楽家がタリバン政権に弾圧され、深刻な嫌がらせを受けていた時期だ」

「なんてことだ。探偵ごっこに引きずりこまれるとは、もっと早くに気づくべきだったよ。だってきみは昔からそうだったものな？」ヴィクトルが言った。

レッケは力なく微笑んだ。

「そうだったかもな。だがとにかく、彼女についてできるかぎりのことを知りたいんだ。そうして、同じアフガニスタン出身で彼女とかかわりのあった者たちを特定したい」

「とくに捜している人物はいるのか？」

「探偵ごっこだぞ、いるに決まっているだろう」

「たしかに」

「さっき言った男だよ。当時はとても若かった。ラティーファと同い年か、少し年下だ。鋭さのある顔立ちで、黒髪、がっしりとした体格で、背は低い。写真を何枚かと、特徴を書いたものを送るよ。ただ、名前はわからない。少なくとも本名だと思われる名前は知らない」

「楽器は何だい？」

「彼は……」レッケは言いかけたが、さしあたりいまは言わないことにした。「わからない」

「どうもぼくの知っているレッケらしくないな」

「きみのレッケはもういないのさ」

「それは想像しがたい」

「きみは優しいな、ヴィクトル。しかし、その男なんだが、どうも真剣に指揮者を目指していたようなんだ」

「で、その才能もあった？」

「さあ、どうだろうか。むしろ、彼にはどこか誇張されたものを感じる。自分を大きく見せようとする傾向も。いや、それは言い過ぎかもしれない」

「何を言ってるんだ、自制なんてしないでいいさ。好きなだけ想像力を働かせてくれ。それがきみのいいところじゃないか」

レッケはまた微笑み、自説を披露したい誘惑に駆られた。だが屈しはしなかった。

「情報が足りなくて進まないんだ。急ぎでたのんでもいいだろうか？」

「できるだけのことはしてみるよ。きみはぼくの一日に彩りを与えてくれたからね」

電話を切ったあと、レッケは解剖写真を閉じて、このアパートメントのどこかに薬がのこっていないか探してみるべきか、それともなじみのディーラーのフレディに電話してしまおうか、と考えた。

＊

カビールもクラシックの音楽家だっただと？　ミカエラの言葉は、はじめ突拍子もなく聞こえたが、やがて根を下ろし、ヨーナス・ベイエルはどんどんわからなくなってきた。小さなことがいくつも思いだされた。ほとんど顧みることもなかった些細《ささい》な情報が、いまになって新たな光に照らされて浮かび上がってきた。

ひとつは、クラリネット奏者のエマ・グルワルとの面談だった。彼女には、ベルリンで直接会って話を聞いたのだが、最初会ったときの彼女の敵意ある態度が印象にのこっていた。もっともその態度はじきに和らいだ。だから、あれは警察に話を聞かれることにたいして多くの人が感じる居心地の悪さのせいだったのだと、ヨーナスは解釈していた。

彼が話を聞いた出来事のあった夜、つまりカブールで宗教警察の人間が三人、彼女のもとにやってきた夜は、一九九七年三月二十四日で、かなり遅い時刻だった。エマの子どもふたりはそれより何時間もまえから寝ていた、と彼女は話した。街の雰囲気は不穏さを増していて、三人がなだれこんできたときには驚きと恐怖で飛び上がってしまった。だが、そのうちのひとりがカビールだとわかり、ほっとしたと彼女は言ったのだ。どうしてか、とヨーナスは尋ねた。彼女が言うには、カビールはいい人だと聞いていたから、ということだった。サッカーにかかわったりと、どちらかといえば穏健だった。それに美しいものをつくる人だとも聞いていた。だから彼女は〝あの人たちが家じゅうをひっくり返さなくていいように〟、ほぼ即座にワードローブからクラリネットを出して、彼に渡したのだという。

「この楽器は自分が引き受ける、って彼が約束してくれたんです。わたしが持っていたところで演奏は許されていなかったし」と彼女は言った。筋は通っている、とヨーナスは思った。

あのころは、自分に危害が及んだり、連れ去られたりするのを避けるためなら何だってしてしまう方向に、人々を煽る空気があったし、それに最初のうちはまだ希望があるような気がしていた、と彼女は言った。カビールはクラリネットを撫で、〝まるで吹きたいみたいに〟もちあげたという。その直後、彼の態度は急変した。瞳が翳《かげ》り、手にしていたクラリネットを戸枠に叩きつけて壊したのだ。〝昔からずっと復讐したかったみたいに〟という彼女の言葉がいま、ヨーナスの頭によみがえってきた。ミカエラに電話しようと思ったのはこれが理由だ。彼はスヴェーデンボリ通りの自宅に戻るなり、リンダと息子たちにかまわなくていいように、寝室のドアを内側からロックした。

「気分はどう？」と尋ねる。

「よくなりました。何かニュースでも？」ミカエラも尋ねてきた。

「いや、まだだ。でも心配しないでくれ、きみがチームに戻れるまでぼくはあきらめないから。言っておきたいのは、その……ああ、ちくしょう……言うのも恥ずかしいんだが」

「何が恥ずかしいんですか？」

「ぼくたちはこれまで、まったく立派な仕事をしてこなかった。すっかりやる気を失って、捜査をないがしろにしたんじゃないかって思うこともある」

「どういう意味ですか？」

ヨーナスは心のなかで抵抗を感じたが、言葉にして伝えなくてはならない切迫した気持ちも抱えていた。

「ずっと感じてたことだ。コスタを釈放してからずっと、上層部はこの件の捜査を最優先に考えてはいないと感じてた。で、それに影響された。現地の調べがなかなか進まないこと、ぼくたちを助けるはずのアメリカから、実際のところ使いものになる情報が何も入ってこないことも、ぼくたちに影響したかもしれない。そういうことに取り組まなくて済むほうが楽だ、と心のどこかで思ってた」

「でも、言っておきたいことってそれですか？」

「おそらくだが、カビールの音楽にかんする経歴について、きみが言ったことには一理ある」

ミカエラの関心がこちらに向いたのを、ヨーナスは感じとった。

「どうしてですか？」

「エマ・グルワルはカビールと旧知の仲だったんじゃないかって、ぼくは思いはじめている。カビールが彼女のクラリネットを手にしたときの行動もおかしい」

ヨーナスはエマ・グルワルが証言した内容をミカエラに伝えた。しばしの沈黙のあと、ミカエラが言った。

「だとしたら、どうしてその人はまえから彼を知っていたことを隠してるんでしょうか？」

「わからない」ヨーナスは言った。「わからないんだ。なあ、飲みにいく約束、いまからにして、飲みながら話さないか？」

「頭痛がひどいので」ミカエラが言った。嘘ではないのだろうが、ヨーナスは個人的なこととして受け止めた。

そのあと彼は机に向かい、午前一時をまわるまで捜査資料を読みつづけた。

＊

眠れない夜だった。レッケは眠れることなど期待してはいなかった。だが、夜明け前のもっとも暗いひとときを生きのびたことで、強くなった気がする。長年の経験から、断薬の一日目を乗り切ったからといって、それが何でもないことはわかっているのだが。本当の嵐は、七日目か八日目になってはじめて吹き荒れる。だが、いまは考えないことにした。レッケはユールゴーデンに走りに出たが、ひどい衰えを感じて戻ってきた。不安による体の震えすらろくに感じないほど疲れていて、喘ぎながらシャワーの下にしゃがみこんだ。そのあとは、水色のシャツとグレーのスーツに身を包み、書斎の机の前にすわってメールをチェックした。ヴィクトルから午前二時四八分に何か届いている。写真が添付されているようだ。〝できるだけ早急に〟電話がほしいとのメッセージが添えられている。ただし、〝九時以降に、こっちがコーヒーを飲んでからにしてくれよ。きみのために一晩じゅう、ワインとウォッカを飲むはめになったんだからな〟とあった。

レッケは腕時計に目をやり、時差の一時間を足した。モスクワはいま午前八時二十分——言い換えれば、ほぼ九時だ。レッケは電話した。呼び出し音が五回鳴ったところで、不機嫌な声が聞こえた。

「もしもし？」ヴィクトルがロシア語で電話に出た。

「目を覚ましてくれ。僕はそのあいだに、きみが送ってくれた写真を見ておくから」レッケはそう答え、受け取った写真をじっと見た。

ほとんどが一九八七年の秋にモスクワ音楽院で撮影された、当時の三年生の写真で、ラティーファを見つけるのに時間はかからなかった。下から二番目の列の右側からこちらを見つめている。すでにほかの写真で見慣れた彼女と、ほぼ同じ印象だ——美人でプライドが高く、顔全体の大きさにたいして大きすぎる目と、絶対に謝らないと決めたような眼差し。だが、ひょっとすると——細部をよく見ると——カブールで撮られた子ども時代の写真には見られなかったものもあるかもしれない。どこか斜に構えたような、少し不安げな雰囲気が、彼女の表情を読み取りにくくしている。

「なんだ、なんだ《ゴースポジ》！　もう九時なのか？」ヴィクトルが言った。

「だいたいな。誰と飲んでたんだ？」

「サーシャ・ベリンスキーさ。あの人はまだまだ現役だ。耄碌《もうろく》したかと思うときはあるが、それでもいまだに明日なんてないみたいな飲み方をする。ベルンできみが弾くラヴェルを指揮したと言っていたよ」

「そうか、あれは最悪の思い出だが、サーシャがいたから乗り切れた。それで、何かわかったのかい？」

「ああ、わかりすぎたくらいだ。きみが話していたヴァイオリニストのこと、サーシャは話しだしたら止まらなくなったよ。よっぽど惚《ほ》れこんでたらしい。ものすごい才能だったと言っていた。がんばりすぎて精神的に追い詰められることはよくあったし、うぬぼれすれすれに見えることもあったらしい。けれども、時が止まったように思えることもあったんだと。彼女の話をしながらサーシャは涙ぐんでいたよ。〝連中はわたしのいちばんの生徒を撃った〟と言ってね。〝まったく、いったいどういう時代なんだ〟と」

「それには同感だね」

「天使のような演奏だった、とサーシャは言っていた。だいたいは、ブラームス、シベリウス、パガニーニ。いつも練習に励んでいたそうだ。だが、だからといっておとなしい優等生ではなかった。ひどい癇癪《かんしゃく》もちだった。ドアをバタンと閉めたり、喧嘩を始めたり。いつも注目の的で、彼女についての噂話は絶えなかった——かなりひどいことも言われていたようだ。ちやほやされて甘やかされているとか、過大評価されているとか、嫉妬まじりに陰口をたたかれていた。彼女なら撃たれても無理はないなんて皮肉をいうやつもいた。サーシャ自身は、誰であれ——たとえタリバンであっても——彼女を殺すなんて理解できないと言ってたよ。彼女なら何だって乗り越えていくと思ってた、って」

「アフガニスタン出身で彼女と交流のあった音楽家は、ほかに見つかったかい？」

「写真の三列上、少し右側を見てほしい。そこにダルマン・ディラーニという男が写っている。見えるか？」

レッケは写真の男を見た。若い男で——十九か二十歳くらいの——ウェーブのかかった黒い髪に小さな目と鉤鼻《かぎばな》で、眼差しが少し内気そうに見える。黒いシャツのボタンを首まで留めて、丸眼鏡をかけている。

「ダルマンもアフガニスタン出身で、歳も同じだ。彼もヴァイオリンを弾いていた」ヴィクトルが言った。「彼とラティーファは音楽院に来たのも同時期で、十代の早い時期から親しい友人同士だった。カブール時代から同じ指導者についていたそうで、一時期は恋愛関係にあったかもしれない――はっきりとは知らないが。だがダルマンは気楽には過ごせなかったはずだ。きみに送ったほかの写真を見てみるといい。ふたりが演奏している弦楽四重奏の写真だ。ラティーファを見ている彼の表情が見えるか？　うっとりしているだろう？　だが不安そうでもある。自分を消そうとしているみたいだ。ダルマンが彼女を愛していたことは疑いない。そしてラティーファの彼にたいする気持ちは――それほどでもなかった」

「彼は生きているのか？」

「いまはケルンで暮らしているよ」

「ケルン」レッケはつぶやいた。

「ああ。ギュルツェニヒ管弦楽団で第二ヴァイオリンを弾いている。彼と話してみる価値はあると思う。ラティーファのことをいつも見ていたようだからな。つねに目で追っていた。だが、本当に興味深い点はほかにある」

レッケはもう一度、ラティーファの写ったクラス写真に目をやり、彼女の何が変わったのかを理解しようとした。何かがすでに彼女から取り去られているような気がするのだ。

「このときの彼女、病気だったんじゃないか？」レッケが訊いた。

何か別のことを言おうとしていたヴィクトルは、話題の転換に苦労した。

「何？　ああ、そのとおりだ……てんかんが疑われはじめたころだったらしい。上級特別クラス《マスター》で弾いているときに発作が起きた。だが、ぼくが言おうとしたのは、ラティーファとダルマン・ディラーニが、〈ソヴィエト・アフガン友好古典音楽大学〉なる少々いびつな名前のついたカブールの高等教育機関からの留学生だった、ということなんだ」ヴィクトルは言った。「エレナ・ドルゴフが運営していた音楽学校なんだが。彼女のことは知っているか？」

「いや、まったく」

「まあ、そうだろうな。ノヴォシビルスク出身の元チェリストで、指揮者でもあった。だがなにより熱心な指導者であり、伝道者だった。彼女なら、ソ連の共産党がカブールへ行けと命じるまでもなかっただろう。みずから進んで現地へ向かい、音楽学校を設立した。とはいえ、体制側の目論見《もくろみ》は当然わかるだろう。戦争の勝利は武力によってもたらされるだけではない。文化とマルクス＝レーニン主義もその武器なのだ、というわけだ。学校を開いたところで人気があつまることはなかった――ソヴィエト的なものがカブールで人気を得ることはなかった――が、それでも驚くほど多くの生徒がそこで学んでいた。なかには外国から来た生徒もいたくらいで――献身的な共産党員かもしれないが。だが、生徒たちのほとんどは、西洋の音楽を演奏して音楽家として才能をのばす機会を求める若者たちだった。エレナの学校はみるみるうちに高い評価を得て、奨学金を出す資金力もあると評判になった。優秀な学生たちをソ連に留学させることができて、多くはモスクワ音楽院のわれわれのもとに送りこまれてきた。ラティーファやダルマンのような長期留学の機会が皆に与えられたわけではなかったが、それでも多くの学生に――実際、かなりの数だ――短期ではあるにせよ、モスクワで一流の教育を受ける機会が与えられたんだ。で、ここから話がちょっと不気味になる」

「不気味と言うのは？」

「奨学金を受けていた当時の留学生のうち、何人かがのちのタリバン政権時代に姿を消している。ラティーファもそのひとりで、彼女は自宅で射殺体となって見つかったが、何人かは跡形もなく消えてしまったようで、二度と姿を現していないんだ」

「それは興味深い」レッケは言った。

「もちろん、もともと彼らは危険にさらされていた。ソヴィエトと近い関係にあったわけだからね。彼らはタリバン政権が禁止するものを実践していたし、西側諸国とのつながりもあった。だが、それにしても妙な話だとぼくは思う。アフガニスタンで音楽家が弾圧されたのは事実だ――ぼくも少し資料を読んでみた。楽器は壊され、嫌がらせや暴力を受けた。ひどければ殺されてもいる」

「だが、それほどよくあることではなかった」

「そうなんだ。なのに、被害を受けているのはエレナ・ドルゴフの学校の出身者が多すぎる。統計的におかしいと、ぼくは見ているんだ」

レッケは黙りこみ、いま聞いたことを咀嚼《そしやく》した。遠くないところにハンソン夫人の姿が見える。緊張気味に、何か言いたそうな顔で立っている。レッケは胸に衝撃を感じ、それが肩まで駆け上がり、心臓へと戻るのがわかった。ラティーファ・サルワニのことを考えているうちに、ハンソン夫人のことをすっかり忘れていた。夫人は気まずそうに去っていった。

「このカブールからの留学生たちだが。名簿はのこっているか？」レッケは訊いた。

「その時期にわれわれのところへ来た学生の名前ならわかるぞ」

「それはいい。きみは頼りになるな、ヴィクトル。ところで、エレナ・ドルゴフはいまも元気なのかい？」

「いや、二〇〇一年八月に子宮がんで亡くなっている。でも晩年、彼女は自分の教え子たちに誰かが危害を加えることを心配していたそうだ」

「興味深い。それから僕が送ったサッカー審判員の写真なんだが――彼が誰だかわかる人はいなかったのかい？」

「ああ、そうだ……言うのを忘れてたよ。サーシャがゆうべその写真をもって帰ったんだ。それを見てるとめまいがするってね」

「男に見覚えがあったからだろうか？」

「さあな、そう受け取るべきかどうかはわからんよ。ただ、写真を見て、何か変だとだけ言っていた。だが、その写真の男が着ている服のせいかもしれない」

「その男はヴィオラを弾いてたんじゃないかと僕は思っている、とサーシャに伝えてくれ。そうしたら何か思いだすかもしれない」レッケが言った。

ヴィクトルは声を立てて笑った。

「やっぱり、彼の弾いていた楽器をもう当てていたわけか」

「いくつか手がかりを調べてみただけで、確信はないよ」

「ところで、ちょっと息が苦しそうじゃないか？」

「そんなことはないと思うが。とにかく、いい仕事をしてくれたよ、ヴィクトル。また連絡する」

「おいおい、もう切るわけじゃないだろう？　まだ挨拶もそこそこじゃないか」

「いや、切るよ。きみもまた寝て酔いを覚ましたらいい。あとでまた話そう」レッケは電話を切った。

喘がずに呼吸をするのがやっとだった。体も電気ショックを受けたときのようにガクガクと震えている。心のなかでつぶやいた。〝一体何をしてるんだ？　自虐行為のつもりか？〟

フレディ・ニルソンに電話をかける——断薬に正面から取り組んでいる時間はない——だが、出なかった。ハンソン夫人がまた部屋に入ってきて、ミカエラがこちらへ向かっていると告げたので、レッケは悪い習慣に戻るのはあとにしようと思った。

もう一度、ラティーファのクラス写真をじっと見た。なかなか意識を集中できなかったが、その写真の何がひっかかっていたのか、ようやく気がついた。ラティーファの左目だ。子ども時代の写真にあった輝きがそこにはなかった。

＊

ミカエラは十時間眠りつづけ、目が覚めたときには火曜日の午前八時になっていた。何かが解き放たれたように気分はすっきりしていた。外は春の雨だ。両手を腹の上においてしばらく仰向けになっていると、昨晩の記憶が戻ってきた。それとともに、なぜ朝が希望に感じられたのかが理解できた。

頭痛が治っている。それに、ゆうべは殺人事件の真相に一歩近づくことができた。失っていたものを取りもどした気分で、いまは何をすべきかと思いめぐらした。ヴァネッサに電話をして、しゃべりすぎたことを咎めるべきか？　いや、それはいい。自分が誰と会ったかをルーカスに知られたところで、どうにかなるわけでもない。それにヴァネッサではなく、警察の誰かがしゃべったのかもしれない。あてもなく思考をさまよわせていると、ふとヨーナス・ベイエルから聞いたエマ・グルワルの話が思いうかんだ。彼の話によれば、カビールは彼女のクラリネットを〝まるで吹きたいみたいに〟大事そうに撫でていた。だが直後、〝昔からずっと復讐したかったみたいに〟怒り狂って、そのクラリネットを戸枠に叩きつけて壊している。

もちろん、このことに意味があるとはかぎらない。だが、カビールもクラシックの音楽家だったという考えとも矛盾しない。ベッドから起き上がり、バスルームへ向かいつつ、頭のなかで鳴り響く調べに耳を澄ませた。ブルッフのアダージョだ。ハミングしながら、本当に捜査に復帰できるのだろうかと考えた。しばらく様子を見るしかないだろう。いずれにせよ、今日も事件のことを調べたい気持ちに変わりはない。痣のできた顔を鏡に映す。痛みは引いたが、見た目がひどい。でもこれですんでよかったのだ。ためらいも義務感も感じるまえに、彼女は病欠の連絡をしようと職場に電話をかけた。

「気分がすぐれないので」と彼女は言った。

電話に出た上司はいっさい彼女を疑わず、すぐに答えた。「ああ、それはよくない。わかりました」。仕事をサボろうとしている警官としてはありがたい言葉だ。電話を切ったあと、彼女は鏡に映った自分の顔をにらみつけ、思った——

レッケはわたしのことをどう思っているのだろう？

彼の目にわたしはどんなふうに映っているのだろう？　彼にとってわたしは誰？

そんな問いを思いうかべてもよいことはなかった。ただ自分の欠点が余計にはっきり見えるだけでしかない。ミカエラは前髪をかきわけて後ろに流し、みんなが勧めるように額を出してみた。このほうがいい——自分でもそう思った。だからといって、みんなを喜ばせるつもりはない。そんなことより髪を切るほうが先決だ。もう肩までのびているし、これでは目が……何と言えばいいのだろう？……真面目すぎて見える。彼女は笑顔をつくり、モデルみたいに立って馬鹿みたいなポーズをいくつかとった。さいわいなことに、電話の音が邪魔をした。ハンソン夫人からだ。邪魔をして申しわけないと話しはじめた。

「何かあったんですか？」ミカエラは尋ねた。

「あのかた、薬を捨ててしまって、一睡もしていないんですよ。一晩中歩きまわっていて、ずっと足音がしてたんです」

「それっていいことなんでしょうか」

「もちろんよくなんかありませんよ。たぶん、いままでいちばんひどい禁断症状が出ることになるわ。でも、少しは前進してるってことよね。あなたのおかげですよ、ミカエラ。ねえ、ハンスがまた何かよくないことを始めるまえに、ここへ来てもらえないかしら？」

「ふーむ」

「お願いしていいわよね？」

「いまからうかがいます」ミカエラは言った。

そうは言ったものの、彼女はまだもたもたと家を出られずにいた。一度着た服を脱いでは別の服をためし、ハイヒールまで履いてみた。が、結局はいつものデニムとパーカーとスニーカー、それにいつも以上でも以下でもないメイクに落ち着いた。とはいえ、足取りが弾む感覚は、土曜以来初めてだった。彼女は階段を駆け下りた。だから、聞きなれた足音が下から響いてきていることには気づいていなかった。

＊

チャールズ・ブルックナーは、グレーヴ通りで外交官車両に乗っている。レッケをもう一度やりこめてやらねばならないのは、ほぼ確実だと考えていた。あの教授がリスク要因であることに疑いの余地はない。すぐにでも警告して、身柄を押さえるべきだろう。だが……そのような行動に出る根拠がもっと出てくるかどうか、もうしばらく冷静になってたしかめたいと考えている。いつもと同様、タイミングは重要だ。

ときどき、チャールズは昔の生活をなつかしく思いだす。大きな作戦にたずさわったのは、コペンハーゲンでガマル・ザカリアを狙撃《そげき》したときが最後だ。そのための情報をもたらしたのがハッサン・バロザイ――もしくはカビールと彼が呼んでいた男だとわかり、やはりあの男を釈放したのは完全な愚行ではなかったのだと思った。

まあ、チャールズとしてはそもそも、あれが愚行だったと思ったことは一度もなかった。疑いを抱いたのはいまの騒ぎが起きてからだ。突き詰めればなんら変わった点はなかった――大きな魚をとらえるために、小さな魚を泳がせておく。戦争ではよく使われるロジックだ。とはいえ、たしかに自分たちは、あの男がカブールで何をしていたのかよく知らない。尋問で完全に口を割らせることはできなかったのだ。疑問がのこっていることは事実で、そこに懸念がある。なぜなら誰だって――なかでもスウェーデン外務省はとくに――人殺しのテロリストを入国させてしまったなどという事態は避けたいのだから。

公になればまずいことになる。とりわけ水平線の向こうから雷鳴が響いているいまは。CBSとニューヨーカー誌はどちらも、信用にかかわる情報を発表しようとしている。新事実というほどの目新しいことが報じられるわけではない。昨年の十一月に、すでにAP通信が長い記事を出しているのだから。それでもやはり……厄介だ。アラブ系の者たちが、頭にフードをかぶされ、体に電極をつながれている写真や、裸でリードをつながれたり、不自然な姿勢で縛られたり、ときには排泄《はいせつ》物を体に塗られたりしている写真、彼らが裸で積み重なるように倒れているそばで、米兵がにやにや笑いながら親指を立てている写真が載るという話だ。ダメージは大きい。間違いない。

だが一方で……一部の人間が腐っていただけだとして片づけることはできる。なにしろ上からの命令でおこなわれたことはひとつもないのだから。これは逸脱行為であり、責任者は罰せられるだろう。だが包括的な戦略についてはいっさい触れられていない。それなのに、いま同時に〈ソルトピット〉についての情報が出てしまったら、壊滅的な打撃となる。電話が鳴っている。大使館のヘンリー・ラマーからだ。

「どんな具合ですか？」ヘンリーが尋ねる。

「レッケは女を待っている」チャールズが答える。「名前はミカエラ。女の素性は調査中だ。一九九七年四月にカブールで射殺された、サルワニというヴァイオリニストのことを話し合うつもりらしい。レッケがそのヴァイオリニストのことを調べている」

「カビールとその女に何か関係が？」とヘンリーが訊く。

「なければよいのだが。しかし……」チャールズはグレーヴ通りに目をやった。「あとでかけなおしてもいいか？　何か見えるんだ」

若い女がひとり、通りをはさんで向かいの歩道を歩いている。ミカエラである可能性は充分にありそうだ。シグリッド・ハンソンが携帯で話していた相手の声は若く、少し不安定に聞こえた。いま表を歩いている女は三十にもならない若いラテン系だ。美人ではないかもしれないが、黒髪とよく動く瞳が興味深い。頬に大きな痣をつくって、どこか警戒したような緊張の見える姿勢をしている。

女のそばを、少し年上の男が歩いている。同じくラテン系で、女とよく似ている——血縁者だろうか。浅黒く、気まぐれそうな顔つきで、額に傷がある。前科者か、とチャールズは思った。札付きの悪党といったところか。チャールズは、自分の車を見た女の反応に一抹の不安を覚え、この女はいまからレッケに会いにいくのだと気づいた。女はこちらの目的を悟ったかのように、プロの顔つきと緊張を同時に浮かべている。

チャールズは携帯電話を取りだし、ヘンリー・ラマーにかけると、あのミカエラという小娘の正体をすぐに突きとめて、目を離さないようにしなくてはならないと告げた。だが話はそこまででやめた。路上の男女の様子が険悪なのに気がついたからだ。ふたりのあいだに緊張が走っている。いまにもはちきれそうなほどに張り詰めている。

27

レッケのような者にとって、殺人事件の調査にはいくつもの落とし穴がある。調査の途中で出会う手掛かりに興味を引かれすぎるのがまずひとつ。事件解決に重要かどうかにかかわらず、自分のなかで何かが呼び起こされてしまう。ラティーファ・サルワニのケースもそうではないかと、彼はときどき思っている。

それでもなお、ラティーファ殺害とカビール殺害のふたつの事件がつながっているという推測は確信に変わりつつあった。夜のあいだにいくつかの細かな点を観察したことで、納得がいったし、ヴィクトルからもジグソーパズルのピースが届けられた。それ自体はたいしたことではなかったのだが、それでも……。レッケは最近撮られたダルマン・ディラーニの写真をじっくりと見た。モスクワ音楽院時代にラティーファの親しい友人だった男だ。若いころの写真よりも最近のほうが威厳がある。現在三十九歳。若いころの目に現れていた内気さ、自信のなさはもうない。むしろ誇り高そうで、少々うぬぼれて見える。ラティーファ・サルワニとはちがって、彼は教育をきちんと終えてからヨーロッパへ渡った。賢い選択だ。

ラティーファの人生が、カブールでしだいに息苦しいものになっていったのにたいして、ディラーニはヨーロッパでキャリアを築き、いまはケルン・ギュルツェニヒ管弦楽団の第二ヴァイオリン奏者を務めている。これはちょっとやそっとの業績ではない。だがいまの自分に、彼と話す気力などあるだろうか？　なかなかそんな気にはなれない。そもそも何もする気になれなかったが、いまここであきらめてしまうわけにもいかない。だからレッケは深呼吸して、電話した。呼び出し音が二回か三回鳴ったあと、少し喘鳴《ぜんめい》にも似た、ひび割れたような声が応答した。

「はい、ダルマン・ディラーニ」

「とつぜんの電話で失礼ですが」レッケはドイツ語で言った。「ハンス・レッケといいます」

「ピアニストの、ですか？」

「だいぶまえのことですが」

「それでも光栄です。どうしてお辞めになったのですか？」

「最後のころは、精神的にあまり演奏に適した状態でなかったので。ヘルシンキでちょっとした災難もありましたし」

「そういえばそういうことがありましたね」

「憶えていてくれたとはうれしいですね。だが、いまは心理学者になって、たまに犯罪捜査のコンサルタントをしているんですよ。たとえば、ストックホルムであなたと同郷のジャマル・カビールが殺された事件にも取り組みました」

「そうなんですか？」ディラーニの言い方は、さっきよりも控えめだ。

「事件のことは聞いておられましたか？」

「ええ、話のついでに耳にしました」

「それならよかった」レッケは言った。「ですが、本当のところ、僕が興味をもっているのはタリバンによる音楽の弾圧です。あなたの知人の多くが影響を受けた。そうでしょう？」

「ええ、そうです」

「あなたと同じ、ドルゴフ先生の音楽学校で学んでいた人々は、とくにひどい扱いを受けたようですが」

「われわれは音楽家として見られていただけではありませんでしたからね。祖国の裏切り者、不敬なイスラムの敵ともみなされていました」

レッケは黙りこみ、考えこんでいるふりをした。

「そして、なかでもひどい亡くなり方をしたのが、あなたの友人、ラティーファですね」

「ええ。あのひどさは言葉にできない」

レッケは別の方向から話を振った。

「むずかしいものですよね――われわれ西洋の立場からタリバンを理解するのは。他人の喜びの源をめちゃめちゃに壊したいという欲求は、なかなか理解できるものではありません。だが一方で……そうした行動に加わった若者の多くは、イスラムの教義と七世紀へのノスタルジアを教えるイスラムのマドラサ（訳注：イスラム法学者の養成を目的とした神学校）でしか、教育を受けていないわけです。わざわざ時間をかけて自分たちの敵を知ろうとしたり、自分が神聖な怒りの矛先を向けて壊そうとしたものが何かを理解しようとしたりはしない」

「そうです」ディラーニが言う。「あいつらは野蛮人ですよ」

「しかし、一九九七年四月三日の晩にラティーファが自宅に招きいれた人物は、逆に、彼女の世界をよく知っていたように思える」

「なぜそんなことをおっしゃるのですか？」

「彼女はその人物に自分のヴァイオリンを見せています。父親といっしょに用心して地下室に隠していたヴァイオリンを」

「強要されてそうしたのでは？」

「もちろんその可能性はあります。しかし、彼女はその人物に演奏を聴かせたようでもある。現場にのこされていた彼女の遺体とヴァイオリンの位置が、撃たれた時点で彼女がその楽器を手にしていたことを示唆しているだけではありません。その晩、彼女の自宅からヴァイオリンの音が聞こえていたという証言があったことを、ゆうべアルジャジーラの記事で読みました。近隣の住民が、そのときのことを美しくメランコリックに語っています。ああ、もちろん、サルワニが演奏を強要された可能性があることは僕もわかっています。しかし……その人物は彼女の演奏を聴きたかった。そのためにリスクを冒した。興味があったにちがいない、いや、もしかしたら心の底から聴きたくてたまらなかったのかもしれない」

「つまり、あなたがおっしゃりたいのは？」

「ラティーファ・サルワニの殺害の背景には、たんなる宗教的な狂信以外の何かがあったのではないか、ということです。おそらく……」

レッケはわざとそこで言葉を切った。そのとき、彼自身の体に震えが走った。

「おそらく、何ですか？」ディラーニが言った。

「そこで、あなたのお力をお借りしたいんです。犯人は、あなたの通っていた学校のことをよく知っている人物なのではないか、という気がするので」

「可能性はありますね、もちろん」

「具体的には出てきませんか？」

「具体的に、とおっしゃると？」

「あなたの仲間内に、このようなことができたかもしれない人間はいなかったか、ということです」

ディラーニはむっとしたようだ。

「いません。絶対にいませんよ。いたとすれば、ずっとまえに話している」

レッケはまた身震いした。ダストシュートに投げ捨てた薬の袋がまだのこっているか、ごみ置き場を覗きにいくべきだろうか？　息も絶え絶えに、なんとか言葉を繰りだした。

「あなたとラティーファは親しかったんですよね？」

「八〇年代には、ええ」

「しかし、その後はちがった？」

「連絡は取りつづけようとしました。でも、距離があるとなかなかむずかしいものです。いっとき、わたしは友人と協力して彼女を国外に脱出させようとしたことがありました。でも結局、彼女自身が望んでいないようだった。亡くなるまえの数年は、すっかり沈みこんで体調もよくなかった」

「それは残念です。彼女は結婚していたようですが」

「仕方なく結婚したのです。タリバン政権下では、女性が独身のままでいることは不可能でした。でもラティーファの父親は、彼女の夫に金を払って別居させた」

「では最後の数年間、彼女といちばん近しい関係にあったのはどなたでしょう？」

「父親と兄でしょうね。兄のタイシールとは意見が合わなかったようだが」

「どんなことで？」

「タイシールは父親よりも保守的で、彼女の結婚にかんする父親の配慮が気に入らなかったんですよ」

「きっとずっと彼女の陰で、ほとんど目立たずに生きていたのでしょうね」

「たしかに、そう言えるでしょうね」

「ほかにラティーファが会っていた人は？」

「そう多くはいませんでした。隔離状態で寝込んでいましたから——少なくとも最後の時期はね。がりがりに痩せ細って、髪は抜け落ちていました。とてもひどい状態でした」

「家のなかにヴァイオリンを隠しておくのは、かなり危険だったはずですが」

「ほかのどこに置けというんです？　あれは一家の家財道具のなかで、いちばん価値のあるものだったんですよ」

「ガリアーノ、でしたね？」

「ええ、十八世紀後半、ニコロ・ガリアーノの手になるものです」

「それが地下室の床板二枚の下に隠されていた」

「モハメド、彼女の父親ですが、彼がときどき取りだして手入れをしていました。でもそれ以外は、地下室に隠していました。表向きは、もうヨーロッパで売ったことにして」

レッケは立ち上がり、もしやどこか目につきにくい場所にモルヒネ錠が隠れていないかと、また自宅のなかをあてもなく歩きまわりはじめた。

「ラティーファの遺体の写真を見たんです」とレッケは言った。

「なんと、そうなんですか」

「それで不思議に思ったんですが、あれは誰が撮ったのかと」言いながら、リビングのソファに置かれたクッションをひっくり返し、隙間にひとつでも錠剤が落ちていないかたしかめた。「捜査中に撮られたものではなさそうに見えますが」

「写真は、モハメド、彼女の父親が撮りました――ショック状態でしたが、タリバン政権が事件解決の助けにならないと気づいてはいたんです。だから記録にのこしておこうと」

レッケは寝室に入った。

「証拠をのこすために？」

「正義を求めたんです」

膝を落としてベッドの下を覗きこむ。きっとひとつくらい落ちているはず……はなかった。あったと思ったらレーズンじゃないか。なんでレーズンがこんなところに？

「もっともなことです」レッケは言った。「あなたはラティーファを愛していましたか？」

その質問に、ディラーニは不意をつかれたようだった。

「われわれみんな、それぞれのかたちで彼女を愛していましたよ。録音があまり多くのこっていないのは知っています。でも、彼女の演奏をぜひ聴いていただきたかった。神に感謝を捧げたくなる演奏でした」

「しかし、ラティーファには扱いにくいところもあったのではないですか？　自分の才能を自覚していて、人に厳しい、典型的なソリストだったわけですから」

「それでも、憎めないタイプでしたよ」

「では、彼女の性格のせいで敵がいたとはお考えにならない？」

「可能性がないとは言いませんが」

「それでもやはり、とくにこの人と思い当たるわけではない。学生時代の知り合いに、気になる人物はひとりもいない。そうですね？」

「それについては当然よく考えましたが、さっきも言ったとおり、ひとりもいません……あんなことをしでかしそうな人間は、ひとりも」

「みんなそれぞれのかたちで彼女を愛していたとおっしゃいましたね？」

「彼女にはそれぞれだけの才能がありました」

「もしかすると逆なのかもしれませんね。つまり、彼女を愛していた誰かが彼女を殺した」

「それはちょっと信じがたい」

「でもまったく筋が通らないわけでもない。ちがいますか？」

「どういう意味でしょうか」

「破壊したいと思うには多大な情熱がいる。そうは思いませんか？」

「そうかもしれません」

「だが何より、彼女を愛していたあなたがたはみな、彼女を殺した犯人を知りたかったにちがいない」

「もちろんです」

「で、あなたの結論は？」

「突き詰めれば、責任はムッラー・ザカリアにあるのでしょう。音楽家への憎悪と、彼女のような女性たちへの憎悪を煽った張本人です。しかもあの男は、ときに自分の手を汚す必要すらなくそれをした。人々がみずから法の裁きを下すよう操った」

「では、ラティーファに危険が迫っていたことについては疑いがなかったわけですね？」

「ええ」

「それなのに……」

「何でしょうか？」

「事件の夜、ラティーファはひとりで家にいた」

「いつもいつも父と兄が家にいることにうんざりしてたんです。彼女は自分の人生がほしかった」

「あの夜はひょっとして、誰か特定の人物と共に過ごしたかったのでは？」

「それはないと思います。最後のころは完全に孤立した生活を送っていました」

レッケはできるかぎり声を落ち着けて話した。

「でも、まだお話しされてないことがありますね？」

ディラーニは黙りこんだ。

「どういう意味でしょうか？」やがて言った。

「僕には沈黙が聞こえる、とでも言ったらいいかな」

「沈黙が？」

「これもある種の音楽性でしょう」レッケは言った。「もっとも、この件にまつわる偶然についても考えています」

「偶然といいますと？」

「あなたと、ラティーファのお兄さんはいま、同じ街に住んでいらっしゃいますね」

ディラーニは侮辱と受け取ったかのように、ため息をついた。

「国を離れていれば、同国人とは親しく付き合うものです」

「ところで、ラティーファはモスクワで視神経に損傷を受けたのでしょうか？」レッケが訊いた。

ディラーニは不意を突かれたように反応した。

「どうしてそれを？」

「片目の視力が落ちているのは、見た目に明らかでした。誰も見ていない鏡のようになりますから」

「本当ですか？」ディラーニが自信なさそうに答えた。「でも、ええ……ソ連留学最後の年にてんかんの発作を起こして、後頭部を打ったんです。留学を最後まで続けられなかったのは、ひとつにはそれが理由でした。ベリンスキー教授なら何らかの配慮もできたと思いますが」

レッケが着信ボックスをチェックすると、モスクワのヴィクトルから新しいメールが一通届いていた。一覧表のようだ。さっそくプリンターで印刷する。

「もうひとつ。モスクワ音楽院にはほかにもカブール出身の学生がいたと聞きました。奨学金を受けて短期留学している学生たちです」

「ええ。彼らのことは気の毒に思っていました」

「というと？」

「ほんの少ししか指導を受けられず、レベルも標準に達していない。政治ゲームの駒でしかなかったわけです」

「ここに、そのうちの六人のリストがある――あなたがたの滞在中に、モスクワ音楽院に短期留学していたアフガニスタンの若者たち、六人です。申しわけないが、一度目を通して、記憶をたどってみてはもらえませんか？」

「それはかまいませんが、いまはちょっと時間が。リハーサルがあるんです」

「何のリハーサルですか？」

「ドヴォルザークです」

「交響曲第九番かな？」

「そのとおりです。聴衆受けするものに偏りすぎかもしれませんが」

「いや、そんなことはありませんよ。モルト・ヴィヴァーチェが素晴らしい。では、また近いうちに」

「ええ、たぶん」ダルマン・ディラーニは言った。レッケは、自分でも驚いたことに、久しぶりにケルンを訪れたい気持ちになっていた。

＊

ミカエラは、自宅のアパートメントの入口で、ルーカスと会っても驚きはしなかった――用事もないのに朝からやってくることは以前にもあったのだ。ただ様子を見にきてくれただけなのだ、と彼女は自分に言い聞かせた。

「おはよう」兄の顔をじっと見る。

兄の笑い方も歩き方も嫌な感じがする。どうも緊張気味で、シャツの胸周りがきつそうだ。瞳は冷たい、あるいは少なくとも、何か計算しているふうで、額の傷痕は生きているみたいに、いつもより生々しく見える。何かが起こっていることはたしかだった。だが、ミカエラは気持ちよく驚いたふりをした。

「来てくれてうれしいわ」

「そりゃよかった」ルーカスが言った。

すでに時間に遅れているのだと彼女は言った。急がなければならないのだと。

「仕事に行くのか？」ルーカスに訊かれ、そうだと言っておけばいいのに、言葉を溜《た》めすぎた。

「街へ出るの」

「じゃあいっしょに行くよ」と、ルーカスが言うので、ふたりで雨のなかを急いで地下鉄駅へ下りた。

この時間はいつものことだが、地下鉄駅ではふたつの世界がぶつかり合っていた。これから出かけるシスタの住民と、列車からどっと降りてくる、サイエンス・シティの優良テック企業で働く人々。どこかへ行く人々と、あとにのこされる人々だと、ミカエラはよくドラマチックに表現する。ルーカスが彼女を引き寄せた。兄の気持ちがまったく読めない。漂っているのはアフターシェイブの匂いだ。

「母さん、このごろまた絵を描いてるみたいよ」彼女は言った。

ルーカスは興味を示さない。代わりに、列車に乗りこむときに、彼女のおしゃれについてコメントした。「おまえ、香水をつけてるのか？」

ミカエラは首を振った。

「兄さんのオーデコロンが、ふたり分以上の匂いをさせてるだけだと思うけど」

この台詞《せりふ》を、ルーカスは喜んでいないようだった。

「ねえ、何しにきたの？」彼女は訊いた。

「またエステルマルムへ行くのか？」

「うん、まあ」

「あの男は、おまえにはよくないぞ」レッケのことでなければいいと思いながら、ミカエラは兄の言葉の意味を考えた。

「どういう意味？」

「あんな男にかかわっていると、しないでいい苦労をすることになるんじゃないかってことだよ」

怒りの波が押し寄せるのを、彼女は感じた。

「どんな苦労しようとわたしの勝手でしょ」

ルーカスが手首をつかんでくる。

「わかってるのか、おれの目にどんなふうに見えてるか。おまえはエステルマルムで金持ちのろくでなしと会って、顔じゅう痣だらけになって帰ってきた」

「彼とは何の関係もないわ」ミカエラはそう言って、手をひっこめた。

そのあとは、ふたりとも無言のまま座席で揺られていた。ロープステン行きに乗り換える中央駅にさしかかると、彼女は降車直前に駆け降りて兄をひとり置き去りにしてやろうかとも思ったが、やはりここは場の空気を落ち着かせようと考えた。兄が心配してくれたことに礼を言い、気をつけると約束した。彼女が立ち上がると、ルーカスも立ち上がった。ひとりにして！　そう叫びたくなったが、何も言わなかった。

「心配してるだけなんだ」ルーカスが言う。

「わかってる。でも会うのはあとにできない？」

「もうちょっとそこまで送っていくよ」ルーカスに押し切られて、結局ふたりそろって地下鉄を乗り換えた。

ルーカスの目は落ち着き、さっきよりはやさしくなっていた。だが、地下鉄を降りて、カーラプランからストランド通りへ向かって歩きはじめたころ、彼女は本当に心配になってきた。

「ありがとう。ここからはひとりで行けるわ」ミカエラは言った。

「もちろんだ」ルーカスはそう言いつつも離れようとしない。突きとばしてやろうかと彼女は思ったが、代わりに心のなかでつぶやいた——最後までついてくることはないわ。兄さんだってそんな馬鹿じゃないもの。だが、離れていく気配は一向になく、このまえ兄に迎えに来てもらったリッダル通りにたどり着くと、ミカエラは進路を変えてレッケの部屋から兄を遠ざけようとした。もちろん、そんなことで騙される兄ではなかった。

「グレーヴ通りに住んでるんじゃないのか？」ルーカスの声が穏やかでない。これはレッケの身辺を調べているか、少なくとも住所を知っているということだ。

「これ以上首を突っこんでこないで。わたしにこんなことしないでよ」彼女は言った。

「玄関まで送ってくよ」ルーカスが言った。ミカエラは思った――いいわ、でもそれ以上は一歩だって来させない。

ふたりはグレーヴ通りを進んでいった。途中、スモークガラスの外交官車両が目にとまり、彼女ははっとした。もちろん、ルーカスはそれに気づいた。

「緊張してるみたいだな」彼が言った。

「兄さんがごちゃごちゃ口出ししてくるからでしょ」

ルーカスは彼女の言葉が信じられないかのように首を振り、外交官車両に目をやると、上まで行って挨拶していくと言った。

「そんなこと絶対させないから」ミカエラは兄をひっぱたいてやろうかと思った。

だがそれは狂気の沙汰だ。代わりにミカエラは一種の現実逃避に走り、こう考えた――きっとだいじょうぶだ。あの部屋を見れば、ルーカスだって感銘を受けるかもしれない。長居をしようなんて絶対に思わないはずだし。あれだけの本や絵画を目にしたら、さすがに自信を失くすだろう。兄を連れたまま建物に入り、エレベーターに乗ったが、何かが間違った方向へ転がりだしそうな気がしてならなかった。

28

「すみません」玄関口で、ミカエラは言った。「兄が挨拶をしたいと言うもので」

レッケは紙を一枚手にして、考えごとをしているようだった。だが、ルーカスがいるのに気づいたとたん、笑顔で手をさしだした。

「よくいらっしゃいました」レッケが言った。「さあ、どうぞなかへ。ハンス・レッケです」

温かみの感じられる声だ。上流階級の人が自然にみせる、いまいましい自信の表れ。ルーカスはもちろんうまく対応した。彼もまた、挨拶となれば手慣れたものだ――自己紹介を終えると、ドアの外から室内を見まわして、いかにもこういう部屋はしょっちゅう訪問しているのだというふうに、さりげない台詞をいくつか口にした。

「ご家族ともお知り合いになれるとは光栄だな」レッケは言った。「よかったら、朝食をいっしょにどうです？　じつを言うと狼みたいに腹が減っていてね」

「いえ、もう行きますから。ただ、ミカエラは大事な妹だってことを言っておきたかったもので。こいつにもし何かあったら、そのときは……」

ルーカスはそこで言葉を切った。ミカエラはふと、ヒュスビーの森で目にした兄の動きが重なって見えた気がして、何か危険なことをするのではと怖くなり、ひょっとしたら銃を出すのではないかとすら想像した。

「いやはや」レッケが言った。「わかりますよ。あなたがたは三人きょうだいですね？　そしてあなたがいちばん上？　一家の長として妹さんの面倒を見てこられた？」

「いまも面倒を見てますよ」

レッケも一歩前に踏みだした。笑顔のままではあったものの、ボディーランゲージが変化した。警戒している。両腕に緊張が見てとれる。

「もちろん、それがあるべき姿でしょう。ですが一方で、あなたが面倒を見ている人はほかにもいる。責任のある立場にいるんでしょうな」

「そうかもしれません」ルーカスが言った。

「遠慮はいりません。あなたには権威がある。それは貴重であると同時に、危険にもなりうる才能だ」

「おれは自分の義務を果たすまでですよ」

「そうでしょうとも」レッケはルーカスの目をまっすぐに見て言った。微笑みを浮かべたままだが、体の動きが完全に止まっている。

「いや、素晴らしい」レッケが言った。

「何がです？」

「言外でものを言うあなたの力が」

「お会いできてよかった」ルーカスが言った。

「こちらこそ。しかし、もう行くのですか」

ルーカスはもう一度室内を見まわしてから、さっと鋭い視線をミカエラに送った。

「メッセージは伝わったようですからね、教授」

「ああ、たしかに。また会う機会があることを願っていますよ」レッケは満面に笑みを湛えて言った。その直後、体がまた震えた。

何かが燃え上がり、すぐに鎮火した。たぶん何でもなかったのだろう。つぎの瞬間にはふたりは握手を交わし、レッケが率先してルーカスをエレベーターまで送っていったのだから。ようやくレッケが戻ってきたとき、ミカエラははじめて自分がどれほど緊張していたかを理解した。すぐにでもベッドかソファに倒れこみたいと思いながら深呼吸をしたが、レッケにじっと観察されて、〝そんなふうに見ないで〟と叫びそうになった。

だが、代わりに彼女の口から出てきたのはこんな言葉だった。

「ルーカスは横柄に見えるかもしれないけど、だいじょうぶですから。わたしのことを心配して警戒してるだけなんです」

レッケはまだ彼女をじっと見ている。

「は？」

「彼はおもしろい人だ」レッケが言った。「でもきみの瞳孔《どうこう》は収縮している」

「ちょっと手をさわってみてもいいかい？」

「いいわけないでしょ」ミカエラはさっさとリビングへ行くと、グランドピアノのそばのソファにどさっとすわり、目を閉じた。

向かいにレッケがすわるのが音でわかった。もう少し何か言いたい——何よりも、ルーカスをここへ連れてくることになったわけを説明しておきたい。だが口を開く暇はなかった。ノックの音がして、邪魔をしたくはないんだけど、と言いながらハンソン夫人が入ってきた。ミカエラが気にしすぎているだけかもしれないが、それでもハンソン夫人は階下でルーカスと出くわして、心配になって見にきたのではないかと思わずにはいられなかった。

「何か飲もうと思ってたんだが。きみもどうだい？」レッケが言った。

ミカエラは理解できないという顔をして、彼を見た。

「朝食にするんじゃなかったんですか？」

「ああ、そうだったね。すまない。離脱症状のせいで時間次元が歪むんだ」

ミカエラは訝しんで彼を見た。

「それとも、もしかして、わたしのほうにお酒が要るって思ったんですか？」

「いや……」レッケは言いかけてやめたが、それでよかった。彼女が認めたくなくとも、彼の言うとおりだったから。まだ陽が沈むまでには時間がありすぎるが、それでもアルコールを体に入れたくて仕方がない。

「ビールはありますか？」

「ハイネケンなら何本かある。悪い兄が飲んでしまってなければだが」

「それでいいです」

「シグリッド、使いだてしてすまないが、ミカエラと僕に冷えたビールを一本ずつもってきてもらえないだろうか」

たのみごとをしてすまないと思うのなら、どうしてビールくらい自分でとりにいかないのか、ミカエラには理解できなかった。

＊

診断はそう急ぐものじゃない、とレッケは思った。まえにも騙されたことがあるのだから。だが、ミカエラの兄の暗い瞳のなかには、自己愛《ナルシシズム》、精神病質《サイコパシー》、権謀術数主義《マキアヴェリズム》がたしかに見えた気がした。闇の三点セットが揃っている。混じりけのない黒い邪悪さ、氷のように冷たく空虚な計算高さが垣間見えた。そして、心の奥底で理解した――ミカエラも同じものを目にし、それとともに生きてきたが、そのことを完全に認める勇気はないのだろう、と。

ユシュホルムの家で初めて会ったときのことを思いだす。視線が彼女に釘づけになった。何か重荷を背負っているようだが、押しつぶされてはおらず、むしろ背負った重荷のために強くなっているようで、心の傷から強さを引き出しているかのようにも見えた。奇妙に惹かれるものがある、とレッケはあのとき思った。うつに逃げこむ自分とは正反対だ、と。

「気分はどうだい？」

彼女のビールはもうすぐ空だ。

「だいじょうぶです」

この娘はいつもそう言っている気がする。

「あなたは？」ミカエラが問い返す。

「まあ自業自得だな。でも、僕たちの捜査のほうはおもしろくなってきていると思う」

ミカエラは身を乗りだしてきた。

「じゃあ、やっぱりカビールはクラシックの音楽家だったと思うんですか？」

「ああ。それに、ラティーファ・サルワニ殺害とカビール殺害のふたつの事件はつながっているとも考えている」

ミカエラがじっと見つめてくる。その瞳のなかの闇と、彼女の肉体がもつ抑制された力に、彼はまた惹きつけられた。〝わかってるのか、きみのお兄さんは危険すぎる〟という言葉が口から出かかったが、言うのはやめておいた。

代わりに、ヴィクトルやダルマン・ディラーニと交わした会話の内容を話した。そのあとは、ふたりとも押し黙ってその場にすわったまま、それぞれのビールを空けた。

「カビールとサルワニはいっしょに演奏してたと思いますか？」ミカエラが口を開いた。

「考えられなくはない」

「ほかに何かわかったことはありましたか？」

レッケはうなずき、グランドピアノのほうを見やった。

「カビールの手をよく見てみたんだ」カビールの指先を目の前に思いうかべる。「乾いた油とくぼみと小さな切り傷があった。本人の言うとおり、バイク修理工だったしるしだ」

「燕尾服《えんび》をまとってカフスボタンをつけた指揮者のイメージではありませんね」

「ああ。だが、おもしろいことに、それとは別の痕も見えた。彼の指先を仔細に観察してみると、うっすらと、ひっかき傷のような筋が、指紋の溝にたいして斜めに入っているのがわかってね」

「で、それにはどういう意味が？」

「おそらく、長期にわたって指先を弦に押しつけていたために、跡が傷になってのこったのだろう、と僕は解釈した」

「弦というと？」

「最初に思いうかんだのはヴァイオリンの弦だ。指先に似たような筋のあるヴァイオリン奏者を、何人も見たことがある。だが、確信はもてなかった。ヴァイオリンだとすれば傷はもっと細いはずなんだ。それでもう少し弦が太い楽器の可能性も考えた。たとえばチェロとか。だがチェロも除外した。楽器を長期間つねに首に押しつけているせいで、皮膚が変色しているのが見えたから――少なくとも、見えた気がしたからだ。それで、つぎに……」

レッケは言いよどみ、自分の考えは正しいのだろうかとまた考えた。

「つぎに、何ですか?」

「つぎに考えたのが、アルト——つまり、ヴィオラだ。しばらくは、それで全部説明がつくと思っていた」

「何の説明がですか?」

ミカエラが肩を緊張させ、目を細くしている。まるで解決の突破口となる答えを期待しているみたいに。実際そうなのかもしれない。もしもレッケが正しければ、カビールの来た道は確実にたどれることになる。

「ヴァイオリンと比べると、ヴィオラのほうがなにかと粗い」レッケは自分の手に目をやりながら言った。「指板が大きいし、弦は長くて間隔が広い。弾くときにはヴァイオリンよりも重みや力が必要だから、跡が長くのこってもおかしくない。だが、それだけじゃない。これは想像の域を出ないんだが、でもぴったりあてはまる気がするんだ」

「何がですか?」

レッケは不安の波が体を通り抜けるのを感じた。ゆっくりとためらいながら話しはじめる。

「カビールは大きな失望か挫折を味わったと思う」

「憂いのある表情をしていましたね」

「ああ。だが、彼の話し方はどこか、失地回復を求めているみたいにも聞こえるんだ。僕自身は、ヴィオラ奏者にたいして偏見はもっていないつもりだ。あの楽器のちょっとメランコリックな、ざらついたような音色は好きだし、いままでに出会ったヴィオラ奏者はみんな感じがよかったからね。一方で、ヴィオラは最初から選んだり、夢見て目指すような楽器ではない。低く評価されがちな楽器だ」

「どうしてですか?」

レッケは、ヴィオラ奏者が盗み聞きしていないかと気にしているかのように、慎重に言葉を選んだ。

「あれは、背景の一部、伴奏か、弦楽四重奏《カルテット》なら副旋律を弾くことを運命づけられた演奏者に与えられる楽器なんだ。多くはヴァイオリニストとして頭角を現すことができない者に割り当てられる。オーケストラでスターになることが期待される人に与えられる楽器ではない。もちろん多くの人はそれで満足するわけだが、全員ではないだろう。ヴィオラ奏者は指揮者とソリストから遠いところに配置される。それに笑えないジョークのねたにされる楽器でもある」

「たとえばどんな?」

少し悲しげな顔をして、レッケは笑った。

「ほとんどは記憶の奥底にしまいこんでしまったが、そうだな、たとえば——〝ヴィオラ奏者がかくれんぼをしないのはなぜか?〟」

「なぜなんですか?」

「〝わざわざ捜すやつなんてひとりもいないから〟。あるいは、〝ピザとヴィオラのちがいは何?〟とか」

「答えは?」

「〝ピザなら四人家族を食わせることができる〟」

レッケはまたピアノに目をやる。

「分別のある者なら、こんなジョークを真に受けはしない。だが、……そういう空気があることは事実で、当然どこかに影響が及ぶ。だからやはり、ラティーファとカビールのような者たちのあいだには、何かあったかもしれないと僕は思うんだ」

「どういう意味ですか？　ふたりのような者たち、というのは」

「つまり、あれだけの輝きと才能に恵まれた人と、カビールのような……」

「輝きたかったけれども、かなわなかった人？」

「ああ、おそらく」レッケはそう言って、ビールの追加をキッチンへ取りにいった。

29

一九八七年十月、モスクワ、マラヤ・グルジンスカヤ通り二十六番地、一号館
目を覚ましたとき、彼の目には涙があふれていた。わけがわからない。いったいぼくはどうしてしまったんだ？　泣いたことなんてないのに。でも、よくよく考えてみたら、不思議でもなんでもないのかもしれない。来る日も来る日も、指が痛くなって皮が硬くなるまで練習に明け暮れた日々を経て、ついにここへ来たのだ。ものすごく気が張っていたのだ。
明け方の薄闇のなかで、白い壁に飾られた若き日のチャイコフスキーの肖像があるのだけがわかった。ゆうべ遅くに着いて、ベッドに倒れこんだ。頭が痛い。もう一度眠ろうとしてみたが、眠れなかった。
涙があふれてくる。変な夢でも見ていたのだろうか？　そうだとしても悲しい夢ではないはずだ。なぜなら彼はいま、しあわせであるかのように微笑んでもいるのだから。だからもう一度夢に戻ろうと、目を閉じた。ところが逆に目が冴えて、どこからか流れてくる音楽に気がついた。ソロで奏でるヴァイオリンの音色が遠くから聞こえる。そこで彼ははっとした。夢なんかではなかった。このヴァイオリンの音こそが、彼の眠りに入りこんできて、彼の心をこんなにも乱していたのだ。

気にするな、と彼は思った。もう少し眠ってエネルギーを蓄えなければ。明日から絶対にエネルギーが必要になるのだから。だが、ヴァイオリンの調べは彼をベッドから引きずりだした。彼は手探りで照明のスイッチをつけ、ズボンを穿いて、セーターを着た。そして静かに廊下へ出た。だがすぐに迷ってしまった。全部のドアが同じに見え、自分が右から来たのか左から来たのかさえわからない。眠りに酔ったみたいにふらふらと進み、ついにヴァイオリンの音のする部屋の前までやってきた。そして、ノックもせずにドアをあけ、部屋に入った。

若い女がヴァイオリンを手に、シーツの乱れたベッドのわきに立っている。黒い髪を右肩の上でゆるく束ね、白い薄手のブラウスの下で肩甲骨が上下している。彼女を中心に磁場が形成されているようで、彼は音楽に包みこまれ、ゆりかごのなかで母の子守歌を聴いた昔に引きもどされた気がした。彼は息をのんだ。女が振り返り、最初はおびえた顔をした。だがじきに怪しい者でないと気づいたのか、またヴァイオリンを弾きはじめた。その姿があまりに美しく、どこまでが彼女でどこからが音楽なのか、区別することもできないと彼は感じた。

「ごめん」ささやき声で彼は言った。

「泣いてるのね」女は弾くのをやめて、英語で言った。

「ちがうよ、泣いてなんかない」そう言いながら、彼はうまい言い訳を探した。

そのとき、彼は気づいた。この人は、カブールから来たあの留学生だ。直接会ったことはなかったけれど、写真は見たことがあったし、噂も聞いていた。彼女こそ、ドルゴフ先生の誇りであり喜びだった。いや、学校じゅうの誇りであり喜びだった。そんな彼女の目の前に、自分はいま、こうして立っている。どうしていいかわからず、目に涙を浮かべて。彼女がまた曲を弾きはじめたことも、寝室にふたりきりでいることも、事態をさらに悪化させた。

「ノックしてくれてもよかったのに」彼女が言った。

「何の曲を弾いてたの?」混乱しきったまま、彼はパシュトー語で尋ねた。

彼女は、彼の姿を頭のてっぺんからつま先まで眺めた。

「マスネ。〈タイスの瞑想曲《めいそう》〉。あなた、エレナのところから来たの?」

「思いだした……」彼は口ごもった。

そうは言ったものの、いったい何を思いだしたのかは自分でもよくわからなかった。まるで夢遊病にかかって、たったいま素っ裸で目覚めたみたいだった。そして彼女が立ち上がり、手をさしだしたときには、もう限界がきていた。彼はよろめきながら部屋を出た。彼女が呼ぶ声がしていたが、かまうこともできなかった。

「ねえ、待って」


レッケがビールを取りに立ったあと、ミカエラはユーリアから聞いた古生物学者のことを考えていた。ほんのいくつかの骨のかけらをもとに、失われた世界を描きだした人物。それって、言ってみれば、いまやっていることと同じでは? ひとりの男の指についたいくつかの傷痕をもとに、思いもよらなかった方向をレッケは指し示そうとしている。そもそも犯罪捜査官の仕事とはそういうものではなかったか? 小さな手がかりをもとに、大きなこと、忌むべきことを暴きだす。たぶん警察官を目指したのはそれが理由だ。ただ……ルーカスの姿が目に浮かぶ。彼がレッケに向けたあの視線。ミカエラはもう考えるのはよそうと、思いを振り払った。

戻ってきたレッケは、もってきたハイネケンを彼女に手渡し、肘掛け椅子にすわった。

「お手伝いさんはもう帰ったんですか?」ミカエラが訊いた。

「ああ。きみがここにいるんで安心したんだろう。すっかり気に入られたようだね」

「使用人同士、通じ合うものがあるんですよ」

「僕はそんなに最低の貴族ぶった人間かい？」

ミカエラは何も言わなかった。本当はこう言いたかったけれど――〝ええ、ほんとに。その肘掛け椅子にもたれてすわってる姿を見るだけでもそう思うわ〟。

「あなたは弱くなる贅沢《ぜいたく》が許されてるんですもの」

「そうだな、そのとおりだ」

「ユーリアから聞きましたけど、あなたのご家族はそれを品のあることだと思ってるんですってね」

「不幸をどこか美徳のようにとらえているところがあるんだろうね」

「うちでは、強くないといけなかった」

「それで、きみは強くなった？」

「弱いっていうのはいちばん許されないことでした。ルーカスが言ってたわ。誰より軽蔑に値するのは弱いやつらだって」

レッケは困った顔をする。

「それはかなり典型的な……」

言いかけてやめた。

「典型的な、何ですか？」

「いや、何でもない」

ミカエラは怒りを顔に出して彼を見た。

「ルーカスと会ったのはほんのちょっとの時間なのに、兄の何かがわかったとお思いなんですか？」

「そうだな、たしかに」

話題を変えなくては、とミカエラは思った。

「ちょっと不思議に思ってたんですけど」彼女は切り出した。「クラリネット奏者のエマ・グルワルは、カビールを知っていたと言ってます。でも、サッカーにかかわってる人、として知っていたと。それってちょっと変ではありませんか？　もしカビールが本当にヴィオラ奏者だったとすれば、アフガニスタンの西洋クラシック音楽の演奏者はひじょうに限られているわけですから、彼女も、カビールに襲撃されたほかの音楽家たちも、彼の正体をよく知っていたはずでは？」

「そう考えても不思議ではない」レッケが言った。

「もしかして、カビールはアフガニスタン出身ではないのでは？」

レッケが強い眼差しを彼女に向ける。

「たしかに、タリバンの動きに引き寄せられた、多くの外国人のひとりだった可能性はある――カブールにやってきて、闘争に加わった」

「もしかしたら、タリバンによる音楽弾圧にとりわけ惹かれたのかもしれません」

「そうかもしれないな」レッケはビールを飲み干した。

そして心配そうに視線を動かし、胸の前で腕を組んだ。

「気分はどうなんですか？」ミカエラが問いかける。

「薬がほしくて仕方がない。だが、なんとかやっていけるよ」

「どうして全部いっぺんに捨ててしまわなきゃいけなかったんですか？」

「後先を考えていなかったからだろうね。そもそも薬を飲んでいたのも同じ理由だ」

「ダルマン・ディラーニと電話でお話しされたとき、彼が何か隠していると思ったんですよね？」

レッケは考えこんでいるようだ。

「かつて愛した女性が殺されたというのに、そのことにあまり関心があるようには思えなくてね。知るべきことはもうすべて知っているかのようだった」

「その人のことは詳しく調べたほうがよさそうですね」

「間違いない」

「それから……」

ミカエラは身を乗りだした。急にレッケの喉に手をまわしたい衝動に駆られたが、すぐにその考えを振り払った。

「それから、エマ・グルワルですが」ミカエラは言った。

「彼女がどうした？」

「カビールが彼女のクラリネットを手にしたときの様子を、大事そうに、まるで自分がそれを吹きたいと思っているかのようにもちあげた、と説明しています。そしてつぎの瞬間、そのクラリネットを怒りにまかせて打ち砕いたと。まるで昔からずっと復讐したいみたいに見えた、と証言してるんです」

「興味深い」

「これをどう解釈なさいますか？」

レッケは楽しんでいるような顔になった。

「もちろん、すぐに面白みのある結論を出したい誘惑に駆られる。愛と激しい怒りというのは昔から不幸な取り合わせだ。しかし、結論を急ぐべきではないだろう。先にもう少しはっきりさせるべきことがある」

「どこから始めましょう？」

レッケはコーヒーテーブルに手をのばし、さっき彼女がルーカスと入ってきたときに手にもっていた紙を取りあげた。

「たぶん、ここからだろうな」

「見てもいいですか？」

レッケからその紙を受け取ると、ミカエラはしばらくそれを見つめていた。書かれていたのは六人の名前だ——一九八五年から一九八八年までの期間、カブールにあったエレナ・ドルゴフの音楽学校から、モスクワ音楽院に短期留学の機会を与えられた生徒六人の名前。

「エマ・グルワルの名前もここにありますね」ミカエラは言った。

レッケがうなずく。

紙にはこう書かれていた——

エマ・グルワル
ジェディ・アフリディ
ジャブルート・サフィ
パジール・ロハーニ
ハッサン・バロザイ
タアラ・ジャドゥン

「このなかの誰かがカビールと同一人物だったかどうか調べましょうか？」彼女は言った。

レッケは落ち着かなそうに両手をまた胸に当てた。何か言おうとしていたが、言葉を発することはなかった。携帯電話が鳴ったのだ——ミカエラの電話が先に、続いてレッケの電話が。

＊

アレクサンデル・〝サーシャ〟・ベリンスキー教授は、何人もの素晴らしいヴァイオリニストの育成に携わったが、ラティーファ・サルワニにはとりわけ大きな期待を抱いていた。彼女ほど心を動かされる教え子はほかにいなかった。彼がラティーファにのぼせあがっていたから、というだけではない。彼女の演奏によって、人生を信じる心を取りもどすことができたのだ。

「ゆうべラティーファの夢を見たよ。いや、今朝というべきか」サーシャ・ベリンスキーは言った。

「そうですね」

「あんなふうに年寄りに飲ませちゃいかんな。それで年寄りが昔を懐かしく思いだしてうれしくなれるとしてもだ」

ヴィクトル・マリコフは、モスクワ音楽院のサーシャのオフィスで彼の向かいにすわり、自然かどうかはともかく、辛抱強く微笑みを浮かべてみせた。めずらしくグレーのツイードのスーツにすっきりと身を包み、膝の上にのせた黒い帽子に手を添えている。とはいえ、さいわいと言ってはなんだが、彼のほうにもゆうべ前後不覚になるまで飲んでいた痕跡が明らかに見えた。二重あごがいつもより目立つし、目は充血して、ぎらぎらしている。

「ぼくが邪悪な男だということを忘れたんですか」ヴィクトルは言った。「お年寄りを堕落させる専門家ですよ。しかし、言い訳させていただくなら、ゆうべのあなたはものすごく生き生きとしておられた。どんな夢を見たんですか？」

「おれが廊下を走っていて、彼女を止めようとしている夢だ。あの娘の背中がどんどん小さくなって、闇のなかへ消えていくのを見送った」

「解釈はむずかしくなさそうですね」

「そうかもしれんな。しかし、彼女の死が頭から離れなくてね」

「理解できます」

「彼女が撃たれた晩、真夜中に地下室でヴァイオリンを弾いていたのは知っているか？」

「きのうあなたから聞きましたよ。ひどい話だ」

しばらくのあいだ、サーシャの心に浮かんでいたラティーファの姿は驚くほど鮮明な姿をしていた——彼の教室で席に着くラティーファ。素早い動きで髪をふわりとなびかせ、見るものをどぎまぎさせるほどに美しいラティーファ。人々が嫉妬し、自分のものにしたがり、崇《あが》め、陰であれこれ言うのが聞こえてくる気すらした。

「レッケからまた別の伝言をことづかっていましてね。あなたに渡した写真の男、ヴィオラを弾いていたそうですよ」ヴィクトルが言った。

「あの服でか？」サーシャは答える。もちろん大真面目だ。

サーシャは混乱していた。若い男があの独特な白黒のストライプの服を着て、サッカー場に立っている写真を見て以来、ずっと混乱しているのだ。

「あの服装でヴィオラを弾いていたわけではないとは思いますが」

「ああ、もちろんそうだな。しかし、レッケはどうしてそんなことがわかったんだ？」

「ただわかってしまうんですよ、あの男には」

ベルンのコンサートホールの控室で震えていたハンスの姿を、サーシャは思い起こした。

「あいつはそんなことより自分のことを心配したほうがいいんじゃないか？」

「残念ながら、レッケのいい面と悪い面を切り離すことはできないと思いますよ。それで、何か思い当たることはありましたか？」

サーシャは、あの男を憶えていそうな者がほかにいないかたしかめようと、職場にもってきていた写真を、散らかりすぎた机の上から取りあげた。やはり、どこかで見たことのある顔じゃないか？　会ったことはないと思うのだが、それでも……。目を凝らして写真を見つめる。顎のゆがみと傷がなければどうだろう、と考えてみる。ふと、男の面影に含まれた憂いが見えてきた。もっとも、写真にそれが写っていたとはかぎらない。自分の頭のなかにあるイメージにすぎないのかもしれなかった。

「わからない。あるような気もする」彼は言った。

ヴィクトルがうれしそうな顔をする。サーシャの言う〝あるような気もする〟が、心から期待できると思っているようだ。その顔を見て、サーシャのもっと思いだしたい気持ちに拍車がかかった。さきほどの印象がさらに強まる。この男には影がある。何か不幸なことが起きたのだ、そうじゃないか？

「この男が指揮者のように腕を振っていた、と言わなかったか？」

「ええ、レッケによればそのようです」

「おかしいな」

「何がおかしいんです？」

「サッカー場でそんなふうに腕を振ることがだよ。選手たちは混乱しなかったんだろうか？」

「ええ、大いに。拍子に合わせて走りだしたそうですよ」

「本当かい？」

「冗談ですよ、サーシャ。ただの冗談です」

「そうか」サーシャは一瞬まごついたが、すぐに平静を取りもどし、小柄な猫背の人影が教室に入ってくる場面を思い起こした。

「本当に思いだしたよ」サーシャは言った。

30

携帯電話が鳴りだして、ミカエラはどきっとした。ルーカスかもしれないと思ったのだ。だが、かけてきたのはヨーナス・ベイエルで、電話に出ると興奮気味に話しだした。ミカエラが廊下に出ると、レッケも自分の携帯を手にして逆方向へ去っていった。

「いいニュースがある」ヨーナスが言った。

「どうしたんですか？」

「きみは捜査チームに復帰することになったよ」

もっとうれしくてぞくぞくするだろうと思っていた。なのに、どうしてだろう、むしろ心配になっている。まるでこの報せが、すでに彼女の手のなかにある何かを壊してしまうかもしれないみたいに。

「決定ですか？」ミカエラは訊いた。

「引継ぎが必要だろうし、いまきみが担当している件を放り出すわけにもいかないだろう。こっちもこの事件の捜査に百パーセント集中できるのは久しぶりだしね。でも、ああ、決定だよ……

いまは実務処理を進めている。あと、もうひとつ」

「何ですか？」

「レッケも警察で雇いたい」

なるほど、とミカエラはうなずく。

「いい考えだと思います」

「彼の料金、きみのほうでわかるだろうか？」

「わかりません」ミカエラは答えた。「でも、興味はあると思います。むしろ彼にはこの仕事が必要かもしれません」

ヨーナスがふと黙りこんだ。何か考えこんでいるようだ。

「なんだか急に親しくなったようだね」

「ええ、そうかもしれません、少しだけど」

「ミカエラ……」

「はい？」

「レッケと付き合いはじめたわけじゃないよな？」

「何言ってるんですか、ちがいますよ」

「そこまで否定するか」

彼女は顔をゆがめた。

「とにかく、本人に訊いてみます」ミカエラは言った。

「もし快諾してもらえるのなら、明日の朝いちばんにきみもいっしょに署に来て、事件の概要をさらってほしい。ぼくが説明する。フランソンはたぶん少し離れていたいだろうからね」

「ファルケグレンさんは何て言ってるんですか？」

ヨーナスがまた黙りこむ。

「口出しは控えているようだよ。退任すべきだってフランソンはがなりたててる。でも、じきに状況は落ち着くだろうと、ぼくは思ってる」

「落ち着くって、どうして？」

「もういちどあの事件に向き合う気力を、ぼくらが取りもどしたからだよ。みんなが解決を望んでる。それで、頭痛の具合はどうだ？」

「よくなってます」キッチンでレッケが行ったり来たりしている音がする。

「じゃあ、明日」ヨーナスは言った。

ミカエラは目を閉じた。

「わかりました。明日」

ヨーナスがふと躊躇し、それから声を立てて笑った。

「すごいよ、ミカエラ……。きみは思いがけないところから割りこんできて、全部ひっくり返してしまったんだからね」

ミカエラも笑ったが、いま聞いた話に圧倒されてもいた。早くひっこんで、もういちどよく考えたい。別れの挨拶をしたかどうかもあやふやなまま、ただその場に立って、状況を理解しようとしていた。そのうちに、またルーカスが思考のなかに戻ってきた。威嚇するようにこちらを見つめる、不穏な兄の姿。キッチンでレッケの話す声がする。

「逆に、そんなに時間がかかったのはおかしくないか？」

ミカエラはリビングに戻った。思考をどこかに集中しなければ。コーヒーテーブルの上にメモがある。八〇年代にモスクワ音楽院へ留学していたアフガニスタンの学生のリストだ。すぐに調べはじめるべきだろうか？　もちろんだ。とにかく動きつづけろ、と内なる声が彼女に告げる。ルーカスのことは忘れろ、と。ただ、コンピューターが必要だったので、ソファにすわり、レッケが戻ってくるのを待った。

パキスタン、ミルプール、一九七七年

彼は、家族と暮らす離れの前庭で、ひとりサッカーボールで遊ぶ子どもだった。彼の父親は、隣に建っている大きなコロニアル様式の屋敷に住む、ラムリー家のお抱え運転手だった。母親は家政婦で、彼は人生のそれまでの短い期間——彼はこのとき八歳だった——両方の家庭の子どものように感じながら育ち、サッカーが何よりも大好きだった。

サッカーは、ラムリー家の長男のスティーヴン・ラムリーから教わった。この日の晩、彼はガレージに向かってシュートの練習をしていた。バーン、バーンと音を響かせて。彼は自分の世界のなかにいた。ワールドカップ決勝でゴールを決める自分。アルゼンチンのマリオ・ケンペスになった気分だ。いや、ケンペスにかぎらず、どんな選手にでもなれたし、スタジアムの人々のざわめきまでもが聞こえる気がした。だが、ついに、彼の世界に割りこんでくるものが現れた。それはもちろん、音楽だ。ラムリー家からはいつも音楽が聞こえてくる。「あの家は沈黙が怖いんだな」——彼の父親がよく、嫌味まじりにそう言っていたものだ。

「おまえはアッラーの声も聴けるようにならねばならん。暗闇でその声を待てるようにならなければ」

個人的には、アッラーも音楽もどうでもいいと思っていた。彼は、ただサッカーのために生きていた。母親の言葉を借りれば、一度にひとつのことしか考えられない子どもだったのだ。それでもいま、彼はほんの少しのあいだ、立ち止まって耳を澄ました。おそらく、これはレコードでもなければ、ラムリー家の娘たちが練習する音楽でもない、と気づいたからだろう。音楽はテレビから流れてくるようで、テレビはいつも彼の心をとらえた。自分の家族がもっていないからというだけではない。ラムリー家にはビデオデッキもあって、ときどき一家の人々が英国から、映画のビデオや何かの録画をもち帰ってくることがあり、それを見ると、ここととはちがう、もっと広い世界を垣間見ることができるのだった。だから彼はボールを脇へ蹴ると、ノックもせずに家に駆けこみ、階段をあがってリビングに入った。ラムリー家の人々がみんな、ぼんやりと彼のほうを向いた。

「やあ、ハッサン、サッカーをしていたのかい?」

そのあとは、みんな彼のことを忘れてしまったみたいだった。彼のほうも、みんなのことを忘れた。ただ驚嘆しながら画面に見入っていた。テレビにはぼさぼさの白髪頭の男が映っていて、ジャケットがコートみたいに長い黒のスーツを着て、大規模なオーケストラの前で両手を振っていた。最初ハッサンは、音楽とその男のどちらに惹きつけられたのか、自分でもよくわからなかった。だが、やがて気がついた。彼を惹きつけたのは両方だ――男と音楽はつながっている。彼は心のなかでつぶやいた――魔法使いだ。この人は魔法使いにちがいない。右手に小さな魔法の杖《つえ》を握っているだけではない。男が大きく腕を振るたび、音楽に何かが起こる。あたかも魔法で音符を呼びだし、そのなかに彼自身が溶けこんでいくみたいに思えた。そして彼が動きを止めると、聴衆がどっと沸き、彼はくるりと振り返ってお辞儀をした。人々は立ち上がり、目に涙を浮かべて拍手喝采を送っていた。

ハッサンはすっかり魅了されてしまった。人生には自分の知らない素晴らしいものがあることを、たったいま理解したかのように。それからの日々は、ほかのことはほとんど考えていなかった。彼はたびたび庭に立ち、小枝を振って、オーケストラを指揮する振りをした。彼の気づかないところでは、ラムリー家の人々が、新しい興味を見つけた彼のことを話題にするようになっていた。

「逆に、そんなに時間がかかったのはおかしくないか?」

チャールズ・ブルックナーは、傍受したレッケの電話の内容を英語に通訳させながら、いまこの会話に割って入ってぴしゃりと一言言ってやりたい、と感じた――きみらがそう言うのは簡単なんだよ、この馬鹿者が、と。

一分後には気持ちを落ち着かせ、もっと冷静に考えようと思いなおした。嵐がすぐそこまで迫っている。ひとたび炎上してしまえば、レッケとカビールの問題など、もっとはるかに大規模なカオスの一部でしかなくなる。情報筋によれば、数日後、いやもしかしたら数時間後には、ニューヨーカー誌とCBSが、米軍の監督下にあるバグダッド近郊アブ・グレイブ刑務所での拷問と蹂躙《じゅうりん》について、ルポルタージュを公にするという。それらが出てしまえば大打撃だろうし、チャールズにも誰にもここから打てる手はひとつもない。

とにかくレッケと、レッケといっしょにいるラテン系の警官を黙らせておくことに集中しなければ。警官はバルガスという名で、優秀で機転が利くとの噂だ。外向きは品行方正だが、ひと皮剝《む》けばずる賢くていまいましい女だという。しかも兄が――チャールズの予想したとおり――札付きの悪党で、妹がレッケと会うのをよく思っていないらしい。まあ、チンピラなら誰でもレッケのことはよく思わないだろうが。

しかし、バルガスとレッケがどうして知り合ったのかについては誰も真相を知らず、おそらくバルガスが以前、例の殺人事件の捜査にかかわっていたときに連絡を取ったのだろう、ということぐらいしかわかっていない。このふたりはきっと情報を共有しているという、気持ちのよくない確信がチャールズにはあった。言い換えれば、レッケの問題が二倍にふくらんでしまったわけだ。とはいえ、簡単に片づく問題でないのは最初からわかっていたことだ。とにかく圧力をかけるのみ。急がねばならない。ただ、その方法とタイミングが問題だ。チャールズはレッケが電話を終えるのを聞いた。年下の同僚、ヘンリー・ラマーがこちらを向いた。ぐるりと室内に視線を走らせている。

「どうしますか？」ヘンリーが訊いた。

「ふたりとも連れてこよう」チャールズは言った。「徹底的に追い詰めるんだ」

ラマーが納得いかなそうに彼を見る。

「事態を悪化させるリスクはないでしょうか？」

「力ずくでやればいける。手をこまねいて見ているわけにはいかんだろう」と、チャールズは自信満々に聞こえるように言ったが、じつのところ、レッケがどういう動きに出るかを考えると怖かった。

レッケがあんなにもオープンに一般回線で通話しているのも奇妙に思える。まるでこちらにメッセージを送っているようではないか。いや、また躁状態に陥って向こう見ずになっているだけか？　そうであればいいのだが、とチャールズは思った。

＊

ようやくレッケがビール二本を手に、リビングに戻ってきた。ビールはもういい、とミカエラが断ると、レッケはそれなら二本とも自分が飲むと言いたげな顔をした。

「何かニュースがあったようだね」彼が言う。

どうしてわかったのか、と訊くのはやめておいた。

「捜査チームに復帰するんです」

レッケがグラスをもちあげた。

「お祝いを言わせてもらおう……」そう言ってから、少し間を置いた。

「ありがとうございます」

「チームのほうにね。おめでとう、と」

ミカエラは微笑んだ。

「あなたにも加わってほしいそうです」

「それは驚いたな」

レッケの体が震えた。また薬の禁断症状が出ているのだ。

「報酬はどのくらいか知りたいそうですよ」

「ふうむ。どのくらいがいいだろうか？」

新しい薬が欲しいんじゃないの、と彼女は思った。新しい錠剤が。

「今回は、きみがもう少し自由に動けるようにしてほしい。僕がチームに望むことはそのぐらいだな」

「じゃあ、加わってくださるんですね？」

「最善は尽くす」

ミカエラは微笑み、レッケの腕に片手を乗せた。

「さっきの電話、誰だったんですか？」

「兄だ」

「カビールの事件が表沙汰になるのを心配しているのかしら?」

「ああ、心配しているのは間違いない。だが愉快そうでもあったよ。世間が大騒ぎになるときはいつもそうだ」

「もっと早くに情報が洩れなかったのがおかしい、みたいなことを電話で言ってましたよね」

レッケはつぎのビールに手を出している。

「どうやら僕たちは運命のいたずらで、もっと大きなドラマに巻きこまれてしまったようだ。CIAが大々的に人を拷問し蹂躙してきたことが、もうすぐ公になる。僕はその件に何のかかわりもない」

ミカエラは身を乗りだして訊いた。

「公にって、どういうことですか?」

「シーモア・ハーシュが――ヴェトナムでソンミ村虐殺事件をスクープした古参のジャーナリストだが――ニューヨーカー誌に大きなルポルタージュ記事を出すらしい」

「ほんとですか?」ミカエラは広く大きな世界に引き寄せられる感覚を味わった。

「だが、マグヌスにとって重要なのは、彼自身と外務省にどう影響が及ぶかだけだ。というのも だ、兄とクレーベリエルはもうすでに、この件に首までどっぷり漬かっている。テロ容疑者が出国して異国の地で拷問を受けられるように、CIAを手助けしていたんだ。追及の手は彼らにも及ぶはずだ」

ミカエラは黙りこむ。

「カビールを受けいれたことで、殺人者でありテロリストでもある可能性のある人物を入国させてしまったわけですものね」

「ああ、僕はそう思っている」レッケが言った。

「まずいじゃないですか」

「まったくだ」レッケがそう言い、ミカエラはもうしばらく黙りこんだ。

そして立ち上がり、キッチンに入って窓辺まで行くと、グレーヴ通りを見下ろし、外交官車両がまだいるか、あるいはほかに何か起きていないかと見渡した。

白い犬を連れた老女がひとり歩道を歩いている以外に、見えた光景は何もなかった。リビングに戻ると、レッケが困惑した顔をしていた。

「すまないね」レッケが言った。

「何がですか？」

「さあ、まだわからんが」

レッケと視線を合わせ、ミカエラは急に感じた不安を振り払おうとした。

「たしか、カビールが本当にヴィオラ奏者だったなら、彼の本当の身元を突きとめるのはそれほどむずかしくない、とおっしゃいましたよね」

「そのとおりだ」

「じゃあ、いますぐにでもとりかかって、あなたのお友達が送ってくれたリストを調べてみませんか？」

レッケはもっていたビールの瓶をコーヒーテーブルに置いた。

「明日始めることにしないか？」

「ぐずぐずしないで」

「まずは気持ちを落ち着けなければ」

そう言ってこちらを見たレッケの視線には、思いがけない熱が感じられた。

「じゃあ、ひとりで始めます」ミカエラはテーブルのリストを取りあげ、また立ち上がったが、彼といっしょにいるべきかと迷い、ためらった。

「コンピューターをお借りできますか？」

「もちろんだ」レッケも立ち上がったが、がっかりしたような、そうでなければ不安に打ち負かされたような表情を浮かべていた。

レッケがグランドピアノのほうに目をやる。また弾きたいのかもしれない。それからアパートメントのなかを進み、ミカエラがまだ来たことのなかった部屋へ彼女を案内した。ここにもコンピューターが一台ある。彼女が使えるようにログインすると、レッケは彼女をひとりのこして立ち去った。

周囲を見まわすと、この部屋にももちろん本棚があった。来客用のベッドと、マンドリンを手にした青いドレスの少女の絵画があったが、ほかにこれといって興味を引くものはなかった。彼女はレッケと彼の瞳を思いうかべた。それから、視線を名前のリストに移した。

エマ・グルワル
ジェディ・アフリディ
ジャブルート・サフィ
パジール・ロハーニ
ハッサン・バロザイ
タアラ・ジャドゥン

さて、誰から始めたらよいものか？　まずジェディ・アフリディを選んだ。この人物が音楽教師でピアニストでもあり、一九九七年の三月から行方不明になっていることは、わりとすぐにわかった。興味深い。その年の春にはカブールで、ほかの音楽家たちも大勢襲撃されている。音楽地区として知られるカラバット地区から音が消え、人々が投獄され、むち打たれ、楽器は踏まれ、焼かれた。だがミカエラは、まず話を聞けそうな人を見つけたかった。できるなら、通訳を介さずに話せる人を。

エマ・グルワルはあとまわしにして、もう少し調べてから戻ることにした。ジャブルート・サフィを調べてみる。めずらしい名前のように思われたが、検索しても何も情報が得られず、この名をもつ人物の形跡すらたどれなかった。つぎは、パジール・ロハーニ。いくつか行き当たった情報は、たしかにその人物のものだったが、ミカエラが読めるものはひとつもなかった。全部パシュトー語だったのだ。

ハッサン・バロザイという名前はいくつかヒットした。なかには英語で書かれているものもあったが、モスクワ音楽院に短期留学していた可能性のある人物に言及しているらしい情報はひとつもなかった。内科医のハッサン・バロザイ、パキスタン陸軍大佐のハッサン・バロザイ、ジャララバードで〝スマートなデジタル・ソリューション〟を提供する会社を経営するハッサン・バロザイ。ほかにもふたつほどヒットしたが、ミカエラには読めない内容だった。うちひとつは〈ミルプールＡＪＫ〉から発信されていて、これもまたどこかの企業だろうとミカエラは推測した。結局これといった情報には行き当たらず、いったんあきらめてリビングに戻ったが、そこにレッケの姿はなかった。

＊

サーシャ・ベリンスキーはひとりオフィスにいる。思い出がゆっくりと彼のもとに戻りつつあった。ぼんやりとした記憶ではあったが、それでも当時の出来事を大まかに思いだすには充分だ。あれはたしか、一九八六年か一九八七年のことだ。ラティーファはすでにスターへの道を確実に歩んでいた。赤い衣装を身に着けて、サーシャが初めてみる新しい生徒のほうを見ていた。もの問いたげな眼差し――いや、恋に落ちている眼差しのようにも見える。新しい生徒のことがサーシャの記憶にのこっていたのは、たぶんそのせいだろう。

彼女の瞳に映る青年の姿、体を緊張させた彼女が見ていたイメージが思いだされる。だが、その青年自身のことも記憶にのこっていた。ヴィオラ奏者で、プライドの高さと一本気な性格の表れた顔は、たしかに審判員用のストライプの服を着たあの男に似ていた。

その青年も、素晴らしい才能の持ち主だと思わせる何かを放っていた。ラティーファの瞳の輝きを見て、サーシャの期待は高まった。

特別上級クラスの最中だったにちがいない。学生たちが演奏していたのを憶えている。そして、自分がその青年のほうを向き、何か弾いてもらえないかと言ったことも。その瞬間、青年の態度が一変した。強靭《きょうじん》さやプライドは鳴りをひそめ、むしろ怖がっているように見えた。青年はラティーファをちらりと見た。ふたりのあいだに通じあう気持ちがあるのは明らかだった。それに、ラティーファが彼の幸運を願っているのも間違いなかった。

このときだけは、彼女も自分自身のことばかり考えるのをやめて、あの青年をじっと見つめていた。サーシャは自分までもが緊張しつつ、ピアノ伴奏者のイェレーナに会釈したことを思いだした。みんながまだ演奏を聴いたことのない学生の演奏を聴くのは、いつもとくべつな体験だ。だから教室は静かで、どこか厳かな雰囲気が漂っていた。ところが、彼がヴィオラの弦に触れ、聞こえてきたひとつめの音から、緊張と不安がありありと伝わってきた。彼はやりなおしたり息を整えたりすることもなく、演奏を続けた。結果は散々だった。

生気がなく、ぎくしゃくとした演奏だった。音程を間違ったところもあったかもしれない。彼が苦しんでいるのは一目瞭然だったし、ラティーファも苦しんでいた。演奏が終わったら彼に称賛の言葉を浴びせるつもりでいたのだろう。だがそれは、どんなに善意があってもできなくなった。その後何があったか、サーシャは知らなかった。そもそもどうして知る必要がある？　たいしたことではない。たんなる演奏の失敗であり、それ以上のことではなかったのだ。けれどその出来事は、いまもなお彼の心にとどまっていて、サーシャはふとその理由を理解した。あの青年の姿をもう一度目にしたことがある。そのときの彼は泥酔していて血まみれで、国へ帰りたいと子どものようにつぶやいていた。

＊

レッケは書斎のブロンズ像のそばにいた。コンピューターの前で、赤ワインのボトルに手をのばそうとしている。ミカエラが入ってきたのに気づくと、ぼんやりとした目を上げた。長時間ずっと何かに没頭していたのだろう。だが、どうも捜査とは無関係のようだ。

「きみのお父さんは歴史家だったんだね。インカがご専門の」レッケが言った。

ミカエラはうなずいた。

「父の母、つまりわたしの祖母が、ケチュア――インカ帝国を築いた人々の子孫なんです」

「素晴らしい」レッケが言った。

「素晴らしいかどうかは、わかりませんが」ミカエラは言った。

レッケはどうしていいかわからなくなったのか、コンピューターと彼女のあいだで落ち着きなく視線を動かし、やがて何かわかったかと彼女に訊いた。ミカエラは首を振り、彼の隣に腰を下ろした。

「集中できなくて」

「お父さん、何があったんだい？」

「わたしの父ですか？　父なら亡くなりました」そっけなく答える。

「それは知っている――記事を見たんだ」レッケが言った。

「どうしてそれを調べてるんですか？」

「知りたいと思ったから」

ミカエラは、やめてと叫びたくなった。

「モスクワのお友達から新しい情報はありましたか？」叫ぶ代わりに彼女は訊いた。

「いや」レッケが言った。「きみのお父さんの最期については、はっきりしないことがあるんだろう？」

「その話はもうやめてください」

「死因は何だったとされている？」

「自殺です」

「しかし疑問がのこっている。そうだね？　外廊下からの転落と書かれているが、どうも腑《ふ》に落ちないんだ」

シモンと話してみればいい、と彼女は思った。ルーカスと話してみればいいわ。だが、言うのはやめておいた。ただ立ち上がり、リストの続きを調べようかどうか迷った。この会話から逃げたいからというだけではない。胸のうちに違和感がある。きっと何でもないのだろうが。ただ、レッケがまたこれほどまでにあてにならないのなら、もう少し自分で調べてみてもいい。

「向こうで調べものをしてきます」彼女は言った。

カブール、一九八六年一月

エレナ・ドルゴフは、サイズの合わなくなった黒いスーツを着ている。太ったからだ。きっとストレスのせいだ、と彼は思った。殺害予告が届いているそうだし、近所で銃撃もあった。だが、年をとっていても、彼女はいまもきれいだ。年をとったといっても、まだ十七歳である彼から見れば、というだけにすぎない。エレナは四十歳で、生え際に白髪がまじり、ひっきりなしに煙草を吸っていて、いつもウォッカかウィスキーのグラスを手にしていた。

それでも彼女の動きは優雅で、指揮をするときの動きも、いましているように椅子に腰かけて両腕を広げるだけのしぐさも、彼は好きだった。灰色の瞳は厳しくもあり、穏やかでもある。優しくされるのか傷つけられるのか、予想するのはむずかしかった。

「あなたのことを誇らしく思いますよ、ハッサン」と彼女は言った。それが心からの言葉であることは、彼にもわかった。

ハッサンがカブールにやってきて一年が経っていた。ここへ来たのは、ミルプールでヴァイオリンを教わっていたブハーリ先生に勧められてのことだ。ラムリー家がちょっとしたお金をもたせてくれた——奨学金みたいなものだよ、と言って。だが、それでも簡単な道のりではなかった。両親はできるかぎりの手をつくして彼を止めようとした。共産主義者は神を信じない、と父は言った。やつらは戦闘員だ、イスラム教徒の土地を占領しているんだ、と。けれど、ドルゴフ先生の指揮者養成コースの話を初めて聞いたときから、行かなければ、と確信した。ずっと夢見てきた飛躍をとげるには、行かない選択はない。だから、もたせてもらった金がじきに底をつき、寄宿舎ではほかの学生三人とひとつの部屋で暮らさねばならず、一度は通りでぼこぼこに殴られたこともあったけれど、そこで学ぶ価値はあった。

彼は楽譜の読み方を学び、自分にはその才能があることに気がついた。分析が得意で機転が利くというだけではない。細部と全体の両方を素早くとらえることができる。リーダーとしての資質が備わっている。場を自分のものにすることができる。人々は彼の言うことに耳を傾ける。年上の人々ですらそうだ。まるで指揮者になるべくして生まれてきたかのようだった。彼はそう確信し、誰よりも熱心に練習した。いつでも、つねに練習していた。一日十二時間、十四時間。ドルゴフ先生が誇らしく思うのも当然だ。自分でも誇らしい。ほかのすべてを置いてきたのだ——サッカーさえも。ドルゴフ先生もこれ以上の生徒など望むべくもないだろう。にもかかわらず、〝でも〟という言葉が彼女の口から出かかっていた。そういう言外のトーンが、彼女の声から聴き取れる。額のしわからも、吸いかけの煙草を青い灰皿に押し付けるしぐさからも、それが読み取れた。

「ありがとうございます」彼は言った。

「でも、あなたはヴァイオリンを始めるのが少し遅かったのよね——わかっているとは思うけれど。ヴァイオリニストに求められる技巧があまり身についていない」そう言われて、彼は言い返したくなった。いや、むしろヴァイオリンを取りだして、ほかのどんな名手《ヴィルトウオーゾ》にも劣らない演奏ができると、その場で見せつけてやりたかった。

ただ単に、あんたがちゃんと聴いてないだけじゃないか、くそばばあ、と。

だが、そんなことをしても何にもならないと、彼にはわかっていた。だから代わりに、エレナが体をかがめて楽器をもちあげ、机の上に置くのを、じっと見つめていた。彼女は何も言わなかった。ふたりとも何も言わなかった。実際のところ、何も言う必要がなかった。目の前にあるもの、灰皿の隣に置かれたそれが何かは、ふたりとも知っていたのだから。ヴィオラだ。

「あなたにはヴィオラのほうが合っているかもしれないと思って」とエレナが言った。彼は答えなかった。彼は黙って立ち上がった。腹を殴られたような気分だった。

レッケが二言三言、何か言う声が聞こえた。だがミカエラはもうその場を離れていて、そのまままさっきコンピューターを使っていた部屋へ入るところだった。さっき見た〈ミルプールＡＪＫ〉と関係のあるハッサン・バロザイについての記事を画面に表示させる。最初は企業か地名だと思っていたが、もしかすると――ふと頭に浮かんだのだが――スポーツの団体でもおかしくないのではないか。たとえば、サッカー・クラブとか。それで、〝サッカー・クラブ〟と検索エンジンに入れてみたのだが、何も引っかからず、パキスタンのアザド・カシミール地域にあるミルプールという場所についての一般情報が出てきただけだった。でも、ミカエラはくじけなかった。さらに検索を続けると、ＦＣミルプールＡＪＫというサッカー・チームが見つかった。つまりこれのことだったのか？

文章はパシュトー語で書かれていて、固有名詞だけが英語のようだ。ミルプールＡＪＫに加えて、バローチ・クエッタ、フンマ、ＷＡＰＤＡなど。それらの名前を調べてみると……ミカエラは背筋がぞっとするのを感じた。全部サッカー・チームの名前だ。いや、落ち着け、落ち着け、べつに意味があるとはかぎらない、と自分に言い聞かせる。きっとなんでもない。でも、当然調べてみる価値はあるのでは？

まずはミルプールからだ。そもそもこれはどういう地名なのか？　どうやらパキスタン北西部の町らしく、人口は約十万人。一九五〇年代から六〇年代にかけて、ここからたくさんの人がイギリスに移住した、とある。リトル・イングランドと呼ばれることもあるようだ。町の商店では数多くの英国製品が売られ、さまざまな場所に英国の影響が見られる。これもまた、興味深い情報ではないか？　このあたりの地域では、何らかのかたちでヨーロッパの影響を受けていないかぎり、誰も西洋のクラシック音楽を始めたりはしないだろう、とレッケは言っていた。

国際電話番号案内に電話をして、ミルプールにバロザイ姓の人がいるかどうかを問い合わせた。いた。バロザイ姓の家が四、五軒あるという。ミカエラは深呼吸をして、ファーミ・バロザイという人の番号にかけてみた。出なかった。つぎはヤフィル・バロザイにかけた。電話に出たのは親切そうな男性で、あまり英語は話せないようだったが、それでも手を貸そうとはしてくれた。「ハッサン・バロザイという人を捜しています」彼女が英語で言うと、電話口の男ははっきりとは聞き取れなかったがたぶん「イエス、イエス」と言った。ミルプールでそういう名の人物を本当に知っているかのように。

男性は英語とフランス語で番号を教えてくれ、ミカエラは当然ながらいくらかの興奮を覚えた。たどり着けたのだろうか？　それから落ち着きを取りもどした。それがカビールであるはずはない。カビールは死んでいるのだし、いまもパキスタンに電話番号がのこっているとは考えにくい。でも、もしかしたら、モスクワ音楽院に短期留学していたバロザイがこの人かもしれず、そしてこの人もどこかのサッカー・クラブにかかわりがあるのだとしたら、当然、カビールのことを知っている可能性があるのでは？　たしかめてみる価値は絶対にある。ミカエラは男性から聞いた番号にかけ、遠くに聞こえる霧笛のような呼び出し音に耳を傾けた。あきらめて電話を切ろうとしたとき、年配らしき女性の声が応答した。

「英語はわかりますか？」ミカエラは訊いた。

「はい」と声が答えた。「どんなご用でしょうか？」

「わたしは……」ミカエラは言いかけてためらった。だが、いつも仕事でかけている電話と変わらない、と考えることにした。

「ミカエラ・バルガスと申します。スウェーデンの警察からかけています。ハッサン・バロザイという人を捜しているのですが。そのようなお名前の方は、お宅にいらっしゃいますか？」

「ええ、モスクに行っていますが」女性は言った。「なぜ彼を捜しているのですか？」

「わたくしどもにとって貴重な情報をもっていらっしゃる可能性があるので」

「信心深い老人ですが」

「そうですか。でも、できれば――」

「またあとでかけていただけますか」女性がさえぎった。

「ええ、かまいません」

信心深い老人、か。人違いだったにちがいない。

「その方が西洋のクラシック音楽に興味をもたれたことはないでしょうか？」

「ありません」

「わかりました。お邪魔してすみませんでした」

「いえ、どういたしまして。ご用はそれだけですか？」

「それだけです。ありがとうございました」ミカエラは電話を切った。

31

ヴィクトル・マリコフが授業の準備をしようと腰を下ろしたところで、サーシャ・ベリンスキーがドアをノックしてきた。なんとこれはまたひどいな、とヴィクトルは思った。ゆうべ会ったときには、年齢に似合わない若々しさを感じさせていたのに、いまは百歳の老人みたいな顔をしている。顔色がなく、震えているし、目の下の隈《くま》は以前から美しくはなかったが、いまはぷっくり腫れていて、まるで病人だ。

「何か思いだしましたか？」ヴィクトルは訊きながら、サーシャに椅子を勧めた。

サーシャは上体を震わせながら、椅子に沈みこんだ。そして首にかいた汗を拭った。

「ああ、思いだしたよ……」サーシャは眼鏡をはずし、白いハンカチでレンズを拭いた。「どうしてラティーファにいらだつ人があんなにも多いのかと、よく思っていたんだが」

「そりゃ、理解に難くないと思いますが」ヴィクトルは言った。サーシャは少し息を整えて続ける。

「ああ、そうかもしれない。あの子は才能があったし、美人だったから、みんな足を引っぱらないことには我慢ならなかったんだろう。だが、それだけではなかった。彼女は輝いていた——ある種の情熱だと思うんだが、それが彼女の全人格に染みわたっていた。けれども、彼女は人にたいする、あるいは世界のすべてにたいする興味を失ったみたいに、生気を失くしてしまうこともあった。そういう状態の彼女を見ると心が痛んだ」

「何がおっしゃりたいのでしょう？」

サーシャは混乱しているようだ。

「さあ、自分でもよくわからん。とにかく、八〇年代の一時期、とある短期留学生がここに来ていた。彼もラティーファと同じように、アフガニスタンとソヴィエトの文化交流と、カブールでのエレナ・ドルゴフの努力のおかげで、ここに留学していた」

「ほう」ヴィクトルは熱心に耳を傾けはじめた。

「彼とラティーファのあいだには何かあったんだろうと思うんだ。あのふたりには絆《きずな》が感じられた。恋愛関係だったのかもしれない。彼女があの青年に向ける視線を見ていると、嫉妬しそうだった。あの青年のいったいどこがいいのか、と思ったもんだ。ただのうぬぼれた若造じゃないか、と。上級特別クラスで演奏させてみたことがあったんだが、あとになって本当に悪いことをしたと思ったよ。すっかり手に負えない状況になってしまった。あのかわいそうな青年は、緊張でろくに息もできなくなった。ひどい音しか出せなかった。曲はバッハの〈半音階的幻想曲〉だった――それ以来……」

「それ以来、ラティーファはそれまでのようには彼を見なくなった」

「意地悪していたとか無視していたとかではない。だが、彼といっしょにいることが面倒になったらしいのは、見ていてよくわかった。彼のほうもラティーファを避けるようになって、遠くからどこか暗い視線で彼女のことを見ていた」

「その青年が、レッケが送ってきた写真の男と同一人物だと思うのですか?」ヴィクトルは尋ねた。

サーシャはその男のことをもう一度思いうかべ、彼の顔に何か悲劇的な、あるいは憂いに満ちた何かが見えた気がしたのを思いだした。

「そんな気がした。というのもだ、さっき言った出来事の二、三日後、その青年がおれのところへ来たんだよ。まごつきながらも興奮した様子で、こう言った——七〇年代にテレビでおれを見た、と」

「七〇年代にはみんなあなたをテレビで見ていますよ、サーシャ。あなたはあのどうかしたみたいな髪型で、いつも舞台の中心にいた」

「たしかに、そんな時代もあったな」サーシャはゆるくほつれた頭の髪を、一筋つまんで引っぱりながら言った。「しかし、この青年にとっては、どうやらおれはとくべつな意味をもっていたようなんだ。あなたを見て指揮者になりたいと思った、と言っていた——いや、それだけじゃない。おれがロンドンでラフマニノフの第二番を指揮したときの録画を見て、彼は人生そのものの方向を変えたんだと言っていた。彼にとってはある意味、一生を左右する出来事だったわけだ。できるかぎりたくさん練習をしてきたと言っていた。自分は生まれつきのリーダーだとも言っていたね。自分はリーダーなんだと。それははっきりと憶えている。みんなが避けていた、垢抜けない、自信すらない青年が、自分はリーダーだと言ったんだよ」

「それで、あなたはどうしたのですか?」ヴィクトルは訊いた。

「いいかげんな約束をしたんだと思う。彼が指揮できる小さいグループをつくってやろう、とか。たしかそんなことだったと思う。もちろん実現はしなかった。おれも彼を避けるようになった。最後に一目見ることがなかったら、彼のことはそれっきり忘れていたと思う」

「何があったんですか?」

「遅くまで学校にのこっていて、そろそろ帰ろうとしたときだった。正面入口のほうでうるさい音がして、様子を見にいったんだ。すると、階段の下に男がひとり倒れていてね。酔っぱらっていて、薄汚れていた。額は血で汚れていて、助け起こそうと駆け寄った人間がおれも含めて何人もいた。だが、男は意識がはっきりしてくると、みんなの手を振り払って、われわれをじっと見たんだ。あの眼差しを忘れることはできない。誰からも見捨てられたような、決定的な激しい戦いに敗れた者のような顔をしていた。われわれは直感的に、これはそっとしておくべきだと感じとった。それから間もなく、彼は帰国したんだ」

「アフガニスタンへ？」

「いや、パキスタンだったかな？　忘れてしまったが」サーシャはしばらくのあいだ、その哀れな青年の気持ちに寄り添うかのごとく、彼自身も見捨てられて孤独に陥ったような顔をしていた。

＊

ミカエラは、ピアノのそばのソファで腕組みをしているレッケに近寄った。レッケはあまり調子がよさそうでなく、手にもったワインボトルはほとんど空になっている。だが、まだ深く集中しているようではあった。

「何してるんですか？」彼女は声をかけた。

聞いていないのはあきらかで、レッケは身動きひとつせず、何かをつぶやいている。

「何してるんですか？」彼女はもう一度訊いた。

「おや……すまない」レッケが言った。「考えをまとめようとしてたんだ」

「うまくいきそうですか？」

彼女を見て、レッケが微笑む。

「ああ、たぶん」

「それはたのもしいですね」

「だが、きみのお父さんのことも考えていた」

もう黙っていてと言うべきかどうか、ミカエラは迷った。

「きみは十一歳だった。そうだね？」レッケはやめない。

あるいは何も言わずにコンピューターへ戻ろうか？　だが、彼女はその場にとどまった。そしてソファに腰を下ろした。

「お父さんと仲はよかったのかい？」

「ええ」

「チリで受けた拷問で耳が聞こえなくなったそうだね。手話で会話していたのかい？」

「筆談でした。メモのやりとり」

レッケがうなずく。べつに批判的な顔をしていたわけではない。だがミカエラは、自分の子ども時代をかたちづくったメモのことを、なぜか弁解しなければと感じた。

「ちょっと遠回しなやり方でしたけど、その分、何か言うまえに考える習慣がつきました」

「なるほど」レッケは言った。

やはり、もっと何か言いたい、という気持ちになってきた。

「ときどき筆談では遅すぎることがあって、そういうときは、父がわたしの唇の動きを読んで、それで答えてはくれたんですけど、声が小さすぎるか、大きすぎるかで。でも、たいていは筆談でした」

「そのほうが尊厳が感じられるからだろうか？」

「父はものを書く人でしたから」ミカエラは答えながら、シモンのことを考えた。

兄のシモンは筆談に向いていなかった。あまりに落ち着きがなく、識字障害《ディスレクシア》の疑いもあり、それに母親に似て文字よりも絵を好んだ。そこがたぶん重要な点だった。

「お父さんはどういうことを書いていたんだい？」レッケが尋ねる。

「ジョーク、日々思ったこと、褒め言葉、なぞなぞ、何でも。でも政治のことが多かった。世界は不公平だが、それをどうにかするのがわたしたちの義務だ、とか、そういうこと」

「いいお父さんだったみたいだね」

「ええ。でも、亡くなる直前の秋から冬にかけて何かが起きました。あなたと同じような状態になっていたのかもしれません。内にこもって、黙りこむことも増えて、書くメモもおもしろみがなくなりました。季節も関係してたかもしれません。あの年は零下二十度まで下がったし、風の日も多くて。父はよく遅くまで、本を手にしてキッチンですわっていたんですけど、ほんとに読んでるのかどうかはよくわかりませんでした。ある晩、というよりもう早朝でしたが、兄のシモンがひどく酔っぱらって帰ってきて、父と口論を始めたんです。ふたりの怒鳴り声でわたしは目を覚ましました。でも、わたし馬鹿だったから、ベッドから出ずにいて、きっとルーカスがふたりを落ち着かせてくれる、って考えてました」

「ということは、ルーカスは起きていたんだね？」

「ええ、キッチンに駆けこんでいきました。当時はもうすでに、兄が家長みたいになっていたんです。怒鳴ってるのが聞こえました。落ち着けよ、寝かしてくれ、って」

「それで、どうなった？」

「わかりません。静かになって、わたしはまた眠ってしまったんだと思います。目を覚ましたときは、寒くて。玄関から風が入ってきてたんです。それで起きだしていったら、ルーカスとシモンが外廊下に立っていました。ふたりとも下を見ていて、わたしはその背中をじっと見ていました。凍りつくほど寒くて、体が震えだして。そしたらルーカスが振り向いて、なかに入ってベッドに戻れって言ったんです。でも見ないではいられなくて。身を乗りだして下を見ると、父が両腕を開いてうつ伏せに倒れていました。手はまだ動いていました。まるで何かをつかもうとしてるみたいに。それか、まだ落ちている途中だと思ってるみたいに。そのあと母が来て、寝間着一枚で裸足《はだし》のまま中庭を横切って駆け寄って、〝いや、いやよ〟って叫んで。父はその日の午後、カロリンスカ医大病院で亡くなりました」

レッケが片方の手をミカエラの手に重ねた。

「それで死因は自殺とされた？」

「ほかに説明がつきませんでした。シモンとルーカスは喧嘩のあとベッドに入ったそうですし、父がひどいうつ状態だったことは周知の事実でした。兄たちとの喧嘩が引き金になったと見られたんです」

レッケは考えこんでいるようだった。少しのあいだミカエラは、自分の信じてきたことを根底から覆すような言葉を彼が口にするのではないかと怖くなった。

「つらい話だ」と彼は言った。

そのあとは、ふたりともソファにすわったまま黙りこみ、ミカエラは考えるともなく考えていた。ふと、電話で話したミルプールの年配女性との会話が気になった。いきなり変なことを聞いてしまって恥ずかしい、という思いだけではない。電話に出た女性の緊張した、少し鼻にかかった声が気になってきたのだ。レッケに目をやると、片手で自分の肩をつかんでいる。

「聞きたいことがあります」

「何なりと」レッケが言った。

「もしわたしが誰かに……何でもいいんですけど、その人が少しも予想していないことを尋ねたとしたら。たとえば……」ミカエラは頭を絞って続ける。「ロシアのフィギュアスケート選手だったことはありますか？　とか。あなたなら何て答えます？」

「僕なら、スピンが大得意だったと言うだろうな」

「そうじゃなくて、普通の人はどう答えるものでしょうか？」

「多くの人はこう言うんじゃないだろうか。〝いったいどうしてそんなことを訊くんですか？〟と」

「でしょう。そうですよね」ミカエラは言った。

レッケが彼女の顔を不思議そうに覗きこむ。ミカエラはあの電話でのやりとりにどこかしっくりこないところがあったのを思い返した。話しているあいだ、あの女性がどうも電話を早く切りたがっているような気がしてならなかったのだ。

「何がわかったんだい？」レッケが言う。

「確信はないんです。電話してみなければ」

レッケがうなずく。ミカエラはコンピューターのある部屋へ戻った。あとになってから思いだすのは、自分がそれからしばらくのあいだ、ただじっとすわって息をついていたということだ。それから携帯電話を取りだして、もう一度同じ番号にかけた。さっきの女性が今度はすぐに応答した。待っていたかのように。

「先ほどお電話したスウェーデン警察の者です」彼女は告げた。

「わかります」女性は言った。

「さっきのお話に出てきたのはご主人のことですね？」

「はい、そうです」

「それで、ご主人はお住まいの町のサッカー・クラブと関係がおありではないですよね？　FCミルプールAJKですが」

「関係ありません」

「でも、関係のあるハッサン・バロザイは別にいる」

つながったままの電話に沈黙が流れ、重い息遣いと、指先で何かを叩いているようなカタカタという音だけが、ミカエラの耳に届いた。

「うちの息子が子どものころに入っていたチームです」

ミカエラは深呼吸をした。

「本当ですか？」彼女は言った。

「のちにそこでコーチもしていました。とても優秀だったんです」

「なるほど。ときどき審判もしていましたか？」

「ええ、ときどき」

ミカエラは興奮の波が押し寄せるのを感じ、それが声に出ないように抑えながら続けた。

「息子さんは、西洋のクラシック音楽にもご興味がおありでしたか？」

ふたたび沈黙が流れる。

「ヴァイオリンを弾いていました」ついに女性はそう言った。「とても上手だったんです。隣に住んでいらした、わたしどもの雇い主でもあったラムリー家のかたたちが、あの子に教えたんです。でも大人になってからは距離を置いていました」

「なぜですか？」

女性は、何と言ってよいのかわからないかのようにためらった。

「信心深くなったからです。あの子の父親と同じように」

「それで音楽を不敬なものとみなすようになった？」

「音楽はアッラーとその預言者を冒瀆するものだと考えていました。楽しんでいる場合ではないんだと言っていました。厳粛に悲しむべきときなのだと」

ミカエラはいま聞いた言葉を咀嚼し、不安定ながらもせっかく生まれたつながりを壊さないよう、慎重に言葉を選んだ。

「理由はそれだけですか？」ミカエラは問いかけた。

「ほかに理由など必要でしょうか」

「必要ではないかもしれません。ただ、引き金になる出来事があった可能性はあります」

女性はまた黙りこんだ。

「息子は不公平な扱いを受けました」

「誰からですか？」

「共産主義者です。イスラム教徒を迫害し、アッラーに背きました」

「おっしゃるとおりなのでしょう」ミカエラは言った。「息子さんはモスクワにいたのですか？」

「はい、短期間ですが。でも、別人のようになって帰ってきました。わたしたちにはありがたいことでしたが」

「なるほど。それで、息子さんはいまどこに？」

ふたたび重い息がミカエラの耳に伝わってきた。

「アフガニスタンへ戻りました」

「タリバンのもとへですか？」

「はい」女性は言った。「でも息子はテロリストとは関係ありません。とても思いやり深い、人を喜ばせることのできる子でした」

「サッカーを通じてですか？」

「ええ、それだけではありませんが」

「息子さんはアフガニスタンでお亡くなりに？」

「はい」

「こんなことお尋ねしてごめんなさい。でも、ご遺体は埋葬のために帰ってこられましたか？」

女性は答えなかった。また沈黙が流れ、電話の向こうから伝わってくるのは女性の息遣いだけだ。あなたの息子はアフガニスタンで死んでなんかいない、遠く離れたストックホルムで殺されたのだと、この女性に自分が伝えることになるのだろうか、とミカエラは考えた。

「失踪《しっそう》届は出されたわけですね？」ミカエラは訊いた。

「はい」女性は答える。「ですが、去年の夏、アメリカ大使館からもう望みはないと知らされたんです。でも、親としては……」

女性の言葉が途切れた。

「電話をしてきたのは大使館の誰でしたか？」

「夫と話さなくては」

ミカエラは深く息を吸った。

「わかりました。またあとでかけなおします。ですが、最後にもうひとつだけお尋ねしても？」

「ひとつだけなら」

「息子さんは、ミルプールでほかに誰と親しくしていましたか？　その不公平な扱いについて、もう少し詳しく知っているかたはほかにいませんか？」

「マリアム・ブハーリ先生でしょうね。あの子のヴァイオリンの先生です。息子のことをとてもかわいがっていました――わたしたちみんなそうでした。あの子は善良でした。誰かを傷つけるなんて絶対にしません」

「息子さんが誰かを傷つけたと言っている人がいるのですか？」

「もう切ります」

「いいえ、待ってください」

女性は電話を切った。ミカエラは個人の特定につながる決定的な情報の確認をしなかったことに気がついた。カビールは太腿に母斑があったかどうかを尋ねるか、メールで写真を送るべきだった。だが、もう一度電話をかける気にはなれなかった。考えてみればその必要もない。ジャマル・カビールと、ミルプール出身のハッサン・バロザイは、同一人物にちがいない。あまりにも重なることが多すぎる。そして、これが意味するのは……何だろう？　言ってしまえば、あらゆることだ。大きな突破口がひらけたのだ、そうにちがいない。ミカエラは、いますぐレッケのもとへ飛んでいって知らせたい、と全身で感じた。だが、できなかった。

玄関のベルが鳴ったのだ。ミカエラはぎくりとした。

＊

チャールズ・ブルックナーは、大使館でミカエラの電話を聴いていた。そして、これで情報戦における自分の優位は失われた、少なくともそのほとんどが消えた、と考えた。レッケとバルガスにはまだ、バロザイとガマル・ザカリアのつながりを突きとめるという仕事がのこっている。だが、そんなものはさっさと片づいてしまうことだろう。

あのふたりの関係自体は見逃しようがないだろう。しかし——ここが厄介なのだが——それ以外のことはチャールズ自身もよく知らないのだ。拷問ですら答えを引き出せないこともあるのだから。

バロザイは即座に、ほとんど恨みを晴らすかのように、ザカリアとその追従者たちについて、知っていることを洗いざらい話した。だが、自分が犯した罪について話すとなると、口にできない何かを抱えているようで、肉体的な苦痛を与えてもなお引き出すことはできなかったのだ。だからラティーファ・サルワニを撃ったのがバロザイだったのかどうか、チャールズは知らなかったし、そもそも一九九七年にあれほどの暗い狂気に発展したタリバンの音楽家弾圧に、バロザイがどのようにかかわっていたのかも知らなかった。

一方で、そのことはべつにどうでもいいとも思っている。ミルプールにいるバロザイの哀れな母親のことも、同様にあまり気にかけていない。バロザイの母親にはチャールズが電話をかけて、彼女の息子は死んだと伝えた——〝カブールで起きたテロ事件のあとで、彼のDNAが見つかりました。埋葬できる遺体はありません〟と。電話をしたのは去年の夏で、不必要な質問を避けることが目的だった——ものごとに蓋《ふた》をして、外部に洩れないようにするのが、彼のおもな仕事だ。いま人員をあつめて、今晩あるいは明日の朝にでもレッケの自宅に急襲をかけようとしているのもそのためだった。だが、いまのところは様子見だ——じっと様子を見るのがどんどんむずかしくなっていることは事実だが。胸の内に燃え盛る火を抱えているかのように感じる。そのうちにレッケが予想だにしないことを思いついて、すべてをひっくり返してしまうのではないかと想像している。外の廊下から、誰かの足音が近づいてきた。チャールズは立ち上がり、いま弟のもとへ向かっているマグヌスに連絡して、事態を複雑にしているいまいましいバルガスのことを伝えようかどうか迷った。だが、チャールズ自身がどれほど密にことのなりゆきを追っているかを、マグヌスに知られるのは気が進まない。なので、何もせずに部屋を出て、早く襲撃したくてうずうずしているヘンリー・ラマーを出迎えた。

＊

レッケが誰かに挨拶し、迎えいれているのが聞こえる。相手の男はありがとうと言い、飲んでいるのかとレッケに訊いた。「離脱症状対策だ」とレッケが答えた。ふたりは心やすい、ほとんどからかい合うような口調で会話している。

「カビールのファイルはもってきているのかい、それともリベラルな検閲の結果を聞かせてもらえるのかな？」レッケが言った。

レッケの兄、マグヌスにちがいない。返事は聞き取れなかったものの、控えめな笑い声が聞こえてくる。ミカエラは思わず立ち上がった。そうすればもっとよく聞こえると思ったのか、ただ興奮して落ち着かなくなったからなのかは、自分でもよくわからない。

「誰か来てるのか？」レッケの兄と思《おぼ》しき男が尋ね、しばらく沈黙があった。レッケが説明に困っているようなので、ミカエラは自分から出ていったほうがいいだろうと考えた。

それが間違いだった。部屋から一歩出た瞬間、彼女はマグヌス・レッケと正面から顔を合わせる恰好になった。しかも、ハンス・レッケが――ミカエラはいま初めてようやく気づいた――オープンで好奇心にあふれた目をしているのにたいして、マグヌスのほうは彼女を見下したような一瞥《いちべつ》をくれただけだった。まともに見もせずに価値がないと見限ったようなので、彼女のほうは逆に数秒かけてマグヌスを観察することができた。上背のある体格には威圧感があり、鋭く細い目に厚い唇、それに幅広の鼻が熊のような印象を与えている。周囲のものを吸いこむような視線で、つかみ取れるものはないかと探しているみたいに見えた。

「なんだおまえ、家政婦を雇ってるのか？」とマグヌスが言った。

ハンス・レッケが兄の肩に腕をまわす。マグヌスは神経質そうに手を首にやり、ネクタイをゆるめた。レッケは自分の腕時計を触っている。

「親愛なるマグヌスよ、ここへ来てたったの四十三秒で、早くも失礼な口をきくことに成功したね。こちらは僕の友人、ミカエラだ」レッケがミカエラのほうを指す。

「これは失礼。てっきり……」とマグヌス。

「何を思ったかは重要ではない」とレッケが言った。「まずは謝って、無作法を認めるべきだ」

マグヌスは、肩に置かれた弟の手を振りほどき、首を振った。

「申しわけなかった。もちろん私は無作法者だ。まったく救いがたい」

そう言ってミカエラに笑いかけた。本当に悪いことをしたと思っているふうではなかったが、少なくとも努力はしているようだった。

「いや、すまないね。馬鹿なことを言った」さらにそう言って、手をさしだす。「ちょっと戸惑ってしまって、あなたの、その……」

マグヌスはその手で自分自身の頬をさわってみせた。顔の痣に気づいたと言いたいのだろうが、謝り方としてはいまひとつだった。が、ミカエラは気にとめなかった。

「いえ、だいじょうぶです」ミカエラはそう言って、握手をした。

「本当に？　まあ、とにかく、私はマグヌス・レッケ――こいつのいつも粗雑な兄ですよ」

「ミカエラ・バルガスです」

「お会いできて光栄だ」マグヌスが続ける。「どういう知り合いなのか訊いても？」

「仕事仲間だよ」とレッケが答えた。

ミカエラは喜びを感じ、ぞくりと震えた。

「へえ、そうなのか、ご専門は？」マグヌスが訊いた。

「わたしは警察官です」

「探偵ごっこの仲間か。なるほど」

「まあ、そんなところだ」レッケは手振りで、リビングへ行こうとうながした。

だが、マグヌスが何かを思いだしたように立ち止まり、もう一度ミカエラをじろじろと見た。顔は笑っているけれども、怪しむような表情に変わっている。

「ひょっとして、きみはカビールの事件にかかわっているんじゃないか？」マグヌスが訊いた。

ミカエラは一瞬ためらったが、こくりとうなずいた。するとマグヌスがすぐに反応した。

「そういうことか、それでわかった。するとこの騒動《サーカス》の発端はきみか」

レッケが片手で髪をかき上げる。

「もしこれがサーカスだと言うんなら、マグヌス、運営の全責任はあんたにある」レッケは言いながら、ふたりにソファにすわるよう身振りで示した。

マグヌスは腰を下ろし、テーブルの上にあったワインボトルをたしかめながら、首を振った。

「いや、しかし、興味を引かれるな」マグヌスが言った。「これでドラマの時系列を把握できそうだ。きみたちは昔からの友人なのかい、それとも最近知り合った？」

「昔からの友人として最近出会った」レッケが答えた。「それより本題に入らないか。ファイルにあったなかで、どの部分をわれわれに見せてくれる？」

「出直したほうがよさそうだな」

「それには及ばない。何なりと聞かせてもらうよ」

マグヌスはまたひどく困った様子で額に手をやり、レッケのほうを向いた。

「ミカエラがあの殺人事件の捜査をしていて、仕事か何か知らんが、とにかくおまえと協力しているのはわかった。だが、たのむよ、ハンス。これは内々の約束だろう。おまえと話すあいだ、彼女にははずしてもらわないと」

「馬鹿馬鹿しい」レッケが言った。「かまわないから、言ってくれ」

「すると彼女はとつぜん、おまえのワトスンになったというわけか」

「どちらかといえば、僕のウェルギリウス。僕のサンチョ・パンサだ。さあ、早く言ってくれ」

「わかったよ」マグヌスは本当に観念したように言った。

「話をシンプルにするために、カビールの本名からまず聞かせてもらおうか」レッケが言う。

マグヌスは、偽りでなく不安そうな目で周囲を見まわした。

「ほかの名前など知らない。ただ、あの男が犯した疑いのある罪と、交友関係について知らされただけだ」

「それだけのわけがないだろう」レッケが言った。

「いや、本当に知らないんだ。誓って言う」マグヌスがにわかに動揺を見せながら言った。それを見ているレッケも、いまひとつ自信がなさそうな顔になった。もしかすると自分の兄が絶対に嘘をついているとまでは断定しきれないのかもしれない。

「じゃあ、兄さんたちも騙されたわけか」

「そうと気づくべきだったな」マグヌスがつぶやく。「とにかく、本当にほかの名前なんて知らないんだ。わかっているのは、あの男が〈ソルトピット〉では囚人十二号と呼ばれていて、二〇〇一年十二月に逮捕され、二〇〇二年八月に釈放されたこと。トラウマを抱えてはいるが強靭だ、と言われていた。暴力に走る危険性はなく、過激派でもないと。イスラムの信条はもう捨てていたようなので、情報経路として重要視された。報告によれば、彼はアメリカのアフガニスタン侵攻以前に国を逃れたタリバンの重要人物たちの居場所をＣＩＡに教えていた」

レッケが考えこんでいる。

「では、彼の本名は、僕たちで突きとめなければならないな」

ミカエラは前に身を乗りだした。書斎で感じた興奮が戻ってくる。

「彼の本名はハッサン・バロザイ、パキスタンのミルプール出身です」ミカエラが言うと、兄弟は驚きの目で彼女を見た。

「本当か？」マグヌスは、いまは緊張して見える。「その情報はおれのところにはなかった」

「彼の母親にたったいま確認しました。九〇年代にミルプールを離れて、タリバンに加わったそうです。以前はサッカーとヴァイオリンの両方をやっていて、カブールではドルゴフ教授に指導を受け、モスクワ音楽院に短期留学しています」

レッケはのこっていたワインを飲み干し、軽く目くばせするように彼女に笑いかけた。誇らしげな表情を浮かべて。

彼女のことが誇らしいと言っているみたいに。

「なんだと。それは間違いないのか？」マグヌスが反応した。

ミカエラはうなずく。

「あいつら、絞め殺してやりたいな。しかし、バロザイといったか？　しかも、パキスタン人だと。たしかに、あの男の感じからしてありえないことではないな。彼についてほかにわかったことは？」

「ここはミカエラではなく、兄さんが話をする場だったはずだ」レッケが言った。「あの男は何をしてCIAに目をつけられたんだ？」

マグヌスは質問が自分に向けられたことを受けいれたくない様子だ。だが、結局こう言った。

「それは捜査チームもよく把握していると思うが」

「わたしたちが知っていることで、たしかなのは、彼がタリバンの政府機関のひとつとゆるいつながりをもっていたこと、彼が音楽家たちに嫌がらせをして楽器を破壊していたことです」ミカエラは言った。

「ああ、そうだ、あの男はサッカーを愛好していた一方で、どうやら音楽を嫌っていたようだ。禁欲主義の倒錯という意味ではむしろ筋が通るな、そう思わないか、ハンス？」マグヌスは気楽に聞こえるように話そうと努めているようだ。「おまえのことだから推測しているとは思うが、CIAの関心を引いたのはカビール個人の行動というより、ムッラー・ザカリアとのつながりのほうだった」

レッケは前に身を乗りだし、祈るような恰好で両手を合わせた。

「ふたりは親しかったのか？」

「ああ、長い付き合いだったようだ。おれの記憶違いでなければ、パキスタンで出会っている。ガマル・ザカリア、のちのムッラー・ザカリアは、かなり興味深い人物だ。マドラサでワッハーブ派の教義を叩き込まれただけの田舎者ではない。ザカリアのことをおまえがどのくらい知っているかは知らんが」

「教えてくださいよ、兄さん」レッケは言った。

「ガマル・ザカリアはエジプト人で、アレキサンドリアで政治学と法学を学んだ。どうやら女にもてるタイプだったらしい。七〇年代まではどっぷり西洋文化の影響に漬かっていて、政治的には左寄り、一時は共産主義にも傾倒していた。社会批判的な歌を歌うバンドにも所属していたそうだ」

「そうすると、そいつも音楽をやっていたわけか」

「人前でやかましくしているだけだったと思うがな。しかし、その後急進派に転じて、八〇年代初頭にはカイロでイスラム過激派によるコプト教会襲撃に参加している。サダト大統領の暗殺にかかわっていたかどうかはわからない。だが、当時逮捕され拷問を受けた数百人のひとりだったことはたしかで、あの男にとってはそれが転換点になったようだ。拷問を受けている最中に預言者ムハンマドその人が降臨した、と本人は語っている。おそらくは天使もたくさん見たのだろう。アフガニスタンの地から共産主義者を追い払い、イスラム国家を樹立せよ、とうながされたらしい」

「それで、ムジャヒディンになった?」

「そのとおり。ゲリラ兵になり、カリスマ的で求心力のある人物とみなされていた。長身で――一九六センチもあった――力強い男だった。何度も負傷していて、顔には榴散弾《りゅうさん》による傷があり、脚と肩には銃創があった。とにかく強烈な印象を与える人物だった。イスラム過激派版のチェ・ゲバラとでもいったところか」

「にもかかわらず、写真はほとんどのこっていない。そうだね?」ハンス・レッケが言う。

「ああ、一枚も。アレキサンドリアにいた若いころのものなら数点あるが、使いものにはならない」

「写真なら逮捕時に撮っているはずですが」ミカエラが言った。

「紛失したか削除されたかでのこっていない。だが興味深いのは、あの男が保養のためにときどきパキスタンへ渡っていたことだ。そこでどうやらカビールと会ったらしい。どういう経緯で知り合ったのかははっきりしないが——少なくともおれの知るかぎりではな」

「カビールをタリバンに誘いこんだのはザカリアですか?」ミカエラが訊く。

「そのようだ。カブールで彼が携わっていたサッカー大会の開催を後押ししたり、サッカーを禁止しようとする勢力から彼を擁護したりもしていた。とはいっても、ふたりの関係に問題がなかったわけではない。ザカリアは過激派の若い仲間たちに押されて、どんどん暴力性を増していった。カビールはふたつのもののあいだで引き裂かれそうになっていたようだ」

「楽器を叩き壊したいが、手をのばしたい気持ちもあった、ということか」とハンス・レッケが言った。

「そうかもしれない。あの男が〈ソルトピット〉に行き着いたころにはもう、ふたりのあいだに友情といえるものはいくらものこっていなかった。カビールはこれでもかというほどザカリアを責めて、無防備な状態で膝をついた女性たちをザカリアがみずから処刑した、しかもうれしそうにそれをやっていた、などと証言した。当時カブールからたくさんの音楽家が姿を消した背景には、ザカリアがいたのだとも証言している」

　レッケは意識を集中させてマグヌスを見た。

「そのなかに、ラティーファ・サルワニという名の女性はいたか?」

「それはわからん。しかし、これはおれの想像だが、彼らのあいだに何か劇的なことが起きたんではないかと思う。カビールにそこまでの証言をさせるほどの何かが。〈ソルトピット〉で彼は、ザカリアが逮捕されて殺されるのを自分の目で見るためなら何だってする、とまで言いだした」

「そして、それにCIAが食いついた」

「ああ、結果的にそうなった。CIAは国内の世論を鎮めなくてはと躍起になっていて、そのためにはザカリア級の重要人物の首が必要だった。そこでカビールはザカリアに近づくためのいい道具だと踏んだんだ。だからカビールを釈放した。GPS追跡装置をつけて、電話を盗聴できるようにしてね」

レッケはうなずき、グランドピアノの向こうの一点を見つめている。

「なぜカビールはスウェーデンへ来たんだ?」

「ザカリアを追ってきたからだ。釈放後、カビールはパキスタンのアボッターバードに行った。だが、そこで情報を受け取った——もちろん情報機関が裏にいたのだが。ザカリアは偽造パスポートを使ってスウェーデンに入国し、ストックホルム南西部の郊外に潜伏しているという情報だった。それで、CIAはカビールをここへ送りこむことに決めた」

「で、兄さんたちはカビールを歓待し、CIAのために真っ赤な嘘をついたわけだ」レッケが言った。

「われわれは——」

「いや、あんたひとりでやったことか……?」レッケが割って入る。

「もちろんクレーベリエルには報告したさ。それに正直、どうすればよかったんだ? あれはきわめて重要な作戦で、アメリカからの圧力があったんだ」

「だが、通商取引で便宜をはかってもらうくらいはしたんだろう?」

「あたりまえだ。おれだって馬鹿じゃない。だがいまは、何ということだ……」

「アメリカが兄さんたちにも何か隠していたのではないかと疑っている」

「そのとおり。腹が立って仕方がない。こうなったら飲むぞ。この際おまえがこだわってるイタリア・ワインでもかまわん」

マグヌスは、空になったレッケのグラスを取りあげると、ボトルにのこっていたワインを注ぎ、あおった。そして兄弟ふたりとも黙りこんでしまったので、ミカエラはひとり思った——何という二枚舌、何という裏切り。それから数秒のあいだは、何か言ってやらなければと思っていた。が、傲慢さのかたまりのようなマグヌスの存在にためらいを感じ、結局黙ったまま、考えに沈んでいるかのようにすわっていた。

「でも、ザカリアが撃たれたのはコペンハーゲンです。ストックホルムではなく」

「警告を受けて、古いボルボで国外へ逃げていたんだ。だがカビールの情報は的確だった。自分が死ぬまえに義務は果たしたわけだ」

「本人もさぞかしほっとしたことだろうな」レッケが皮肉をこめて言うと、マグヌスは自分の目の前ですべてが爆発するまえに、そろそろ仕事に戻らなければ、と言った。

32

パキスタン、ミルプール、一九九三年

長いあいだ、ハッサンは挫折を乗り越えられると思っていた。あれも人生の一部だ、と思える日が、いつか来るのだとさえ思っていた。〝大人になるということは、夢を失うこと〟——ミルプールへ戻った当時、クレア・ラムリーがそう言っていた。けれど、当然ながら何ごとも口で言うほど簡単ではなく、モスクワでの出来事はときどきぶり返すように現れては、ボディーブロウのごとく彼を痛めつけた。

ブラームスやチャイコフスキーの曲がラジオから流れるとか、新聞でどこかの音楽家が絶賛されているとか、そんなちょっとしたことだけでも充分だった。些細なきっかけで閉じた傷が開く。そうなると、自分は指揮者あるいはヴァイオリニストとしての将来を失っただけでなく、音楽に楽しみを見つける力までも失ったのだ、と思い知らされる。

それでも人生は続いた。彼はサッカーに戻った——今度はコーチ兼審判員として。たまに父親と連れ立ってモスクへ行った。顎ひげを長くのばした大柄な男が近づいてきたのは、そんなある日のことだった。男は腕をギプスで固め、顔には榴散弾を受けたような傷があった。脚を少し引きずってもいたが、それでも力強い印象を与えていた。男の微笑みにハッサンは好感をもった。彼が笑いかけてくると、この人は自分を見てくれていると感じる。しばらくサッカーの話をしたあと——男はハッサンが少年チームのコーチをしている様子を見ていた——いくらも時間のたたないうちに、ふたりの会話は生と死の問題にまで及んでいた。

ガマルの話しぶりには、ハッサンがめったに出会うことのない熱意と尊厳が感じられた。彼の意見の多くは極端だったが、自信満々に威厳をもって話す姿はエレナ・ドルゴフを思いださせ、抑えた声で話す言葉のひとつひとつが秘密を伝えているかのように感じられた。目の前に見えるものについて、重みのある意見を静かに述べることがよくあった。ある日、ナンギ公園で過ごしていると、遠くに見えるテラスから、インドとパキスタンの国境地域の音楽、バングラが聞こえてきた。

「美しいものだね」ガマルが言った。

ハッサンはうなずいた。

「しかしああいうものはみな、じきに禁止される」

「なぜ？」ハッサンは尋ねた。

「有意義な唯一の美からわれわれを遠ざけてしまうからだ」

ハッサンは強く反対意見を述べたが、あとになってみるとガマルが言ったことの意味が理解できた。人をのけものにし、怒りと憎しみを生み出すだけの美、というのも存在するのだ。しばらくして、ふたりで湖に向かって歩いているときに、ハッサンはラティーファのことをガマルに話した。モスクワで、彼女がシーツの乱れたベッドの脇で演奏をしているのを見たときのことを。

「まるで自分を見失ったような気がしました」ハッサンは言った。

「きみを誘惑したんだな、ふしだらな女だ」ガマルにそう言われて、そのときはラティーファをかばったものの、記憶がもたらす痛みは少し和らいだ。

その日から、アラマ・イクバル通りにあるホンダの修理工場で一日の仕事を終えたあと、ガマルと連れ立って散歩をするのが日課になった。


マッティン・ファルケグレンはすぐにでも電話を切りたかった。チャールズ・ブルックナーにはすっかり腹を立てていたのだ。チャールズが自分に嘘をついていたのは間違いなく、こんな騒動に見舞われたのも彼のせいだ。それでもなお、自分から通話を終わらせることは彼にはできなかった。

「何の用ですか？」ファルケグレンは尋ねた。

「お詫《わ》びを申しあげたいと思いましてね」チャールズはそう言うが、ファルケグレンはそんな言葉は一瞬たりとも信じない。

とはいえ、お詫びと聞いて悪い気はしなかった。とりわけ、ストックホルムの中心部で国家警察長官に会うべく、こうして大急ぎで車に向かっているいまは。

「お詫びだけじゃ足りませんよ」ファルケグレンは言った。「あなたがたのせいで、わたしはこれから厳しいお叱りを受けにいくところなんです」

チャールズは少し間をおいた。

「いや、そんなことにはなりませんよ、マッティン。われわれがついています。それに今後はすべての情報を、まずあなたにお伝えする」

ファルケグレンは車のドアのロックを解除した。

「ならば証拠を見せてください。本気だと示してくださいよ」

チャールズはまた黙りこんだ。

「カビールの本名はハッサン・バロザイ。ムッラー・ザカリアの親しい友人だったが、のちにザカリアを憎むようになった。われわれとスウェーデン外務省はバロザイをスウェーデンに入国させ、ザカリアの居場所を突きとめる手助けをさせた。つまり、カビールは秘密作戦の一部だったのです。そして、その作戦は成功した」

マッティン・ファルケグレンはうなずき、エンジンをかけた。

「捜査チームに伝えますよ」

「いいでしょう。この続きは追って話します。ですが、もうひとつ」

ファルケグレンはエンジンを止めた。

「何ですか?」

「バルガスといったか、あなたがたが捜査チームに戻した小娘がいるでしょう。彼女には兄がいましてね……」

「その兄が救いようのない悪党だ、と。そんなことをわれわれが知らないとでも？」

「もちろん、あなたがたがちゃんと把握しているのは知っていますよ。ですが、それでも申しあげておきたい。ある情報筋によると、あの兄妹《きょうだい》はまわりが思っているよりも親しいそうです。ルーカス・バルガスは、あの娘が生まれたころからほぼずっと家族を養ってきました。その金がどこから出ているか、妹が気づいていないはずがありません」

ファルケグレンはもう一度エンジンをかけ、スンドビュベリ通りへ車を出した。

「それで、あなたがおっしゃりたいのは？」

「いえ、これといってとくには」チャールズは言った。「ただ、そういう娘にはいろいろと起こる可能性がある、ということぐらいですよ」

「それはそうでしょうな」ファルケグレンはアクセルを踏んだ。心は浮き立つと同時にかき乱されてもいた。

＊

ミカエラは書斎へ戻るときも、試合中のカビールの姿を思いうかべていた。彼の動きがあらためて強烈によみがえってきたが、それがなぜなのか、最初は自分でもわからなかった。だがやがて、矛盾があるからではないか、と思い至った。もしカビールが音楽を捨てて、しかも音楽を禁忌《ハラーム》と考えていたのなら、なぜ音楽をやっていたころの動きがサッカーの試合中に現れたのか？潜在意識にあったからか、それとも審判員の役割を、自分が失ったものの代替物ととらえていたのか？

目の前の机にＡ４サイズの用紙が一枚あった。それまで気づかなかったが、レッケの文字で数行、何かがメモしてある。ミカエラは興味本位で読みはじめた。メモはなぐり書きで速記のようだったが、なんとか読みとれたと思う単語もあった。〝Obscuritas《オブスクリタス》〟。またラテン語か、と彼女は思った。〝オブスクリタス〟。ミカエラは、わからないままにしばらくその単語を眺めていたが、ふと思い立ってコンピューターに打ちこみ検索してみた。〝Obscuritas《オブスクリタス》〟とは、ラテン語で〝闇〟。もしくは、あいまいなもの、不明瞭なもの、引っ込んだ、隠れたものを指す。レッケはなぜこの語を書いたのだろう？　自分が抱える闇に言及しようとした？　それとも、……彼女の思考のつらなりはそこで途切れた。

同じ紙に自分がメモしていた走り書きの文字が目に入ったのだ。ブハーリ先生。マリアム・ブハーリ先生。電話で話したミルプールの女性から聞いたヴァイオリン教師の名前だ。彼女は一、二分じっと考えた。そしてもう一度、国際電話番号案内にかけた。

＊

マリアム・ブハーリは七十歳になるが、まだ五十くらいに見えるとよく言われる。体型はすらりとして、エレガントだと自分でも思っている。もっとも、唇がもう少しふっくらとして、鼻が小さければもっとよかったのだが。子どもたちからは、歩き方が攻撃的で男みたいだ、とよく言われる。いつも重要な会議に向かっている途中みたいだ、と。そう言われて傷つくことはもちろんあった。だが、だいたいは褒め言葉と受け取った。いつも忙しくして、威厳のある態度でいたい。とりわけ、することが少なくなってしまったいまは。このごろヴァイオリンやチェロを習いたいと思う者はほとんどいない。時代が変わったのだ。

ラムリー一家はもうずいぶんまえに引っ越してしまったし、以前のように西洋文化がもてはやされることもなくなった。彼女はときどき、自分が忘れ去られた過去の遺物であるように感じた。だからすることを見つけては体を動かし、暇をつくらないようにしていた。いまもこうしてキッチンに立ち、メンデルスゾーンのヴァイオリン協奏曲に合わせてハミングしながら夕食の支度をしている。電話が鳴っている。きっと妹からだろう。たいていは昼食の後にかかってくる。だが、電話をとると、長距離通話のようだった——聞きなれない音がする。受話器の向こうから、若い女の声が、スウェーデンの警察のなんとかバルガスと名乗った。不安がよぎる。もちろん自分が自国でも外国でも、法に触れるようなことをしていないのはわかっているが。

「英語はわかりますか？」電話をかけてきた警察官が言った。

「はい」彼女は答えた。

「あなたはヴァイオリンの教師をされていましたね？」

嫌な質問だ。

「いまもヴァイオリンの教師です」彼女は言った。

「では人違いではなさそうです。いまごろこんなことを訊かれるなんて、不思議に思われるかもしれませんが、これまで教えた生徒のなかに、ハッサン・バロザイという名前の人物はいませんでしたか？」

マリアムは驚き、ハッサンの強い眼差しを思いだした。

「ええ、いましたよ」マリアムは答えた。「昔はわたしの自慢の生徒でした。そのあとは変わってしまったけれど。でもどうしてそんなことを？」

「彼が亡くなった事情について調べています」電話の女が言うのを聞いて、マリアムはまたぎくりとしたが、もっともなことだと考えるようにした。戦争中に行方不明になった人々に何が起こったかを突きとめようとするのは自然なことだ。でも、それにしても、スウェーデンから電話をかけてくるとは、いったいどうしてだろう？

「どうしてスウェーデンから電話を？」

「教えてください」電話の女はまるでマリアムの質問が聞こえなかったかのように言った。「ハッサンは変わったとおっしゃいましたね。彼について聞かせていただけますか？」

「ハッサンは、ラムリー家の人たちのそばで大きくなりました。町にいたイギリス人家庭のなかでも、とくに素晴らしいご家庭でね。ラムリー家のお父さんのジョージはロンドン出身で、若いころは才能あるヴァイオリニストでした。六〇年代にこの近郊の若い娘と結婚したんです——それはそれは美しいかたで——それでホンダ製品の輸入を担当する仕事を得て、この町に引っ越してきました」

「なるほど」電話の女が相槌《あいづち》を打つ。

「でも、心の底では音楽家でありたかったのだろうと思います。ずっと演奏は続けていましたし、娘さんたちにもわたしのところでヴァイオリンを習わせていました。素晴らしいご家庭だと思いました。息子さんのスティーヴンにはまあ、ちょっと手を焼いてはいましたけれど」

「それで、ハッサン・バロザイは？」電話の女が訊いた。

「あの子は一人息子で、お父さんは同じ名のハッサン、お母さんはヤリーナ。ふたりともラムリー家の使用人で、母屋の隣に建てられた使用人用の離れに住んでいました。ハッサンは両方の家族の息子のように扱われていましてね。それはとてもいいことでしたけれど、緊張を生む原因にもなりました。わたしから見ても、ハッサンは子どもながらに、実の父親のかなり厳格な世界と、ラムリー家のおおらかな暮らしぶりのあいだで引き裂かれそうになっていたと思います」

「ハッサンはサッカーをやっていたんですよね？」

「ええ、いつも。ラムリー家のテニスコートが昔あったところで、よくボールを蹴っていました。スティーヴン――ラムリー家の息子さんです――が、サッカー場に造り変えたんです。ハッサンはそこで何時間もサッカーをしていました。それで思うことがよくありました――ハッサンはあそこでボールを蹴りながら、母屋から流れてくる、ラムリー家の娘さんたちがヴァイオリンを弾く音を聞いていたのだな、って。きっとその影響があったんでしょう」

「クラシック音楽に合わせてボールを蹴っていたということですか？」

「ええ、そうなんです。ラムリー家の娘さんたちはいつも熱心に練習していて、とても上手でした。ちょうどサッカー場に面したテラスに出て弾いていることもよくありました。ハッサンのほうは、初めはそれほど気にしていなかったと思います。ほら、男の子って、ひとつのことに夢中になるとほかのことが見えなくなるでしょう。なのにある日とつぜん、わたしのところへやってきて、ヴァイオリンを習いたいって言いだしたんです。楽器のどちらの端がどちらを向くものかもよくわかっていなかったというのに」

「でも、うまく弾けるようになったんですか？」

マリアム・ブハーリはハッサンの姿を思い起こした。真剣な顔つきと、緊張で力の入った肩。視線は彼女のほうに向けられ、褒められるのを待っている。

「あれほどの熱意、あれほどの一途《いちず》さで突き進む姿を見たことはないと思います」マリアムは言った。「始めたばかりのときから、まるで生死の問題であるかのように弾いていました。だから、みるみるうちに上達しました。信じられないくらいの進歩でしたよ」

「彼はカブールのエレナ・ドルゴフの音楽学校に行ったんですよね？」

「ええ、そうです――まだ十六歳でした。正直に申しますと、わたしでは彼を教えるには力不足でした。あの子にはもっとふさわしい教育が必要でしたし、ドルゴフ先生からはときどき連絡をいただいていたんです。それで先生のことをハッサンに話してみたら、本人がもうすっかりその気になって」

「大変なことですよね。十六歳の子がカブールへ行くって」

「ええ、大変なことでした。お父さんが反対して、あらゆる手をつくして止めようとしました」

「でもハッサンは行ったんですね？」

「あの子はどうしても、もっと上手《うま》くなりたかったんです。野心があって。だから、ラムリー家が学費を援助すると決めたときには、もう彼を止めることなんて誰にもできなかった。それから……そうだ、忘れかけていましたけれど、ドルゴフ先生は指揮者の養成クラスも教えていたんです。ご自身も指揮者だったので。ハッサンはもうすっかり夢中になっていました」

「そうだろうと思いました」電話の女が言った。

「あら、本当ですか？　大人になってからは、そんな過去をなんとしても忘れようとしているようでしたが」

「何があったんでしょう？」

「若い男の子にはよくあることですよ。悪い仲間とつるむようになって、だんだんと過激なものの見方をするようになった。正直に言いますと、彼のなかに見えた憎しみは、恐怖を感じるほどでした。以前は美しいと思っていたものすべてに復讐してやろうと思っているみたいで」

「彼が過激化したきっかけは？」

「詳しいことは知りません。そのずっとまえから連絡が途絶えていましたから。わたしの役目はすっかりドルゴフ先生にもっていかれてしまった、といいますか。彼女があの子の新しい憧れの的になったんです」

「ドルゴフ教授は彼をモスクワへ留学させましたね？」

「そのとおりです。モスクワで少しおかしくなったのかもしれません。わかりませんけど。望みを失ってしまったんだと思います。でも……」

「でも？」電話の女がうながす。

「最初はうまくやれてたと思うんです。帰国後すぐのころ、あの子に会いました。お父さんと仲直りして、ジュニア・サッカー・チームのコーチになったんだと言って、気力は充実していて、未来への希望ももっていたんです。でもそのあと、ひどい男と出会ってしまって」

「ひどい男、というのは？」

「ガマルという名前でした。ガマル・ザカリアです」

「それってつまり……？」電話の女の声が急に熱を帯びた。

「ええ、そうです。タリバンの司令官になったエジプト人です。残酷な人だと聞きました。冷酷非情な人物だと。ときどき、わたし心配で……」

マリアムは言いよどみ、流し台に置いてあった皿を整理した。

「何が心配だったんですか？」

「ハッサンも引っぱりこまれてしまうんじゃないかって。当時のあの子の眼差しには、あまりにも暗い闇がありましたから、たまに思ったものです。かつて演奏することに注いでいたあの情熱と同じくらい強い、何かに取り憑かれたようなエネルギーを、今度は破壊行為に注いでしまうのではないか、と。いまはアッラーの平安のもとにあることを願っています」

＊

マグヌスが出ていったあと、レッケは書斎でモスクワのヴィクトル・マリコフと電話していた。自分では気づかないうちに、彼の左脚がぴくぴくと動きはじめている。電話をしながら、何の気なしにコンピューターでも検索を始めていた。

「おもしろい」レッケは言った。「そのあとどうなったか、知っているのかい？」

「エレナ・ドルゴフがバロザイのことを心配して、サーシャが厳しくしすぎたんだと彼を責めた、というメモがのこっている。とはいえ、それ以上の情報はほとんどない。その後の消息は音楽院には伝わっていないんだ」

レッケは、ベルンのコンサートの控室で震えが止まらなくなったときに、そっと後頭部におかれたサーシャ・ベリンスキーの手の感触を思いだした。

「サーシャがそんなに厳しくしたって、本当なのかい？」

「僕も理解に苦しんだよ」ヴィクトルが言った。「僕の解釈が正しければだが、バロザイ本人以上にバロザイに厳しかった者はひとりもいなかった。みんな彼には直接きついことは言わず、丁寧に扱っていたようだ」

「それだけでも充分きついということはありえるが」

「しかし、殺人の動機にはとうていならんだろう」ヴィクトルが言う。

レッケは電話のこちら側に注意を戻し、ミカエラが何かしている音がしないか耳を澄ました。

「もっと不思議な動機が殺人につながることもあるぞ」とレッケは言った。「バロザイは大きな何かを奪われた。扉が閉ざされた。そういうことが原因で世界を荒らしまわろうとした人間は実際、彼よりまえにもいただろう」

「きみはウィーンの美術学校に入れなかった独裁者のことを考えているのか?」

「そういう挫折を経験したあとに、どんなことが起こり得るだろうと考えている。挫折のつらさが、どういうかたちをとって表れるのか」

「どういう意味だい?」

「つらい感情が、それを正当化してくれる宗教に移っていくものなのかどうか、と。いずれにせよ、きみは正しい……いまの段階ではまだ根拠が薄弱だ。サーシャはサルワニとバロザイが恋愛関係にあったと思っている、と言っていなかったかい?」

「ああ、言ったよ。最初、サーシャはそう思ったんだそうだ。バロザイの演奏の前には」

「そこはよく調べてみる価値がありそうだ」レッケは考えこみながら言った。

「もしかして、モーツァルトとサリエリのような関係だったんじゃないか? ラティーファのようには絶対になれないとバロザイが気づいて、復讐をたくらんだ。たのむから、あれは全部プーシキンの創作で、モーツァルトとサリエリはただの友人同士だった、とか言いださないでくれよ」

「あれは全部プーシキンの創作で、モーツァルトとサリエリは実際にはただの……」

「僕の言いたいことはわかるだろう」

レッケには当然わかっていた。すでに似たようなことを考えてもいた。

「わかるよ。どうかサーシャに僕からの感謝を伝えてほしい。彼は僕の恩人だ。また連絡する」

電話を切ったあと、レッケは凍りついたようにしばらくじっとすわったままでいた。

そして、コンピューターに向き直り、ラティーファ・サルワニの写真をもう一度開いた。ラティーファの父親が不可解にも——いや、たぶんそれほど不可解でもないのだろう——ホームページに掲載していた、彼女の遺体の写真だ。驚くほど画質のよいその写真をじっと見つめているうちに、時間の感覚が薄れ、気がつくと一時間以上が過ぎていた。

背後から足音が聞こえてきた。ミカエラだ。彼女のほうも話すことがあるのは、目を見ればわかった。レッケはまたもや、猛スピードで近づいてくる地下鉄と、逆の方向からホームを踏み鳴らして近づいてくる彼女の足音を思いだしていた。

アフガニスタン、カブール、一九九七年

ハッサンは、怒りの爆発がもたらす解放感が忘れられなかった。黒々とした憤怒《ふんぬ》と、それにつづく静寂。それと同じくらいに、あとからやってくる音楽も、彼は忘れることができなかった。波のように押し寄せ、反撃してくる音楽。ときに彼自身の身振りや所作のなかに姿を現す。始まりは、タリバンによるカブール制圧から間もない、一九九六年の秋のことだった。

ハッサンは、ガマルとそのボディーガードたちと連れ立って、カブールの旧市街、音楽家が多く住むカラバット地区へ行った。そこでタリバンの暴力だけでなく、彼らの冷淡さを目にして、はじめはショックを受けた。彼らはとくに何を考えるでもなく、ただそれが義務であり、こなさなければならない仕事であるかのように、楽器を破壊した。最初のうちはこれが耐えがたかった。タンブールやズルナが壁や通りに叩きつけられ、壊されるのを見ると心が痛んだ。だが、ある日……あれは十二月だったにちがいない……

風が強く寒い日で、ハッサンはその日も彼らと連れ立って、自分と同じ年ごろの男の家を訪れた。作家で音楽教師だというその男は、旧市街の広いアパートメントに、妻と四人の子どもたちと住んでいた。男はシーク教徒で、よく手入れした顎ひげをたくわえ、赤いターバンを巻いていた。玄関でハッサンたちを出迎えたときには、ほかの多くの人々のようにおびえた様子もなければ怒りさえ見せず、代わりに彼の顔に浮かんでいたのは、侮蔑の表情だった――あからさまな蔑《さげす》みの表情に、ハッサンはいらだった。美しく整えられた室内には、本や絵画がたくさん置かれていた。奥の部屋の壁にシタールがいくつも飾られているのがわかると、ガマルはそこを目指して踏みこんでいった。ほんの少しのあいだ、ガマルは楽器を愛《め》でるかのように、動きを止めて立っていた。そして、壁のシタールを一本手に取ると――白い小花の装飾が施された、いちばん美しいものだ――それをハッサンに手渡した。

「壊してみろ」ガマルが言った。「アッラーはお喜びになる」

ハッサンはそのときもやはり、そんなことをするなんて考えられない、としか思えなかった。そのとき、目の前のシーク教徒の瞳に、さっきと同じ蔑みが見てとれた。男の声が聞こえた――「それはやめてくれ、シャルマなんだ」。変化が起こったのはそのときだった。

頭に血がのぼり、気がつくとハッサンはそのシタールを壁に叩きつけていた。そして自分自身の内側から湧きあがる怒りに驚いていた。まさか自分のなかにそんなものがあったとは。だが、怒りを爆発させているあいだは完全に我を忘れていた。恥のひとつも感じなかったことに、あとでいっそう驚いた。罪の意識をもつどころか、むしろ安堵で満たされ、まるで重荷を下ろしたかのように感じていた。これが始まりだった――一本のシタール、一九五四年製のシャルマが。

それ以降も、彼はときどき襲撃に加わった。襲撃はバイク修理とサッカーとならぶ彼の生活の一部になり、回を重ねるごとに抵抗感は少しずつ薄れていった。そのうちに、何かを壊したいとさえ思うようになっていた。けれど一方で、これは彼の世界ではなかった。最初のころ、襲撃の対象はハッサン自身が慣れ親しんできたものとはまったく異なる、伝統音楽の演奏家たちばかりだった。だから、ガマルの手下たちに紛れているのはさほど苦にならなかった。

だが、相手がドルゴフ先生の教え子となると話は別だった。体が抵抗を感じ、しばらくは近づくこともできなかった。それでも、徐々に惹きつけられていった。翌年のある夕方、ガマルといっしょにかつての大統領官邸の前を通った。美しい涼やかな夕暮れどきの街に、人通りは驚くほど少なかったが、当時いつもそうだったように、ガマルは何人ものボディーガードと手下たちをぞろぞろと引き連れて歩いていた。目の前の歩道に犬の死体が転がっていたが——ハッサンはのちにそのことを思いだした——ガマルは見ていなかった。視線を上げて、アサマイ山のほうを指さした。

「あそこだ」ガマルが言った。

「何が?」

「デーマザン。おまえの淫売《いんばい》があそこに住んでいる」

「誰のことですか?」ハッサンは訊いた。

「あの女だよ。あそこにひとりで住んで、罪深い生活を送っている。夜な夜な楽器を弾いては人々を誘惑しているという噂だ。われわれはあの女を襲撃する」

ハッサン——ジャマル、とそのころは名乗りはじめていた——は凍りついた。

「おれも行ったほうがいいんでしょうか」彼は訊いた。

ガマルはあざけるように彼を見た。

「まずはおまえひとりで女に会う機会を与えたい。おまえが正しいことをする許可を与える。アッラーの祝福があらんことを」

「そう言われても」ハッサンは言った。

「いまさらためらうな。これはおまえにとってのチャンスだ。ただし、いつ行くつもりかは教えてくれよ。あの女の兄貴からおまえを守ってやらねばならんからな」

ハッサンはうなずき、歯がみしながらその場を辞したが、一方で、初めて知る何かが自分のなかで目覚めるのを感じた——復讐への願望だ。一九九七年四月一日のことだった。意を決して彼女に近づくことができたのは、その二日後だった。

33

レッケとミカエラが事件について話し合っているところへ、ハンソン夫人が戻ってきて夕食の支度を始めた。「お魚ですよ」とのことで、エステルマルムの市場で買ってきたイワナに、白ワインソースと根セロリのピューレを添えるのだという。「ハンスはお肉を食べないんですよ」ハンソン夫人が言った。「このかたは、自分を壊すのはいいけど環境破壊はいけない、という原則にしたがって生きてらっしゃいますからね」とまでつけ加えたので、レッケはばつの悪さに身をよじらせ、自己破壊の残念なところはほかの問題も引き起こしてしまうことだ、などとぶつぶつ洩らした。

そのあとは、もう黙っていたほうがいいと察したらしく、トランス状態のように考えごとに没頭しだしたので、ミカエラはハンソン夫人を手伝って食事の支度をし、世話をされていることの罪悪感を和らげることができた。手を動かしながら、このレッケという人はまた女性たちに世話をしてもらっていることに、自分で気づいているのだろうかと考えた。

「おいしい」ミカエラがハンソン夫人に言うと、彼女は階下の自宅へ戻っていった。

「おいしい」レッケも言ったが、適当に合わせているようにしか聞こえない。ミカエラはしばらく彼が食べる様子を見ていた。

「ご自分が何を食べてるか、わかって食べてます？」

レッケが少しまごつきながら返す。

「何を……ああ、わかっているとも……多少は」

「でも無難な言葉をとりあえず並べてるだけでしょう？　何も考えなくても自動的に、反射的に口から出てくるような——ありがとう、どうも、ごめん、すまない、おいしい、素晴らしい」

レッケが愉快そうに彼女を見つめる。

「興味深い考察だ。もちろんきみが正しい。チックの症状みたいなものではないかな？　甘やかされつづけた人生によって負わされた傷だ。きみの場合は逆に……」レッケがさらに強い視線を向けてくる。「……人の世話ばかりしてきた。そうだろう？　お兄さんたちをとりなすために世話を焼き、いつも衝突を避けてきた」

ミカエラは身震いした。

「なぜそんなことを？」

「きみのきびきびとした動き、てきぱきとした手際のよさ。それに自覚していないかもしれないが、肩越しに後ろを見るときの視線にも表れている。きみは幼いころから家庭内で重い責任を引き受けてきた。そうだね？」

「母もいろいろとしていました」ミカエラは釈明するように言った。

その点についてレッケは何も言わなかった。言わないほうがいいと思ったのか、あるいはもう心ここにあらずで、別のことを考えていたのかもしれない。だが、彼の言うとおりだった。父が死んでから、母はほとんど頼りにならなかったし、ルーカスだって、家事は自分の仕事と思っていなかった。

「ラティーファ・サルワニのことを考えてたんですか？」ミカエラは問いかけた。

レッケがまた彼女を見た。

「いや――むしろきみのことだな」

ミカエラは、いい気はしなかったが、それでも訊かずにはいられなかった。

「どんなことを考えてたんですか？」

「僕らにはもうあまり時間がないのではと思いはじめている。それに、きみを巻きこんでしまったことに頭を悩ませている。もしかすると連中は、僕が想像できたよりもずっと必死なのかもしれない」

「連中って、CIAのことですか？」

レッケがうなずく。

「できるかぎり対処するつもりではいる」

「だいじょうぶですよ」ミカエラは希望をもって言った。

「そう願っている。それに僕らの調査がかなり進んだのも助けになるはずだ。事件の台本《リブレット》そのものさえ見えてきたかもしれないのだから」

ミカエラは手にしていたカトラリーを置いた。

「で、それはどういう台本なんですか？」

「ふむ。そうだな、三幕構成で説明してみるとするとこうなる。大志を抱いたひとりのヴィオラ奏者が、夢半ばにしてモスクワで挫折した。彼はパキスタンの故郷へ戻り、ガマルと知り合い親しくなった。ガマルはのちにカブールでムッラー・ザカリアとなる男だ。主人公は新しい生活を始め、名前も改めた。かつて抱いていた音楽への愛を、まったく別の何かに変え、かつて感じた嫉妬やつらさはじつはアッラーの怒りだったのだ、と考えて自分を納得させた。そんな恐ろしい幻想のもと、彼はおぞましい犯罪に手を染める」

「でも……」

「たぶんこれでは少し単純すぎるし、きれいに収まらない部分もある。作劇の作法からはみ出てしまう部分があるんだ」

「たとえば？」

「たとえば、サッカーの審判員としてピッチにいるときの身振りが、まだ指揮棒を振りたいかのように見えたのは、きみの指摘どおりだ。僕は、もし彼が早い時期に音楽をやめていたのだとしたら、指の傷がなぜまだのこっているのか理解に苦しんだ」

「じゃあ、彼は音楽をあきらめてなんかいなかった、ということですか？」

「そもそも彼はラティーファ・サルワニを殺したんだろうか？　はたして彼はそれほどの憎しみを抱えていたんだろうか？」

ミカエラは、レッケの言葉の意味を考えた。

「でも、当然わたしたちはまず、誰が彼に復讐したのかを突きとめなければ」

「ああ、そうだな」そう応じたレッケが、不意に離脱症状で震えだしたのを見て、ミカエラはいらだちを覚えた。

〝リブレットがどうとかぐだぐだ言ってないで、薬でも何でもさっさと飲んでよ、そしたら解決できるんでしょう〟という言葉が、口をついて出そうになる。だが、彼女は何も言わずに立ち上がり、テーブルの上の食器を片づけはじめた――もちろん、レッケが指摘したとおりのてきぱきとした手つきで。レッケには手伝うつもりがあるのだろうか？

だが彼は動こうともしないので、ミカエラはその場を離れ、この数時間ずっと気になっている考えに取り組むことにした。ラティーファ・サルワニの父、モハメドのことだ。ラティーファのファンサイトを管理しているのは、どうやら彼であるらしかった。

モハメド・サルワニは婦人科の医師で、一九二五年生まれだが、いまも現役だ――フルタイムではないにせよ、ケルンのクリニックで働いている。インターネット上で見つかった写真の彼は、親切そうな目をして、気どりのない、人を安心させる笑顔をみせている。肩はほっそりとしたなで肩で、黒い髪は薄くなっていた。

際立った特徴がなく、とくに人目を引くわけではないが、ミカエラにはこの男の外見が、グリムスタで試合終了後にピッチ付近を通りかかったという老人の特徴と一致するように思えてならなかった。

決定的に似ているわけではない。それに、グリムスタで目撃された男は小柄で弱々しく見えたという話だから、写真に写ったモハメド・サルワニの威厳ある静かな佇まいとはどうも合わない。とはいえ、確認してみる価値はある。ミカエラはニクラス・イェンセンの番号を探して電話した――緑の上着姿の老人がピッチのそばを通りかかったのを目撃した、選手の父親だ。

前回会ったときと同じく、ニクラスはあまり話をしたがらなかった。

「近くにコンピューターはありますか？」ミカエラは尋ねた。

いまはないが、「もしどうしても必要なら」コンピューターのある部屋に行ってもいい、とニクラスは言った。そして、いざコンピューターの前にすわってみると、うまく動かないと文句を言いだした。「蹴らないと動かないのか、って思うときもあるよ」ニクラスは言った。「ガタのきた車みたいにさ」それで十分は待たされただろうか。ようやく彼はミカエラが送ったリンクを開いた。

「どうですか？」彼女は訊いた。

ニクラスは黙っている。

「ちがうな。あのときの爺さんではない」とやがて言った。

「たしかですか？」

「あんな昔のこと、たしかだなんて言えるわけがないだろう」

「でも、その写真の肩と髪、それからたぶん目も、あなたの証言にかなり近い気がするんです」

「まあ、そうかもしれないが」

「加えて、もしこの写真の人物も足を引きずっているとしたら……」

「だとしたら、かなり近いだろうな」

それ以上の確認は取れなかった。ニクラスがいらだたしげに電話を切ったのだ。ミカエラがキッチンに戻ると、さっきからまったく動いた形跡のないレッケがそこにいた。

「ラティーファ・サルワニの父親に電話しなければ」と彼女は言った。

*

レッケは返事をしない。ほかの考えごとに集中している。殺害の方法について思いをめぐらせている——石で殴って殺した、ということ。まるでセム系一神教の古い掟《おきて》のようだ。宗教的で厳かな殺人のようにも、焦りの見える無分別な殺人のようにも感じられる。まだ理解できていないことは何だ？

「何だ？」と声が出た。

「モハメド・サルワニが足を引きずっていないかたしかめる必要があります」ミカエラがもう一度言うと、レッケは急に身構えた表情で彼女を見た。ミカエラの姿を見たことで、しなければならないことを思いだしたかのように。「ああ、そうなのかい？」とつぶやきながら、もう何度目になるだろう、うちのどこかにモルヒネ錠がのこっていないだろうか、と考えた。

カブール、一九九七年四月三日

ひとつの洞察が彼のなかで芽吹きはじめていた――楽器を破壊することで得られる興奮は、やればやるほど薄れていくのが早くなる。それはボールを真っ暗がりの水に沈めるのと似ていた。何度押さえつけて沈めても浮きあがってくる。彼はラティーファのところにはもう行かないと決めた。彼女のことはそっとしておこうと決め、ガマルにそう告げた。

「イスラムへの奉仕は決して簡単ではない。だが、それを全うしたときには何千倍もの報いが得られる」とガマルが言った。ハッサンは同意するふりをした。だがそれだけではなく、いつになく率直に、昨日彼女の家の近くまで歩いていったとき、自分がちっぽけな敗北者のように感じられた、とも話した。まるでモスクワの日々がよみがえったみたいだった、と。

「乗り越えるんだ」ガマルが言った。「今晩行け。ひょっとしたらおれも行く」

ふたりはその件についてしばらく話し、別れ際、ガマルはハッサンに拳銃を手渡した。ソヴィエト製の古いトカレフだ。用心のためにもっておけ、とガマルは言った。ハッサンはためらいつつも武器を受け取り、もっていたナイロン製のバッグに入れた。時代が変わったのだから、いまこそもっと勇気を見せなければと思ったが、勇気はたびたび彼を置き去りにし、そのたびに彼は無力さを感じた。

その木曜の午後、ジュニア・サッカーの試合、マイワンド対オルドゥ戦の審判員としてガージ・スタジアムに立った。スタンドに客はいなかった。アリーナは亡霊に憑かれたような雰囲気だった。だが、ピッチの状態はよく、ラインはきれいに引き直されていて、まだ塗料も乾ききっておらずべとついていた。タッチライン沿いにゴミは落ちていなかったし、有罪とされた人々が毎週金曜日に銃殺されたり手足を切り落とされたりする場所にも、薬莢《やっきょう》や血の汚れはのこっていなかった。それでもなお、アリーナの印象が消し去られることはなかった。

死んだ者たちが幻影や魂となって、そこに存在しているのがありありと感じられる気がして、ハッサンはいつも以上に汗をかいた。ときどき試合の途中でラティーファを思い、こみあげる怒りを全身に感じた。ピッチから音楽が立ちのぼってくる気がすることもあった。シベリウスやブラームスやメンデルスゾーンの楽曲が、彼の腕に、身振りに染みわたった。

試合終了のホイッスルを吹いたとき、太陽はまだ彼の首を焦がしていた。スタジアムを出て帰る途中、彼は物乞《ものご》いを目にし、自分が臭うのではないかと気になった。ずっと汗だくで、試合後に着替えはしたものの、大して何も変わらないように思えた。トンボンが汗を吸うので、引っぱってゆるめ、歩くスピードを上げた。デーマザンはアサマイ山の南側の中腹にある集落で、坂道を登るため、スパイクのスタッドはつけたままにした。

こんな山の上に彼女が住んでいるとは驚きだった。ハッサンがはじめて噂を耳にしたときは、カブール中心部のワズィール・アクバル・ハーン地区に住む美しい娘だと聞いていた。だが、あの一家も時代が変わってきっと苦労したのだろう。

あとをついてきた十代前半の少年たちがハッサンを囲み、サッカーの試合をセッティングしてくれとせがんできた。ハッサンは少年たちを追い払い、丘を登りつづけた。途中あちこちで戦争の跡を目にした。ときおりブルカを着た女性たちとすれ違い、荷車を引く驢馬《ろば》も見た。

近くまでくると、彼は廃屋の陰に隠れて、トカレフをトンボンの腰ひもの下にはさみこんだ。歩くたび拳銃が腰にこすれるので、何度も袋に戻そうかと思ったが、結局はそのままにした。たそがれのなかに、二階建ての家と、ポーチの前に広がる黄色い花畑が見えた。この集落ではかなり現代的な建物で、庭は柵《さく》で囲まれ、小さな緑色の塔がある。ハッサンは周囲を見まわした。どちらを向いても人がいる。だが、疑わしげにこちらを見ている人はひとりもいないようだ。ここへはじめて来たときは、彼女の父親だという高齢の医者をちらっと見かけた。今日はその父親も、彼女の兄のタイシールもここへは絶対に来ない、とガマルが言っていた。とはいえ、本当に来ない保証はどこにもないだろう。ちょっと早く来すぎただろうか？　腕時計をたしかめる。六時半。ガマルはもっと遅い時間に着くのがよいと言っていた――真夜中近くなら、近所の住民は寝静まっているだろうし、ラティーファはそのころになるとよく、キッチンの窓から谷を眺めているということだった。

ハッサンは少し歩くことにした。そしてどんどん遠くへ行くうち、緊張が高まり、頭のなかでは音楽が鳴っていた。数時間後に戻ってきたときには、あたりは闇に包まれていた。思い切ってキッチンの窓に近づいてみる。ランプの明かりがひとつ、家のなかに見えた。ハッサンはドアをノックしようかと思ったが、結局その場にとどまっていた。街へ引き返そうかと思いながら。

家のなかで何かが動いた。カーテンがとつぜん開かれ、彼女の姿が目に飛びこんできたとき、ハッサンは衝撃を受けた。窓辺に立った彼女が、顔をいっさい覆うことなく、まっすぐにこちらを見据えている。ハッサンはすぐに、彼女が以前よりもずっと痩せていること、目は落ちくぼみ、肩は小鳥のように細くなっていることに気づいた。だが眼差しはあのころのままだ。かつての自信のなさと内気さが彼に戻ってきた。それが伝わったのかもしれない。彼女の恐怖心が薄れたように見えた。彼女は窓をほんの少しあけ、唇を動かした。

「何て言ったんだ?」ハッサンは尋ねた。

「あなた、見覚えがあるわ」

「まえに会ったことがあるよ」ひげがなければ気づいてもらえると思ったかのように、彼は長くのばした顎ひげに手をやった。

「どこで?」

「モスクワで」

ラティーファの顔が変わった。驚きか、あるいはショックで、口をあけている。

「嘘でしょう」彼女が言った。「あなたなの?」

「ああ、ぼくだ」言っている自分が馬鹿に感じられた。

「最近帰ってきたの? それともずっとここに住んでいたの?」

何と答えていいのか彼にはわからなかった。だが、彼の身振りのどこかが彼女を不安にさせたのだろう。すぐにでも窓を閉めて、家のなかに隠れたそうに見えた。

「いや」彼は言った。

ラティーファはためらっていた。だが、窓に添えた手をひっこめはしなかった。

「わたし、怖がるべき?」

「助けたいんだ」とハッサンは言った。それはほとんど本心だった。

彼女が一歩下がる。

「行くなよ」

「何が目的?」

声に恐怖がにじんでいる。だが、おそらくそれ以上の気持ちも込められている。

「ぼくは……」ハッサンはためらった。まっすぐに彼女の目を見ることができない。

「何?」

「きみの演奏がまた聴きたい」と彼は続け、その言葉に自分で驚いた。

彼を見つめるラティーファの表情に驚きと無力感が見え、ハッサンは急に自信を取りもどした。

「知り合いがいるんだ……」ハッサンは、ガマルの名前を口にするのをためらう気持ちに気がついた。

「力になれるよ」

「わたし、病気なの」ラティーファは言った。「でも、どこの病院も女を受けいれてくれない」

「何だってするよ」

彼女は黙ってしばらく考えていた。

「音楽院にいたとき、あなた、わたしが部屋で弾いてるのを聴くのが好きだったわよね」

「あのころは……」言いかけたが、ハッサンは最後まで言い切ることができなかった。

「あなたの涙、憶えてる」彼女が言う。

それにも答えることはできなかった。

「きみのヴァイオリンが聴きたいだけなんだ」ハッサンはそう言い、〝最後にもう一度だけ〟と続けそうになったが、言わないほうがいいと思いなおした。


午後八時十分前。レッケは書斎にこもり、ラティーファ・サルワニの遺体の写真を食い入るように見つめている。あまりにもくっきりと鮮やかな、プロが撮ったような写真だ。おぞましい細部のひとつひとつに吸い寄せられるように写真を見ているうちに、レッケには、その地下室の床にふたつの死体があるように思えてきた。ラティーファの遺体と、破壊されたヴァイオリンの死《し》骸《がい》だ。

どちらもそれぞれ破壊され、床の上に横たわっている。緑色に塗られた床板と壁とのあいだに隙間があいている。ラティーファの痩せた体と砕けた頭をもう見つづけられないと感じると、レッケは床板に覆われていない部分、土がむきだしになった部分の観察に移った。土は押し固められ、平らにならされているが、何かの跡が見える気もする。加えて、白い染みのようなもの——細い筋だ。だが確信はもてない。机の抽斗に手を突っこみ、拡大鏡を取りだした。

あまり変わらない。呼吸が荒くなったせいで、拡大鏡のレンズが曇った。「くそっ」レッケは小声で吐き捨て、ピアノを弾こうと立ち上がった。ところがどうしたことか、ひとつの音符も弾く気になれない。こんなひどい状態になるなんてありえない、みっともないし馬鹿げている。「しっかりしろ。情けないぞ」と声に出す。そしてポケットから携帯電話を取りだすと、声の届く範囲にミカエラがいないことをたしかめて、発信した。

「はい、フレディ・ニルソンです」電話の向こうで声が答えた。

「ハンスだ」

「どうしたんです、呼吸が変じゃないですか」

「そんなことはないと思うが。とにかく、あれこれ補充をたのみたい」

フレディ・ニルソンが黙りこむ。彼にこうして電話することへの嫌悪感が、レッケの全身を貫いた。

「長いこと補充しなくていいように渡したはずですが」フレディが言った。

「全部捨ててしまったんだ。薬を抜いて自由になりたかった」

「ところが、もう自由にはなりたくない、と」

「すべてはあなたの御心《みこころ》のままに、アーメン」

「ほかに何かよい変化があったのではないですか？　全部捨てるからには、何かあったんでしょう」

「楽観的になれた瞬間があった。天使と会った、と言ってもいい。とにかくいま問い詰めるのはやめてくれ、この悪党めが。代金はそっちの言い値で口座に振りこむ」

「わかりましたよ」フレディは言い、メモの用意をした。

＊

ミカエラは、モハメド・サルワニと息子のタイシールのことをヨーナス・ベイエルに話した。話しているうちに、なんだか一方的に情報提供してばかりいる気がしてきて、いますぐレッケと話したいと思った。ところがレッケはどこへ行くとも何をするとも言わずに姿を消してしまっている。だから彼女はレッケのアパートメント内を歩きまわり、蔵書をぱらぱらとめくって過ごしていた。

ときおり父のことを考えた。そして、父とともにひとつの世界が消えてしまったのだということを、これまで以上に強く感じた。父の役目を引き継いで家長となったルーカスが、古い世界を徹底的に一掃したがったかのようだった。もっとも、記憶はあてにならないし、いまとなってはどうでもいいことだ。すでに起きたことは変わらないし、この先の人生を生きていく道は自分で見つけなければならない。

午後九時四十分。彼女の思考に邪魔が入った。レッケが帰ってきたのだ。見た感じ、気分はよくなっているようだ。張り詰めた様子はなくなっていて、入ってくるなり、きみは正しい、と言った――モハメド・サルワニが、グリムスタで目撃された老人と同じように足を引きずっていないかどうかは、絶対にたしかめてみるべきだ、と。

「明日の朝いちばんにケルンへ行こう」とレッケが言った。

「は？」あまりに急な思い切りのよさに、彼女は面食らった。

「ぐずぐずするなと言わなかったか？」

ミカエラは考えをめぐらした。

「言ったかもしれません。でも、ヨーナス・ベイエルは、わたしたちがサルワニに接触するまえに、ちょっと様子をみて、電話を傍受する許可を得たいと言ってます」

レッケは辛抱できないみたいに首を振った。

「そんな時間はない」

ＣＩＡに止められるまえに動きたい、ということなのだろう。

「まだチームでの仕事も再開してないのに、ひとりでドイツへなんて行ったら、警察の同僚たちはよくは思いません」彼女は言った。

「それはそうだな。申しわけない」

「でも、わたし自身、あの人たちがどう思うかなんて、もうあんまりかまってない気もします」

レッケは微笑み、ミカエラに触れようとするかのように手をのばしたが、今回もまたその手をひっこめた。

「するとたぶん、まず礼儀としてあの老医師に電話をして、これから行くと知らせたほうがいいだろうね」レッケが言った。

「彼が足を引きずっているかどうか、それとなく訊いてみてもいいのでは？」

「そうするよ」レッケはリビングへ入っていくと、鍵盤に指を落とし、不安そうな旋律を奏でた。これから始める会話への序奏か、あるいは伴奏のように。

それから数分が経ったころ、レッケの話す声がミカエラの耳に届いた。

「ハンス・レッケと申します。英語とドイツ語、どちらがよろしいですか？」

34

モハメド・サルワニは妻に先立たれた亡命者で、命よりも大切に愛し育てた娘も亡くしていた。けれど彼はひとりではなかった。息子がいるし、孫もふたりいる。大勢のアフガニスタンからの亡命者たちも、彼の住まいを集会所のようにしてあつまってくる。何はともあれそれなりのしあわせを手に入れた。もうすぐ八十歳になるが、いまも仕事は現役だ。

調子のいいとき、彼は誇りを胸に堂々と顔を上げる。自分は正しいことのために立ち上がった。ここまで威厳を失わずにやってきた。ダルマン・ディラーニが電話をしてきて、レッケ教授なる人物に立ち入った質問をされたと伝えてきたからといって、その威厳を捨てるつもりはなかった。

モハメドはダルマンをなだめた。もう相当な時間が経っている、どんな証拠もあるわけがない、と。だが電話を切ったあとで、カリフォルニア大学にいる医者仲間に連絡をとり、その教授を知っているかと訊いてみた。返ってきた答えは良くもあり、悪くもあった。レッケ教授はアメリカから国外退去させられ、精神的に不安定だと言われているが、一方でサンフランシスコ市警への協力者として、伝説になるほどの問題解決の腕があるらしい、という話だった。

サルワニはテレビのニュースを消した。放映されていたのはアフガニスタンについてのリポートで、国内初の自由選挙をこの秋に控え、激化する暴力と女性への抑圧がとりあげられていた。故郷に降りかかる不幸はとどまるところを知らない。彼は立ち上がり、チェストの上に置いたラティーファの写真を撫でた。ラティーファは左手にヴァイオリンをしっかりと握り、彼を元気づけるように見上げている。彼はラティーファに言った――「今回もわたしがなんとかする」と。

そのとき電話が鳴り、彼はびくっとした。

「英語とドイツ語、どちらがよろしいですか？」レッケ教授は名乗るやいなやそう言った。カブールの英国人居住地区で彼が育ったことくらい、きっと知っているはずだろうが。

「英語でお願いします」と彼は言った。

「それはよかった。夜分に恐れ入ります」

モハメドは平常心を意識した。

「著名な先生からお電話をいただくのは、わたくしのような老人には元気の素にほかなりません」

「上手いことをおっしゃる」電話の教授が言った。「僕のほうからも言わせてください。お嬢さんが弾いたブルッフのヴァイオリン協奏曲には、いたく感動させられました。えもいわれぬ美しい演奏でした」

「娘のヴァイオリンを聴けば、天使だって涙する。そうは思われませんか？」

「録音はほかにもおもちですか？」

「悲しいことに、のこってないのですよ。ほかの録音は全部、タリバンに破壊されてしまいましたから。ですが、アッラーのご慈悲で、娘のヴァイオリンはいつもわたしの頭のなかで聞こえています。娘の奏でる音楽はあまりに美しく、何をもっても消し去ることはできません。時間にすら無理だ」

「美にはじつに不思議な耐久力がありますね。お嬢さんの命を奪った者が、恐ろしい報いを受けることを願うばかりです」

「間違いなくそうなるでしょう。アッラーはすべてをご覧になり、裁きをお下しになる。だが、それにしても……恐ろしいことではありませんか？　並外れた美しさゆえに、生きることを許されない人々がいる。矮小《わいしょう》で未熟な魂が、集団になってそういう人々を苦しめる」

「ええ、残念ながら。ときに、そういうことは起こります」

「嫉妬もへつらいも人間の本性ですから」

「まさしく。しかし、もちろんそれだけではありませんね？　人間の性質はほかにもたくさんある。とくに、ドクター・サルワニ、あなたのような方々には」

「わたしなど、たいしたことはありません」

「ご謙遜《けんそん》を」

「あなたは傑出したピアニストだったのですよね、レッケ教授？」

「ピアノを弾いていた時期もありました。ですが最近はもっと詩情に乏しい仕事をしています。じつは、ストックホルムで起きたある殺人事件の捜査の手伝いをしていまして。ジャマル・カビールと名乗る男が殺された事件です」

「そうですか」モハメドは言った。「その事件のことは耳にしています」

ほかに何を言えばいい？　チェストの上の娘の写真に問いかけるように目をやりながら、モハメドはレッケのつぎの言葉を待った。だがレッケは何も言わない。だんだん緊張してきた。用心のため、自分からは何も言わないことにしたが、一秒、二秒と過ぎていくわずかな時間が数分のように感じられ、耐えられずに口を開いた。

「もしもし？」

「ええ、ああ、すみません」レッケが言った。「ちょっと気をとられていまして。どこまでお話ししましたでしょうか？」

「ストックホルムで殺された男の話をされていました」

「ああ、そうだった」とレッケは言う。「ご存じかもしれませんが、彼はサッカーの試合の後、森のなかで、石で殴られて死んだんです」

今度は何を言えばいい？

モハメドはさしあたり、こう答えた。「ひどい話ですね」

「まったくです」教授が言う。「ところで、痛みはないのですよね、ドクター？」

モハメドはさっきとは別の不安を感じた。

「いえ、ありませんが。どうしてそんなことをお尋ねに？」

「礼儀といいますか。脚がお悪いと聞いたものですから」

モハメドは不安に駆られたまま、自分の細い太腿を見た。

「膝の手術がうまくいかなかっただけです。いまはかなりいいんですよ」

「それを聞けてよかった」レッケは一呼吸おいて続けた。「明日の朝早くに、同僚とふたりでケルンへ出発します」

「えっ、いま何と？」

「お目にかかれるのはとても光栄です、ドクター・サルワニ。昼食の時間までにはうかがえると思います」

「こちらこそ光栄です。わが家は友人も見知らぬ客人も歓迎します。が、それでもやはり、どのような用件でいらっしゃるのかをうかがいたいのですが」

レッケはしばらく黙っていた。モハメドは当然、そのわけを理解していた——用件が何であるか、自分が重々承知していることを、この教授はわかっている。

「あなたのお嬢さんのことと、このストックホルムの殺人事件のことをお話ししたいと思っています」

「ラティーファの話ができるのはなによりうれしいことです。ですが、そのストックホルムの事件については、わたしは何も知りません」

「いえ、それはご自分にたいする過小評価というものです」レッケが言った。「ですが、もしダルマン・ディラーニにも同席していただけるなら、それに越したことはありません。彼なら、思いだせないところも補ってくれるかもしれない」

「なぜ彼に同席してもらわねばならんのです？」

「人数は多いほうが楽しくはありませんか？」

「それはどうでしょうか」

「だが誰よりも、あなたの息子さん、タイシールにもぜひ来ていただきたい」

モハメドはにわかに怒りを覚えたが、その怒りはある種の解放感もともなっていた。

「まるであなたがこの家の主人のようだ。わたしではなく」

レッケがまた黙りこんだ。

「申しわけない。ひどいマナー違反ですね。ですが、殺人事件の捜査というのは、礼儀のルールをいったん脇に置かなければならないものです。お会いするのを楽しみにしていますよ」

電話を切ったあと、モハメドの心臓は激しく打っていた。彼はチェストの上の写真を振り返った。

「心配はいらない。だいじょうぶだ。わたしのかわいい娘よ」そう言うと、今回はラティーファの声が聞こえた気がした――〝本当にだいじょうぶなの、お父さま？　本当に？〟

＊

「あいつらをケルンに行かせるなど、絶対に認めんぞ」

ヨーナス・ベイエルはトイレの個室にこもり、携帯電話を耳から遠く離している。カール・フランソンには好きなだけわめかせておこう。いずれにせよ自分たちにできることはもうほとんどないのだから。ヨーナス自身、ケルン行きを止めようとした。だがレッケがチームの頭越しに取り決めを交わし、明朝九時二十分発のケルン行きのフライトに、ミカエラと自分の席をさっさと確保してしまったのだ。

「ファルケグレンがすでに承認しています」ヨーナスは言った。

「あの馬鹿にいったい何の関係があるというんだ？」フランソンが噛みつくように言う。たしかに、いい質問だ。

ファルケグレンが再度レッケにこの捜査への協力を求めたのは、なんとも理解しがたい出来事だった。そのうえヨーナスが電話をしたとき、警視監の声がちょっと変に聞こえた気もするのだ。彼らはケルンに着けないと思っているような口調だった。〝行ってみるのはいいと思うぞ。運だめしさせてやればいい〟と言ったのだ。

「わかりません。どうも胡散臭いんです。でも、名誉を挽回したいだけなのかもしれません。行くこと自体はいろいろ考え合わせても正しい気がしますし」

「なぜ正しいんだ？」

「それはまあ、いくつかの意味で。モハメド・サルワニがグリムスタで目撃された男である可能性が高いからというのはもちろんですが、それに加えて、彼の息子のタイシールは――」

「何だ、その息子がどうした？」

「彼はドイツで、傷害罪で有罪判決を受けています。かなり狂暴な男のようですし、首にヘビのタトゥーを入れています。コスタがグルドラガル小路で見たという男であってもおかしくないわけです」

フランソンはしばらく思案しているようだった。

「そうか、わかった、いいだろう。行かせてやれ。しかし、そのあとはおれが引き継ぐぞ、わかっていると思うが。現地のノルトライン＝ヴェストファーレン州警察には連絡したのか？」

ヨーナスはつぶやき声で肯定したが、頭のなかはすでにほかのことでいっぱいだった。いまこの瞬間、彼を悩ませている唯一の問題は、ミカエラがレッケとふたりきりで行ってしまうことだった。電話でのファルケグレンの様子が変で、まるでこの旅の結末を初めから知っているかのような口ぶりだったことを思うと、とても気がかりだった。


カブール、一九九七年四月三日深夜から四日未明

日が暮れるまえ、ラティーファはカナリアたちを籠《かご》から出した。ラジオ・シャリーアで発表された新しい規則にしたがってのことだ。だが、ジュピターとヴィーナスは自由を求めてはいなかった。窓台にとまり、身を固くしてきょろきょろと落ち着かず、まるで籠に戻りたいみたいにしていた。結局、彼女は二羽を追い払って窓を閉めた。

「あなたたちは死ぬの」彼女はつぶやいた。「わたしたちみんな死ぬのよ」

そのあとは、キッチンでただぼんやりとしていた。父と兄のタイシールがどんなにがんばって食べさせようとしても無駄だった。何もほしくなかったし、彼らの励ましはもっといらなかった。「わたし、こんなに体調が悪いのよ。逃げるわけがないでしょう。もう放っておいて」と彼女は言った。だが、ふたりとも決して放っておいてはくれなかった。決して。そして、しょっちゅうここに泊まっていく。彼らのせいでもう神経がくたくただった。

何もかもが彼女の神経をまいらせた――孤独、無為、喪失感、抑うつ。もう何もほしいとは思わない。何もいらない。こっそり地下室へ下りてヴァイオリンを弾くことも、もうずいぶんまえにやめていた。弾いたところで聴く人はおらず、誰にも気にかけてはもらえないのだから。

「もう帰って」彼女はもう何度も言っていた。「出ていって」と。その晩、父とタイシールがようやく彼女の家を出ていったのは、午後十一時近くだった。今夜は何も起こらない、とタイシールが聞いてきたからだ――あの馬鹿な兄はタリバンにつてがあり、たまに彼らと変わらないくらい度を越したことをしているのだ。

彼女はキッチンでぼんやりとまわりを眺めている。ヴィーナスとジュピターもこんなふうに、感覚も力もなく過ごしているのだろうか、と考えた。そして窓辺に向かった――カナリアたちの姿を捜すためではなく、いつもしているようにただ街を見下ろして、なんと生気がなく静かになってしまったのだろう、と思いをめぐらすために。彼の姿が目に入ったのはそのときだった――自分と同じ年ごろの男が、白いペラハン・トンボンを着て、頭には茶色のパコールをかぶっている。このごろ男たちがみんなしているように――彼女の父親までもがそうだ――胸までとどく山羊《やぎ》ひげを垂らして。

あたりは暗いうえに、彼女は左目の視力が落ちていて、あまりよくは見えなかった。だが彼のほうが、キッチンの窓辺に立つ自分をじっと見つめているのはわかった。男の体に不安げな、何か懇願するようなものが感じられて、彼女は、自分を目の前にした男たちがよく不安に駆られていた時代を思いだした。

用件を尋ねるべきだろうか？　いや、それはいけない。寝室へ下がり、明かりを消さなくては。警戒して兄を呼ばなくては。だが行動は起こさず、ただその場に立ち尽くした。ようやく何かが起こる気配を感じたかのように、惹きつけられ、期待さえしていた。もちろん馬鹿なことだ。なけなしの希望にすがりたい脳がつくりだした考えにすぎない。もう行こう、隠れるのだ、と彼女は自分に言い聞かせた。

だが、なぜか彼女は逆の行動に出た。男に自分の姿を見せたのだ。男が近づいてきた。そして、彼女は気がついた――気持ちが動かされたのは、男の立ち姿と不安定さのせいだけではない。まえにどこかで会ったことがある。でも、どこで？　わからない。ただ、とても長いあいだ沈黙していた音楽が、ふと彼女のもとに戻ってきた。

自分が弓を動かして弾いている音が聞こえる。しだいに彼女は大胆になり、〝やめておけ〟という心の声を聞きながらも、ついに窓をあけた。男が驚いている。彼女は思った――もうどうにでもなれ。わたしの禁じられた顔を見せてやろう。だがそのあとは、何もかも忘れてしまったかのようだった。男が誰なのか思いだしたのだ。信じられなかった。あの人だ。ほんのたまにではあるけれど、豊かな感情を呼び起こす力が自分にもあった、あのよき日々を思い返しては、ときおり思いを馳せた人。

きみの演奏が聴きたい、と彼は言った。もちろん、ありえないことだ。彼のことは何も知らない。あのころも知らなかったし、いまはもっと知らないのだ。でも……彼の瞳のなかに、渇望が見てとれる。それこそが、心の奥底でずっと求めていたものだった――演奏を聴いてくれる父以外の誰か、聞こえてくるかもしれない足音に絶えず聞き耳を立てているばかりではない誰か。

「わかったわ、入って」彼女が言うと、彼は招きいれられるとは思ってもみなかった学生のような反応をした。よかった、と彼女は思った。きっとだいじょうぶだ。

この人はわたしを称賛していた人だ。モスクワで泣いていた人だ。優位な立場にいるのはわたし。彼女は頭にショールを巻き、深く息を吸って、ドアをあけた。最初、臭いが鼻をついた。汗臭い。それに問いかけてきた声のトーンが気に障る。

「ヴァイオリン、まだもってるのか?」

あなたには見つけられっこないわ、絶対に、という言葉が出かかった。だが何も言わずにうなずいた。この人を地下室へ連れていってはいけない、と考える。いまは駄目、いや、いつだって駄目だ、やっぱり招きいれたのが間違いだった。叫んで助けを求めなければ。でも駄目だ、もう手遅れだ。すでに夜更けに男を家に入れてしまっている。あとはもう、自分でどうにかしなければならない。彼女は平静を装った。

「あなたは弾いてるの?」

「いや、もう弾いてない」彼の答えは、あまりにもそっけなく、冷たかった。

「パキスタンに住んでたんじゃなかったの?」

「戻ってきたんだ」どうしてヴィオラ奏者が、音楽が禁じられた国へ帰ってくるのだろう、と彼女は不思議に思った。

「どうして……?」

「静かになってしまったから」と彼が言った。

「わかるわ」そう答えたものの、同じことについて話しているのかどうかは自信がなかった。

「でも、最近また音楽が聞こえるようになってきたんだ。断片的に戻ってくるんだよ」

彼の視線はラティーファの背後に向けられている。

その肩が震えているのが見えた気がした。

「いいことだと思うわ」

「きみの演奏をまた聴いてみたい。それで少しは癒されるだろうから」と彼は言った。ラティーファは、もう自分の足を止めるのが不可能であるかのように、彼を客間へ通した。白い木のソファの下に、地下室への入口のハッチがあるその部屋へ。


ミカエラは早くに目覚めた。昨晩調べものをしていた部屋で寝ていたようで、左側を見上げると本棚があった。ここに泊まっているのは変な感じで、レッケと旅に出るのはもっと変な感じだ。着替えを買う暇はなかったが、ユーリアが貸してくれた下着とシャツが二枚ほどあり、小さめだったが着られないわけではなかったので、それで間に合わせることにした。窓の外の中庭に目をやると雨が降っていた。

空が暗く見える。階段のほうから足音が聞こえてきた。ハンソンさんだろう、とミカエラは思った。だが聞いていると、どうやらひとりではないようだ。彼女は飛び起きてジーンズに脚を通し、トレーナーをかぶった。午前六時十分——アーランダ空港へ出発するまでにはまだ充分時間がある。レッケは起きているだろうか、と思ったそのとき、誰かがドアをノックした。ノックの音は激しくなり、彼女は思わず大声を出した。

「ハンス、出てくれますか？」

返事がない。ノックは止まず、彼女は仕方なく玄関まで行き、ドアの覗き穴から外を見た。男が三人、全員スーツ姿で立っている。彼女はもう一度叫んだ。

「レッケ教授」

やっぱり返事がない。彼女は携帯電話を取りだした。圏外になっている。どうしよう。ドアから一歩下がったとき、ようやく背後から足音と声が聞こえた。「すまなかった、僕が出るよ」

姿を現したレッケは、すっきりとひげを剃り、シャワーを浴びて、グレーのズボンに薄青色のシャツと、いくぶん昔風のベストに身を包んでいた。「すまないね、ミカエラ」と小声で言うと、男たちを迎えいれた。男たちはなかに入るとすぐ、出口をふさぐように陣取った。彼らのもつ何かが――とくに若手のふたりは――暴力的な展開を予感させた。けれど、レッケはこのうえなくリラックスしている。彼は両腕を広げ、満面の笑みで言った。

「チャールズ、よく来てくれたね。会いたかったよ」

茶色い瞳の、よく手入れされた顎ひげを生やした年配の男が、親しげな声で答える。

「こちらこそ、ハンス。すまないね、こんな早くに押しかけて」

「とんでもない。ちょうどこれから朝食だよ。おっと、これは失礼、ご友人たちへの挨拶がまだだったね。ハンス・レッケです」レッケが連れの男たちふたりに手をさしだすと、彼らはホセ・マルティンとヘンリー・ラマーと名乗った。

「お会いできて光栄です」レッケは続けた。「こちらは僕の友人で仕事仲間のミカエラ・バルガス。一流の警察官だ。もちろんすでにご存じだろうが」

ミカエラは手をさしだし、挨拶をした。水面下で激しい対決が進行しているのがわかる。だから彼女は、まえにルーカスから教わったとおり、冷たい、生意気そうな表情を顔に出した。

「紅茶にしますか？　それともコーヒーかな？」レッケが言う。

「いや、今日は……」ヘンリーと名乗った男が言いかけた。

「そうですか？　忙しいのだろうね。ところで、ヘンリー……お尋ねしてもいいだろうか。きみの右肩だが――いい肩だ。槍《やり》投げか投手のご経験が？　おそらく槍投げのほうだろうね。どのくらいの期間やっていたのかな？」

ヘンリーは混乱した顔でレッケを見た。

「どうしてそれを……？」そう答え、すぐに平静を取りもどして言った。「二十一歳までやっていました」

「いい選手だったんだろうね？」

「全米四位まで行きました」

「素晴らしい。しかし、運悪く肩の故障に悩まされた。完治は見込めないのだろうね？　ああ、さあ、みなさん、なかへどうぞ。それから、ホセ、失礼ながら、きみもスポーツをしていたようだね。おそらくアメリカン・フットボールだろう。もっとも、きみは知的職業に向くタイプのようだ。カトリックを捨てたのは英断だったね。だが、その代償は高い。ちがうかい？」

「何をおっしゃっているのか……」

「その首の鎖だよ――十字架をはずすにはちょっと力が要ったのではないかな？　留め金が少し曲がっているし、下のほうもすり減っている。還俗《げんぞく》した修道士は見ればわかるのさ。さあ、どうぞ遠慮せずに、なかへ」

チャールズという名の年長の男が、まるでレッケのひけらかしを楽しんでいるみたいに、うっすら笑みを浮かべた。だが、よく見ていると、この男がまだ警戒を解いていないのがわかった。喧嘩か決闘を覚悟しているようでもあり、しかも何かを捜しているかのごとく、アパートメント内を見まわしている。

「ハンス、きみとは旧知の仲だ。われわれがここへ来た理由は、もうわかっているだろう」

「もちろんだ。あなたがたは、われわれのケルン行きを望んでいない」

チャールズがあたかも悲しいことのようにうなずき、ホセとヘンリーはそれぞれ一歩レッケに近づいた。

「きみも知ってのとおり、残念ながら法律はわれわれの味方だ、ハンス」チャールズはそう言い、ミカエラのほうを向いた。「あなたにもご同行願わなければなりません、ミス・バルガス。もちろん、一時的にですがね」

「彼女には先約がある。だが、われわれはスポーツの話をしていたのではなかったかな？」レッケは励ますような微笑みをホセとヘンリーに向けた。ふたりはさっきよりも距離を詰めている。

「スポーツの話はきみがしていただけだ」チャールズが言った。

「たしかに。僕はたわごとを並べているだけで、あなたはもっと重要なことを考えている。いつものことだ。だが、もう少し話の続きをさせてほしい。あとふたり、階下の入口のところで待たせているね？」

「そうかもしれんな」チャールズが答える。

「賢明な判断だ。というのもだ、僕の友人のミカエラは、驚くほどに敏捷《びんしょう》で、しかも激しやすい。彼女の足音がときどき、僕の頭のなかでドラムを叩く音のように響くんだ」

「へえ、そうか」とチャールズは答えたが、混乱気味だ。

「そして僕も――逆説的と言うべきか、あるいは神経症の結果かもしれないが――身体能力はかなり高い。チャールズ、あなたも知ってのとおり、僕は空手をたしなんでいる。本当はボクシングを習いたかったんだが、母があれは野蛮だと言ってね。空手が僕らの妥協案だった。礼から始まるのを母が気に入ってね。上品なジェスチャーで始めて、激しくぶつかりあう。ある意味、彼女自身のやり方と同じだった」

レッケはそう言って手を動かしたが、それは攻撃というよりダンスを始めるような動きだった。それでもホセとヘンリーはぎくりとし、ジャケットの下に手を入れた。ミカエラはいらだちを隠さずにレッケを見た。相手はもちろん武装しているというのに、いったいどういうつもりだろう？　素手で追い払えるとでも思っているのか？

「ほらね」レッケはにこやかに続ける。「また少し情報が得られた。ヘンリー、きみはどうも反射神経が鈍いようだ。そしてホセ、きみは斜頸《しゃけい》になりかかっているのではないかな。左側が少しこわばっているように見える。僕がねらっていくとしたら、そこだろうな」

チャールズが首を振り、笑いとも鼻息ともつかない音を立てた。

「空手とは。それがきみの戦略か？」

レッケはキッチンのほうへ一歩下がった。

「うまくいきそうな選択肢が七つか八つはあると思う。いまは何より、あなたがたが今回の件で動きにくくなることに焦点を当てたい。武道のまねごとはもちろん、ひとつの例にすぎない――稚拙な説明ではあるが、あなたがたの抱えている問題を示したかった」

チャールズが不安そうに室内を見まわす。

「どういう意味だ？」

レッケは両方の眉をあげて、またにっこりと微笑んだ。

「昨日の夜、ちょっと外へ出たついでに電話をかけた。おそらくあなたがたに聞かれていないであろう回線を使ってね。というわけで、ワシントン・ポスト紙のモーリーン・ハミルトンがよろしくと言っていたよ」

「何だと」ヘンリーが言い、また一歩レッケに近寄る。

「まあまあ、落ち着いてくれ」レッケは言った。「機密にかかわることは何も話していない。秘密保持契約は守っている。ただ、訊きたいことがあったので、それを訊いた。まもなく公にされる情報について少しわかったよ。ニューヨーカー誌とCBSは、バグダッド近郊の刑務所でおこなわれていた拷問や人権蹂躙について、かなりの規模の証拠書類をもっているようだ。この件について〝結果は行為を正当化する《エクシトウス・アクタ・プロバト》〟と主張するのはむずかしくなるだろう。大半は退屈した兵士たちによる大人げない虐待行為のようだからね。当然、ワシントン・ポスト紙やタイムズ紙も乗り遅れまいと全力を尽くしている。こんな不名誉なニュースが流れる直前に僕を逮捕して、恰好よく見えると思うかい？」

チャールズが肩をすくめ、大げさにため息をついた。

「われわれは独自にリスク評価をしているものでね」

「当然そうだろう。それは僕もよく知っている。だが、もうひとつ言わせてくれ。近ごろは誰しも同じだが、僕にも弁護士が何人かいる。弁護士というのはじつに秘密主義的で謎めいた存在だ。そのうちのひとりに、あなたがたとの仕事の過程で知ったことの一部を知らせてある。もちろん厳格に秘密情報として扱ったうえでのことだ。だが、そうはいってもだね……それを秘密にしつづけるには条件がある。たとえば、僕は予定どおりケルンへ行かなければならない」

「ハンス、きみという人は」

レッケは腕時計に目をやった。

「ああ、それが条件だ。使える策はなんでも使う、そういうものだろう？」

「こんなことをしても何も変わらん」チャールズがぴしゃりと言う。

「そうだろうか？　しかし、まだ話は終わっていないぞ。率直に言って、あなたがたがいちばん心配しなくてはならないのは、僕の仕事仲間のことのほうだ」

「なぜだ？」チャールズは訝しげにミカエラを見た。

「彼女は、まもなく大きな進展が予想される殺人事件捜査のチームの一員だ。それをあなたがたが妨害するなんて、考えただけでもひじょうにまずいことだ。そうだろう？　しかも彼女の上司、例の不運なファルケグレン警視監が、チャールズ、あなたに操られて、捜査チームに情報を渡していなかったことを踏まえれば」

不穏な、攻撃的といっていいような表情がチャールズの顔に浮かんだ。

「何を根拠にそんなことを？」

「ゆうべ兄に会ってね。マグヌスが教えてくれたよ、あなたとファルケグレンはユールゴーデンでいっしょにジョギングをする仲で、よく秘密の情報交換をしていると」

チャールズは誰かの首を絞めたがっているようなジェスチャーをした。思いうかべているのは、おそらくマグヌスの顔だろう。

「ああ、まったくだ」レッケは言った。「マグヌスってやつはどうしようもない。いったい誰の味方なのか見当もつかない。しかしね、チャールズ――本当に朝食は食べていかなくてもいいのかい？　僕としては、イラク軍の解体という奇妙極まりないアイデアについて話し合ってみたいのだが。知ってのとおり、新しいテロ集団に加わる兵士たちが続出しているだろう。何という名だったか忘れてしまったが、何か長くて仰々しい名前で自分たちを呼んでいる。まあ、そのうち気の利いた別の名前を思いつくだろうね。略称とか」

チャールズ・ブルックナーは、あきらめたかのように深い息を吸った。レッケは悲しげな微笑みを浮かべて、キッチンへ入っていった。廊下にのこされたミカエラとチャールズは、たがいに不信感を抱きながら目を合わせた。この男はわたしに敵意をもっている。こちらの弱点を探している――ミカエラは一瞬、そんな思いにとらわれたが、考えを振り払い、レッケの後を追った。

35

カブール、一九九七年四月三日深夜から四日未明

きみの演奏が聴きたい、とさっき彼は言った。だからここへ来たのか? 自分でもわからない。ただ、興奮していることは自覚していた。こう叫びたい――〝顔を隠せ、女〟と。たぶん、彼女を殴りたい気持ちもある。あの瞳のなかにある有無をいわせぬ光を奪い去ってやりたい。だが彼は微笑み、自分の言葉を肯定するようにうなずいた。ラティーファがさらに奥へと進んでいくときには、彼女の肩甲骨が浮きでているのに気がついた。痩せ細って骨と皮ばかりになっている。彼は自分でもなぜかわからないまま、手をのばして彼女の体をさすりかけた。だが、彼女が振り返ったので、すぐにその手はひっこめた。

「わたし、怖がるべき?」ラティーファが言った。

腰に拳銃の重みが感じられる。

「いや」ハッサンは言った。

「癒されたい、って言ったわね?」

「ただきみの演奏が聴きたいんだ」彼は言った。

彼女は神妙にうなずくと、白いソファを動かすのを手伝ってほしいと言った。彼は手伝った。ソファが置かれていた場所の床には、錆《さ》びた鉄の取っ手がついたハッチがあった。

「ヴァイオリンをこの下に?」

彼女は答えなかった。代わりに、近くのチェストから懐中電灯を出し、床の取っ手を照らすと、ハッチをあけて先に降りるよう彼をうながした。彼は不安になった。ぼくを騙そうとしているのか? 彼がほかの人々の楽器にしてきたことは、おそらく彼女の耳にも届いているだろう。その仕返しに彼をここに閉じこめようとしているのではないか。いや、まさか、彼女にそんなことはできまい。彼はハッチをあけた。土の匂いと湿り気が鼻をつく。ラティーファが照らす階段を踏みしめ、暗闇のなかへ下りた。またもや怒りがこみあげる。早く壊して、胸のなかでバクバクと強すぎるほどに打っているものから自由になりたかった。

アーランダ空港に着いたミカエラとレッケは、第五ターミナルのセキュリティー・ゲートへ向かっていた。急がなくてはならない。アメリカ人たちがなかなか訪問を切り上げてくれなかったうえ、空港に来る途中で携帯電話のSIMカードを買わなければならなかった。レッケはあいかわらず落ち着いていて、前日にしていたように胸に手を当てることも一度もなかった。

ヨーナス・ベイエルとは話をしたのだが、このケルン行きを捜査チームがあっさり認めたことに、ミカエラは少々驚いていた。ヨーナスが心配そうな口調だったからなおさらだった。「気をつけて」と、彼は二回、いや三回は繰り返したのだ。セキュリティー・ゲートには長い列ができていたが、驚いたことに、レッケは左側のレーンを通って人々の列を素通りしていく。一瞬のちに気がついたのは、自分たちがビジネスクラスの乗客だからということだった。すぐ後ろに、偉そうで傲慢な目つきの若い男が並んでいて、彼女の腰ばかり見ている。その視線のせいで彼女は落ち着かなくなった。だが、そもそも、居心地が悪いのは初めからだった。

ミカエラはグレーのトレーを取り、レッケから借りたバッグを入れて、トレーごとベルトコンベアに載せた。財布と携帯電話と上着も同じようにトレーに載せようとしたとき、そばにいた保安担当の係員が疑わしげな視線を向けてきた。彼女がビジネスクラスに乗るような客に見えないせいだろう。その視線のせいか、あるいは最初から感じている居心地の悪さのせいか、ミカエラはチャールズ・ブルックナーの悪意ある目つきを思いだした。彼女は深く考えないまま、トレーがX線検査装置に入っていく直前で、自分のバッグをがしりとつかんだ。

思いのほか攻撃的な動きになった。それで後ろの傲慢な目つきの男にぶつかり、あっという間に行列のなかで口論が起きた。さっき彼女を見ていた係員が前へ踏みだしてくる。それ自体はたぶん何でもないことだ。バッグから何かを取りだすのを忘れた、不器用でやや心配性な乗客。きっとそう思われただけだろう。それでも彼女は恐怖を感じた。脳よりも先に体が危険を察知したかのようだった。そのとき、レッケが気づいて、手を貸そうと行列をかきわけてやってきた。係員の男が同僚を呼び、呼ばれた係員も駆け寄ってきた。

まわりの人々は一歩ずつ下がり、レッケと彼女の手荷物のためにスペースをあけてくれた。そのときだ。ミカエラはその朝キッチンへ入っていくときに聞いた、アパートメント内を遠ざかっていくブルックナーの足音を思いだした。周囲で人々が口々に何か言っている。警察の身分証を見せれば黙るだろうか、とミカエラは思ったが、そんなことをしても事態は悪化するだけかもしれないとも思った。だからただその場に立っていると、レッケが近づいてくる係員のほうを振り返り、ばつの悪そうな笑顔を見せた。

「ちょうどよかった」レッケは言った。「専門家を探していたんですよ。妻がフィルムをどうしていいかわからなくて。X線カメラで駄目になってしまうのでしょうか？」

「お荷物をあけていただきます」係員の男が言ったので、レッケは素晴らしい考えだとばかりに笑顔になった。

「もちろんです。用心に越したことはありませんからね、このごろはとくに」

レッケはしゃがみこみ、てきぱきとバッグをあけた。そしてバッグをそのまままちあげたのだが、同時に何かにつまずいてバランスをくずし、なんとかベルトコンベアの上に置いたものの、中身をぶちまけてしまった。滑稽な姿だったが、どこか芝居がかってもいて、レッケは怪我でもしたかのように手を震わせた。人々がざわめく。レッケはまた気まずそうな笑みを浮かべて謝った。そして保安係員たちのほうを向いた。

「どうぞ遠慮なく調べてください――見てのとおり、たいしたものは何も入っていないんですが」

係員たちは荷物だけではなく、レッケも調べようとするだろう、とミカエラは確信した。彼の行動はどう見ても怪しい。だがそのとき、レッケが意外にも威厳たっぷりの雰囲気を振りまいたので、係員たちはただうなずき、言われるままに荷物を調べはじめた。そのあいだにレッケが一歩下がって彼女のそばに来たと思ったら、不意に彼女の頰にキスをして、「きみが注意深くて助かるよ、ダーリン」と言った。ふつうの状況だったなら、そんなことをされて驚愕していたことだろう。

だが、それどころではなかった。彼女の上着のポケットに、レッケが何かをしのばせたことに気がついたのだ。ミカエラは一瞬パニックになり、どうしてよいかわからなくなった。彼女が一歩あとずさると、若いほうの係員が言った。

「フィルムはここにありませんが」

「変ですね。ならば、本当に謝らなければなりません。ところで子猫というのはいいものですよね？」

係員は驚いてレッケを見た。そして言った。「ええ――どうしてそれを？」

「あなたの手の小さなひっかき傷ですよ」レッケは子猫の爪についてひとしきり意見を述べた。

ミカエラは行動を起こすことにした。

きっと追いかけてくる。そう確信しながら、彼女は歩きだした。後頭部に視線を感じながら、もと来た道を戻っていった。

36

ミカエラは背後から近づく足音を聞き、のびてきた手に肩をつかまれると想像していた。だが、誰にも止められることはなく、彼女はトイレに駆けこんだ。個室のドアをロックして、上着のポケットを手で探る。

指先に触れたのはビニールの小袋だった。引っぱりだして、匂いを嗅ぐ。コカインだ――間違いない。震える手で袋の中身をトイレにあけ、嵐のように行き交うさまざまな思いを抱えながら、白い粉が便器の底に沈んでいくのを見つめた。不安な気持ちで小袋を観察する。まだなかに粒がのこっている。どんなに絞りだしても跡がのこってしまう。それでその小袋も便器に投げ入れ、水を流した。だが、袋は流れず、便器の水に浮いている。もう一度、二度と流してみてもうまくいかず、ついに外から誰かがロックのかかったドアに手をかけたときには、彼女は目を閉じ、覚悟を決めて、ドアが外から破られるのを待った。

だが、外から聞こえたのは文句だけだった。なんとか呼吸を落ち着かせ、タンクに水が貯まるのを待った。もう一度流してみると、今度は小袋もうまく流れていった。トイレから出ると、レッケがまだセキュリティー・ゲートのそばで係員たちと話しこんでいるのが見えた。ミカエラが戻ってくると彼は話をやめて、さっきまでの出来事のすべてがちょっとした笑い話だったみたいに軽く微笑んだ。セキュリティー・ゲートを通り抜け、ベルトコンベアの荷物を受け取ると、ふたりは免税店に立ち寄った。

「すまなかったね」レッケが言った。「気づくべきだった」

最初、彼女は答えなかった。

それから不快感をあらわにして言った。「あの人たち、いったいどうしてこんな卑劣な真似ができるの？」

「わからない。でも、僕が思うに……」

レッケの手が彼女の手に触れた。レッケは様子をうかがいながら微笑んでいる。

「何ですか？」

「あいつらはきみのことを甘く見ていた。どうして気づいたんだい？」

ミカエラは、近くの棚から歯磨き粉のチューブを手にとった。

「あなたがキッチンへ行ったときのブルックナーの目です。何かよからぬことをたくらんでいるように見えました。でもそれ以上に、あの人が出ていったときの目つきが、ものすごく満足しているみたいに見えたんです」

「そうだな。あの男はもう観念しているかと思っていたが、そんな様子が全然なかった。僕も怪しいとは思っていたよ。だけどさすがに、きみの手荷物に何かを仕込んでいるとは思わなかった。どうしてそこに気づいたんだい？」

ミカエラはレッケの目を覗きこんだ。

「説明してもわかってもらえるかどうか」

「試させてくれないか？」

ミカエラは言っていいものかどうかためらった。レジへ向かうレッケの堂々とした態度も気になった。

「あなたは、どこへ行っても自分が敬意をもって扱われてることに気づきもしない。その一方でわたしは、どこで呼び止められるだろう、っていつもびくびくしてる。子どものころから背負ってる重荷です。ヒュスビー出身の移民についてまわるもの」

レッケが彼女をじっと見る。

「きみのものを見る目の鋭さはそのせいだと？」

「そうだと思います」

「素晴らしい財産だ。きみが苦労して手に入れた財産。本当に……」

レッケは彼女の肩に手をまわし、ぎゅっと引き寄せた。

「何ですか？」彼女は言った。

「すごいな、きみは」


カブール、一九九七年四月三日深夜から四日未明

ラティーファは彼が地下室へ下りていくのを見ていた。懐中電灯の光が彼の足元を照らし、サッカー

シューズが慎重に、一段ずつ階段を下りていく。彼女は心のなかでつぶやいた――〝これは間違ってる、狂気の沙汰だ〟。地下は牢獄か墓穴のように見えるかもしれないが、彼女にとっては神聖な部屋だ。体が青白く痩せ細り、発作の頻度が増していく以外に時の経過も感じられない、心休まらぬ閉ざされた日々のなかで、彼女が逃げこめるたったひとつの場所。この地下室で、彼女はヴァイオリンを弾いたり手入れしたりするだけでなく、隠してある本を読むこともあった。

しかしいま、彼がその場所へ下りていく。彼のことは知っていると言えるほども知らないが、かつては短いあいだながらも心を動かされていた相手だ。それまで彼女が出会った誰よりも敏感な心で、彼女が奏でる音のひとつひとつを受けとめてくれているように思えたから。いったいどうすればいいのだろう？

窓の向こうの街と山々に目を向ける。人の気配はどこにもなく、すべてが闇に包まれている。空に星はなく、礼拝の呼び声ももう聞こえない。家々の明かりは消えて、遠くに立ち上る煙が見えるだけだ。きっとあれはどこかで惨劇が起きたしるしだろうと思った直後、下から彼が呼びかけてきた。

「きみは来ないのかい？」

逃げなくては、と彼女は思った。タイシールと父のもとへ逃げるのよ。「いま行くわ」と彼女は言った。そして、これはただの愚行ではない、と感じた――演奏がしたい。危険かもしれないという思いが願望をいっそうかきたて、彼女は階段を下りた。汗の臭いがさっきよりもひどい。強い臭気が土の匂いと湿気と混ざり合うなか、彼女はほとんどためらいもせず床板の一枚をはずし、ガリアーノの入ったヴァイオリンケースを取りだした。ケースをあけ、張り詰めた手つきでヴァイオリンを撫でた。

「弱音器《ミュート》をつけるわ。誰にも聞かれたくないから」

「必要ないよ。でも、調弦《チューニング》はいるんじゃないか？」

「ええ、いまから」

彼女はチューニングを始めたが、動きは緩慢だった。手が震えているし、懐中電灯を下におろしたので、彼の顔も見えない。

だから場の雰囲気を知る手がかりは、彼の息遣いと声だけだった。声に緊張が感じられる。このあとに来る大きな、儀式に似た瞬間を待っているかのようだ。それがいいことなのか悪いことなのか、彼女には判断がつかなかった。ただ、自分がこれから人生最大のコンサートの舞台に引き上げられるのだ、ということはわかった。


タクシーが停車し、ふたりは降りた。ミカエラはあたりを見まわした。降り立ったのはケルンのリンデンタール地区だ。長い並木道のある公園に隣接した白い集合住宅に、モハメド・サルワニが暮らしている。一階にはインド料理店が入っていた。時刻は十二時半。ふたりは無言のまま階段で二階へあがり、呼び鈴を鳴らした。

ほどなくドアが開き、小柄で、腰が曲がり、髪の薄くなった男に出迎えられた。男は半ば閉じた目でふたりを見ている。一目見て、多くの目撃者が彼のことを重要ではないと考えたわけがわかった。ハエも殺さないような顔をしているのだ。腕も脚も細く、人懐っこく好奇心に満ちた目をしている。けれど、グリムスタで目撃されたときの様子とは異なり、いまは丈の長いブルーのシャツに白いズボン、アフガン伝統の印象的な金の刺繍《ししゅう》が入ったベストをすっきりと着こなしていて、気品を漂わせていた。

「ようこそお越しくださいました。お会いできて光栄です」

「こちらこそ」レッケが言った。

「ご提案のとおり、息子のタイシールを呼んでおります。ダルマン・ディラーニも」

「素晴らしい」レッケはリビングの茶色いソファにすわっている男ふたりのほうへ進んだ。「はじめまして、ハンス・レッケと申します。こちらは仕事仲間のミカエラ・バルガス」

男たちはぎこちなく頭を下げ、挨拶を述べた。タイシールもダルマンも、モハメドのような洗練された愛想のよさはなく、彼女を見る目には敵意が感じられた。とくにタイシールのほうはそれが顕著で、昔ルーカスに群がっていた若者たちとどこか似ている。ガードの固さを示すような体つきも、絶対に弱みを見せないと決めたような目も同じだ。

「お会いできてよかった。あなたがたのことをずっと考えていましたから」レッケが言った。

レッケの言葉を、タイシールは侮辱と受け取ったようだった。だが、レッケは気にとめず、室内を見てまわりはじめた。

「なんと素晴らしい。美しい小さな博物館のようだ」そのとおりだった。世界中のさまざまな時代の品がある。けれど、ミカエラの目にはこれといってとくべつに映るものはなかった。ただ、部屋のあちこちに無造作に置かれた書物と、チェストとテーブルの上に置かれた何体もの小さな木像だけが目を引いた。壁にはびっしりと写真が飾られ、ラティーファだけでなく、ほかの有名なヴァイオリニストが写っているものもあった。レッケはとくに、部屋の奥のチェストに置かれた一冊の本に目をとめたようだ。『エミリー・ディキンスンの庭』というタイトルが見える。モハメド・サルワニが近づいていく。脚を少し引きずっているが、笑みを浮かべたままだ。とはいえ、レッケが自分の持ち物に触れるのを喜んでいないのは明らかだった。

「エミリー・ディキンスンはお好きですか？」モハメドが尋ねる。

「もちろんです。嫌いな人はいないでしょう。花を愛した詩人ですね」レッケが言った。

「ええ、ほかの誰よりも」

「けれど、彼女は美しい花の詩をしたためただけではありませんよね？　押し花という芸術も心得ていました。見てください、この美しいスミレを……」

「とても美しい」モハメドはそっけなく言った。

「だが、繊細な花だ。ちがいますか？　丁寧に世話をしてやらなければならない」レッケが言った。

　モハメド・サルワニは張り詰めた笑顔で答えた。

「おっしゃるとおりです。だからこそ、スミレはあれほどまでにシェイクスピアの心をとらえたのでしょう」

「いや、まったく。言われてみればそのとおりです。オフィーリアはハムレットに何と言いましたっけ？　スミレの花もあげたいけれど、父が亡くなったときに全部萎《しお》れてしまった、でしたか」

「悲しい場面です。しかし、エミリー・ディキンスンがしたように、押し花にしたなら、花は永遠に生きられます」モハメドは言った。

　レッケが声をたてて笑った。

「まあ、花たち自身がなりたかった姿かどうかはわかりませんがね。ところで、スミレが象徴するものは何だと思われますか？」

「よく言われるのは、忠誠と愛でしょうか」

「愛とはもろく壊れやすいものですよね？　オフィーリアのように」

「ずいぶんと思い切った解釈をなさるものだ」

　レッケは考えをめぐらしているようだ。

「おそらくおっしゃるとおりでしょう。僕の思考はいとも簡単にどこかへ行ってしまう。では、〝イリス・アフガニカ〟が象徴するものは?」

モハメドがびくりと震えた。少なくともミカエラにはそう見えた。とはいえ、それはほんの一瞬の出来事で、彼はすぐにさっき彼らを出迎えたときと同じ、愛想のよさと自信に満ちた態度に戻った。

「わたしの知るかぎりでは、とくに決まった象徴はないと思いますよ。ですが、われわれカブール出身の人間にはとても大切な花です。あの地方で発見された、当地に固有の品種ですから」

「ええ、よくわかります。アサマイ山にも自生しているのではないですか? お嬢さんが住んでいらした場所です」

「それはありえます」

「そうでしょう。きっと自生していますよ。エネルギッシュな花だ。ラティーファに少し似ている。そうは思われませんか?」レッケは本のページをめくりつづけた。「ディキンスンがこの花を押し花にしたことがあったかどうかはご存じですか?」

「それはないでしょう」

「まあ、おっしゃるとおりでしょうね。人も植物も、あの時代にはそう簡単に旅をしませんでしたから」

レッケはソファのふたりのところへ戻り、モハメドとミカエラにもすわるよう身振りでうながした。この場を仕切るつもりなのだ。

「カブールご出身のかたのお住まいにしては、英米の文献がひじょうに多くはないですか?」

モハメドはコーヒーテーブルの上に出していた、ナッツや菓子の入った器を、指先で軽く動かした。

「カブール市内の英国人居住地区で育ったものですから」

「ああ、そうでしたね。存じ上げています。それで西洋の音楽に興味をおもちになった」

「知ってるなら、なぜ訊くんだ？」タイシールが口をはさんだ。

レッケはにやりと笑った。

「いい質問だ。僕は修辞疑問に並々ならぬ情熱を燃やしていましてね。では質問はやめにして、率直に話し合いましょうか。あの雨の日に、あなたがたをグリムスタ・スタジアムまで出向かせた、不幸な事情について」レッケは言い終わると、ピスタチオに手をのばした。ミカエラはコーヒーテーブルを囲む空気が殺気立つのを感じた。


カブール、一九九七年四月三日深夜から四日未明

彼女は少女のころからもっていた茶色の椅子に腰かけて、ヴァイオリンを弾きたいという気持ちを全身で感じていた。だが同時に、同じくらい切迫した気持ちで、いま起きていることが何なのかを理解したいとも思っていた。だから彼女は静かに言った。「ごめんなさい、とても緊張していて。あなたの顔が見えるところで弾きたいの。明かりを向けてもかまわない？」

「ああ、いいよ」彼は言った。

懐中電灯の光で彼の姿を照らす。だが光を直接顔には向けず――そうするのはあまりに攻撃的な気がしたから――彼の喉から胸のあたりを照らした。光のなかに彼の顔立ちが影のように浮かびあがる。暗がりのなかで瞳だけが輝きを放っていて、彼女は少しも気持ちが落ち着かなかった。やがて言った。

「モスクワでは、どうしてあんなに感動していたの？」

彼は一歩あとずさった。それで顔がさらに暗くなった。

「わからない」と彼は答えた。それは、ラティーファが聞きたかった答えではなかった。

ほとんど無礼にも感じられた。それは、彼の臭いがいっそう強くなっている。あるいは、恐怖を感じているせいで、彼女の感覚が鋭くなっているのかもしれない。自分はいったい何をしているのだろう、と彼女はまた思った。すべてを危険にさらしてもいいと思うほどに称賛を求めているのか？　本当のところ、いったい何を期待しているのだろう？　モスクワでのように、彼に絶賛され、涙を流してもらえること？

「聞いた？　楽器を壊してまわってる人たちがいるって。音楽家が何人も行方不明になってるそうよ」

「ああ、聞いたよ」

「でも、あなたはわたしのヴァイオリンを壊したりしないわよね？」彼女は言った。「そんなことになったら父が絶望するわ。本当のところ、これはわたしたちのものでさえないのだし」

彼は首を振ったが、そのしぐさに説得力はなく、彼女は何か友好的な、承認の言葉をどうしても聞きたくてたまらなくなった。

「でも、モスクワでは、美しいと思ったのよね？」

「それは……」言葉を発するのが苦しいみたいに、彼は口を開いた。

「何？」

「美しいと思ったよ」彼は言い終えた。

これでよしとするのよ、と彼女は自分に言い聞かせ、あらためて準備を整えた。自分の命がこの演奏にかかっているという、奇妙な感覚に押されるようにして。

もちろん馬鹿げたことだ——本当に、ただの馬鹿げた妄想であればいいのだが。それでもこの奇妙な感覚は消えていかない。いまのこの状況には、何か宿命的なものがのしかかっている。ラティーファはヴァイオリンを首にあて、弓を上げると、暗がりに浮かぶ彼のシルエットを見つめる。彼の右目が見えた。期待に輝く目だ、と彼女には思えた。それでも心は軽くならなかった。暗闇に隠れている彼の左目が、敵意をもって威嚇するようにこちらを見ている気がした。まるでふたりの人間がいるみたいに——ひとりは彼女の音楽を愛し、もうひとりはそれを憎んでいる。

ひび割れた壁の裂け目から、水が一滴したたり落ちた。血液が体内を駆けめぐり、首や手首で脈打つのを感じる。彼女は演奏を始めた。〈タイスの瞑想曲〉。モスクワで弾いたのと同じ曲だ。けれどあのときとはちがい、初めはためらいがちな、自信のない音になった。だが、ほかにどんな音が出せる？ 恐怖におびえているのだ。いますぐ弾くのをやめて彼に同情を求めようかとも考えた。彼女は目を閉じ、いま感じている恐怖を利用しようと集中した。すると、何かが起きた。

音が命を取りもどす。彼女は流れに身をまかせた。絶望のすべてを楽曲にのせて、ついには昔のように上体を前後に揺らしていた。トランス状態のようになり、曲を弾き終えてヴァイオリンを下ろしたあとも、目を閉じてすわったままで、拍手喝采が沸き起こるのを待った。あるいは平手打ちか、拳骨《げんこつ》か。何でもいい、何かが起こるのを待った。だが沈黙が続いた。聞こえるのは彼の息遣いだけで、ラティーファは目をあけ、暗闇を凝視した。

彼の右目が、あのときと同じように涙を流しているように見えた。よかった、と彼女は思った。けれど、彼は同時に不満を示すかのように首を振ってもいる。彼女は声にならない声で問いかけた。

「良くなかった？」

彼は答えなかった。はっと凍りつき、固まっていた。まるで彼女の問いかけに恐怖を覚えたかのように。だがつぎの瞬間、彼が固まっているのは自分の問いかけのせいではない、とラティーファは気づいた。頭上で足音が響いている。ほんの一瞬、彼女は安堵した——タイシールが来たのだ。きっとそうだ。

わたしを守るために来てくれたのだ。こんな夜中に男の人を家に入れたことに激怒はするだろうけれど、そんなことはもう、全然たいしたことではない。この沈黙があと一秒でも続くくらいなら、兄に千回でもぶたれたほうがまだましだ。彼女は耳を澄まし、タイシールが歩くときの独特のリズムを期待した。だが、足音はもっと重く、硬かった。ハッサン・バロザイは彼女と同じくらいおびえているように見える。彼女はヴァイオリンを握りしめた。

レッケは何も言わず、腰かけた木の椅子の上で身を前に乗りだしている。その隣の茶色い肘掛け椅子にすわったミカエラは、取調べを始めるべきなのだろうかと考えた。もっとも、これは正式な取調べでも何でもない。ふたりのどちらも録音の準備をしていないし、弁護士も同席していない。だが、レッケが本題からそれた話をしたあとで、自分が率先して話を進めたいという思いがある。ミカエラはモハメド・サルワニのほうを向き、言った。

「あなたは以前にも聴き取りに応じていますね。その際、あなたはジャマル・カビールという名の人物を知らず、娘さんも絶対に知らなかったはずだと答えています。答えに変わりはありませんか？」

モハメドはレッケのほうを向いて答えた。まるで彼が質問をしたみたいに。

「変わりありません」

「ハッサン・バロザイという人物も知りませんか？」ミカエラは訊いた。

モハメド・サルワニは息子のタイシールを見た。ほんの一瞬だったが、ミカエラの確信を強めるにはそれで充分だった。揺さぶりをかけることができたのだ。それが感じられた。

「ええ、知りません」

「たしかですか？」ミカエラが問い詰める。

モハメドがうなずく。レッケはこのドラマでよき警官《グッド・コップ》を演じるつもりらしく、あたかも充分納得したような顔をしている。〝人の名前なんて思いだせなくて当然ですよね？〟とでも言うように両腕を広げた。

「でも、あなたはいま、このハッサン・バロザイがいったい何者なのか、興味を引かれたのではありませんか？」彼女は言った。

「好奇心は美徳です」モハメドが言った。「誰なんです、その人は？」

「モスクワで短期間、ラティーファといっしょに学んでいたヴィオラ奏者です」

「そうですか」モハメドは不自然なほどに落ち着いている。

「彼もカブールのエレナ・ドルゴフの音楽学校にいました。ですが、モスクワでほんの短い期間を過ごしたあと、パキスタンへ帰国して、ヴィオラはやめてしまったんです。カブールに戻ってきたのは一九九六年、タリバンが街を制圧したときでした。彼はジャマル・カビールと名乗るようになりました。そして、タリバン政権による音楽家弾圧にかかわっていました」

「そうですか」

「ええ、そうです」ミカエラはこの先をどう進めようかと考えた。が、続けることはできなかった。レッケが邪魔して申しわけないとでも言うように、咳払いをしたのだ。

「バロザイはおもしろい男でして」彼は言った。「音楽家たちに戦いを仕掛けるばかりでなく、自分自身とも戦っていたのだと思います。われわれ誰しも身に覚えのあることではないでしょうか？　かつて自分のなかで燃えていた情熱の源を、今度は壊したくなる。手に入れることのできないものへの渇望を潰したくてたまらない」

「わたしにはよくわかりません」モハメド・サルワニは言った。

「ならばきっと、あなたは僕よりも健全な心の持ち主なのでしょう」レッケが言った。「僕はあらゆる人間の愚行に感情移入するという、困った傾向がありましてね。少なくとも、僭越《せんえつ》ながらできるかぎりそうしたいと考えている」

「そのような姿勢で事件の捜査に臨むのは、良いことなのではないでしょうか」

レッケは両腕を広げた。

「ええ、そうかもしれません。ですが、僕がいま何を考えているかはおわかりになりますか？」

「いいえ、わたしには」

「自分の手に届かない何かを壊したい願望というのは、多くの場合、われわれのなかでひそかに時を刻む暗い願望にすぎない。ですが、ときに――たとえば中国で文化大革命が起きたときなどのように――その願望を正当化するシステムが生みだされてしまうことがある。破壊したいと思うわれわれの願望に、イデオロギーの上部構造が与えられる。そうなると、事態がひどく悪化することもある」

「たしかに、そうでしょうね」

「とはいえ、そのこと自体が本題ではありません。いまの僕は、殺人犯、卑劣な加害者よりも、被害者と被害者の周辺にいる人々に興味がある。法が彼らを守ってくれないとき、彼らはどうするのだろう？　妬《ねた》みに駆られた者たちが暴れまわっても、何の罰も下されないとしたら？」

モハメド・サルワニはそわそわと身をよじらせた。

「その場合は、自分たちで罰を下すしかないでしょうな」

「そうです。まさにその考えに、僕は以前どことなく惹きつけられていた。法の支配が正しく機能していないとき、われわれは独自の陪審、独自の法廷をつくりだす」

モハメドは息子に視線を送りつづけている。

「そういうものでしょうか」

「ええ、そうです」レッケは続ける。「恐ろしい考え方だと最近は思うようになりましたが、それでもまだ、美しいと思わないこともありません。法が機能しなくなった時代でも良識が維持される、という保証になる。法の長い手が空《くう》をつかむようなら、われわれは自らの手を使わねばならない。こういう考え方をどう思いますか、タイシール？」レッケはモハメドの息子のほうを向いた。

「糞《くそ》みたいなこと言ってるとしか思わねえよ」タイシールが急に攻撃性をむきだしにして言った。

「では、謝らねばなりません。というのもですね、おわかりいただけていることを願いますが、僕はあなたがたに心から同情しているし、それに、タイシール、あなたとダルマン・ディラーニがここにいてくれて、うれしく思っているんです。この事件には何人もがかかわっていると予想していましたからね」

モハメド・サルワニは息子のほうを見るのをやめて、誇りを取りもどしたかのように背筋を伸ばした。

「なるほど、そう予想していらしたのですね？」笑みを浮かべて言う。

レッケは悲しそうにミカエラを見た。

「ええ、じつは」レッケが答える。「このストーリーの各要素をつなぐものを、最終的に突きとめたのは、ここにいる僕の仕事仲間のバルガスです」

モハメド・サルワニは茶を飲み、暖炉のほうに目をやった。その上には、若き日のラティーファの肖像が額に収められて飾られていた。モハメドはまるで彼女に助けを求めているかのように見えた。

「どのようにつながるのですか？」彼は言った。

「それをこれからお話しするところでね。明快《クラリタス》、明快《クラリタス》ですよ、僕がいつも言うようにね」レッケの左脚が震えはじめている。「ですが、そのまえに――タイシール、申しわけないがあなたにもうひとつ、答えのわかりきった質問を投げかけずにはおれない。というのも当然ながら、グリムスタの森で起こったことをいちばんよく知っているのはあなたなのだから。ハッサン・バロザイは受けるにふさわしい罰を受けたのだろうか？　どう思う？」

「それは、そいつが何をしたかによるだろ。ちがうか？」タイシールはぞんざいに答える。

レッケは思案顔でその先を続けた。

「彼が何をしたかなら、われわれみんな知っているんじゃないかな？　いや、もっと正確に言えば、あなたがたが何を知っていると思っているか、僕たちは知っている。というのも、一九九七年四月四日未明のカブールで、あなたの妹さんに何が起こったか、正確に知る者はどこにもいないのだから」

「ああ、いない」

「しかし、状況証拠はたくさんある。そうですね？　ほかの人たちが見落としても、あなたがたは見逃さなかった」

モハメド・サルワニはそわそわと落ち着きをなくし、ふたたびラティーファの肖像に目をやった。

「たとえば？」

「現場で発見された小さな痕跡とか」

タイシールとダルマン・ディラーニが小さく視線を送り合っている。ミカエラには何かの合図に見えた。だが、ちがうかもしれない。レッケを見ると、憂いを帯びた表情で三人を見ている。

「ゆうべはあなたがたが地下室で撮ったラティーファの遺体の写真を、何時間も眺めていました。それでひとつ不思議に思いましてね。地下室の床板ですが、どうして全体に敷き詰めなかったんですか？」

モハメドは窓のほうに視線を動かす。

「湿気と腐食の問題がありました。それで床板の一部を外さなければならなかった。ヴァイオリンが心配だったんです」

「それはお気の毒に。しかし、われわれのどちらにとってもありがたいことでしたね、ちがいますか？　というのも昨日僕は、彼女の遺体と壊されたヴァイオリンのそばに、小さな穴がかすかに見えるのに気づいて、興味を引かれた。いったい何だろうと初めは思いました。たくさんありましたしね。ですが目を凝らしているうちにわかりました——滑り止めのスタッドの跡だとね。スタッドのついた靴を履いて、土の上をそわそわと歩き回ったがゆえについた跡だと。たしかに、スタッドのついた靴といってもいろいろある。ですが、サッカーシューズで歩いた跡のように思えたのです。そうお思いにはなりませんか？　とくに……失礼、じつは写真をもってきています。少々お待ちを」レッケはバッグから写真を取りだし、コーヒーテーブルに置いた。そして「ここです」と、写真に写った小さな白い汚れを指さした。「見えますか？」

男たちは誰も見ようとしなかった。だがレッケはおかまいなしに続ける。

「ゆうべはこの白い汚れのことばかり考えていました。ためつすがめつ、あらゆる角度からじっくり見て。それで確信したんです。これは塗料の筋にほかならない。しかし、おもしろいのはそこではありません。その塗料がばらばらに崩れていない。ついたときの状態がほぼ保たれているんです。刷毛《はけ》などよりも明らかに強い、均一な圧をかけて塗ったものだ。たぶん専用の機械でしょう。道路に白線を引くときに使うような。サッカー場のライン引きにも使われます」

モハメド・サルワニは茶に口をつけた。自信を取りもどしたように見える。

「素晴らしい観察力ですな、教授。ひじょうに興味深い。ですが、証拠としては不充分ではありませんかな」

「もちろん、おっしゃるとおりです。ですが、これでますますあなたがたの距離は縮まったのではありませんか？　あなたがたと、あの不幸なヴィオラ奏者との距離です。ちがいますか？」

「あの男を不幸だなどと言うな」タイシールが噛みつくように言った。

「まったくです」レッケは穏やかに続ける。「彼の気持ちに寄り添うのはやめにすると約束しますよ。僕はあなたがたの味方です、とくにいまは――イン・ドゥビオ・プロ・レオ」

「どこの言葉をしゃべってやがる？」タイシールが変わらぬ怒りをあらわに言った。

「いや申しわけない。つい悪い癖で、ラテン語です。イン・ドゥビオ・プロ・レオ。〝疑わしきは罰せず〟。それに、あなたがたが司法制度の空白を埋めたと言いましたが、本当にそう思っていますし、個人的には全部忘れてもいいと思っています。ただ、ひとつだけ、僕の頭を悩ませていることがあります」

「何ですか？」

「正義の鉄槌《てっつい》が下されるときには、いつも同じことに悩まされます。罰せられるべき人が本当に罰せられたのか？　復讐を果たした者たちは、熱くなりすぎて結論を急ぎはしなかったか？　地下室にはほかの足跡もあったのですよね？　もっと大きな靴の跡が」

男たちが心配そうな顔でレッケを見る。その瞬間、これはもう間違いないとミカエラは確信した。彼らは全員、身に覚えがあるのだ。彼らのとつぜんの不安に、言葉にされない疑問に、それが表れている――〝もしかして、自分たちは間違った相手を殺してしまったのか？〟

カブール、一九九七年四月三日深夜から四日未明

彼はラティーファの後ろ側に来るように、二、三歩脇へ寄った。それは彼女の視線を避けるためだけではなかった。

彼女の背中が見たかった。モスクワでそうしたように。とはいえ、もう同じ背中ではなかった。ラティーファは痩せて、体から血の気が抜けてしまったみたいになっている。病に侵されているにちがいない、ひょっとしてもう先は長くないのか。そう思うと心が揺さぶられたが、何かに勝ったような喜びを同時に感じたことも事実だった。彼は身震いした。なんという演奏だ！　こんなに美しく音を奏でる者など、彼女をおいてどこにもいやしない。

その場にくずおれて泣きたかった。曲はモスクワで聴いたのと同じ〈タイスの瞑想曲〉だ。けれど、あのときとはちがう。願望と悲しみよりも、囚《とら》われの身であることと恐れを、音楽で描きだしているように感じられた。このときの彼にはまだ知る由もなかったが、のちに彼は〈ソルトピット〉で、この音楽の記憶を呼び起こして生き抜くことになる。だがこのとき、この地下室では、ふたつの相反する気持ちが彼のなかで葛藤《かつとう》していた。ここを去りたい、だがこの場にとどまりたい。故郷の町ミルプールに帰りたい、だがここにもいたい。彼女はモスクワのあのときと同じように、ゆったりとビブラートをきかせて音と音のあいだを滑るように演奏している。それが母の子守歌を、夕方の広場で聴いたシタールの音色を思いださせ、彼は何時間でも聴きつづけていたいと思った。だが一方で、この音楽をやめさせた

い、この痛みをもたらすもの、呼び覚まされたすべてを止めたい、という気持ちもあった。彼は手をのばし、ラティーファの背中に触れようとした。

だが彼の手は、むしろ襲いかかりたがっているかのようにこわばった。その手をひっこめ、腰に隠したトカレフに触れると、興奮の波が押し寄せた。撃て。どこからともなくその考えが頭にすべりこんできた。撃つんだ。だが、考えたとたんに怖くなり、彼はふたたび音楽に吸いこまれていった。完全に足場を失い、いまなら何でもできそうな気がした――彼女を撃つことも、彼女と逃げることも。演奏を終えた彼女に、まともな言葉のひとつもかけられなかったのは、おそらくそのせいだ。代わりに、ほとんど無自覚なままに何かをつぶやいていた。そのときだった。頭上から足音が聞こえ、彼は恐怖にとらわれた。彼女の兄が戻ってきたと思ったのだ。だがつぎに聞こえたのは、聞き覚えのあるドタドタと歩く音で、ガマルだとわかり、彼は安堵の息を洩らした。だが安堵もつかの間、彼はまたしても恐怖にとらわれた。さきほどとは別の恐怖、ある意味、彼とラティーファの距離を縮める恐怖だった。

彼女を見つめる。ふたりとも同じテンポで息を弾ませていることに驚いたそのとき、ガマルが階段を下りてきた。脅すようでありながら、のんきにも聞こえる声で言った。

「アッサラーム・アライクム。邪魔をするつもりはない。続けてくれ」

37

「どうしてわかったと思いますか？」レッケはモハメド・サルワニに向きなおった。「ゴシップがあまりに少なかったからです。指先に血が滲むまで猛練習を重ね、指揮者になることを夢見たヴィオラ奏者が、カブールへ戻り、今度は演奏する代わりに楽器を壊しはじめた――恰好の噂のたねだとは思いませんか？　それなのに、たとえばクラリネットを壊されたエマ・グルワルは、そのことについて一言も話そうとしなかった。バロザイを知っていたのは明らかなのにもかかわらずです。ダルマン・ディラーニは、ラティーファを愛していたにもかかわらず、推測でわかることすらわれわれに伝えなかった。わりあい早くに気づきましたよ。ラティーファを殺しただけでなく、彼女が学んだ音楽学校の同窓生たちの多くを弾圧した人物に、復讐をするという決断が下されたのだろう、と。いや、判決、と言うのがよいでしょうか。かなりの人数が――仲間全員が――この件を承知していたにちがいない、と。僕は芝居がかった考え方をする癖があるので、固い誓いを交わす場面さえあったのではないかと想像します」

タイシールはソファの上でもぞもぞと落ち着かず、立ち上がりそうな姿勢になった。

「だが、証拠がない」彼は言った。

「そうですか？」レッケはミカエラのほうを向いた。

「新しい証言が出てきたんです」ミカエラは言った。「タイシール、あなたがカビール殺しの現場にいたことはわかっています。あなたの首のタトゥーを見た人がいたから」

「そんなの、証拠でも何でもない」

「それから、あなたのお父さんの押し花。あなたがたは心のどこかで、世界に知らしめたいとも思っていた。真実を語りたくて仕方がなかった。ちがいますか？　なぜならレッケ教授がいま言ったように、あなたがたはみな心の奥底で、自分たちは正しいことをしたと信じているから。そうでしょう？」威厳たっぷりの言い方をしたことに、ミカエラは自分で驚いた。

タイシールが激怒したようすで立ち上がった。だが、彼の父親がすわれと合図した。

「申しわけありません。息子は頭に血がのぼりやすいたちで」

「無理もありません」レッケが言った。「われわれがこうして押しかけて、古い秘密を墓場から引っぱりだしたんですから。それに今日はもう、話はここまでにしておいてもいいかもしれません。あとで弁明をなさる時間はたっぷりある。ですが、もしお許しいただけるならもうひとつ、ちょっとした質問をさせていただきたい」

タイシールは前のめりになり、威嚇するような目でレッケを見た。

「あんたの質問に興味はない。出ていかないとただじゃおかねえぞ」

モハメド・サルワニが首を振る。

「落ち着きなさい。ここはレッケ教授に胸の内を全部明かしていただこうじゃないか」

レッケは感謝を伝えるように、父子《おやこ》に笑いかけた。

「あの押し花のことをまた考えているんです。些細なことですが、どうも奇妙ではないでしょうか。あれをあの場所にのこしてくることが、どうしてそんなに重要だったのでしょう？」

「重要だったかどうかはわかりません。ですが、われわれは誰しもこういうことをするのではありませんか？　あなたがおっしゃったとおり、痕跡をのこすために。たとえそれが、アッラーのほかに誰ひとり見ることのないしるしであったとしても。というのも……」

モハメドが口ごもる。

「何でしょうか、ドクター」

「わたしは昔から植物が好きでしてね」モハメドは続ける。「押し花のことを、ずっと死にたいする抵抗のように感じていた。もちろん無駄な抵抗です。美しくはかないものを保存するため、それに圧をかける。ある意味、殺すのと同じことです」

「そうでしょうか？」

「それから、ご理解いただきたいのです、教授。ラティーファが撃たれて死んでいるのを発見したあと、わたしは絶望しました。自分の人生も終わったように感じた。それでも泣くことができなかった。まるで石に変えられてしまったようでした。それが、日の光のなかへ出て、あの子の家の前にアイリスの小さな花畑が育っているのを目にしたとき、はじめて泣き崩れたのです。わたしは地面に膝をつき、咲いていた花を一本摘みとりました。それを押し花にしたのです。わたしにとっては重要な意味をもつ花になりました。まるでラティーファの魂の一部がそこにあるかのような。これ以上うまく説明することはできないのですが」

レッケは窓のほうに目をやった。

「美しい、よくわかる説明でしたよ」と彼は言った。「まあ、その花を置いてきたのは間違いだったと、いまならわかります。気持ちは心の内にとどめておくものであって、記念に森にばら撒《ま》くような真似をするのはよくない。残念ながら、わたしは自分が望むほどに合理的な人間ではないのです」

「人はみな矛盾を抱えているものです。だからこそ人は興味深い。ドクター、お詫び申し上げます。今日はあなたがたにとって試練の日でしたね」とレッケが言ったのが、なぜかミカエラの気に障った。

また口先だけでそんなことを言って。すぐ大げさな言葉を使うんだから、と思ったのだ。そこで、さっきまでとはちがう口調で、怒りを抑えながら言った。

「では、あなたは、ジャマル・カビール殺害への関与を認めるわけですね？」

モハメド・サルワニは娘の肖像に目をやり、両手を胸に当てた。

「認めます」と彼は言った。「それから、この件には多くの仲間がかかわっていたことも認めます。その点についてもあなたがたは正しかった。われわれは自分たちを法廷であり、陪審団だとみなしていました。娘を殺した犯人を罰したかったのです。自分自身が挫折を味わい、神聖なものをこの世にもたらすどころか、それに近いものすら生み出すことができなかったというだけで、わたしの娘の命を奪ったのだから」

レッケはいま聞いた言葉の意味を考えているようだった。震えだす自分の左脚を止めるように手をやる。

「おっしゃるとおりかもしれません――だが、彼自身はおそらく、そんなふうには考えていなかった。われわれはみな、自分を騙すことに長けているものでしょう？」

モハメド・サルワニは、自分の両手をもう一度見た。そして、なだめるような目で息子を見た。

「ええ、そうかもしれません。ですが、犯人が自分に嘘をついていたとして、われわれにそれを考慮する義理はありません」

「もちろんです。しかし、彼は本当に犯人だったんでしょうか？　それが問題だ」

「当然ながら、そんなふうに言われれば心配にはなります。ですが、われわれのなかでは疑いがありません」

ミカエラが前に身を乗りだして言った。

「どうして断言できるのか、説明していただけませんか？」

モハメド・サルワニは目を閉じた。慎重に言葉を選んでいるのだろう。

「事件の前日に、あの男が娘の家の前に立っているのを見ました」彼は言葉を詰まらせながら話しはじめた。「そのときはまだ、彼が誰なのかを知りませんでしたし、気にもしていませんでした。害はなさそうに見えましたし、むしろ滑稽とすら言える服装をしていて、なんというか、その場から浮いて見えたんです。しかし事件のあと、わたしはあの男のことを疑問に思いはじめました。答えを見つけるまでに時間はかかりませんでした。あの男は奇妙な身振りをするサッカーの審判員で、人からは好かれているようでしたが、タリバンの音楽家弾圧にもかかわっている人物だということでした。それであちこちに電話をして話を聞き、最終的にエマ・グルワルから全容を聞いたんです。ラティーファは彼女に、モスクワ留学中、夜中に部屋に駆けこんできたヴィオラ奏者の話をしていました。話の足りないところは、ここにいるわが友人のダルマン・ディラーニが話してくれました。事件のあと、バロザイが深く意気消沈していたらしい、という話も耳にしました。ほとんど外出しなくなり、数カ月のあいだサッカー審判員の仕事も引き受けなかったとか。さらにラティーファの隣に住んでいたガーニ家の人々が、あの男は事件当夜も来ていたと教えてくれました。そして、ええ……あなたが目敏《めざと》く気づかれたとおり、地下室の床板を外した下の地面に、スタッドでついた跡と塗料の細い筋が見つかった。ですが、何より――この点が決定的でした――犯人は娘と面識があり、娘が信頼していた人物だろうと確信したのです。でなければ、娘が地下室に下りてヴァイオリンを取りだすわけがない」

　モハメド・サルワニは黙りこんだ。ミカエラはレッケを見た。さらに質問をしようとしているのか、言葉を探しているみたいに見えた。だが、結局は何も言わなかった。そのあいだにモハメド・サルワニは立ち上がり、弁護士に電話すると言った。

カブール、一九九七年四月三日深夜から四日未明

白いトンボンを身に着けたガマルが、カラシニコフを持って闇のなかへ下りてきたとき、ハッサン・バロザイははっきりと自覚した――自分はどちらにも属していない。もはやラティーファのような音楽

家ではないが、ガマルのような人間でもなく、いまの彼はこの男を追い出す以外に何も望んでいなかった。だが、それはもう不可能だ。

　自分は体制側なのだという幻想を壊さないために、彼は答えた——「ワ・アライクム・アッサラーム。ラティーフファがヴァイオリンを見せてくれていたんです」ガマルは一歩前へ出た。

「で、おまえのために演奏もした。ちがうか?」

「ほんの少しです」ハッサンは腰のトカレフに手をやった。緊張のあまり無意識にそう反応したか、あるいは、自分はこの状況をきちんとコントロールしている、理性を失って音楽に没頭したりはしていない、と示すためだったかもしれない。だがその意味ではしくじった。

　武器を握る手が震えている。自分が信心深い戦士であるとはまったく感じられなかった。

「おれのためにも弾いてくれないか?」ガマルが言った。

ラティーフファが不安そうに首を振る。自分がやめさせなくては、とハッサンは思った。だがどうすればいいのかわからない。ガマルの同情を請うなど無理だ。ガマルの目に映るラティーフファは娼婦《しょうふ》でしかない。〝彼女のことは放っておいて、ほら、行きましょう〟などと言えるわけがなかった。別の逃げ道を探さねばならない。そして、思いつくかぎりで最良の方法は彼女に演奏させることだと思った。ガマルもかつては音楽をやっていたことがある。もしかしたら、わかってくれるかもしれない——少なくとも、ある程度までは。

「さっきの曲、もう一度弾いてくれないか?」とハッサンは言った。「傷つけるようなことはしないから」

だが、信じてもらえるとも思えない——初めて会ったときにハッサンをおびえさせた、情け容赦のない視線を向けながら、ギラリと目を輝かせて立ちはだかるガマルの巨体を目の前にしては。ラティーフファが恐怖に縮みあがるのも無理はない。

「強制はしない」とハッサンは言ったが、もはやラティーファは彼の言うことなど聞いてはいなかった。いまやこの地下室の支配権はガマルにあった。ガマルが弾けと身振りで示すと、彼女はさっき以上にためらいながらも弾きはじめた。だが数分すると、もっとやるせない曲に移行した。聴く人の心を動かさない演奏などできないかのようで、ハッサンはすがりつくような思いでガマルを見た。

ガマルの顔は、見るものを不安にさせる、興奮した光の輝きを帯びていた。だが、別の何かもあるように見える。それはハッサンの想像にすぎなかったのかもしれない。たとえ聖戦のさなかにある戦士であったとしても、この音楽を聴いて心を動かされない人間などいるわけがない、と思ったから。

床から地下室をほの暗く照らす懐中電灯の光のなかを、ガマルは見まわした。その視線がハッサンの腰のトカレフに止まった。拳銃の重みが増して感じられ、不意に思いもよらぬ考えがハッサンを襲った――ラティーファは自分自身への鎮魂歌《レクイエム》を弾いている。彼はその考えを振り払った。だが、振り払ってもその考えは戻ってきて、彼女が弾く曲をさらに生き生きと響かせた。ハッサンは心のなかで思った――彼女に何も起こってはならない。いまは駄目だ。いや、そのあとだって。

それでも彼はガマルに視線を返さずにはいられなかった。ガマルのほうも彼を見た。まるで彼の気持ちを読んだかのように。そして、ささやいた。「アッラーは偉大なり《アッラーフ・アクバル》」その声は幽霊のようでありながら、同時に威厳をもって響いた。ガマルは同時にカラシニコフをつかみ、ほんの一瞬、銃口をラティーファではなくハッサンに向け、それから下へ降ろした。

ハッサンの全身に震えが走った。彼自身の命とラティーファの命とのあいだで選択を迫られているような気がした。もしかするとただの想像、狂気の瞬間に起きた過剰反応だったのかもしれない。のちに彼はこのときのことを何度も思い返した。だが、選択を迫られているという感覚は現実味を帯びる一方で、さらに心のどこかで、モスクワの記憶と挫折がちらつきはじめた。人生のすべてが猛スピードで頭のなかを流れていった瞬間、ガマルが咳払いをした。一歩前に足を踏みだし、ふたたびカラシニコフに手をやった。ハッサンは銃を抜き、撃った。

彼女の後頭部を撃ったとき、自分自身がまったく見知らぬ人間であるように感じ、時の流れの遅さに驚いた。まずヴァイオリンが床に落ち、弦が切れてブリッジのはずれる大きな音がした。一秒後、ラティーファが倒れた。もっと静かに、そっと着地するかのように。

「アッラーフ・アクバル」ガマルがまた言った。ハッサンもその言葉を繰り返し、遺体から顔をそむけた。そして地上への階段をのぼりはじめた。

背後に、ガマルの息遣いと、ヴァイオリンを踏みつけて粉々に壊す音を聴きながら。

モハメド・サルワニは電話を終えて戻ってくると、落ち着いた顔をして、ほかに質問はないかと訊いた。ないようなら祈りに時間を割くためこれで失礼したい、と。

「タリバンは」ミカエラが口を開いた。「犯人逮捕のために動こうとはしなかったんですよね」

「そうです。彼らにしてみれば、娘は当然の報いを受けただけでした」

「それであなたがたは復讐を画策した？」レッケが言った。

「あなたならどうなさいますか、レッケ教授」

「僕の自己認識では、まだそこまではわからない」

「いつかわかるだろうよ」タイシールが不吉なトーンで言う。

「そうかもしれないな」レッケは微笑みを浮かべた。

ミカエラは一同を本題に引きもどした。

「カブールでどうにかすることはできなかったのですか？」

モハメド・サルワニは、チェストの上のラティーファの肖像を力なく見やった。

「ラティーファの埋葬を終えたあと、わたしも息子も、息子の家族も、毎日のように嫌がらせを受けました。ペシャワールへ逃げる機会を得たので、逃げることにしたのです。だが、バロザイの居場所はかならず突きとめると誓いました。そしてある日、ずっとあとのことですが、アッラーのご慈悲のおかげで、あの男がスウェーデンにいるという話を耳にしました」

「テレビのリポートで足取りをつかんだのですよね？」ミカエラが言った。

モハメド・サルワニは息子とダルマン・ディラーニのほうを見たが、ふたりとも口をつぐんだままだ。

「そうです。スウェーデンにいる友人たちが教えてくれました。ドイツ通信社を通じてなんとかその番組を見ることもできました」

「何人がスウェーデンへ行ったのですか？」

モハメド・サルワニはまた、レッケが質問したみたいに彼を見た。

「代表として充分な人数が。アッラーがわれわれを守るため、雷雨をもたらしてくださいました」

「それに加えて、無実の男が逮捕されるよう計らってもくれましたね」レッケはあいかわらず穏やかな笑みを浮かべながら言った。

そして、急に聴くのに疲れたみたいに立ち上がり、ミカエラを見た。彼女はうなずくと、電話をかけると言って階段へ出た。男たちが止めにくるだろうか、と一瞬思った。それから室内に戻ると、グリムスタでのハッサン・バロザイ殺害容疑で全員を逮捕する、地元警察がいまこちらへ向かっている、と告げた。レッケは握手の手をさしだして、言った。

「おもてなしに感謝いたします。あなたがたが理解をもって扱われることを願っていますよ。幸運を祈ります」

　ふたりは下へ降りてタクシーを拾うつもりだったが、しばらくは歩道に立ったまま、どちらも口を開かずにいま起きた出来事を反芻《はんすう》していた。レッケはぼんやりとした微笑みを彼女に向け、思いのなかに沈んでいった。そして独り言のように言った――「ヌンク・エスト・ビベンドゥム」

　ミカエラは、何を言っているのかと尋ねる気力を呼び起こすこともできなかった。

*

　その日の午後、ケルン大聖堂のすぐそばのホテル〈エクセルシオール・ホテル・エルンスト〉のバーで、ふたりはワインのボトルを空けながら、これまでに自分たちが明らかにした事実の見直しをした。だが、始めていくらもたたないうちに、レッケが退屈しはじめたようだった。彼のなかではもうこの事件は終わっていて、捜査の詳細を振り返るより、周囲の人々を観察しているほうがいいみたいだった。

「何かおもしろいものでも？」ミカエラは訊いた。

　レッケが振り向く。

「ああ、たぶん。あそこにいる肌の荒れた赤ら顔の男だが――彼は北極海の航海から戻ってきたばかりだよ。極寒のなかでお宝を埋めてきたんだろう、手を見ればわかる。銀貨三十枚といったところだね。旅回りのサーカスに妹を売って手に入れた金だ」

「その妹は何になったんですか？　猛獣使い？」

「きっと象を調教して一本足で立たせる芸を教えこんでいるだろうね。たしかめようはないが」

　ミカエラは笑い、レッケも笑い返した。それから彼はミカエラの腕についた見えない埃《ほこり》を払い、青い瞳で彼女をじっと見つめた。この人はわたしを引き寄せようとしているのだろうか、とミカエラは一瞬思ったが、きっと妄想だと振り払った。

「ラティーファを撃ったのがカビールだという確信はなかったみたいですね」

レッケは自分の両手を見下ろした。

「かなり確信はあったよ。スタッドの跡をつけた人物が立っていた角度から発砲されていたように見えた。けど、彼らに話をさせるため、そこの不確かな部分を利用した」

ミカエラは静かに思いをめぐらす。

そしてようやく口を開いた。「さっき歩道で、ラテン語で何かおっしゃってたのは、何だったんですか？」

「何だったかな」

「ヌンクなんとか」

レッケはまた微笑み、さっきと変わらぬ強い視線で彼女を見つめた。

「ヌンク・エスト・ビベンドゥム。〝いまこそ飲むべし〟。ローマがクレオパトラに勝利したあとのホラティウスの言葉だ。クレオパトラが敗れ、死んだ、いまこそ祝うべきときだ、と彼は書いた」

レッケがふたりのグラスにワインを注ぎたす。

「あなたはどういう意味でその言葉を？」

「たぶん、モハメド・サルワニの悲しみはわれわれの勝利だ、と言いたかったんだろう。彼には悲嘆を味わわせよう。われわれは乾杯しよう」

「乾杯」とミカエラ。

「乾杯」

「でも、あなたはいつも負けた人のほうに、ひそかに共感していますよね？」

「ああ、そうかもしれない。〝敗者に栄光あれ《グロリア・ウイクテイス》〟というやつだ」

「なんでいちいちラテン語なんですか？」

レッケがまた身を乗りだす。

「クイド・クイド・ラティーネ・ディクトゥム・シート、アルトゥム・ウィデトゥール」

「は？」

「〝どんなことでもラテン語で言うと深遠に聞こえる〟。もう悪い癖みたいなものだ」レッケは言った。「フレーズが体の一部になっている。だが使いはじめた当時はおそらく、自分を興味深い人間に見せたかったんだろうと思うよ」

ミカエラも前のめりになった。

「教養をひけらかしたかった？」

「間違いなくね」

「鼻もちならない人《スノッブ》ね」

「ああ、そのとおりだ」

「言い返すってことはしないんですか？」

「その点にかんしては、僕のうわべの謙虚さがいい仕事をしてくれる。さて、どうだい、早めのディナーに出かけようか？」

彼女はうなずき、立ち上がった。そしていったん部屋へ戻って身支度を整え、久しぶりに前髪を後ろへ流した。

38

マッティン・ファルケグレンは記者会見を開いた。ひとりでやるのが好みだが、フランソン主任警部を呼ばないわけにはいかないと思った。そんなわけでフランソンもどっかりとこの場に同席している。とはいえ、おおむね満足すべき状況であり、文句をつけることなど何もなかった。最終的にはマスコミも好意的に報道してくれている。タイシール・サルワニは犯行を認め、父親とともに殺人容疑で身柄を拘束されている。これまでの五週間で、目をみはるような事実がどんどん明らかになりもした。会場には少なくとも四、五十人のジャーナリストがあつまっている。椅子を追加し、扇風機をもう二台運びこむはめになった。五月前半にしては思いのほか暑い日で、ファルケグレンは新しい水色のスーツに、おろしたてのオールデンの靴で登場した。

「本日はようこそ。みなさんもご存じのとおり、警察の仕事はチームワークです」仕事とワークという言葉が重なってよくない気もしたが、それでもうまい言いまわしだと自分で思った。

華々しい名言というわけではない。だが、このおかげで個人の功績を称《たた》える必要がなくなり、事件解決の糸口となった発見については大まかに述べるだけですんだ。そして、注目に値すると思われる事実をすべて話したところで、ようやくフランソンにバトンを渡した。適切な配慮だ。フランソンは人前で話すのに不慣れで、枝葉の多い詳細すぎる説明をする。そんなわけでファルケグレンは、自分を決断力たっぷりのハンサムな男に見せる努力に専念した。なかなかうまくいっているのではないだろうか。朝出てくるまえには鏡の前で念入りに準備をしてきたし、ごく自然にフランソンのほうを向くだけで、カメラ映りのよい左側の横顔を記者に向けることもできた。

だが、またレッケとあのチリ人警官のことが頭に浮かんだ――彼らがケルンに行くことは絶対にないと断言していたブルックナーが、いかにあてにならなかったことか。行かないどころか、あれよあれよという間に事件を解決してしまったではないか。まったくアメリカには見くびられたものだ。この件が広く知れ渡り、自分の演じた役割が外部に知られることのないよう、ファルケグレンは神に祈った。そのとき、誰かに名前を呼ばれたのが聞こえて、彼は会場のジャーナリストたちに目を走らせ、声の主を捜した。

「伝えられるところによると、あなたがたはカビールの素性を、彼の左手の指にヴィオラでついた跡から特定したということですが？」質問したのは黒髪の若い女性だった。たしかスウェーデン・テレビの記者だ。

「そういうわけではありません」ファルケグレンは言った。「ひとつのことだけで身元がわかったわけではないのです。先ほど申しましたように、これはチームワークの賜《たまもの》でした。賢明なリーダーシップのもとに遂行された、広範な捜査の結果です」またもや自分の台詞に舌を噛みそうになりながら、彼は回答した。

そして、さっとつぎへ移った。ダーゲンス・ニューヘーテル紙の古参記者が質問してきたのだ。

「政府による難民申請の取り扱いについてはどのように見ていらっしゃいますか？　クレーベリエル外相はアメリカに忖度《そんたく》して、安全保障上のリスクのある人物を、そうと知りながら入国させていたようですが……」

一瞬、ファルケグレンの気持ちがゆらいだ。外務大臣とはできるだけ距離をおきたい。だがその一方で、自分の後ろ盾であるブルックナーを怒らせたくないという気持ちもある。結局、今回どういうわけかうまいこと難を逃れたレッケ政務次官とそっくりの、もってまわった表現で答えた。

「政府はむずかしい立場におかれています。不幸な結果を招くことになったのはわかっていますが、カビールを入国させるのも勇気ある決断でした。彼のおかげでムッラー・ザカリアをコペンハーゲンで追い詰めることができたのですから。ザカリアはカビールとは異なり、正真正銘の安全保障上のリスクであり、テロリストだったのです」

彼はさらなる追及を避けるため、少々こじつけのようではあったが、在カブールの米情報機関からも貴重な支援が得られた、と続けた。バグダッド近郊のアブ・グレイブ刑務所でおこなわれていた拷問の件が最近明るみに出て、アメリカの情報機関の株はずいぶんと下がっているのだが、そのことはあまり考えないようにした。

＊

レッケはグランドピアノの前にいる。演奏はしておらず、また気力を失っているようだ。薬のせいではなさそうだ、とミカエラは思った。少なくとも薬のせいで酩酊しているわけではない。ただ何もしないことで感覚を失い、自分自身の思念のなかに――ユーリアの言葉を借りれば、彼自身の〈闇の牢獄〉のなかに沈みこんでいるのだろう。ミカエラはレッケの後ろの緑色のソファに腰を落ち着け、リンケビーで起きた銃撃事件の捜査資料をさらいながら、ときおりレッケの様子をうかがった。彼がこんなにも受け身でいることにいらいらさせられる。ここ数日、彼は本を読むことすらせず、ただ鍵盤を眺めているばかりなのだ。

もちろん、そんなに腹が立つのなら、さっさと自分の生活に戻ればいいだけのことだ。この一カ月、彼女はこの部屋にときおり泊まっている――ハンソン夫人にとってはうれしいことだ。もちろんルーカスは喜んでいないし、母とヴァネッサは最近ミカエラの顔をあまり見ていないと文句を言っている。だが、他人の意見にかまう気にはなれなかった。人生の新たな章が始まったように感じるのだ。

外ではまた雨が降りだしたらしい。レッケが何か言った。彼女は捜査資料や頭のなかの思考から自分を引きはがした。

「何ですか？」

「男が来る。体格のいい中年で、アルコール依存の、猫背で、神経質な男だ」

どうしてそんなことがわかるのか、とあえて訊きはしなかった。エレベーターホールのほうに耳を澄ますと、たしかに近づいてくる足音が聞こえてきた。レッケがなぜその足音を〝神経質〟と表現したのかわかる気がする。どこか迷っているような、用心深い響きがするのだ。足音が止まり、咳払いが聞こえた。続いてドアベルが鳴ったので、彼女はレッケを見た。すまなそうに腕を広げている。ミカエラは「この無精者」とつぶやき、応対に出た。ドアの前に立っていたのは、四十五歳、五十歳くらいの男だった。たしかにアルコール依存症なのかもしれないし、姿勢がよいとはとても言えない。だが、かつてはスポーツをしていたにちがいないと思わせる力強さがあり、アルコールと悩み事で疲れてしまうまえには、きっとハンサムだったのだろうということも伝わってきた。男は茶色のコーデュロイのスーツに青いシャツというでたちで、古くさいアタッシエ・ケースを持っている。

「どちら様ですか？」

「レッケ教授はこちらに？」

「ご用件をうかがっても？」ミカエラは、レッケの秘書か門番にされたみたいな気がして、やや不快に感じながら尋ねた。

「サミュエル・リドマンといいます」男は言った。「妹が以前、レッケ教授のご指導を受けておりまして、妹が言うには……」

男はためらった。これから言おうとすることを恥じているようでもあった。

「妹さんは何とおっしゃったんですか？」

「謎があるなら、レッケ教授ほどうまく解決できる人はいない、と」

「わたしならまず警察に行くと思いますが」

「警察は信じてくれないんです。入ってもよろしいですか？　教授はご在宅で？」

足音が聞こえたかと思うと、あっという間にレッケが現れた。ふたりの前に立ちはだかるようにして、まっすぐに視線を注いでいる。

「私ならここにおります」彼は言った。「どうぞ、なかへ。どなたかが行方不明になったのですね？」

男は驚きの表情でレッケを見た。

「どうしてそれを？」

「そんな気がしたんです。どうぞおかけになって、話を聞かせてください」

男は緑色のソファに腰かけ、アタッシエ・ケースのなかから一枚の写真を取りだし、コーヒーテーブルの上に置いた。写真は広場で撮影されたもので、鐘楼やいくつもの尖塔《せんとう》、巨大なドームのある教会が背景に見える。教会の前には人々と鳩が集っている。

「ヴェネツィアのサン・マルコ寺院ですね」レッケが言った。「わりあい最近の写真のようですが？」

男は悲しげな茶色の瞳でレッケを見た。

「はい。わたしの理解が正しければ、この三月の末に撮られたものです。お話ししたいのは、ここに写っている女性のことです」

リドマンは高級そうな赤いコートを着た四十代らしき女性を指さした。ガイドの話を聴いている日本人観光客のグループを背に、広場に立っている。

「わたしの妻です」

「おきれいなかたですね」ミカエラは励ますように言った。

「わたしには不釣り合いな美人でした。ですが、亡くなったんです。十四年前に」

「とてもお元気そうに見えますが」

「そこが問題なんです」リドマンは言った。「わたしの手元には死亡診断書もあります。でも、実際、彼女はここにいるわけです」

「本当に奥様なのでしょうか？」ミカエラが訊いた。

「間違いありません。耳の近くに母斑があるのが見えますか？　ほかにも細かい共通点がいくつもあります。昔の写真ももってきています。どうぞご覧になってください」

レッケはミカエラに目くばせをし、急にエネルギーを取りもどしたかのように言った。

「話してください」

こうして、二〇〇四年五月十日午後五時二十分、サミュエル・リドマンは彼の数奇な物語を語りはじめ、レッケとミカエラはその晩、遅くまで夜更かしをすることになった。

謝辞

私の作品の発行責任者であるエヴァ・イエディーン、ならびに私のエージェントであるイェシカ・バブからは多大な支援をいただきました。いつも支えてくださったことに感謝します。編集者のエヴァ・ベリマンからは、大小さまざまの、賢明でクリエイティブなアドバイスをいただきました。友人のヨハン・ノルベリは、音楽にかんする内容について手助けしてくれました。物語にたしかな広がりと深みをもたせることができたのは、彼の専門知識のおかげです。

コナン・ドイルと彼が創作したシャーロック・ホームズに、私がどれほど恩義を感じているかについては疑う余地もないでしょうが、私自身、たびたび彼らのことを思いだしては頭を下げています。〈ソルトピット〉について知ったのは、レーナ・スンドストレームの著書『Spår（痕跡）』を読んだことがきっかけでした。そして資料を読み進めていくうちに、同施設で拷問を受けたのちに凍死したグル・ラフマンという人物についても知ることになりました。

ストックホルムのグランドホテルで開かれた夕食会で、アフガニスタンのアフマド・サルマスト氏と彼が学長を務めるアフガニスタン国立音楽院（ＡＮＩＭ）が、同国における音楽的遺産の保全と若い音楽家の育成のための努力にたいしてポーラー音楽賞を受賞した場面に居合わせたことも、私にとって重要な出来事になりました。この式典が、一九九〇年代の内戦以降、アフガニスタンでおこなわれてきた音楽家弾圧にたいして私の目を開かせてくれたのです。

ヴァイオリニストのクリスチャン・スヴァルヴァールからは、ヴァイオリニストの指先がどんなふうになるものかを含めて、多くをご教示いただきました。エリカ・ペレスは、私をヒュスビーに案内し、彼女の家族が軍事政権下のチリを逃れてスウェーデンに渡ってきたときの壮絶な体験を語ってくれました。フレデリック・ブルシとエステラ・ブルガは、完成前の原稿を読み、貴重な意見を聞かせてくれました。ノーシュテッツ・エージェンシーのリンダ・アルトロフ・ベリィとカトリン・モルクにもお礼申し上げます。

そして、愛するアンにも、心からの感謝を。

訳者あとがき

本書『闇の牢獄』は、スウェーデンの作家ダヴィド・ラーゲルクランツによる新シリーズ〈レッケ&バルガス〉シリーズの第一弾として発表された *Obscuritas* の邦訳である。原書はスウェーデンのノーシュテッツ社より、二〇二一年十月に刊行された。世界的ベストセラーで、北欧ミステリーブームの火付け役となった『ミレニアム』三部作の著者スティーグ・ラーソンの死後にシリーズを書き継ぎ、『ミレニアム』第四部〜第六部として続編三作を世に送りだした著者による待望の新作だ。

その新作の主人公として著者が選んだのは、ストックホルムの裕福な家庭に生まれ、大豪邸に住む元ピアニストで、心理学者としての地位と名声を得ながら、薬に依存し、自己卑下ばかりしているハンス・レッケ教授と、南米先住民の血を引くチリからの移民で、警察組織内外での差別と闘いながら犯罪捜査に取り組む警官ミカエラ・バルガスという、一風変わった二人組《バディ》だ。

家柄、財産、名誉ある職業に、セレブとの華やかな交友関係と、どこをとっても恵まれた環境に暮らす中年の男と、移民が多く住み、貧困層があつまる地区の出身で、問題を抱える近親者に囲まれ、どんなにがんばっても社会の壁にぶつかりつづける若い女性警官。属する社会階層がちがいすぎて、たがいに接点をもたないまま一生を終えてもおかしくないふたりが事件をきっかけに出会い、ときに理解し合えない感情を抱き、（とくにミカエラが）反発しながらも、たがいから学び、インスピレーションを得ながら、事件を解決に導いていく。

事件は二〇〇三年六月のストックホルムで起きた。ユース・サッカーの試合がおこなわれたスタジアムの近くの森で、その日審判員を務めた男が試合終了後に何者かに撲殺された。当初は、試合中の判定に不満をもった、選手の父親による短絡的な暴力事件の延長と考えられ、早期の解決が予想されたが、逮捕されたイタリア系移民の男は容疑を否認しつづける。一方、被害者のカビールはアフガニスタンからの元難民で、娯楽の禁じられたタリバン政権下で献身的に取り組んでいた少年サッカー擁護の活動が原因となり逮捕、拷問を経験した人物として知られていたため、事件の単純さにたいして不釣り合いなほどに世間の注目をあつめていた。どうにかして起訴にもちこみたい警察は、あの手この手で容疑者の自白を引き出そうとする。パトロール警官だったミカエラが、捜査チームの一員として迎えいれられたのも、彼女が南米移民で、移民社会の内情に通じた人材として見込まれたからだった。さらに警察の上層部は、スタンフォード大学に籍を置く心理学者で、サンフランシスコ市警の犯罪捜査にも力を貸している尋問テクニックの専門家だというハンス・レッケ教授の協力を仰ぐべく、ミカエラを含む現場の刑事たちをレッケ教授のもとに送りこんだのだが……。

こうして出会うレッケとミカエラだが、これらのキャラクターの造形には著者自身の生い立ちやこれまでの仕事の経験が大いに反映されている。ダヴィド・ラーゲルクランツは、一九六二年、ストックホルムの貴族の家系に生まれ、タブロイド紙で事件記者を務めたのちにジャーナリストから作家に転身した。作家としてのデビューは、一九九七年のスウェーデンの冒険家ヨーラン・クロップについてのノンフィクション作品で、『ミレニアム』シリーズの三作を含めて、本作までに小説八作とノンフィクション四作を執筆している。なかでも、ノンフィクションライターとしての著者の地位を確固たるものにした、スウェーデン代表サッカー選手へのインタビューにもとづき、共著者として執筆にあたった『I　AM　ZLATAN　ズラタン・イブラヒモビッチ自伝』（沖山ナオミ訳、東邦出版）の仕事をとおしての、イブラヒモビッチ本人との交流から得たインパクトは相当に大きかったようだ。旧ユーゴスラヴィアからの移民家庭に生まれたイブラヒモビッチは、ミカエラと同様、移民の多く住む地区で、つねに闘い、強くあらねば生きていけない環境で育った。あるインタビューで著者が語ったところによれば、特権的な階級に生まれついた著者とは、何もかもがちがい、最初はたがいに信頼関係を築けるのかもわからず探り合いながら恐る恐る近づくような感じであったのが、やがて、自分とはちがうものに近づき、理解しようとすることが、たがいを大きく成長させることに気づいたという。はたから見れば何でももっている恵まれた人なのに、何かにつけて自分はもう駄目なんだと、卑下してばかりいるレッケにいらだち、「あなたは弱くなる贅沢《ぜいたく》が許されてる」という言葉で言い表したり、怒りで反応したりするミカエラの性格や、やがてレッケとミカエラのどちらにも訪れる、自分とちがう他者への目線の変化と自身の心境の変化はこのときの学びから来ているのだ。

もうひとつ、レッケ&バルガスは、見るからに明らかなように、シャーロック・ホームズとワトスン博士に原型を求め、著者が生みだしたキャラクターだ。『ミレニアム6　死すべき女』（ヘレンハルメ美穂・久山葉子訳、早川書房）を書き終えたあと、しばらくどうしていいかわからず、途方に暮れていた時期があったそうだ。そして、自分自身のミステリーを書くにあたって、多くの作家と同様、子どものころ夢中になって読んだコナン・ドイルの作品に立ち返り、現代のシャーロック・ホームズを書くならと、思いついたのがレッケのキャラクターだった。明晰《めいせき》な頭脳をもち、細部から推理をはたらかせて大きな答えを導きだす。ホームズは自分の才能に自覚があり、傲慢《ごうまん》さも魅力だが、自分のレッケにはそれらの代わりに自己猜疑《さいぎ》心とうつ状態の心を与え、ヴァイオリンの代わりにピアノを弾かせることにした。さらに、レッケの役を自分が演じるなら、相棒はもっとタフでクールでアクティブなワトスンがいい、と。レッケ&バルガスはこのようにして生まれた。そして本作を通じてたぶん成長した。シリーズはまだ始まったばかりだから、ふたりがこれからどんな名コンビになっていくのかがとても楽しみだ（二〇二二年九月十一日付Crime Time FM Podcast）。

事件に話を戻すと、捜査が進むうちに、もしくは警察の捜査があまり進まず、レッケとミカエラが独自の調査を続けるうちに、最初単純に見えていた事件は、じつは見た目ほど単純ではなかったことが明らかになってくる。被害者カビールの過去にレッケとミカエラが近づいていく過程で、大国が動かす歴史のうねりのなかで、翻弄《ほんろう》されるいくつもの人生と人々の心の動きが細やかに描かれるのも、本書の読みどころだ。

〈レッケ&バルガス〉シリーズは、三部作が予定されており、続篇となる第二作 *Memoria* が二〇二三年六月に本国スウェーデンで刊行されることが決まっている。本作の最後にレッケを訪ねてやって来る男に依頼され、死んだはずの男の妻を捜す話が中心になるようだ。

本書の翻訳にあたっては、英訳版をテキストに用い、訳出をおこなった。これを翻訳協力として加わってくださったスウェーデン語翻訳者のヘレンハルメ美穂《みほ》さんに、原書であるスウェーデン語版と突き合わせて、適宜修正いただいた。また、編集を担当された郡司《ぐんじ》珠子《たまこ》さんをはじめ、株式会社KADOKAWAのみなさまには大変お世話になった。この場を借りてお礼申し上げたい。

二〇二三年二月

吉井《よしい》　智津《ちづ》

翻訳協力　ヘレンハルメ美穂

装　丁　　西村弘美
装　画　　yoco

訳：吉井智津（よしい　ちづ）
翻訳者。和歌山県生まれ。神戸市外国語大学英米学科卒。主な訳書に、ベリンダ・バウアー『生と死にまつわるいくつかの現実』（小学館文庫）、ナディア・ムラド&ジェナ・クラジェスキ『THE LAST GIRL イスラム国に囚われ、闘い続ける女性の物語』（東洋館出版社）、アンナ・シャーマン『追憶の東京　異国の時を旅する』（早川書房）。

本書は訳し下ろしです。

ダヴィド・ラーゲルクランツ（David Lagercrantz）
1962年生まれ、スウェーデンの作家、ジャーナリスト。ストックホルム在住。大学で哲学と宗教を学んだあと、タブロイド紙記者を務める。のちに作家に転身、97年、スウェーデンの登山家の伝記*Göran Kropp 8000 plus*でデビュー。2009年、イギリスの数学者アラン・チューリングを題材とした小説*Syndafall i Wilmslow*が話題になる。11年にはサッカー選手へのインタビューをもとに『I AM ZLATAN ズラタン・イブラヒモビッチ自伝』（共著）を出版。『ミレニアム』シリーズ執筆中に急逝したスティーグ・ラーソンの後を継ぎ、15年から同シリーズの4-6巻を執筆・刊行。大きな話題となった。

闇《やみ》の牢獄《ろうごく》

2023年5月17日　初版発行

著者／ダヴィド・ラーゲルクランツ

訳者／吉井智津《よしいちづ》

発行者／山下直久

発行／株式会社KADOKAWA
〒102-8177　東京都千代田区富士見2-13-3
電話　0570-002-301（ナビダイヤル）

印刷・製本／大日本印刷株式会社

ISBN 978-4-04-112588-5　C0097